Elizabeth George

Née aux États-Unis dans l'Ohio, Elizabeth George est diplômée de littérature anglaise et de psychopédagogie. Elle a enseigné l'anglais pendant treize ans avant de publier *Enquête dans le brouillard*, qui a obtenu le grand prix de Littérature policière en 1990 et l'a imposée d'emblée comme un grand nom du roman « à l'anglaise ». Dans ce premier livre apparaît le duo explosif composé du très aristocratique Thomas Lynley, éminent membre de Scotland Yard, et de son acolyte Barbara Havers, qui évoluera au fil d'une quinzaine d'ouvrages ultérieurs, parmi lesquels *Sans l'ombre d'un témoin* (2005), *Anatomie d'un crime* (2007), *Le Rouge du péché* (2008), *Le Cortège de la mort* (2010) ou *La Ronde des mensonges* (2012), tous parus aux Presses de la Cité. En 2009, elle a publié un recueil de nouvelles, *Mortels péchés*. En 2013 paraît *Saratoga Woods*, premier livre de la trilogie *The Edge of nowhere* mettant en scène la jeune Becca King, suivi de *L'Île de Nera* (2013) et des *Flammes de Whidbey* (2015). Dans *Juste une mauvaise action* (Presses de la Cité, 2014), elle renoue avec les enquêtes de Thomas Lynley et Barbara Havers.

Retrouvez toute l'actualité de l'auteur sur :
www.elizabethgeorgeonline.com

SARATOGA WOODS

DU MÊME AUTEUR
CHEZ POCKET

LES ENQUÊTES DE BARBARA HAVERS & THOMAS LYNLEY

ENQUÊTE DANS LE BROUILLARD
LE LIEU DU CRIME
CÉRÉMONIES BARBARES
UNE DOUCE VENGEANCE
POUR SOLDE DE TOUT COMPTE
MAL D'ENFANT
UN GOÛT DE CENDRES
LE VISAGE DE L'ENNEMI
LE MEURTRE DE LA FALAISE
UNE PATIENCE D'ANGE
MÉMOIRE INFIDÈLE
SANS L'OMBRE D'UN TÉMOIN
ANATOMIE D'UN CRIME
LE ROUGE DU PÉCHÉ
LE CORTÈGE DE LA MORT
LA RONDE DES MENSONGES

LES ENQUÊTES DE SIMON & DEBORAH SAINT-JAMES

UN NID DE MENSONGES

LES ENQUÊTES DE BECCA KING

SARATOGA WOODS
L'ÎLE DE NERA

NOUVELLES

UN PETIT RECONSTITUANT

ELIZABETH GEORGE PRÉSENTE

LES REINES DU CRIME
MORTELS PÉCHÉS

ELIZABETH GEORGE

SARATOGA WOODS

THE EDGE OF NOWHERE 1

Traduit de l'anglais (États-Unis)
par Alice Delarbre

PRESSES DE LA CITÉ

Titre original :
THE EDGE OF NOWHERE

MIXTE
Papier issu de
sources responsables
FSC® C003309
FSC
www.fsc.org

Pocket, une marque d'Univers Poche,
est un éditeur qui s'engage pour la préservation
de son environnement et qui utilise du papier fabriqué
à partir de bois provenant de forêts gérées
de manière responsable.

ISBN 978-2-266-26016-9

A Bob Mayer et Debbie Cavanaugh,
pour leur incroyable leçon d'amitié
et de générosité

« N'aie pas peur. Tout entière, cette île bruit de rumeurs,
De sons, d'airs mélodieux, qui ravissent sans faire mal[1]. »

William SHAKESPEARE, *La Tempête*

1. Traduction de Victor Bourgy, Robert Laffont, 1995.

Comment tout a commencé

Le dernier jour de l'existence de Hannah Armstrong fut, pour l'essentiel, on ne peut plus normal. Elle obtint quatre-vingt-quatorze pour cent de réussite à son interro de maths et accepta une invitation au ciné pour la fin de la semaine.

Elle rentra chez elle à pied, comme toujours. Elle ne portait pas sa prothèse auditive, inutile en dehors du lycée. Cet appareil, semblable à un lecteur MP3, ne diffusait pas de musique, mais un léger grésillement qui empêchait Hannah d'entendre les réflexions intérieures des autres. Elle avait accès depuis son plus jeune âge à ces flux de pensées sans suite qu'elle qualifiait de murmures. Ils résonnaient dans son crâne tels les parasites d'une radio mal réglée et, dès qu'elle était en présence de plus d'une personne, elle ne pouvait identifier avec précision celui ou celle qui en était à l'origine. Ce brouhaha rendait sa vie à l'école infernale. Sa mère lui avait donc fait fabriquer un dispositif qu'elle appelait un brouilleur. Hannah le portait depuis ses sept ans.

Arrivée à la maison, elle fila au premier, où se trouvait sa chambre. Son beau-père en sortait à pas furtifs.

Leurs regards se croisèrent. *Bon sang... qu'est-ce*

qu'elle fiche... Pourquoi n'a-t-elle... Les mots retentirent dans la tête de Hannah, décousus et dépourvus de logique apparente – Jeff Corrie ne dérogeait pas à la règle. Surprise, la jeune fille se renfrogna. Que pouvait-il bien faire dans sa chambre, à part chercher une preuve supplémentaire qu'elle ne répéterait rien à sa mère de sa participation au dernier coup tordu de son beau-père ?

Ce n'était pas comme si Hannah l'aidait de bon cœur… Seulement, elle était coincée. Ce type exerçait une sorte de fascination sur sa mère – qui tenait davantage à son physique qu'à son caractère – et, emportée par la passion, celle-ci lui avait confié que Hannah entendait les pensées des gens quand elle ne portait pas son brouilleur. Il n'avait pas fallu longtemps à Jeff Corrie pour exploiter le don de sa belle-fille. Il l'avait « engagée » dans son entreprise de conseil en investissement. Elle accueillait les clients, leur proposait une boisson et en profitait pour les espionner à leur insu afin de cerner leurs points faibles. Ce qui permettait à son beau-père, et à son pote Connor, de dépouiller les vieux. La combine, bien rodée, leur rapportait des millions.

Hannah ne souhaitait pas lui prêter main-forte. C'était mal, elle le savait. Cependant, il lui faisait peur : ses pensées, ses mots et les expressions de son visage ne coïncidaient pas. Sans pouvoir l'expliquer, elle devinait que ça n'augurait rien de bon. Elle ne s'en était ouverte à personne et suivait les instructions de son beau-père dans l'attente d'un rebondissement. Elle n'avait pas imaginé qu'il se produirait cet après-midi-là.

— Qu'est-ce que tu fais ici ? lui demanda-t-il en posant les yeux sur son oreille droite, où se trouvait habituellement l'écouteur de son appareil auditif.

Hannah sortit aussitôt ce dernier de sa poche et l'accrocha à la ceinture de son jean tout en mettant l'écouteur en place. Jeff l'observa, les paupières plissées, jusqu'à ce qu'elle augmente le volume. Alors seulement, il parut se détendre.

— Les cours sont terminés, répliqua-t-elle.

— Fais tes devoirs, alors.

Il la dépassa et s'engagea dans l'escalier, avant de hurler :

— Laurel ? Où es-tu encore fourrée ? Hannah est rentrée !

Comme si sa femme pouvait y faire quelque chose…

Hannah se débarrassa de son sac à dos et examina sa chambre. Rien ne semblait avoir changé depuis le matin. Elle ne put s'empêcher, toutefois, de vérifier le tiroir de sa table de nuit.

Le minuscule morceau de scotch transparent avait été arraché. Quelqu'un avait ouvert le tiroir. Quelqu'un avait lu son journal.

Il ne pouvait donc pas se contenter de l'aide qu'elle leur fournissait, à son ami et lui ? Il voulait en plus connaître ses pensées intimes sur la question. Bon courage pour savoir ce que je ressens, papa Jeff, ironisa-t-elle intérieurement. S'il s'imaginait qu'elle était assez stupide pour se confier à son journal en toute honnêteté et le laisser ensuite dans sa chambre, à la portée du premier venu !

Elle descendit à la cuisine. Elle se détourna en voyant Jeff embrasser sa mère dans le cou.

— Et pourquoi pas maintenant ? chuchotait-il, alors que Laurel, hilare, s'amusait à le repousser.

Hannah savait très bien que sa mère était heureuse

de son mariage. Elle aimait son époux, d'un amour aveugle, sourd et muet.

— Hello, maman ! lança Hannah avant d'ouvrir le réfrigérateur pour y prendre du lait.

— Hello, ma chérie ! Tu ne dis pas bonjour à Jeff ?

— On s'est croisés en haut, il ne te l'a pas dit ?

Elle avait ajouté ces derniers mots pour voir la réaction de sa mère. « Tu ne devrais pas lui faire confiance, tu ne devrais vraiment pas », aurait-elle voulu la prévenir. Elle ne pouvait que semer des indices, cependant.

Le silence s'installa. Cachée par la porte du frigo toujours ouverte, Hannah baissa le volume de son brouilleur.

Il n'est pas... il ne peut pas... Ces murmures-là devaient appartenir à sa mère.

La jeune fille tendit l'oreille pour percevoir Jeff. En vain, jusqu'à… l'instant où la vie telle que Hannah l'avait connue prit fin :

... petite peste qui croit toujours... un cambriolage... surprise... Connor... elle comprendra quand elle entendra parler du flingue... parce que, aujourd'hui, les morts ne disparaissent jamais complètement...

Le carton de lait échappa à Hannah et son contenu se répandit sur le carrelage. Elle se retourna et rencontra le regard de Jeff.

— Petite maladroite, dit-il, alors qu'il pensait tout autre chose.

Ses yeux passèrent du visage de Hannah à son oreille puis à son appareil auditif à la ceinture.

Elle a entendu furent les derniers mots qu'elle distingua avant de quitter précipitamment la pièce.

PREMIÈRE PARTIE

Le motel de la Falaise

1

A la première occasion, la mère de Becca King avait vendu la Lexus. Elles avaient quitté l'autoroute après un tronçon sinueux qui reliait le sud et le nord de la Californie. Cette vente précipitée avait fait perdre de l'argent à Laurel, mais ce n'était pas la question. Partir loin de San Diego et se débarrasser de leur voiture, voilà ce qui importait. Elles l'avaient troquée contre une Jeep Wrangler de 1998. Plus tard, lorsqu'elles avaient franchi la frontière entre la Californie et l'Oregon, elles s'étaient mises en quête d'un endroit où laisser la Jeep aussi. Lui avait succédé une Toyota RAV4 de 1992, qui les avait conduites aux abords de l'Etat de Washington. Enfin, c'était une Ford Explorer de 1988 qui les avait menées à destination.

Becca n'avait douté du bien-fondé d'aucune des décisions maternelles. Elle en connaissait les raisons dramatiques : c'étaient les mêmes qui exigeaient la disparition de Hannah Armstrong. Sa mère et elle avaient en effet pris la fuite, laissant derrière elles domicile, lycée et identités. A présent elles se trouvaient à Mukilteo, dans l'Etat de Washington. L'Explorer était garée devant une vieille boutique au parquet grinçant, le Petit Marché de

Woody, face au bras de mer qui séparait le continent de Whidbey Island.

La soirée venait de commencer, et une brume épaisse qui ne tenait pas vraiment du brouillard flottait au-dessus de l'eau. A cette distance, Whidbey n'était rien de plus qu'une gigantesque masse coiffée de grands conifères. Une bande de lumières suivait les contours de la côte, indiquant la présence éparse de maisons. Becca, qui avait toujours vécu à San Diego, voyait en cette île un lieu hostile et étrange. Elle ne parvenait pas à se représenter ce que serait sa vie là-bas. Laurel, elle, voyait en l'île un havre où sa fille, laissée aux bons soins d'une amie d'enfance, serait hors d'atteinte de Jeff Corrie le temps qu'elle trouve un point de chute au Canada, en Colombie-Britannique. Avec l'espoir que, une fois la frontière franchie, Jeff ne retrouverait pas leur trace.

Laurel avait éprouvé un soulagement infini en constatant que sa vie hors norme lui avait évité toute question de la part de son amie. Carol Quinn n'avait même pas paru surprise lorsqu'elle l'avait priée de veiller sur sa fille pour une période indéterminée. Au lieu de chercher à en savoir plus, Carol avait accepté sans hésitation :

« Amène-la-moi, elle pourra me donner un coup de main. Je ne suis pas très en forme ces derniers temps, j'aurais bien besoin d'aide dans la maison.

— Tu promets de garder le secret ?

— Jusque dans ma tombe. Ne t'inquiète pas. Amène-la. »

Laurel baissa sa vitre de quelques centimètres pour désembuer le pare-brise. Elle n'aurait jamais pensé que le temps pouvait, à la mi-septembre, être si différent d'un Etat à l'autre. A San Diego, ce mois était le plus chaud de l'année, celui où les vents en provenance du désert provoquaient des feux de forêt. Ici, on se serait déjà cru en hiver. Frissonnant, Laurel récupéra un sweat-shirt à l'arrière du 4 × 4, posé sur la roue du vieux vélo de course de Becca.

— Tu as froid ? demanda-t-elle à sa fille, qui secoua la tête.

Becca inspirait et soufflait profondément. En général, c'était un truc qu'elle faisait pour se détendre, mais là elle humait le parfum qui flottait dans l'air : celui de la gaufrette des glaces vendues au Petit Marché de Woody, juste derrière elles.

Elles y avaient fait un tour. Et Becca avait réclamé un cône, ce qui lui avait valu l'habituelle réponse maternelle : « Ça tombe directement sur les hanches ! » Voilà une femme qui, tout en fuyant un assassin, n'oubliait pas de surveiller la quantité de calories absorbée par sa fille ! Seulement Becca avait faim. Elles n'avaient rien avalé depuis le déjeuner et un en-cas ne ferait pas doubler le volume de ses cuisses.

— Maman… commença-t-elle, alors que son estomac continuait de crier famine.

Laurel la regarda.

— Redis-moi ton nom.

Elles avaient répété cet exercice cinq fois par jour depuis leur départ, et Becca n'avait aucune envie de s'y coller à nouveau. Elle en comprenait l'importance, bien sûr. Mais elle n'était pas idiote, elle avait tout mémorisé. Poussant un soupir, elle se tourna vers la vitre.

— Becca King, dit-elle.

— Et quelle est ta priorité numéro un ?

— Aider Carol Quinn dans la maison.

— Tante Carol, la corrigea sa mère. Tu dois l'appeler tante Carol.

— Tante Carol, tante Carol, tante Carol…

— Elle sait que tu disposes d'une petite somme d'argent jusqu'à ce que je puisse t'en envoyer davantage, cependant plus tu la seconderas… C'est une façon de la dédommager pour ton séjour chez elle.

— Compris, maman. Je suis condamnée à vivre dans un état de servitude temporaire parce que tu as épousé un fou furieux.

Oh, mon Dieu, qu'a-t-il fait ? Toi, ma seule...

— Désolée, s'empressa d'ajouter Becca en entendant sa mère aussi malheureuse. Désolée, maman, désolée.

— Sors de ma tête, et répète-moi ton nom. En entier, cette fois.

Il y avait un parking de l'autre côté de la route menant à l'embarcadère du ferry. Plusieurs personnes étaient sorties de leurs voitures pour se dégourdir les jambes et rejoindre une petite baraque en bois. Un panneau lumineux, *Chez Ivar*, scintillait dans la brume, et des clients faisaient la queue. Un nouveau gargouillis s'éleva du ventre de Becca.

— Dis-moi comment tu t'appelles, insista Laurel. C'est important.

Si elle conservait une voix calme, intérieurement elle s'impatientait. *Allez, allez, il ne nous reste pas beaucoup de temps, s'il te plaît, fais ça pour moi, c'est la dernière chose que je te demanderai...* Ces paroles muettes assaillaient Becca et s'immisçaient dans son cerveau, aussi claires que de l'eau de roche ; il en était toujours ainsi des pensées de sa mère, contrairement aux murmures des autres. Elle aurait aimé lui dire de ne pas s'inquiéter. Lui dire que Jeff Corrie les oublierait. Mais elle savait que la première affirmation ne servirait à rien et que la seconde était un pur mensonge.

Becca plongea les yeux dans ceux de sa mère. *Ecoutez, mes enfants, et vous apprendrez / L'histoire de Paul Revere et de sa nocturne chevauchée.* Laurel se récitait les premiers vers du poème de Henry Wadsworth Longfellow.

— Très drôle, riposta Becca. Dommage que tu n'aies rien retenu d'autre de ta sixième.

— Redis-moi comment tu t'appelles.

— D'accord, d'accord ! Rebecca Dolores King. Mais il faut vraiment que ce soit Dolores ? ajouta-t-elle avec une grimace. Franchement, qui porte un nom pareil aujourd'hui ?

Ignorant sa question, sa mère poursuivit :

— Où vivais-tu avant ?

Consciente qu'elle n'obtiendrait rien si elle ne jouait pas la carte de la patience, Becca répondit avec résignation :

— A San Luis Obispo, en Californie. Et encore avant, dans la station de ski de Sun Valley, dans l'Idaho. Je suis née là-bas, mais je suis partie l'année de mes sept ans, lorsque ma famille a emménagé à San Luis Obispo.

— Quelle est la raison de ta présence sur Whidbey Island ?

— Je vis chez ma tante.

— Où sont tes parents ?

— Ma mère effectue des fouilles en…

Becca fronça les sourcils : pour la première fois depuis leur départ de Californie, elle séchait. Elle attribua ce trou de mémoire à la faim. Elle n'était pas au mieux de ses capacités quand son corps réclamait à manger.

— Mince, reprit-elle, je me souviens pas…

Laurel se laissa aller contre l'appuie-tête, produisant un bruit sourd.

— Tu dois t'en souvenir ! C'est crucial, Becca. Il s'agit d'une question de vie ou de mort. Où sont tes parents ?

La jeune fille tendit l'oreille dans l'espoir d'obtenir un indice, mais elle ne perçut que la suite du poème : *Le dix-huit avril de l'an soixante-quinze, si lointain, / Dont il reste à peine un témoin...* Elle posa les yeux sur la baraque. Une femme pliée en deux s'éloignait du comptoir, un gobelet à la main. Elle semblait si vieille... Soudain, ça lui revint. Vieille... vaï...

— Les gorges d'Olduvai, dit-elle. Ma mère fait des fouilles dans les gorges d'Olduvai.

Rien n'aurait pu être plus éloigné de la vérité : peu de temps avant leur fuite, Becca avait lu un vieux bouquin sur la paléontologie et elle avait été particulièrement intriguée par la partie sur les gorges d'Olduvai en Tanzanie. C'était donc elle qui avait suggéré à sa mère cette couverture. Elle la trouvait romanesque.

Satisfaite, Laurel hocha la tête.

— Et ton père ? Où est-il ? Tu n'as pas de père ?

Becca leva les yeux au ciel. A l'évidence, ce petit jeu allait se prolonger jusqu'à l'arrivée du ferry : sa mère voulait éviter de penser à autre chose. En particulier aux dangers qu'elle avait fait courir à sa fille. Par pure provocation, Becca répondit :

— De quel père veux-tu parler, maman ?

Elle sortit ensuite l'unique écouteur de son appareil auditif, qu'elle ficha dans son oreille. Lorsqu'elle poussa le volume, sa tête fut envahie par un bruit de friture, qui lui procura l'habituel soulagement, aussi plaisant que la caresse du satin sur la peau.

Laurel le lui arracha aussitôt.

— Je suis désolée pour ce qui s'est passé. Je suis désolée de ne pas être celle que tu voudrais que je sois. Mais laisse-moi te dire quelque chose : tu n'as pas fini d'être déçue par les gens !

A ces mots, Becca sortit de la voiture. Elle avait assez d'argent dans la poche de son jean pour s'acheter à manger, et encore plus dans celles de sa veste. Elle avait bien l'intention de le dépenser. Quitte à piocher dans son sac à dos si elle voulait commander tout ce qui était à la carte. Sauf que son sac se trouvait à côté de son vélo, à l'arrière de l'Explorer, et que, si elle prenait le temps de le récupérer, sa mère en profiterait pour la retenir.

Au moment de traverser la route, Becca aperçut sur sa gauche le ferry qui approchait. La première fois que sa mère avait mentionné le bateau qui reliait Whidbey Island au continent, Becca s'était représenté le rafiot de Newport Beach en Californie, qui pouvait contenir quatre voitures et parcourait environ deux cents mètres dans le port. Ce ferry-ci n'était en rien comparable. Gigantesque, il possédait une énorme ouverture à l'avant pour accueillir les véhicules. Aussi illuminé qu'un sapin de Noël, il attirait les mouettes.

Quand Becca atteignit Chez Ivar, la file d'attente avait diminué. Elle commanda une soupe de clams après s'être assurée qu'ils la préparaient bien comme en Nouvelle-Angleterre, avec du lait et des pommes de terre – et qu'elle contenait donc une quantité étourdissante de calories. Elle demanda même une portion supplémentaire de croûtons. Tandis qu'elle déposait soigneusement ses pièces sur le comptoir, elle entendit : *Oh, bon sang... quelle espèce... de crétine !* Apparemment, la caissière n'était pas contente d'être payée en petite monnaie… Becca comprit pourquoi lorsqu'elle vit ses doigts rongés jusqu'au sang. Elle ne devait pas aimer montrer ses mains.

Tentée de s'excuser, Becca se contenta de remercier, puis se dirigea vers un distributeur de journaux. Posant le bol en équilibre sur le dessus, elle y plongea sa cuillère tout en suivant la progression du ferry. La soupe n'avait pas le goût escompté, ne ressemblant ni de près ni de loin à celle que préparait Pete, son avant-avant-dernier beau-père. Il utilisait du maïs, et Becca en raffolait. Sous toutes ses formes : pop-corn, épi, grains surgelés. Laurel affirmait que c'était ce qu'on donnait aux vaches et aux cochons pour les engraisser, mais vu qu'elle le disait d'à peu près tout ce que sa fille aimait manger, Becca n'y prêtait aucune attention.

Quoi qu'il en soit, cette soupe-là ne méritait pas qu'elle entre en conflit avec sa mère. Après en avoir avalé la moitié, elle fourra le bol dans une poubelle et regagna l'Explorer au pas de course.

Laurel était au téléphone. Sans autobronzant, son visage semblait gris et fripé. Pour la première fois, Becca la trouva vieille… Puis sa mère hocha la tête en souriant et adopta ce débit dont elle avait le secret, qui ne laissait pas à son interlocuteur l'occasion d'en placer une. Carol Quinn devait avoir la tête farcie. Laurel l'avait appelée deux fois par jour pour vérifier que le moindre détail du plan était gravé dans son esprit.

Leurs regards se croisèrent. *Personne ne fera plus jamais aucun mal*... Le flux de pensées fut interrompu aussi brutalement que lorsqu'on change de station de radio, pour laisser place toujours au même poème : *Une pour la terre, et deux pour l'eau, / Sur la rive opposée j'attendrai les signaux*. Ça marchait aussi bien que la friture diffusée par l'aide auditive. Laurel ajouta une dernière recommandation avant de prendre congé de son amie.

Becca monta dans la voiture et sa mère l'interrogea d'un ton sec :

— C'était une soupe de clams ?

— Je ne l'ai pas terminée.

Prêt à monter en selle et à donner l'alarme, / Dans tout le Middlesex, dans chaque village et chaque ferme furent les mots qui masquèrent les réflexions de Laurel.

— Arrête, lui dit Becca. Je sais très bien ce que tu penses, de toute façon.

— Ne nous disputons pas, répliqua Laurel en lui caressant les cheveux. Carol t'attendra au débarcadère. Elle a une camionnette, ne t'inquiète pas pour ton vélo. Je t'ai décrite. Si elle ne se trouve pas sur le quai, c'est qu'elle est en route. Attends-la patiemment. Entendu, chérie ? Hé, tu m'écoutes ?

Becca l'écoutait. Elle entendait les mots et elle percevait l'émotion cachée derrière.

— Ce n'est pas ta faute, maman.

— Il y a différents degrés de responsabilité… Si tu ne le sais pas encore, tu le découvriras bien assez vite, crois-moi.

Pendant que Becca attrapait son sac à l'arrière de l'Explorer, Laurel lui demanda :

— Où sont tes lunettes ? Tu dois les mettre dès maintenant.

— Personne ne me regarde.

— Mets-les pour en prendre l'habitude. Où as-tu rangé ta teinture pour cheveux ? Combien de piles as-tu pour ton brouilleur ? Comment t'appelles-tu ? Où est ta mère ?

Becca la dévisagea. *Ecoutez, mes enfants, écoutez, mes enfants*... Sa mère n'avait pas besoin de réciter ce vers en boucle si elle ne se souvenait pas de la suite du poème. Son expression la trahissait, et n'importe qui aurait su lire aussi bien que Becca l'effroi sur son visage. Laurel s'était fiée jusque-là à son instinct, et sa confiance était ébranlée : il lui avait suggéré d'épouser Jeff Corrie.

— Tout ira bien, maman.

Les yeux de Laurel s'embuèrent pour la première fois depuis leur départ de San Diego. Il faut dire qu'elle avait épuisé toutes les larmes qu'elle avait en réserve lorsqu'elle avait découvert la véritable nature de Jeff Corrie et de ses agissements.

« On ne peut pas aller trouver la police, avait-elle déclaré entre deux sanglots. Dieu du ciel, qui te croirait, ma chérie ? Aucun cadavre n'a été découvert et si nous en parlons... Nous n'avons aucune preuve de l'implication de Jeff. »

Elle avait donc établi un plan et pris la fuite avec sa fille. Voilà pourquoi elles se retrouvaient, à présent, au seuil d'un nouveau départ, sans retour possible.

Becca serra la main de sa mère.

— Je vais te dire ce que je sais, écoute-moi.

— Comment ça ?

— Rebecca Dolores King, maman. San Luis Obispo. Ma tante Carol sur Whidbey Island. Carol Quinn. Les gorges d'Olduvai.

Le regard de Laurel se perdit par la vitre, au-dessus de l'épaule de Becca. Les bruits de circulation indiquaient que le ferry se vidait de ses véhicules.

— Oh, mon Dieu…

— Maman, tout va bien, je t'assure.

Becca ouvrit la portière et contourna l'Explorer. Sa mère la rejoignit devant le coffre. Ensemble, elles soulevèrent le vélo et accrochèrent les sacoches au porte-bagages. Puis Becca prit la paire de lunettes aux verres sans correction, la mit sur son nez, et ajusta les bretelles du lourd sac à dos.

— Tu as la carte de l'île ? s'enquit sa mère.

— Dans mon sac.

— Tu es sûre ?

— Sûre.

— Et l'adresse de tante Carol ? Au cas où ?

— Je l'ai aussi.

— Où as-tu mis le portable ? Souviens-toi, c'est un forfait bloqué de quelques minutes. Mon numéro est dans le répertoire. A n'utiliser qu'en cas d'urgence. Uniquement en cas d'urgence. C'est important, tu ne dois pas oublier.

— Je n'oublierai pas. Il est rangé dans mon sac, maman. Et oui pour tout le reste. Les piles de mon brouilleur. La teinture en rab. Tout.

— Où est ton billet ?

— Ici. Maman, tout est là. Je t'assure.

Oh, mon Dieu... Oh, mon Dieu... Oh, mon Dieu...

— Je ferais mieux d'y aller, reprit Becca, les yeux rivés sur la file de voitures qui prenait la direction du centre-ville.

— Regarde-moi, chérie…

Becca n'en avait aucune envie. La peur la dévorait et elle n'avait pas besoin d'y ajouter celle de sa mère. Devinant pourtant l'importance de la rassurer, elle se tourna vers elle.

— Regarde-moi au fond des yeux, répéta Laurel. Dis-moi ce que tu vois. Dis-moi ce que tu entends.

Il n'était plus question de poésie à présent. Un seul message l'attendait dans les pensées de sa mère.

— Tu reviendras, répondit Becca.

— Oui, lui promit Laurel. Dès que possible.

2

Les piétons, nombreux, embarquaient en premier. Becca suivit le mouvement. Les cyclistes se dirigeaient vers l'avant du ferry, poussant leur vélo au fond de la cale le long d'un tunnel à trois voies ; les autres empruntaient un escalier. Remarquant que certains d'entre eux vidaient leurs poches ou fouillaient dans leur porte-monnaie, Becca en conclut qu'il y avait des choses à acheter sur le pont. Sans doute de la nourriture ou des boissons chaudes. Les deux seraient les bienvenues : elle grelottait à cause de la brise glacée et elle avait encore faim.

Après avoir rangé son vélo, Becca s'apprêtait à revenir sur ses pas pour gagner le pont, mais elle fut arrêtée par le rugissement subit de motos, amplifié par le tunnel. On aurait cru qu'il y en avait au moins vingt alors qu'elles n'étaient que quatre. Suivait une file de semi-remorques, puis les voitures disposées sur quatre voies.

Rien de tout cela ne perturba Becca : elle avait son brouilleur, il lui suffit de monter le volume et de se concentrer sur le grésillement. Elle fut décontenancée, en revanche, quand elle constata que la première voiture de la file, celle qui venait juste de se garer à côté de son vélo de course, était un véhicule de police.

On dit que le sang peut se figer dans les veines, et c'est exactement l'impression qu'eut Becca à cet instant précis. Elle savait ce qu'elle pouvait, selon toute logique, craindre : Jeff Corrie, lorsqu'il avait découvert le départ de sa femme et de sa belle-fille, avait prévenu les flics pour les déclarer disparues. En tirant ainsi la sonnette d'alarme, il espérait les retrouver rapidement et rayer de la carte Becca, ainsi que les informations qu'elle avait glanées grâce à son don. Jeff avait pour devise préférée : « Il n'y a pas de meilleure défense que l'attaque. » Et quelle attaque plus judicieuse que celle-ci ? Becca voyait d'ici l'affichette qu'il avait dû distribuer à tout va. Elle se trouvait même peut-être dans la voiture de patrouille, fixée au tableau de bord et montrant en gros plan leurs visages, à sa mère et elle.

Elle se détourna lentement, les yeux rivés droit devant elle. Tout mouvement brusque l'aurait trahie, et l'idée d'être démasquée moins de dix minutes après avoir quitté sa mère la terrifiait. Elle avait l'impression que des flèches lumineuses suspendues au plafond pointaient dans sa direction et que le policier ne pourrait pas ne pas la voir.

Le suspense devint vite insupportable : Becca avait besoin de savoir si elle avait été repérée. Consciente que son geste ne servirait qu'à redoubler le martèlement dans son crâne, elle baissa le volume de son brouilleur afin d'obtenir quelques informations utiles.

Il était presque impossible de distinguer quoi que ce soit. Des bribes de pensées se mêlaient sans logique : *Nancy, bon sang... le dîner ne sera pas... du vernis à ongles partout... parlé à mon patron... emmener William chez le coiffeur...* Soudain, au cœur de ce tourbillon de murmures, Becca fut envahie par une chaleur, inattendue dans ce lieu si froid et humide, qui s'accompagnait d'une odeur tout aussi déconcertante. Non pas celle des moteurs du ferry ou des gaz d'échappement des voitures et des motos, mais les effluves acidulés et sucrés de fruits qu'on ferait compoter. Un parfum si puissant que, sans s'en rendre compte, Becca fit volte-face, se dévoilant au policier garé derrière elle. Peu importait le risque couru, car une seule chose comptait à présent : découvrir la source de ces sensations surprenantes.

Ainsi posa-t-elle, pour la première fois, les yeux sur le garçon qui allait bouleverser sa vie. Un adolescent, comme elle, assis dans le véhicule – à l'avant, et non sur la banquette arrière. Il discutait avec le policier. Tous deux avaient le même air sérieux ; cependant le contraste entre eux n'aurait pas pu être plus frappant.

La peau du garçon était d'un noir profond, si obscur qu'il faisait paraître l'homme à côté plus blanc que blanc. Celui-là avait le crâne rasé – ce qui lui allait bien –, alors que celui-ci arborait une tignasse châtain mêlée de gris.

Becca réalisa que l'inconnu était la première personne de couleur qu'elle croisait depuis l'embarquement. Elle n'avait pas l'intention de le dévisager, et ce n'était d'ailleurs pas ce qu'elle faisait, pourtant il leva les yeux vers elle. Lorsqu'ils croisèrent les siens, la chaleur bienfaisante qu'elle éprouvait s'accrut, tout comme l'odeur de fruits cuits. Mais un autre sentiment la prit au dépourvu... Un désespoir sans fond, sur lequel flottait le murmure d'un simple mot répété trois fois : *réjouissance, réjouissance, réjouissance.*

Becca adressa un demi-sourire au garçon, ainsi qu'on

le fait dans ces cas-là. Elle sentit son désespoir s'approfondir, baissa vite les yeux avant qu'il ne la submerge. A cet instant-là, le policier sortit de la voiture. Il referma la portière sans un bruit, puis se dirigea vers l'escalier tout en composant un numéro sur son téléphone portable.

Becca aurait pu saisir cette occasion pour aborder l'adolescent, mais elle n'était pas assez bête pour prendre ce risque : elle s'en tiendrait à son projet initial et irait se chercher à manger.

Après avoir posé son sac à dos près de son vélo, elle longea la voiture. Sur la portière, elle lut : *Shérif du comté de l'île.*

Avec sa chance, elle se retrouva à gravir les marches juste derrière le policier, qui devait être l'adjoint, sinon le shérif en personne. Il semblait être connu dans le coin. Ceux qui le croisaient l'appelaient par son prénom, Dave, quand ils ne lui demandaient pas des nouvelles de Rhonda ou du dernier-né de sa fille. Afin de ne pas attirer son attention, Becca se fit toute petite, mais il fut rapidement absorbé par sa conversation téléphonique, à propos d'une falaise.

Les bribes qu'elle surprit n'étaient pas, étonnamment, entremêlées de murmures. Dave disait qu'il aurait du mal à se libérer la semaine d'après, tant son emploi du temps était chargé. Il pourrait peut-être la suivante, après le travail. Il doutait par ailleurs que la falaise soit vraiment sûre. L'endroit était finalement assez exposé, sans compter que quelqu'un – « tu-sais-qui », avait-il dit – avait pris l'habitude d'y entraîner son petit frère.

Cet échange éveilla la curiosité de Becca. En tant que native de Californie, aucune catastrophe naturelle ne lui était étrangère : tremblements de terre, incendies, inondations, sécheresses, tempêtes, glissements de terrain… Or elle n'avait pas imaginé de tels dangers sur l'île, et elle s'interrogea aussitôt sur la fameuse falaise.

A l'étage, le policier se posta près d'une fenêtre pour continuer sa discussion, tandis que Becca suivait le flot de passagers vers la cafétéria, où il y avait déjà la queue. Elle devrait faire durer son argent jusqu'à ce que sa mère puisse lui en envoyer davantage, et arrêta donc son choix sur des cookies. Vendus par trois, ils étaient recouverts d'un glaçage orange, ce qui intrigua la petite fille derrière elle.

— Regarde, mamie ! s'écria-t-elle. Ils ne sont pas roses, cette fois !

— C'est peut-être pour Halloween, suggéra sa grand-mère.

Becca eut un pincement au cœur : Halloween était sa fête préférée. Sa mère mettait ça sur le compte des bonbons gratuits. « Il faudrait d'ailleurs surveiller ta consommation de sucre, ma chérie, parce que le diabète de type deux fait des ravages chez les jeunes de ton âge. » La grand-mère de Becca, quant à elle, était persuadée que sa petite-fille prenait plaisir à démasquer ses camarades, trahis par leurs murmures. Elle lui avait toujours conseillé de se fier aux pensées intérieures des enfants. « Ils ne savent pas se mentir à eux-mêmes. »

Sa grand-mère lui manquait tant… D'autant qu'elle n'avait jamais craint de reprendre sa fille : « Laurel, laisse-la un peu tranquille, tu veux ? Elle va finir par s'adapter. »

Et la vieille femme avait beau s'entendre rétorquer systématiquement la même chose – « J'aimerais juste qu'elle ait une vie normale, maman » –, elle tenait bon. « Pouah ! Rien n'est plus ennuyeux que la normalité ! »

Grâce à elle, Becca se sentait spéciale. Et non pas bizarre.

C'était dans cette quête d'uniformisation que Laurel avait eu l'idée du brouilleur. Elle prétendait que Becca n'en tirerait que des avantages et qu'elle pourrait se concentrer en cours. A la vérité, si l'appareil avait bien aidé Becca à canaliser son attention, il l'avait aussi coupée des pensées d'autrui. De celles de sa mère, en particulier.

Becca observa un instant la fille qui la précédait dans la queue. Elle tenait un hamburger enveloppé dans du papier d'aluminium et discutait avec deux garçons près du présentoir de condiments, à quelques pas. L'un d'eux, les cheveux longs et le visage constellé de boutons, portait une cagoule de ski roulée sur elle-même comme un bonnet ; l'autre, plus élégant et bien coiffé, jetait des regards inquiets alentour et déglutissait de façon compulsive. Quant à la fille, très petite, elle soignait son apparence et était tout en muscles. Elle avait une coupe à la garçonne et une voix empreinte d'irritation narquoise. Ils donnaient l'impression de manigancer un mauvais coup, tous les trois. Becca se fit la réflexion que les lycéens se ressemblaient tous.

Au moment où la fille atteignait la caisse, le garçon aux cheveux longs grommela :

— Elle n'aura pas le cran…

— Tu ne devrais pas, Jenn, ajouta le second.

« Ne devrais pas quoi ? » s'interrogea Becca, alors que Jenn sortait un billet de dix dollars pour payer son hamburger. Elle oublia bien vite sa question, fascinée par les ongles parfaits de la caissière, lisses et brillants, si différents de ceux de la vendeuse de Chez Ivar. Becca se demanda si…

— Hé ! s'écria Jenn. Je vous ai donné vingt dollars.

— Non, c'était un billet de dix, intervint Becca sans réfléchir. Je l'ai vu.

La fille fit volte-face vers elle.

— Qu'est-ce que… Tu me traites de menteuse ou quoi ?

Ses paroles s'accompagnaient de murmures : *Qui c'est, celle-là... super, Dylan... d'autres idées dans le genre ?*

— Oh, non ! Désolée ! s'empressa de répliquer Becca. Je ne l'ai remarqué que parce que je regardais ses ongles. Ils sont très jolis d'ailleurs, ajouta-t-elle en se tournant vers la caissière, qui piqua un fard.

— C'est quoi, ton problème ? Tu es fétichiste ? reprit Jenn avant de s'adresser à la vendeuse. Je vous ai donné vingt dollars et je veux ma monnaie.

— Je t'assure que non, insista Becca.

Un homme sortit alors de la pièce à l'arrière du bar et voulut connaître l'origine de l'esclandre.

— Je vais vous le dire, moi, fit Jenn en haussant le ton, tandis que le plus jeune des deux garçons prononçait son prénom d'un air de mise en garde. Je lui ai donné vingt dollars. Et elle, là, ajouta-t-elle à l'intention de Becca, a des visions.

— Eh bien, dans ce cas, nous allons vérifier, entendu ? répondit-il.

Il fit pivoter un petit moniteur vers la file de clients : celui-ci était relié à une caméra braquée sur la caisse, qui enregistrait une image à chaque ouverture du tiroir. L'homme pressa un bouton et la preuve apparut à l'écran : le billet de dix dollars qui passait des mains de Jenn dans celles de la caissière.

— Circulez, dit-il d'un ton glacial. Client suivant, s'il vous plaît.

Becca avança pour régler ses cookies. Juste avant de disparaître avec ses deux complices, Jenn lui glissa à l'oreille :

— Sale tocarde…

Vers la fin de la traversée, une annonce demanda aux passagers de rejoindre leurs véhicules. Becca se laissa entraîner par la foule. Quand elle arriva au niveau de la voiture de police, elle évita de regarder, mais aperçut néanmoins l'épaule du garçon, appuyée contre la vitre.

Ses affaires n'avaient pas bougé d'un iota. Les sacoches pleines à craquer se trouvaient toujours sur le porte-bagages, et le sac à dos était adossé contre la roue arrière. Elle le hissa sur ses épaules et se concentra sur le quai qui se rapprochait à l'horizon. La brume, plus épaisse ici, formait un voile gris ondulant, suspendu entre l'île et elle. La première chose qui la frappa fut la quantité d'arbres. Becca n'en avait jamais vu autant dans une zone habitée.

Elle avait l'habitude de coteaux poussiéreux, aux flancs semés d'arbustes squelettiques, que les promoteurs immobiliers rasaient sans vergogne pour couvrir les pentes de milliers de pavillons identiques. Ici, en revanche, les habitations, lorsqu'il y en avait, étaient nichées dans la végétation. Becca contemplait une vaste forêt : pins d'Oregon, pruches et cèdres résistant aux climats rigoureux, mais aussi aulnes, bouleaux, érables et peupliers faux-trembles, dont la chute des feuilles en hiver permettait à la lumière d'atteindre la terre. Ces bois s'élevaient en pente raide depuis une plage bordée d'un chapelet de maisons qui scintillaient dans l'obscurité croissante.

Une fois la rampe de débarquement en place, les employés de la compagnie maritime invitèrent les cyclistes et les piétons à débarquer, les premiers vers la droite, les seconds vers la gauche. Becca découvrit un quai bien plus immense que ce à quoi elle s'attendait. Sur cette île, tout semblait plus grand que nature. Les bateaux, les arbres, les quais…

Elle se mit en quête de Carol Quinn. Sa mère ne lui en avait pas fourni de description physique, mais il lui suffirait de guetter une camionnette.

Elle ne repéra aucun véhicule, cependant, à l'exception du bus de l'île, qui s'éloignait déjà en direction de la nationale, et des quelques voitures éparpillées sur un parking. Becca promena son regard autour d'elle sans paniquer. Sa mère avait appelé Carol Quinn, la jeune fille avait assisté à la conversation. Carol Quinn allait venir.

Elle patienta dix minutes. Elle en profita pour manger, ou plutôt savourer, un de ses cookies, et les dix minutes s'étirèrent jusqu'à vingt. Puis un autre ferry accosta et repartit sans que Carol Quinn eût donné le moindre signe de vie. Au troisième bateau, Becca repêcha au fond de son sac le téléphone portable où le numéro de sa mère était enregistré.

L'appel ne passa pas : « Votre correspondant n'est pas joignable. » Becca décida de retenter sa chance un peu plus tard. En attendant, elle se mettrait en route : Carol Quinn avait, de toute évidence, été retardée par un imprévu, et elles se croiseraient en chemin.

Becca sortit la carte de l'île et repéra le trajet le plus direct jusqu'à Blue Lady Lane. Une route appelée Bob

Galbreath Road, et qui partait de la nationale à quelques centaines de mètres de l'embarcadère, l'y conduirait. Si elle était loin d'être dans une forme olympique, il y avait à peine plus de neuf kilomètres à faire. C'était du gâteau ! Surtout avec un vélo de course. N'importe qui pouvait couvrir cette distance avec une telle bécane.

N'importe qui, peut-être, mais pas elle, et elle ne tarda pas à le découvrir. Le temps de gagner la nationale, Becca se fit deux réflexions. « Oh, mon Dieu », d'abord. « Je n'y arriverai jamais », ensuite. Car la montée, qui disparaissait en serpentant dans la brume, était raide. Les quelques boutiques alignées sur sa droite semblaient se cramponner au sol pour ne pas glisser dans l'eau.

Becca n'avait pas parcouru cent cinquante mètres que ses poumons criaient grâce et que son cœur tambourinait si fort qu'elle n'aurait pas eu besoin de son brouilleur pour noyer d'éventuels murmures. Elle s'engagea alors sur le petit parking d'un salon de beauté ouvert, ainsi que l'indiquait l'enseigne lumineuse rouge dans la vitrine. Une applique, au-dessus de la porte d'entrée, projetait un cône lumineux sur un paillasson souhaitant la bienvenue aux visiteurs. C'était ce rai de lumière qui avait attiré Becca.

Elle ressortit la carte pour étudier un autre itinéraire. Il n'y en avait pas. Elle fixa donc la chaussée pendant dix bonnes minutes, dans l'espoir de voir passer une camionnette conduite par une femme.

Elle ne fut pas exaucée. N'ayant d'autre choix, elle repartit.

Le pédalier lui opposait une telle résistance qu'elle faisait presque du surplace. Elle réussit à doubler le bâtiment peu élevé d'une banque, puis un restaurant défraîchi qui invitait à venir déguster des « Pizzas ! Pizzas ! Pizzas ! », ainsi que la voiture du shérif, garée juste devant. A l'intérieur, l'officier et le garçon devaient s'enfiler une énorme pizza au pepperoni et au fromage. Au moment de longer un garage d'occasion, elle songea que sa mère et elle auraient pu y échanger la Ford Explorer contre une autre auto. A cette pensée, ses yeux se mirent à la piquer, et elle se força à regarder droit devant elle, tentant de repérer dans la brume l'intersection qu'elle cherchait.

A la place, elle aperçut un café de la chaîne Dairy Queen, ce qui lui mit du baume au cœur. Elle pouvait aller jusque-là. Et elle se récompenserait d'un hamburger. Accompagné de frites et d'un milk-shake à la fraise. Manger allégerait ses inquiétudes. Elle réussirait bien à atteindre cet objectif, se répéta-t-elle, surtout s'il était assorti de la promesse d'un repas.

Une surprise l'attendait : la Bob Galbreath Road précédait de quelques mètres le Dairy Queen. Face à ce dilemme, la sagesse eut raison de sa gourmandise, d'autant que les ombres s'allongeaient et que l'obscurité s'épaississait. Elle s'engagea sur la voie annexe.

3

Cette seconde route était pire que la précédente. Après une descente d'une cinquantaine de mètres que Becca dévala en roue libre, ça recommençait à grimper.

Elle fut bientôt cernée d'arbres. Sur sa droite, le bas-côté cédait presque aussitôt le pas à une pente raide couverte d'aulnes minces. La même variété d'arbres abondait de l'autre côté de la route et perçait le brouillard. Les branches se rejoignaient de part et d'autre pour former un tunnel, et des gouttes d'eau tombaient de cette voûte pour venir s'écraser sur les lunettes de Becca. Secouant la tête pour les chasser, elle n'envisagea pas un seul instant de ranger la paire dans sa poche. Cet accessoire faisait désormais partie intégrante de sa nouvelle identité, tout comme le châtain terne, et franchement immonde, que sa mère avait choisi pour cacher son blond vénitien. De toute façon, ses lunettes ou ses cheveux étaient des problèmes secondaires. Une seule chose importait : arriver chez Carol Quinn. Même si Blue Lady Lane lui paraissait aussi impossible à atteindre que la lune ; à chaque coup de pédale, sa respiration devenait de plus en plus difficile.

A la cinquième côte, un sanglot s'échappa de sa poitrine. Elle n'aurait su dire s'il trahissait son épuisement ou son désespoir ; en revanche, elle savait qu'une pause s'imposait. Ayant rejoint un tronçon de la route plus large, elle descendit de vélo. Appuyée au guidon, elle reprenait sa respiration lorsqu'une sirène retentit. La lumière du gyrophare apparut presque immédiatement.

Elle imagina aussitôt le pire. S'armant de courage, elle attendit la suite… La voiture de police la doubla, toutes sirènes hurlantes, sans ralentir. Au moment où le véhicule passait en trombe, Becca eut à nouveau le temps de croiser le regard du garçon du ferry. Et de sentir le vide qui l'habitait. Puis tout s'évanouit. Qu'avait-il donc fait pour être habité par une telle détresse ? Et où était-il conduit ?

Un silence assourdissant résonna sur la chaussée redevenue déserte. Becca n'avait pas la moindre idée de la distance qu'il lui restait à parcourir, mais elle avait peu d'espoir d'arriver chez Carol Quinn avant que la nuit noire succède au crépuscule. Elle se remit en route.

Elle devait avoir parcouru quatre cents mètres quand elle entendit une voiture arriver dans son dos. Se déportant le plus possible sur la droite, elle remarqua que le bruit du moteur restait constant. Apparemment, l'automobiliste n'avait pas l'intention de la dépasser. Elle se retourna et vit un pick-up sur le plateau duquel plusieurs chiens s'agitaient.

« Alléluia, pensa Becca. Carol Quinn, enfin ! »

Le véhicule se rangea sur le bas-côté et le conducteur

en descendit. Becca aperçut une casquette, d'épaisses chaussures de cuir et un anorak. Une agréable voix féminine s'éleva :

— On dirait que tu peines. Je peux te déposer quelque part ?

Ce n'était pas Carol Quinn… Dépitée, Becca tendit l'oreille, à l'affût de murmures. Pas un seul ne s'échappait de la tête de la femme et elle ne sut qu'en déduire. Le silence intérieur de cette inconnue la distinguait du reste de l'humanité. La mère de Becca en aurait conclu sans nul doute qu'il fallait la fuir comme la peste, mais sa grand-mère lui aurait soufflé : « L'originalité se définit aussi bien par l'absence que par la présence, trésor. »

— Je déraille sans arrêt, finit par dire Becca.

Un mensonge minime, car elle avait eu la sensation que ce risque la guettait à chaque changement de vitesse.

— Je vais à Blue Lady Lane, ajouta-t-elle.

— C'est ton jour de chance, je me rends à Clyde, répondit la femme comme si Becca était du coin. Mettons-le à l'arrière, poursuivit-elle en s'emparant du vélo.

On aurait cru qu'il ne pesait rien à la voir le soulever aussi facilement, malgré les sacoches. Elle le hissa sur le plateau du pick-up tout en chassant les chiens :

— Grimpe devant, proposa-t-elle à Becca. Oscar se poussera.

Le Oscar en question était un caniche noir, qui avait eu la chance de ne pas passer chez un toiletteur. Installé sur le siège, il portait la ceinture de sécurité. Hésitant à le détacher, Becca patienta jusqu'à ce que la femme se glisse derrière le volant et l'apostrophe :

— Qu'est-ce que tu attends ?

Elle éclata de rire quand elle comprit l'origine du problème.

— Excuse-moi, reprit-elle, je vais arranger ça. Viens par là, Oscar… Je suis Diana Kinsale, au fait. On ne s'est encore jamais croisées… Et moi qui croyais connaître tout le monde dans le sud de l'île.

— Becca King, répondit la jeune fille, se récitant intérieurement la suite : « Rebecca Dolores King de San Luis Obispo, en Californie. Je suis née dans l'Idaho, dans la Sun Valley. Et non, je ne skie pas, aussi surprenant que cela paraisse. »

— Joli nom, répliqua Diana Kinsale en enclenchant la boîte de vitesses.

Becca jeta un coup d'œil par la lunette arrière : il y avait deux labradors et deux bâtards.

— Vous tenez une garderie pour chiens ? demanda-t-elle.

La femme éclata de rire à nouveau et retira sa casquette. Becca constata qu'elle avait les cheveux gris, ce qui la surprit. Dans sa famille, sa grand-mère comme sa mère n'avaient jamais laissé le moindre cheveu blanc s'installer sur leur tête. Diana Kinsale en revanche était l'incarnation parfaite de la femme nature. Elle ne portait pas de maquillage et ne semblait pas avoir mis le pied chez le coiffeur depuis des années.

— Ils sont tous à moi, dit-elle en référence aux chiens. Je n'en voulais pas cinq au départ, mais une chose menant à une autre… Et toi, tu as un animal familier ?

— Aucun, répondit Becca. J'aurais bien aimé, seulement ma mère est allergique.

— Ah.

Qui est-elle ? Becca ressentit une pression dans son crâne : c'était, bien sûr, la question logique. Qui est ta mère, cette femme allergique aux chiens, et sait-elle que tu fais du vélo seule, à la tombée de la nuit, quand le brouillard s'épaissit de minute en minute ? Pourtant ces questions ne furent pas posées. Même intérieurement.

Becca observa Diana Kinsale à la dérobée et celle-ci lui jeta un coup d'œil sans un mot. Elle alluma l'autoradio et mit un CD des Dixie Chicks, réglé à un volume interdisant toute conversation.

Il ne leur fallut pas longtemps pour rejoindre Clyde Street. Une chanson et demie plus tard, Diana se garait devant une maison de bardeaux gris, dominant un bras de mer – la passe de Saratoga, Becca l'apprendrait plus tard. En contrebas, un groupe de maisonnettes bordaient une minuscule plage, face à laquelle s'étendait une autre île, masse sombre hérissée d'arbres et faiblement éclairée par la poignée d'habitations à son extrémité sud.

Diana descendit de la camionnette, et Oscar la suivit. Les autres chiens se mirent à aller et venir. Le temps que Becca la rejoigne à l'arrière, Diana avait déjà baissé le hayon, et les quatre chiens s'ébattaient sur la pelouse.

— Interdiction de faire vos besoins, leur cria-t-elle en posant le vélo à terre.

Après avoir vérifié que les sacoches étaient bien accrochées, elle tendit la main à Becca.

— J'espère te recroiser, Becca King.

La jeune fille lui donna une poignée de main. Leurs doigts entrèrent en contact, et une sensation étrange parcourut le bras de Becca, quelque part entre la décharge électrique et le membre engourdi qui se réveille. Son regard rencontra celui de Diana et, à cet instant, elle sut que sa grand-mère avait dit vrai. Parfois une absence peut être le symptôme d'une présence. La seule difficulté consistait à cerner la nature de celle-ci.

— On n'est pas toujours responsable de tout, lui souffla-t-elle.

— Pardon ? rétorqua Becca, qui avait plus que jamais besoin de murmures pour comprendre cette femme.

— La chaîne de ton vélo, reprit Diana. Il aurait fallu la montrer à quelqu'un, mais en général on ne remarque ce genre de chose que trop tard. Tu n'y es pour rien si la route t'a donné autant de mal. Ton vélo n'est pas en bon état.

Les chiens, qui s'étaient approchés, reniflaient le sol tout autour des pieds de Becca. Bien vite, ils s'agrippèrent à sa jambe pour atteindre la poche de sa veste contenant les deux derniers cookies.

— Les chiens t'apprécient, c'est une bonne chose, fit Diana, avant de leur annoncer : C'est l'heure de manger, les gars !

Elle récolta un concert d'aboiements.

— Passe quand tu veux, conclut-elle en agitant la main et en se dirigeant vers l'arrière de la maison, les chiens sur les talons.

Becca prit soin de pousser son vélo au lieu de l'enfourcher. Diana Kinsale avait sans doute deviné son mensonge au sujet de la chaîne, mais la jeune fille préférait jouer la comédie jusqu'au bout. Lorsqu'elle atteignit le réverbère installé à quelques mètres de chez

Diana, elle déplia la carte pour voir où Blue Lady Lane se situait par rapport à Clyde Street.

Elle comprit pourquoi Diana avait parlé de jour de chance. Les deux rues étaient parallèles, distantes d'un seul bloc. Lorsque Becca tourna à droite dans Blue Lady Lane, elle aperçut aussitôt la voiture du shérif, qui l'avait doublée un peu plus tôt. Elle était garée à peu près au milieu de la rue, le long du trottoir.

Becca comprit, alors. Elle n'aurait pu dire lequel, mais un drame s'était produit. Et il n'augurait rien de bon pour la suite. Elle crut d'abord que la police la recherchait ; toutefois la présence d'au moins huit personnes sur la terrasse de l'habitation, dont toutes les pièces étaient allumées, suggérait autre chose.

Elle fit rouler son vélo jusqu'à un amas de végétation et observa la scène depuis cet abri. Un panneau posé au ras du sol indiquait Horse Haven, et les spots qui y étaient fixés éclairaient le numéro au-dessus de la porte. Becca sortit l'adresse de Carol Quinn et constata sans surprise que les numéros correspondaient.

Elle avança discrètement, se cachant dans l'ombre des arbres pour traverser la rue. Elle était déjà à la hauteur du véhicule du shérif lorsqu'elle se rendit compte que le garçon s'y trouvait encore, contrairement au policier.

Elle voulut rebrousser chemin, mais il sortit et elle se pétrifia sur place. Après avoir étudié la maison perchée sur une petite butte en se frictionnant la nuque, il se tourna vers elle.

Leurs yeux se croisèrent. *Les gens partent... quelqu'un... si la mort était facile... réjouissance réjouissance...* Les mots flottèrent telle une caresse entre eux. Puis deux voix retentirent soudain dans la pénombre : deux hommes approchaient.

— Je suis vraiment désolé, monsieur Quinn. S'il y a quoi que ce soit…

Le garçon jeta un coup d'œil dans leur direction avant de reporter son attention sur Becca. « Va-t'en, articula-t-il en silence. Tout de suite. » Il remonta en voiture.

Elle ne pouvait pas partir sans savoir, pourtant. A ce moment-là, l'autre homme lui apporta la réponse qu'elle cherchait. Il pleurait.

— Elle disait qu'elle ne se sentait pas dans son assiette. Comme elle, j'ai pensé à la grippe. Et voilà…

— Elle n'est pas la première, répliqua le shérif. Les crises cardiaques, chez les femmes… Les symptômes les prennent au dépourvu. Elle ne s'attendait pas à ça.

— Elle était si forte, Dave…

Il éclata en sanglots. Becca rebroussa chemin et s'assit dans le fourré. Se prenant la tête à deux mains, elle écouta le véhicule du shérif s'éloigner. Elle n'avait pas la moindre idée de ce qu'elle allait faire.

Une heure plus tard, la maison avait retrouvé son calme. Becca s'était creusé les méninges et avait tenté, en vain, de contacter sa mère. *Votre correspondant n'est pas joignable, votre correspondant n'est pas joignable*, voilà le message qui revenait en boucle, alimentant les pires craintes de Becca. Il ne lui restait plus qu'un seul espoir : elle devrait parler au mari de Carol Quinn.

Alors qu'elle quittait sa cachette, M. Quinn sortit sur la terrasse. A demi masquée par un rhododendron, elle hésita. Tandis qu'elle le voyait parfaitement, lui avait le regard perdu dans le vide, en direction de l'eau.

Il alluma une cigarette et fuma quelques instants en silence. Becca l'étudia. Des pensées éparses finirent par lui parvenir, *et maintenant... elle n'avait jamais songé... aucun plan...*, telles des miettes de pain jetées aux canards. Le chagrin emplissait ces murmures, et ils déferlèrent sur Becca comme des blocs de roche.

— Monsieur Quinn ? hasarda-t-elle en avançant en pleine lumière.

— Oui, répondit-il d'une voix lasse. Qui es-tu ? Tu es perdue ?

— Becca King.

Elle attendit un déclic, une réaction, un « je me souviens », n'importe quoi. Elle espérait qu'il lui dirait : « Ah, oui. La fille que Carol devait accueillir jusqu'au retour de sa mère. » Mais comme il n'en faisait rien, Becca en déduisit que Carol Quinn avait suivi les instructions de sa mère à la lettre et emporté le secret dans sa tombe. Les lèvres raides et sèches, elle murmura :

— Je voulais juste... vous présenter mes condoléances.

Il s'était déjà replongé dans ses pensées, et aucune d'entre elles ne concernait une fille de San Diego fuyant l'homme qui avait assassiné son associé lors du cambriolage bidon de l'appart de ce dernier.

Becca retourna à son vélo. Tenta d'appeler sa mère. Elle se rappelait encore ses mots exacts : « Je l'ai programmé, chérie. Il te suffit de presser la touche 1. Seulement en cas d'urgence, n'oublie pas. »

Tout ce qui se rapportait à Carol Quinn s'était révélé

une urgence, songea-t-elle. Elle appuya sur la touche 1 une énième fois. Elle attendit, au supplice, que l'appel aboutisse. *Votre correspondant n'est pas joignable, votre correspondant n'est pas joignable*...

Patience, se dit-elle. Un peu de patience. Les réseaux téléphoniques n'étaient pas sans faille, surtout dans cette partie des Etats-Unis. Entre les montagnes, les étendues d'eau et les îles, on était sans doute souvent injoignable.

Alors patience, patience, patience. Patience. S'il y avait bien une idée que Becca ne se sentait pas en mesure d'affronter dans l'immédiat, c'était la possibilité que sa mère, qui avait programmé leur fuite avec autant de précision, l'ait abandonnée, seule, sur une île dont elle ne savait rien.

4

Becca redoutait un tas de choses. Comme beaucoup de filles de quatorze ans, elle ne s'était jamais retrouvée seule. Elle avait toujours eu sa mère et, avant qu'elle ne soit emportée par un cancer du sein, sa grand-mère. A présent, elle ne pouvait plus compter que sur un téléphone portable qui ne lui permettait de joindre personne. Le problème se résumait en quelques mots : Laurel avait préparé leur plan dans les moindres détails, et le plus important de ceux-ci venait d'exploser au visage de Becca.

Le mari de Carol Quinn était rentré, et elle l'apercevait à travers les fenêtres largement éclairées. Si elle ne pouvait entendre ses murmures à cause de la distance et de la vitre qui les séparaient, elle les imaginait sans peine. *Carol... Carol... si seulement...* Il déambulait sans but dans le salon.

Becca s'avança sur une pelouse qui surplombait l'eau, beaucoup plus bas. Un tronc d'arbre, dont la texture rappelait celle du bois flotté et qui avait dû être hissé depuis la plage, servait de banc. S'asseyant dessus, elle s'efforça de réfléchir. Qu'allait-elle bien pouvoir faire ? Pour ne pas céder à la panique, elle sortit un deuxième cookie et le mangea petit bout par petit bout, histoire de tuer le temps. Une fine pluie se mit à tomber et elle rabattit la capuche de sa veste sur sa tête. Les yeux rivés sur les lumières de la petite île devant elle, elle se demanda à quelle distance se trouvait sa mère.

Elle avait pris la direction de la Colombie-Britannique et d'une ville de montagne, Nelson. Son choix avait été déterminé par *Roxanne*, un vieux film avec Steve Martin et Daryl Hannah. Laurel l'aimait tant qu'elle regardait le DVD à la moindre déprime. Ce n'était pas l'histoire d'amour qui l'intéressait, mais la petite ville de Nelson, où le tournage avait eu lieu. Elle se passionnait pour cette bourgade à chaque visionnage. Au point de mettre le film sur pause et de détailler le décor. Becca avait fini par se demander si Laurel cherchait quelqu'un, un habitant du coin embauché comme figurant. Elle n'avait jamais réussi à résoudre ce mystère, car sa mère se récitait alors en boucle : *Ecoutez, mes enfants, et vous apprendrez / L'histoire de Paul Revere et de sa nocturne chevauchée*... Quand Becca lui demandait pourquoi elle faisait une chose pareille, celle-ci lui répondait : « Question de discipline, ma chérie. » Puis elle ajoutait d'un ton sec : « Et pourquoi tu n'utilises pas ton brouilleur ? »

Sa grand-mère l'incitait elle aussi à mettre son appareil. Ça permettait de respecter l'intimité des autres, bien sûr. Ça lui permettait surtout de vivre sa vie sans être bombardée de bruit.

« Et toi, comment tu faisais ? rétorquait Becca, qui avait hérité de son aïeule, non pas sa chevelure d'un rouge flamboyant, mais cette faculté rare.

— Ton don est plus développé que le mien. Il te faudra du temps pour apprendre à le contrôler.

— Je vais devoir porter ce truc débile toute ma vie ?

— Jusqu'à ce que tu saches régler le volume de toi-même, dans ta tête. Ta mère cherche juste à te protéger, trésor. Elle veut ton bien. »

Dans l'immédiat, Becca voyait mal par quels moyens sa mère assurait sa protection… Lorsqu'elle eut terminé le cookie, qu'elle avait dégusté le plus lentement possible en laissant chaque bouchée fondre sur sa langue, elle sortit son portable et tenta, à nouveau, de la contacter.

Tombant sur le message habituel, elle laissa échapper un grognement d'exaspération, puis fourra le téléphone dans sa poche. Elle était tentée de se mettre en colère contre sa mère, sauf que ça ne servirait à rien. Elle était tentée aussi d'aller frapper chez Diana Kinsale et de lui demander son aide. Cependant, le fait de n'avoir eu accès à aucune de ses pensées l'inquiétait. Elle ne savait comment l'interpréter. En même temps, elle ne pouvait pas rester sur ce tronc blanchi. Elle se força donc à rejoindre son vélo. A la lueur d'un réverbère voisin, elle examina la carte de Whidbey et repéra la route jusqu'à Langley, la ville la plus proche – quelle que soit la réalité recouverte par ce terme… Non seulement elle ne savait pas ce qu'elle trouverait là-bas, mais elle était si fatiguée qu'elle se sentait incapable de prendre la moindre décision sur place. Elle replia donc la carte et enfourcha sa bicyclette. Elle devait faire quelque chose, et pédaler valait mieux que rester les bras croisés.

En passant devant chez Diana Kinsale, sur Clyde Street, elle marqua une pause. Dans l'obscurité, juste aux abords de la maison, elle discerna le contour argenté du chenil où les animaux s'agitaient, se préparant pour la nuit. Ce tableau apporta une forme de réconfort à

Becca. Ils s'étaient montrés amicaux avec elle, lui reniflant les pieds et les poches sans pour autant lui sauter dessus.

Tandis qu'elle promenait son regard autour d'elle, la lumière du perron s'éteignit, ce que, étrangement, elle prit pour une invitation. Elle remarqua alors un énorme taillis. Dans le noir, elle ne distinguait pas grand-chose, sinon qu'il était épais, épineux et mal entretenu. Elle se piqua d'ailleurs au moment de cacher son vélo, avec ses sacoches, derrière les branches.

Les chiens aboyèrent à son approche. La porte de la cuisine s'ouvrit et Becca se terra dans l'ombre.

— Ça suffit, les gars ! Silence ! leur cria Diana.

Ils se turent, mais arpentèrent leur enclos avec une énergie renouvelée. Leur maîtresse referma.

Becca patienta le temps que les animaux s'installent pour la nuit. Elle voulait s'assurer que Diana Kinsale ne sortirait plus. Réprimant un frisson, elle enfonça les mains dans les poches de sa veste et trouva le dernier cookie. Cette découverte lui fournissait une solution au problème suivant.

Atteignant l'enclos, elle glissa ses doigts, collants de sucre et de glaçage, entre les mailles du grillage. Les chiens se bousculèrent pour les lécher et ils furent ravis de la voir enjamber la rambarde pour les rejoindre. Elle divisa le biscuit en plusieurs morceaux, en gardant un pour elle.

Un abri occupait l'extrémité de l'enclos. De la taille d'un poulailler, juste assez grand pour héberger un pensionnaire supplémentaire. Becca s'y faufila. Elle serait à l'abri de la pluie.

Les bêtes s'entassèrent autour d'elle. La puanteur était atroce : il n'y a rien de pire que l'odeur des chiens mouillés, sinon, peut-être, l'odeur des chiens mouillés doublée de celle de leurs couvertures n'ayant pas été lavées depuis des lustres. Becca n'avait pas le choix : ces chiens seraient les compagnons de sa première nuit sur Whidbey Island. Ils s'allongèrent et l'un d'eux chercha son visage pour le lui lécher. Consciente qu'il était en quête d'une miette de biscuit, elle voulut pourtant y voir un baiser de bonne nuit.

Elle se réveilla de bonne heure. Il faisait encore sombre, mais elle apercevait l'aube par l'interstice entre deux planches de la niche. Des filaments abricot se déployaient dans le ciel.

Becca avait mal partout. A la nuque, à cause de la position qu'elle avait adoptée pendant la nuit. Aux jambes, ankylosées, au dos, endolori, et aux bras, si courbatus qu'elle avait l'impression d'avoir porté des poids. Même ses poignets l'élançaient.

Elle empestait le chien et son estomac criait famine. Allongée là, la tête sur son bras, elle se prit à regretter de n'avoir pas poussé jusqu'au Dairy Queen – elle avait encore plus envie d'un bon repas que d'une douche.

Elle esquissa un geste hésitant ; les animaux s'agitèrent autour d'elle et bâillèrent, emplissant l'atmosphère de leur haleine matinale. Aucun n'aboya, néanmoins. Elle faisait partie de la bande maintenant et il n'y avait aucune raison qu'ils sonnent l'alarme.

Becca les caressa à tour de rôle pour leur dire au revoir. Elle ne connaissait pas leurs noms, à l'exception de celui du caniche – Oscar –, qui dormait apparemment dans la maison. Ils lui donnèrent des coups de museau ; l'un d'eux gémit pendant qu'un autre s'approchait de l'énorme bol en inox qui luisait dans la lueur du petit jour et lapait son contenu bruyamment. Becca était aussi assoiffée qu'affamée, mais, la meute avait beau l'avoir adoptée, elle n'était pas prête à partager son écuelle.

Elle récupéra ses sacoches et son vélo dans le taillis. A la faible lumière, elle vit qu'il s'agissait d'un massif de mûriers qui n'avaient pas été taillés depuis longtemps et proliféraient. Les fruits, tardifs, n'avaient pas été récoltés. Elle n'avait pas le temps, cependant, de cueillir des mûres pour son petit déjeuner. Diana Kinsale ne tarderait certainement pas à se lever, et Becca ne voulait pas courir le risque d'avoir à expliquer sa présence.

Elle poussa son deux-roues jusqu'à la rue. Une fois à Langley, elle réfléchirait à la suite des événements et essaierait à nouveau d'appeler sa mère.

Quand elle atteignit l'extrémité de Clyde Street, elle se mit à trottiner jusqu'à Sandy Point Road. Cette route longeait la passe de Saratoga. Par endroits, malheureusement, elle était aussi pentue que Bob Galbreath Road. Seule l'absence de virages la différenciait. Parfaitement rectiligne, elle était constituée d'une succession de montées et de descentes.

Le froid était mordant, et le souffle de Becca formait des petits nuages de vapeur. Les efforts à fournir pour gravir les côtes avaient au moins le mérite de lui tenir chaud.

Enfin, elle atteignit l'intersection en T qu'elle avait repérée sur la carte et aperçut le terrain de foire de la ville, avec ses halles semblables à des granges. Alors qu'elle prenait à droite, elle dérailla brusquement. Les pédales se mirent à tourner dans le vide et sa jambe heurta le rebord crénelé d'un plateau. La douleur lui arracha une grimace.

Elle descendit, examina le dérailleur, mais ne put identifier le problème. Fallait-il huiler les pignons ? Nettoyer la chaîne ? Changer une pièce ?

Elle fut contrainte de pousser son vélo le restant du chemin – qui n'était plus très long. La route, enfin plate, serpentait. Dans la clarté croissante de l'aube, elle vit Langley s'étaler devant elle. Le village – on pouvait difficilement parler de ville – était situé sur une falaise, laquelle plongeait dans les eaux agitées de l'océan. Il descendait en pente douce avant de remonter sur une colline, essaimant ses maisonnettes en bois sur les coteaux. Becca longea la falaise jusqu'à ce qui semblait être une zone commerçante.

Elle constata rapidement que celle-ci était constituée de deux rues seulement. Elle choisit la première, pour la simple et bonne raison qu'elle descendait, ce qui lui permettait d'utiliser sa bicyclette en roue libre. Becca ne savait pas encore ce qu'elle voulait faire, sinon qu'elle devait trouver de la nourriture.

La chance était avec elle. Sur sa droite, à faible distance, il y avait un parking. Pas très grand, car rien ne semblait l'être dans ce bourg. Et flanqué sur un côté par un bâtiment blanc percé de deux portes vitrées surmontées d'une enseigne lumineuse rouge : Star Store. L'intérieur du magasin était éclairé ; il s'agissait d'un petit supermarché.

Posant son vélo près de l'entrée, elle hésita à décrocher ses sacoches, mais il n'y avait personne dans les parages et elle ne prenait sans doute aucun risque en les laissant. Ainsi que son sac à dos.

Alors que toutes les lumières du magasin étaient

allumées, Becca trouva la porte fermée. Elle secoua la poignée de frustration. Rien ne semblait vouloir se dérouler comme prévu… Le moment était venu de rappeler sa mère.

Tandis qu'elle fouillait dans son sac à dos, un petit miracle se produisit pourtant. La porte s'ouvrit dans son dos et un garçon lui lança :

— Salut ! On n'est pas encore ouverts, désolé.

Becca se retourna : un adolescent se tenait sur le seuil du magasin. Un sac-poubelle dans une main, il maintenait la porte entrebâillée de l'autre. Il portait un jean baggy, un tee-shirt noir à manches longues avec l'inscription *Django Reinhardt déchire* et, par-dessus, une chemise en flanelle ouverte. Ses cheveux longs étaient ramenés en queue-de-cheval sous un feutre noir. Il devait avoir dix-huit ans environ.

— Tu vas devoir attendre deux heures, ajouta-t-il.

Après avoir déposé son balai à franges contre le mur, il sortit dans le froid. Il portait de drôles de sandales à semelle épaisse et des chaussettes particulièrement voyantes, rouge et orange. Il rejoignit d'un pas nonchalant une benne à ordures, y hissa le sac-poubelle, puis s'essuya les mains sur les jambes de son pantalon.

Becca ne détachait pas ses yeux de la benne. Son cerveau avait rapidement établi un lien entre le magasin, la nourriture, le sac-poubelle et son contenu potentiel. Le garçon semblait avoir suivi le même cheminement ; indiquant l'un des anneaux qu'il portait, de ceux qui faisaient un trou dans le lobe de son oreille, il dit :

— Ne rêve pas. Ça ne vaut même pas la peine de jeter un coup d'œil. *Nada !* S'il y avait quoi que ce soit, je le descendrais à la digue pour le filer aux mouettes.

Crois-moi, tu n'as pas envie de fourrer ton nez dans ce sac.

Il abattit la main sur la benne comme si ça avait été le capot de sa voiture, avant de se rapprocher. Becca sentit aussitôt qu'il était gentil : sa présence lui procurait une sensation aussi agréable qu'un bon bain. Après lui avoir jeté un coup d'œil, il s'accroupit pour examiner son vélo. Il secoua la tête, puis, d'un geste adroit, remit la chaîne.

— Tu as beaucoup roulé avec ? demanda-t-il. On dirait qu'il a traîné au fond d'un jardin pendant dix ans au moins.

L'air marin de San Diego était aussi nocif que l'humidité de Whidbey pour ce genre d'engin.

— Ouais, il est en sale état, confirma Becca. Je dois le faire réparer. Ou autre chose.

— Autre chose sans hésiter… Ouh là, tu empestes le chien, ajouta-t-il en se relevant. Tu as passé la nuit dans un chenil ou quoi ?

— Plus ou moins, confessa Becca. J'espérais trouver un endroit où acheter à manger.

— La poisse… A cette heure, c'est mission impossible.

Après avoir regardé sa montre, il ajouta :

— Mike ouvre en premier. C'est là-haut, à l'intersection.

Il indiqua une vague direction avant de reprendre :

— Au croisement de First Street et d'Anthes. Tu pourras petit-déjeuner là-bas. Enfin, pas tout de suite…

— La double poisse, tu veux dire, dit-elle en récupérant son sac à dos.

— D'un autre côté, proposa-t-il spontanément, je

dois pouvoir t'aider. Il faut juste que ça reste entre nous. Tu me promets ?

Elle hocha la tête et il l'invita à le suivre à l'intérieur du magasin, récupérant son balai au passage. Il l'appuya cette fois contre l'une des deux caisses, puis se dirigea vers le fond.

Le supermarché était plus grand qu'il n'en donnait l'impression de l'extérieur. Il se composait de tous les rayons habituels, en taille réduite. La partie épicerie occupait plusieurs allées, avec un espace dédié aux légumes et fruits frais. Il y avait aussi un service à la coupe, et c'était vers celui-ci que le garçon la conduisait.

Désignant des plats posés sur le comptoir réfrigéré, il expliqua :

— C'est encore bon, mais plus assez frais pour être vendu. Je les refile à une association.

Il lui coula un regard en coin avant de poursuivre :

— La Mission chrétienne. Ils organisent une soupe populaire deux jours par semaine pour les gens dans le besoin. Je leur prépare des sandwichs avec les produits invendables. Tu peux t'en faire un.

Il se lava les mains et se mit au travail. Becca l'imita, puis le rejoignit derrière le comptoir. Côte à côte, ils confectionnèrent leurs sandwichs en silence, jusqu'à ce qu'il l'effleure et qu'elle éprouve le vide douloureux qui l'habitait. Sans réfléchir, elle lui dit :

— C'est le genre de chose qui s'estompe, tu sais. On finit par oublier leur présence.

Suspendant aussitôt ses gestes, il s'écria :

— Quoi ?

— Euh… la moutarde. Parfois j'en mets trop, mais si je rajoute de la mayo et d'autres condiments, je finis par oublier sa présence. Tu vois ce que je veux dire…

Il ne se laissait pas berner facilement.

— Qui es-tu ?

— Becca King.

Elle songea alors qu'elle déclinait ce nom pour la troisième fois devant un inconnu : cette nouvelle identité commençait à remplacer l'ancienne. Ce qui n'avait rien de plaisant.

— Enchanté. Moi, c'est Seth Darrow.

— Enchantée aussi.

Il patienta un moment et, devant son absence de réaction, conclut :

— Tu n'es pas d'ici, alors ? Tu connaîtrais, sinon.

— Je connaîtrais quoi ?

— Mon nom de famille.

Becca sentit Seth se détendre à côté d'elle. Elle avait l'impression d'avoir, à son insu, réussi un test. Il lui demanda si Becca était le diminutif de Rebecca, et pourquoi elle n'avait pas plutôt choisi Becky, plus courant. Consciente qu'il valait mieux en dire le minimum, elle se contenta de répondre qu'elle n'en savait rien, puis lui expliqua qu'elle n'était arrivée sur l'île que la veille. Elle ajouta qu'elle aurait dû habiter chez Carol Quinn…

— Waouh, la triple poisse !

Seth était donc au courant de son décès.

— C'est une petite ville, les nouvelles vont vite, précisa-t-il.

— Oui, triple poisse, confirma Becca. Elle et ma mère étaient amies depuis l'enfance.

Elle le laissa imaginer la suite tout seul – les gens n'avaient pas besoin qu'on les pousse pour broder.

Elle ne fit qu'une bouchée de son sandwich. Seth se dirigea vers une armoire réfrigérée où il prit une bouteille de jus d'orange.

— C'est pour moi, assura-t-il en la voyant sortir des pièces de sa poche.

Il lui tendit un autre sandwich, emballé dans de la Cellophane.

— Pour plus tard, au cas où…

Puis, s'emparant d'une serviette et d'un stylo sur le comptoir, il traça un début de carte : deux rues parallèles, coupées par deux autres, perpendiculaires.

— First Street et Second Street, expliqua-t-il en montrant les deux premières. Et voici Anthes et Park.

A l'angle de Second et d'Anthes, il y avait des toilettes publiques, où elle pourrait faire… ce qu'elle avait à faire. Elles seraient déjà ouvertes. Le bâtiment, jouxtant une banque, se trouvait derrière une maisonnette jaune, qui accueillait l'office du tourisme. Il traça une première croix pour indiquer son emplacement, puis une seconde, cette fois à l'angle de Second et de Park.

— Rends-toi à cet endroit à treize heures, d'accord ? La petite maison blanche. Surtout, tu n'entres pas et tu ne frappes pas. C'est une réunion des Alcooliques anonymes et ils n'apprécieraient pas d'être dérangés.

— D'accord, dit Becca, étirant le mot avec circonspection.

La prenait-il pour une ivrogne ?

— Installe-toi à une table de pique-nique, poursuivit-il. Et attends une dame. Debbie Grieder. Elle assiste aux réunions. Elle t'aidera.

— Pourquoi ?

Où avait-elle atterri ? Le moins qu'on puisse dire, c'est qu'elle n'était pas habituée à ce qu'on lui offre des sandwichs et qu'on lui indique des personnes susceptibles de lui venir en aide.

— Elle est comme ça… Tu peux te fier à elle. Et tu n'auras même pas à lui demander quoi que ce soit.

— Comment je la reconnaîtrai ?

— Ne te préoccupe pas de ça. C'est elle qui te reconnaîtra.

5

Seth la raccompagna devant le magasin et jeta un nouveau coup d'œil à son vélo.

— Il n'est pas en si mauvais état que ça, fit-il. Il faut juste savoir s'en servir. Un VTT serait plus adapté ici, mais un vélo de course peut faire l'affaire si on a la santé. Tu sais t'en servir ?

Becca ignorait que ces engins exigeaient une technique particulière. Il suffisait de passer à la vitesse inférieure lorsque les pédales opposaient trop de résistance, non ?

— Ce sont tes jambes qui te disent quand changer de plateau. Si tu le fais au mauvais moment, ça finit par user les pignons.

— Mes jambes ne m'ont rien dit du tout, à part de descendre de bicyclette et de la pousser.

— Je peux te montrer, répondit-il avec un sourire. Pas tout de suite, parce que j'ai du boulot, mais je suis là tous les matins. Tu as la carte ?

— Non, tu l'as gardée.

Il vit qu'il tenait toujours la serviette et la lui tendit.

— Tiens. Tu te rappelles ? Debbie Grieder. Tu l'attends à la table de pique-nique, d'accord ?

Becca hocha la tête, enfourcha son deux-roues et partit. Elle savait que Seth Darrow la suivait du regard : ils allaient devenir amis, elle l'aurait parié.

Elle trouva les toilettes publiques, où elle put se débarbouiller. Le miroir ne lui avait jamais, de toute sa vie, renvoyé un reflet aussi effrayant, et elle comprit dès le premier coup d'œil pourquoi Seth lui avait suggéré ce crochet.

Elle ne devait pas seulement son apparence à la nuit passée avec les chiens. Certes, ça n'avait rien arrangé et ça expliquait la puanteur de ses vêtements. Pourtant, c'était surtout les changements imposés par sa mère qui la défiguraient, au point que Jeff Corrie ne l'aurait pas reconnue s'il l'avait croisée dans la rue.

En plus d'être d'un châtain terne, ses cheveux, coupés sous les oreilles, formaient une masse informe. Son maquillage – elle en portait plus que toutes les fois précédentes cumulées – lui donnait l'allure d'une gothique marginale, d'autant qu'il avait coulé. L'eye-liner avait dessiné des larmes de suie sur ses joues et le mascara des cernes sous ses yeux.

Elle retira ses lunettes, promena son regard autour d'elle. Il y avait du savon et elle put se laver le visage. Elle n'avait pas envie de faire mauvaise impression à cette fameuse Debbie si elle la croisait.

Elle empestait toujours le chien mouillé, mais du moins ne ressemblait-elle plus à l'un d'eux. Récupérant son portable dans sa poche, elle fit une nouvelle tentative. L'un dans l'autre, elle se sentait beaucoup mieux. Elle savait que ça tenait, en grande partie, au sandwich fourni par Seth et à ce passage aux toilettes publiques. Ces deux hasards heureux étaient de ceux qui vous rendent espoir. Le bonheur de Becca fut de courte durée, toutefois : Laurel n'était toujours pas joignable.

Elle se raisonna : sa mère avait dû s'arrêter quelque part pour la nuit. Elles avaient étudié ensemble l'itinéraire jusqu'à Nelson. Laurel avait sans doute fait halte dans la chaîne des Cascades. Dans une petite ville ou un motel au milieu de nulle part. Ou alors, elle avait déjà franchi les montagnes et se trouvait dans une zone où le téléphone passait mal. D'ici quelques heures, le problème se résoudrait de lui-même. Elle devait prendre son mal en patience.

L'air matinal était frais et humide. Puisqu'elle avait du temps à perdre avant d'aller attendre Debbie, Becca décida de se réchauffer en s'entraînant à passer les vitesses sur son vélo. Elle en profiterait pour explorer le village. Vu sa faible étendue, ça ne devrait pas lui demander beaucoup de temps. Mais ça l'occuperait.

Langley n'aurait pas pu être plus différent de San Diego, où se succédaient les lotissements de pavillons beiges aux toits de tuiles rouges. Ici, il n'y avait que des maisons de bord de mer à bardeaux et au toit souvent verdi par la mousse. Et des arbres partout, des arbres qui poussaient en liberté, en complète anarchie, des arbres couverts de feuilles qui commençaient tout juste à former une palette de rouge, d'orange, de jaune et d'or.

Becca constata que sa première impression du bourg avait été la bonne : une ville en miniature. Un bâtiment de briques bas abritait la mairie et le commissariat ; il y avait aussi une bibliothèque à porte violette, une pizzeria, plusieurs restaurants, un vieux pub à l'abandon appelé le Dog House, ainsi que quatre cafés.

La jeune fille jeta son dévolu sur l'endroit qui lui avait toujours inspiré le plus grand sentiment de sûreté : la bibliothèque. Elle décida d'attendre son ouverture et d'y passer le temps jusqu'à treize heures. Elle lirait dans une atmosphère sereine : les murmures qu'elle pourrait y surprendre seraient apaisants, suscités par les mondes fictifs dans lesquels l'esprit des lecteurs vagabondait.

Il était midi et demi lorsqu'elle quitta la bibliothèque. L'endroit indiqué par Seth était plus haut dans Second Street. Le chemin ne faisait que monter, évidemment. Quand elle repéra la maisonnette blanche, elle hoquetait autant qu'une locomotive à vapeur.

Elle n'avait jamais vu de bâtisse aussi petite. Personne n'avait pris la peine de planter une pelouse devant, et la terre battue servait de parking pour les participants à la réunion des AA. Une table de pique-nique et des bancs patinés par le vent se trouvaient juste à côté de la porte à la peinture écaillée. Becca posa son vélo et s'assit.

La séance ne tarda pas à se terminer. Une nuée de personnes s'échappèrent du bâtiment. Elles allumaient des cigarettes, discutaient et riaient, mais pas une seule ne jeta un coup d'œil dans la direction de Becca. Certaines se donnèrent une accolade. Deux pleuraient. Suivant la scène en silence, la jeune fille mit l'écouteur de son brouilleur. Ça lui semblait naturel de respecter leur intimité, comme le lui aurait conseillé sa grand-mère.

La foule se dispersa progressivement, sans que personne vienne aborder Becca. Les gens se saluaient en promettant de s'appeler plus tard. Le parking se vida bien trop vite et Becca se retrouva seule avec sa bicyclette, son sac à dos, ses sacoches et un vieux 4 × 4 à l'abandon.

Elle était en train de se dire que Seth Darrow s'était trompé, quand la porte de la maisonnette s'ouvrit une dernière fois, livrant passage à une femme qui allumait une cigarette. Elle avait un air maternel. En surpoids sans être obèse, elle était dotée de ce genre de poitrines molles dans lesquelles se perdent les enfants lors des embrassades. Ses cheveux courts et teints laissaient apparaître des racines grises. Son teint brouillé trahissait sa longue carrière de fumeuse. Elle avait aussi le front barré d'une vilaine cicatrice irrégulière et des dents sacrément tachées. Elle ne présentait malgré tout pas trop mal, avec son jean, ses tennis, sa chemise et son épais tricot. Lorsque son regard accrocha celui de Becca, l'odeur caractéristique du talc pour bébé chatouilla les narines de la jeune fille.

Les choses se déroulèrent exactement selon les prévisions de Seth. La femme fondit sur Becca et annonça :

— Je suis Debbie Grieder. Tu m'as l'air d'avoir bien besoin d'un câlin.

Sans lui laisser le temps de réagir, Debbie la souleva du banc et la pressa contre elle. Becca se sentit profondément réconfortée.

— Comment t'appelles-tu, ma puce ?

— Becca King. C'est un garçon d'ici qui m'a indiqué où vous trouver.

Elle ne demanda aucune précision, et Becca se dit qu'elle devait avoir l'habitude que la jeunesse de Langley sollicite son aide. Debbie frictionna sa cicatrice. Puis, comme si celle-ci lui avait soufflé la réponse qu'elle cherchait, elle hocha la tête et fit signe à Becca de la suivre. Elle prit la direction du vieux 4 × 4 à demi rafistolé et à demi rouillé.

— Grimpe, ma puce, je vais te déposer.

— Euh… fit Becca. J'ai un vélo et quelques affaires, ajouta-t-elle en les montrant du doigt.

— Aucun problème, va les chercher, on les mettra à l'intérieur.

Elle tassa effectivement la bicyclette et les sacs à l'arrière, avant d'inviter, une nouvelle fois, la jeune fille à monter. L'habitacle empestait autant que si deux millions de cigarettes y avaient été fumées. Debbie en alluma d'ailleurs une, mais baissa sa vitre. Ça ne servait pas à grand-chose, car le cendrier débordait de mégots – et certains jonchaient même le plancher.

Debbie mit de la musique, ainsi qu'on a tendance à le faire pour ne pas se retrouver seul avec ses pensées ou pour éviter une conversation sérieuse. C'était du hard rock. Elle éteignit l'appareil aussi abruptement qu'elle l'avait allumé.

— Où est-ce que je peux te déposer, ma puce ?

Becca n'avait pas la moindre réponse à lui fournir. Debbie l'étudia avec l'expression d'une mère cherchant à connaître les pensées de son enfant.

— Tu n'as pas d'endroit où aller, c'est ça ? Tu crèches où tu peux ? Tu as fugué ?

Becca coupa le volume de son brouilleur. S'il y avait des murmures dans la tête de Debbie, elle devait les entendre.

... allez, réponds-moi maintenant…

Becca mesurait l'importance de ce qu'elle allait dire aussi bien que la soif de vérité de Debbie. Ne pouvant lui avouer toute son histoire, elle se contenta de lui en confier une partie.

— On doit se retrouver ici, avec ma mère, expliqua-t-elle. Elle m'a déposée, et elle reviendra plus tard.

— Aujourd'hui ?

— Je ne sais pas exactement quand… Je suis censée l'attendre.

C'était surtout la réaction de Debbie qu'elle attendait !

— Du coup, je cherche un endroit où m'installer jusqu'à son retour, ajouta-t-elle.

— Quel âge as-tu, ma puce ?

Becca songea à mentir, puis se ravisa :

— J'aurai quinze ans en février.

— Et ta mère t'a lâchée au beau milieu de Langley toute seule ?

— Pas pour longtemps. Elle va revenir.

— Quatorze ans ?

— Presque quinze.

Debbie posa sur elle ses yeux sévères, mais déjà une autre expression se peignait sur son visage. Elle se radoucissait.

— Presque quinze ans, répéta-t-elle avant de compléter d'une voix songeuse : Tu m'en diras tant…

Si le sens de ces paroles échappait à Becca pour l'instant, il finirait sans doute par lui apparaître.

[illegible]

[illegible] Elle n'a [illegible]

— [illegible]

— [illegible]

et d'adresse.

[illegible]

— [illegible]

— [illegible]

[illegible] sentie.

— [illegible]

— [illegible]

[illegible]

— [illegible]

[illegible]

6

Debbie la conduisit aux confins de Langley, dans un vieux motel, la Falaise, devant lequel Becca était passée plus tôt ce matin-là sans le remarquer. Il n'y avait d'ailleurs pas grand-chose à remarquer : une enfilade de dix chambres et, devant elles, autant de fauteuils de jardin démodés et rouillés, ainsi que des jardinières lugubres, vides pour la plupart. Plusieurs érables du Japon, néanmoins, marquaient l'entrée de l'établissement, apportant une jolie tache colorée à l'ensemble.

Au départ, Becca crut que Debbie l'avait conduite là pour qu'elle prenne une chambre et elle paniqua : elle avait un peu d'argent, mais pas assez pour se payer plusieurs nuits dans un endroit pareil.

— Je vis ici, lui expliqua Debbie.

Becca en conclut alors que sa sauveteuse appartenait à cette catégorie de gens dans le besoin qui avaient perdu tous leurs biens. Celle-ci cependant prit la direction de la réception, la seule partie du bâtiment qui possédait un étage. Elle traversa la pièce sans s'arrêter et pénétra dans l'appartement, à l'arrière.

Les vieux meubles en érable qui se trouvaient dans le salon, ne présentant guère d'intérêt, rappelèrent à Becca la maison de son arrière-grand-mère. Bien que les sièges soient agrémentés de coussins en velours pelucheux, leur rembourrage s'échappait par certaines coutures. La table basse, devant le canapé, était couverte d'exemplaires de magazines de voyage, *National Geographic* et autres *Travel & Leisure*, auxquels il manquait des pages. Certaines de celles-ci jonchaient le sol, d'autres avaient servi à composer des collages. Ils étaient affichés au mur à côté de photographies d'enfants et d'adultes. La famille de Debbie, sans doute.

Comme la femme poussait jusqu'à la cuisine, Becca lui demanda :

— Ce sont vos enfants, sur les photos ?

— Mes enfants et mes petits-enfants, expliqua-t-elle par-dessus son épaule. Je meurs de faim ! Mangeons un morceau avant que j'aille chercher les monstres.

Elle sortit des saucisses du réfrigérateur et les plongea dans une casserole d'eau sur la cuisinière. Puis elle ouvrit plusieurs petits pains avant de les placer dans un plat en aluminium et de les réchauffer. Elle s'alluma une cigarette ; la première bouffée lui provoqua une toux grasse.

— Tu peux rester ici le temps que ta mère revienne, lui dit-elle pendant que l'eau chauffait.

— Oh ! C'est vraiment… répondit Becca, prise au dépourvu. Je n'ai pas beaucoup d'argent.

Debbie écarta le problème d'un revers de main.

— On trouvera une solution.

La cigarette aux lèvres, elle sortit du frigo plusieurs ingrédients, qu'elle passa à Becca : moutarde, ketchup, pickles, oignons émincés, cheddar râpé, sauce chili.

— J'ai de la chance d'avoir cet endroit, poursuivit Debbie d'un ton indiquant qu'elle allait communiquer des informations importantes. Ce n'est pas moi qui l'ai construit, mais mon père. Je n'en ai pas hérité, Dieu soit loué, autrement mon ex aurait eu des intérêts dans l'affaire. Mon père est toujours en vie. Il habite une de ces résidences pour retraités au nord de l'île, à Oak Harbor. Je tiens l'hôtel pour lui et on partage les bénéfices.

Tout en hochant la tête, Becca se demanda quels bénéfices un motel aussi décrépit pouvait bien enregistrer. Avec seulement dix chambres, difficile de compter sur des revenus mirobolants. D'autant que le tourisme ne devait pas être très important dans la région.

— Bref, reprit Debbie en faisant tomber la cendre de sa cigarette dans l'évier, je vis ici avec mes petits-enfants, Chloe et Josh. Elle est en CP, lui en CE2. Ce sont de vrais amours, tu les apprécieras.

Elle ne précisa pas ce qu'il en était de leurs parents, mais, lorsqu'elle avait prononcé les prénoms des petits, une de ses pensées était parvenue à Becca : *... ne paieront pas pour leurs péchés*. Leurs parents devaient être les pécheurs en question.

Becca reporta son attention sur la table de la cuisine, qui disparaissait sous un tas de magazines, de journaux et de livres de coloriage. S'y trouvaient aussi le *Faucon Millenium* en Lego ainsi qu'une pile de ces jeux où il faut relier des points entre eux suivant des numéros et qu'elle aimait tant, petite.

Une fois les saucisses chaudes, Debbie dégagea la table au moyen d'une longue règle en bois, repoussant le bazar vers le mur, puis tendit à Becca un hot-dog et deux serviettes en papier – l'une d'elles ferait donc office d'assiette. Debbie agrémenta son sandwich de toute la variété de condiments : mayonnaise, moutarde, ketchup, oignons, pickles, fromage et sauce chili. Sans oublier des olives vertes au piment. Becca, qui se contenta de moutarde, se demanda comment Debbie allait réussir à mordre dans son hot-dog sans en mettre partout.

Elle découvrit bien vite que son hôtesse maîtrisait cet art à la perfection, se révélant capable de manger et de parler en même temps, et proprement, ce qui exigeait un certain talent.

— Voici ce que je te propose, décréta Debbie. On va établir un système de troc jusqu'à l'arrivée de ta mère. C'est bien de s'y habituer, de toute façon, si vous comptez passer du temps sur l'île.

— D'accord… répondit Becca, circonspecte.

La suite lui apporta les éclaircissements dont elle avait besoin.

— Tu peux dormir ici en échange de quelques heures de travail. Je te paierai un peu, aussi, pour que ce soit parfaitement équitable. Le motel a besoin d'entretien, et moi, d'aide. J'aimerais également que tu gardes les enfants de temps à autre. Chloe surtout, parce que Josh est parrainé par un lycéen cette année. Tu es partante ?

Becca opina du chef.

— Je suis plutôt douée de mes mains. Pour peindre ou d'autres travaux dans le genre. Je me débrouille bien avec le ménage, aussi. Et je faisais régulièrement du baby-sitting là où je vivais.

— Marché conclu, alors, dit Debbie en lui tendant la main. On pourra renégocier les termes du contrat quand ta mère sera là.

Le ton sur lequel elle avait ajouté cette dernière

phrase suggérait que, pour une raison ou une autre, Debbie n'escomptait pas le retour de Laurel prochainement.

Le déjeuner terminé, elle écarta sa chaise de la table et alluma une cigarette.

— Allons chercher tes affaires dans la voiture, je vais te montrer ta chambre. Il vaut mieux que tu t'installes avant que j'aille récupérer les gosses. Ils seront impatients de faire ta connaissance.

Elles repassèrent par la réception, où Debbie prit, au tableau en forme de fronde de fougère, une clé. Neuf autres y étaient suspendues, toutes différentes. Celle que Debbie avait choisie comportait le numéro 444, comme si elle tenait un complexe hôtelier à Las Vegas ; elle était d'ailleurs fixée à un porte-clés figurant une machine à sous de la taille d'un chéquier. Debbie expliqua à Becca que son père en avait fait collection à l'époque où les hôtels ne se servaient pas encore de cartes électroniques. Représentant de commerce pour Boeing, il les avait accumulés au cours de ses déplacements et en avait rempli une boîte entière. A l'ouverture du motel, il avait décidé d'en utiliser quelques-uns. Sa sélection ne répondait à aucune logique, mais il n'y avait que dix chambres, alors pourquoi s'embêter ?

Elles longèrent les portes numérotées suivant les porte-clés dérobés. La 444 était la troisième. Voilée, elle s'ouvrit d'un coup d'épaule.

La chambre était propre, ce qui rassura Becca. Quant à l'ameublement, vieillot et dépouillé, il tenait du palace quand on avait passé la nuit précédente dans un chenil. Deux lits jumeaux qui encadraient une table de chevet surmontée d'une lampe, une commode qui faisait aussi office de bureau, une chaise, une horloge, une télévision sans télécommande et quelques reproductions aux murs.

La salle de bains était la partie qui intéressait le plus Becca. Habituée à se doucher et à se laver les cheveux quotidiennement, elle rêvait plus que tout d'un long bain chaud. Les serviettes, bien que moins épaisses que celles dont elle se servait chez elle, étaient d'un blanc impeccable.

— Parlons des règles, lança soudain Debbie. Il n'y en a que deux : pas de garçon dans ta chambre et pas de consommation illégale.

Bien consciente que son assentiment était crucial aux yeux de son hôtesse, Becca acquiesça.

— Je ne connais aucun garçon et je ne consomme rien d'illégal… Vous voulez parler de drogue, n'est-ce pas ? Je n'en prends pas.

En son for intérieur, Becca songea que c'était la dernière chose qu'elle ferait. Entendre les murmures d'autrui la perturbait assez pour qu'elle n'en rajoute pas. Dieu seul savait ce qui se produirait si elle était victime d'hallucinations en prime.

— De drogue, oui, mais aussi d'alcool, reprit Debbie. Surtout d'alcool, d'ailleurs. Je connais les jeunes, il est parfois difficile de dire non. Tu dois me donner ta parole, sinon notre marché tombe à l'eau. Ce qui arrivera aussi si tu me mens. A n'importe quel propos. Et je détecte toujours les mensonges.

— Vous avez ma parole. Ni alcool, ni drogue, ni garçon, ni mensonge.

Becca mit alors un sujet délicat sur le tapis – d'autant plus que Debbie venait d'insister sur l'importance de la vérité.

— Il faudrait que j'aille en cours. Ma mère devait s'occuper de mon inscription et je ne connais pas le lycée. J'ai déjà raté les deux premières semaines, j'ai peur d'accumuler du retard si elle ne revient pas rapidement.

Comme c'était aux trois quarts vrai, Becca tenait une bonne occasion de tester le talent de Debbie pour démasquer les menteurs. Celle-ci la dévisagea longuement. *Reese... essayer de trouver... ma chère petite...* Les murmures, étranglés, trahissaient une souffrance. Ils touchèrent Becca en plein cœur. La jeune fille ne s'en rendit pas compte, mais ce fut son tressaillement de douleur qui décida Debbie.

— Je me chargerai du lycée. Tu as des papiers ? Tes anciens livrets scolaires ou quelque chose ?

— J'ai mes bulletins jusqu'à la quatrième, rien d'autre. Ni certificat de naissance ni photos d'identité.

— Ça suffira. Les services administratifs ne feront aucune difficulté.

A ces mots, la voix de Debbie s'était parée d'une étrange fermeté : aussi inébranlable et lisse qu'un bloc de marbre.

— Vraiment ? Pourquoi ? ne put s'empêcher de s'étonner Becca.

Debbie lui adressa un sourire forcé.

— Pourquoi ne feront-ils pas de difficultés ? Parce qu'il y a quelques années de ça la secrétaire du lycée a tué ma fille.

Debbie n'ajouta rien d'autre et, une fois seule dans la chambre 444, Becca fut trop obnubilée par la perspective d'un bon bain pour y penser. Se laver les cheveux lui procura un bonheur quasi extatique. Une demi-heure plus tard, tandis qu'elle essuyait la buée sur le miroir, elle se remémora les instructions de sa mère.

« Le maquillage est très important, trésor. Mets-en beaucoup. Surtout sur les yeux. L'objectif n'est pas d'être belle, et j'en suis désolée, mais de s'assurer que Jeff ne te reconnaîtrait pas si tu devais lui servir un café. »

Becca n'avait aucune envie de se plier à cette requête. Quelle adolescente voudrait s'enlaidir délibérément ? Enfin… elle n'était pas là pour trouver un prince charmant, elle le savait. Avec un soupir, elle entreprit de se grimer pour aboutir à quelque chose comme le croisement entre une gothique et une vagabonde. Au moins, elle ne sentait plus mauvais.

Elle venait juste de terminer lorsque des rires et des éclats de voix lui parvinrent par la fenêtre entrouverte de la salle de bains.

— C'est de la triche ! s'écria un garçon, provoquant l'hilarité d'un second, à la voix plus grave.

— Si tu n'es pas capable d'arrêter ce ballon, bonhomme, tu vas souffrir !

Josh, le petit-fils de Debbie, devait jouer au foot avec son parrain dans le terrain vague mitoyen. Becca écarta le rideau et retint un cri de surprise. Ça ressemblait à un signe du destin. Le parrain de Josh n'était autre que le garçon du ferry, celui qui attendait dans la voiture du shérif, devant chez Carol Quinn.

Elle rabattit vivement le rideau ; au même moment, on frappa à la porte de sa chambre.

— Becca ? l'appela Debbie. Tu es là, ma grande ? Viens que je te présente ma Chloe.

Becca n'avait pas le choix. Ça faisait partie du

marché. Elle aurait juste préféré ne pas revoir ce garçon, quoiqu'elle n'eût pas vraiment su dire pourquoi.

Une petite fille avec des yeux myosotis immenses serrait la main de Debbie. Elle portait une salopette et des bottes en caoutchouc rose assorties à son tee-shirt Hello Kitty.

— Voici Chloe, dit Debbie. Et, Chloe, voici notre nouvelle amie, Becca.

La petite l'observait bouche bée, et Becca la comprenait : seul un tatouage l'aurait défigurée davantage que son maquillage outrancier.

— Salut, Chloe ! lui lança-t-elle. Dis, tu es plutôt Barbie ou Bratz ?

— Barbie ! s'exclama-t-elle avec un large sourire.

— Moi aussi, même si je n'en ai pas apporté. Tu en as ?

— Des tas !

— Tu voudrais bien me les montrer ?

Chloe leva les yeux vers sa grand-mère.

— J'ai le droit, hein, mamie ? Elle peut venir avec moi dans ma chambre ?

— Ça me semble une bonne idée. Une fois qu'elle aura fait la connaissance de Josh, d'accord ?

Derrière son sourire de façade, Becca grinçait des dents. Impossible d'y couper : elle allait se retrouver face à face avec son bel inconnu.

Elle suivit Debbie à l'arrière du motel. Le terrain vague, où poussait un érable aux feuilles ourlées d'écarlate, était envahi d'herbes folles. A son extrémité s'élevait un promontoire couvert de mûriers aux fruits violet sombre et de buissons aux fleurs crème. Les deux garçons jouaient au foot ; hilare, le grand poussait avec agilité le ballon vers le but improvisé. Le petit, qui l'agrippait par la taille, hurlait :

— Hé ! C'est pas juste ! Tu me l'as piqué !

Le premier trébucha et ils s'étalèrent dans l'herbe, envoyant leurs éclats de rire vers le ciel.

— Les gars ! les apostropha Debbie. Venez que je vous présente Becca.

L'adolescent fut le premier à se relever. Un sourire inamovible aux lèvres, il coinça Josh sous son bras.

— Si on jouait au rugby maintenant ! dit-il avant de reposer le garçon, qui poussait des cris.

Becca s'arma de courage lorsqu'il s'approcha. Elle croisa son regard, d'un noir aussi profond que celui de sa peau, et le phénomène se reproduisit. Le courant passa immédiatement entre eux, doublé d'un flux de pensées. *Si seulement quelqu'un pouvait... réjouissance...*

Puis il les rejoignit.

— Ça boume ? demanda-t-il à Chloe en lui caressant la tête, avant d'ajouter à l'intention de Becca : Je suis Derric. Tu viens d'arriver à Whidbey ?

Sa question ne suggérait pas qu'ils s'étaient déjà croisés.

— Oui, répondit-elle.

Elle se sentit aussitôt ridicule : elle n'était pas capable d'articuler plus d'un mot ? Il lui sourit, découvrant les dents les plus blanches qu'elle eût jamais vues. Sa peau était si lisse qu'on l'aurait crue vernissée. Becca aurait voulu effacer son horrible maquillage. Avoir dix kilos de moins. Et lui dire : « En vrai, je suis blond vénitien. » Ce qu'elle se reprocha sur-le-champ.

— Il me semble que je t'ai aperçue sur le ferry, je me trompe ? ajouta-t-il.

— Il me semble, oui, répliqua-t-elle.

— C'est comme si vous étiez mariés, ici, ironisa Debbie. En route, mauvaise troupe, allons goûter !

— Du pop-corn ! s'exclama Chloe.

— Des gaufrettes ! renchérit Josh.

Ils s'élancèrent vers l'hôtel et Debbie leur emboîta le pas. Derric et Becca fermaient la marche. Très grand, il se déplaçait avec la grâce d'un danseur.

— C'est bien toi que j'ai vue hier soir, devant la maison de Carol Quinn ? s'enquit-il tout bas.

Coulant un bref regard dans sa direction, elle répliqua :

— Ouais. Pourquoi m'as-tu dit de partir ?

Comme il conservait le silence, elle l'examina. Il croisa son regard avant de répondre :

— Je n'en ai pas la moindre idée.

7

Becca était prête pour les cours avec plus d'une heure d'avance. La veille, elle avait lavé dans la baignoire ses vêtements imprégnés de l'odeur des chiens, mais le froid et l'humidité les avaient empêchés de sécher et ils étaient encore posés sur la barre du rideau de douche. Quand elle les aperçut, Debbie déclara :

— Tu n'es pas obligée de faire ta lessive à la main, ma puce. Je peux la glisser dans la machine avec la nôtre.

— Ça me gêne, répondit-elle.

Elle avait le sentiment que, dans ce domaine, Chloe et Josh donnaient beaucoup de travail à leur grand-mère. Surtout depuis que le garçon lui avait demandé si elle voulait faire des glissades sur le promontoire avec Derric et lui, avant d'aller chercher des crabes morts au bord de l'eau. La jeune fille avait accepté la proposition de Josh, à la grande joie de ce dernier. Pourtant, malgré le temps qu'elle consacrait aux enfants, elle rechignait à confier son linge sale à son hôtesse.

— Dans ce cas…

Becca réalisa alors qu'elle avait froissé Debbie, sans pour autant se l'expliquer.

— Il y a une laverie automatique, reprit-elle. Tout en haut de Second Street, au sommet d'une sacrée montée, presque en dehors du centre-ville.

— Parfait, un peu d'exercice ne me fera pas de mal.

— C'est toi qui vois.

Debbie sortit fumer. Sans doute une façon de se distancier de ses sentiments… Becca se demanda si ça avait à voir avec sa fille. Elle ne se serait pas posé la question si elle n'avait pas remarqué, parmi les photos du salon, celle d'une adolescente qui avait environ son âge.

Josh et Chloe attendaient dans le 4 × 4. Debbie les déposerait en premier, l'école étant sur le chemin du lycée. Les deux établissements se trouvaient sur Maxwelton Road, à un jet de pierre du motel de la Falaise. La route zigzaguait à travers la forêt, entre de gigantesques pins d'Oregon. Ils formaient des zones d'ombre où se massaient les fougères et où luisaient les feuilles de gaulthérie.

Lorsqu'ils dépassèrent un chemin étroit s'enfonçant dans le sous-bois, Josh expliqua à Becca qu'un daim blanc vivait dans le coin. Seuls les plus chanceux pouvaient l'apercevoir, car il se volatilisait aussi brusquement qu'il apparaissait. Et ceux-là pouvaient compter sur un grand changement dans leur existence.

Debbie leva les yeux au ciel.

— Arrête ton char, Ben-Hur !

Becca aimait la propension du garçon à inventer des histoires. Et puis… il y avait peut-être des éléments de vérité dans tout cela.

Debbie déposa les enfants devant l'école et patienta quelques secondes. Comme si elle craignait qu'ils ne ressortent en courant dès qu'elle aurait démarré. Son expression trahissait davantage qu'une simple inquiétude, et Becca en aurait appris plus long si son brouilleur n'avait pas grésillé dans son oreille.

Le moment était d'ailleurs venu d'aborder le sujet : elle savait d'expérience que le port d'écouteurs au lycée exigeait une explication. Elle en avait préparé une et la servit à Debbie alors qu'elles quittaient le parking.

— Je ne vous en ai pas encore parlé, Debbie, je souffre d'hypoacousie, dit-elle, reprenant le jargon que sa mère avait si souvent utilisé face à tel ou tel représentant de l'administration scolaire. C'est une diminution de l'acuité auditive qui m'empêche de distinguer les mots du bruit ambiant. Du coup, je suis obligée de porter une aide auditive.

Elle désigna l'appareil fixé à la ceinture de son jean, avant d'ajouter :

— Je ne voudrais pas qu'on croie au lycée que j'écoute de la musique ou un truc dans le genre.

Debbie la scruta, évaluant la part de vérité dans ses propos.

— Déficit auditif, hein ?

— Je ne suis pas toujours capable de savoir sur quels sons me concentrer. Ce truc m'aide. Ça s'appelle un brouilleur… dans le bon sens du terme ! Il masque les sons parasites.

Debbie hocha la tête sans quitter la route des yeux.

— Un brouilleur, répéta-t-elle. On veillera à leur en parler.

Lorsqu'elles pénétrèrent sur le parking de l'établissement secondaire de South Whidbey, les cours avaient déjà commencé. Debbie gara son 4 × 4 sur un emplacement réservé à l'administration, puis elles se dirigèrent vers un bâtiment rectangulaire légèrement incurvé et y entrèrent.

Sur leur gauche se trouvait un bureau en bouleau. Une élève tenait la réception.

— Nous venons voir Mme Ward, Hayley, annonça Debbie.

— Mme Ward ? répéta la jeune fille avant d'aviser Becca et d'ajouter avec un sourire : Bonjour ! Je vais la chercher, madame Grieder.

Tandis qu'elle disparaissait dans un couloir, Becca étudia Debbie : elle semblait être une tout autre personne ici, comme si elle se préparait à livrer bataille. Au lieu de sortir une arme de la poche de sa veste, cependant, elle demanda avec fermeté :

— Donne-moi tes bulletins, ma grande.

Becca sortit de son sac à dos une liasse de feuilles légèrement froissées et qui ressemblaient à peine à des documents officiels – sa mère avait fait de son mieux vu l'urgence de la situation.

Debbie jeta un coup d'œil aux bulletins, puis à la jeune fille. Hayley revenait déjà, suivie d'une femme aux dents en avant.

— Bonjour, Debbie, lança-t-elle d'un ton amical, tandis qu'elle arborait l'expression d'un chien sur le point d'être puni. Hayley m'a dit que tu voulais me voir ?

Becca réalisa alors que c'était un sentiment de pouvoir qui animait Debbie. Il la transformait, la rendant invulnérable.

— Voici ma nièce, Becca King. Elle habitera avec moi pendant quelque temps. Ma sœur aimerait qu'elle suive les cours ici, tu peux faire le nécessaire ? Je te précise qu'elle a un problème d'audition. Becca, montre à Mme Ward ton brouilleur.

Debbie tendit à la secrétaire les bulletins piètrement falsifiés et Becca ne manqua pas l'échange de murmures entre les deux femmes. *Documents... n'importe quoi... immunisation... pas s'attendre... à quand la fin... une sœur ? ... ça ne s'arrêtera...* L'affrontement muet de deux volontés. Sur lequel planait une mort dont on ne parlait pas.

Becca attendit le dénouement de cette lutte dans une atmosphère si électrique qu'elle semblait prête à s'enflammer. Mme Ward finit par rompre le silence :

— Aucun problème. Suivez-moi, ajouta-t-elle en s'engageant dans le couloir, qui menait à un second bureau ouvert.

Celui-ci contenait une autre table de travail en bouleau, surmontée d'une plaque, *Stephanie Ward, Secrétaire administrative.* Derrière, deux petites pièces accueillaient les conseillers d'orientation, qui se partageaient les élèves selon l'ordre alphabétique.

Après les avoir invitées à s'asseoir, Mme Ward sortit des formulaires de son tiroir. Pendait qu'elle demandait à Becca si elle se plaisait à San Luis Obispo, elle pensait en réalité : *Mon Dieu... ce maquillage !* L'espace d'un instant, la jeune fille ne sut comment répondre à cette question, d'autant que la secrétaire ajoutait en son for intérieur, avec autant de clarté que si elle le hurlait : *Comment diable vais-je pouvoir...*

— J'aimais beaucoup San Luis Obispo, finit-elle par dire, même si j'avais tendance à attraper de gros coups de soleil.

— Tu n'auras pas ce problème ici ! J'espère que tu n'as rien contre la pluie.

— Ça entretient la jeunesse de la peau, intervint Debbie, détachant le mot « jeunesse » avec une insistance vénéneuse.

Il y avait plusieurs documents à remplir et à signer,

et Debbie attendit, impassible, que la secrétaire ait terminé. Becca la soupçonnait de ne pas appliquer ses grands principes d'honnêteté à la situation immédiate.

Les formalités réglées – autant que possible, du moins –, Mme Ward voulut voir la conseillère d'orientation en charge de l'alphabet jusqu'à la lettre *L*. Elle était au téléphone. Alors que Becca s'interrogeait sur l'origine du nom sur la plaque – Tatiana Primavera –, Debbie, qui se tenait juste derrière elle, lui souffla :

— Elle s'appelle Sharon Prochaska, en réalité.

— Comment ça ? s'étonna Becca.

— Elle a changé de nom à son arrivée sur l'île. C'est une habitude assez répandue, ici. Phyllis McDermott est devenue Azure St. Cloud. Susan Jones, Sage Sorrell. Tu comprends l'idée.

La conseillère raccrocha.

— Salut, Deb ! s'écria-t-elle en se levant.

Elle chassa la pauvre Mme Ward, sans même lui laisser le temps de faire les présentations. Elle ouvrit le dossier.

— Alors, qui a-t-on là ? demanda-t-elle à Debbie avant de se tourner vers Becca. Des problèmes auditifs ?

La jeune fille répéta ses explications sur le brouilleur. Tatiana Primavera étudia l'appareil et colla l'écouteur à son oreille pour s'assurer qu'il ne s'agissait pas de musique. Becca l'observa pendant qu'elle écoutait le grésillement, croisant les doigts pour qu'elle ne pose pas plus de questions.

— Inhabituel, déclara-t-elle avant de le lui rendre.

Elle ajouta une note au dossier, puis fit pivoter son fauteuil de bureau vers son ordinateur.

— Occupons-nous de ton emploi du temps.

En tant qu'élève de première année[1], Becca n'avait qu'une option à choisir, les autres matières étant obligatoires. Elle se décida pour l'annuaire du lycée, qui ne présentait aucun risque particulier. Mme Primavera fit cliqueter les touches de son clavier, lança l'impression, puis sortit du dernier tiroir un bocal de bonbons gélifiés.

— Bienvenue à South Whidbey, Becca. Sers-toi !

La jeune fille en prit une pleine poignée, qu'elle fourra dans la poche de sa veste avant d'en avaler un. Tatiana Primavera lui remit l'emploi du temps ainsi qu'un morceau de papier avec le numéro d'un casier.

— Tu peux nous laisser maintenant, dit-elle à Debbie. Je veillerai à ce qu'elle aille au bon endroit.

Avant de prendre congé, celle-ci informa Becca qu'elle la récupérerait à la fin des cours, devant l'usine de traitement des eaux usées, de l'autre côté de la rue. A partir du lendemain, elle devrait prendre son vélo, ses horaires ne coïncidant pas avec ceux de Josh et de Chloe. Becca sentit soudain qu'un malaise gagnait Debbie : le sentiment de puissance qui l'avait portée jusqu'à présent s'estompait. Tatiana ajouta :

— On se verra sans doute la semaine prochaine…

Debbie comprit l'allusion, qu'elle ne parut guère approuver ; haussant les épaules, elle rétorqua :

— Si tu le dis… J'espère que tu sais ce que tu fais.

Avec son brouilleur, impossible pour Becca de glaner des indices et d'expliciter le non-dit entre les deux femmes.

1. Aux Etats-Unis, le lycée, *high school*, accueille les élèves dès quatorze ans et s'étend sur quatre ans ; la première année correspond donc à notre troisième française. (*Toutes les notes sont de la traductrice.*)

— Allons-y ! s'exclama Tatiana, après avoir regardé l'horloge au mur. Civilisations orientales.

S'arrêtant à la réception, elle fit signe à Becca d'approcher.

— On a une nouvelle élève, Hayley. Becca King, voici Hayley Cartwright.

Cette dernière sourit. Elle avait un genre de beauté un peu daté avec ses cheveux blonds coupés en carré strict. Sous sa frange rectiligne, des lunettes sans monture encadraient de grands yeux bleus. Elle se leva pour récupérer un dossier au sommet d'une armoire, et Becca constata qu'elle était grande. Il s'agissait du planning des activités sportives.

— Bienvenue chez les Faucons, Becca.

Malgré son ton enjoué, elle dégageait une certaine tristesse.

— C'est une chic fille, assura Tatiana, qui entraînait déjà Becca vers sa première salle de cours.

Elle fredonnait en marchant et ses talons aiguilles faisaient rebondir sa poitrine généreuse. Depuis qu'elle était à Whidbey Island, Becca n'avait croisé que des personnes qui favorisaient le confort plutôt que l'esthétique dans le domaine des chaussures.

Elles traversèrent un vaste hall qui servait autrefois de salle commune. Une rangée de fenêtres faisait face à un mur de tableaux en liège ; entre les deux, des tables éparpillées. Les salles de classe se trouvaient au premier étage. Tatiana ouvrit une des portes en grand, puis elle inclina la tête pour signifier à Becca d'entrer la première.

Avec une conscience aiguë des regards braqués sur elle, la jeune fille s'exécuta. Elle baissa la tête pour ne pas avoir à les soutenir : elle savait que son apparence ne pouvait que faire mauvaise impression – depuis ses cheveux teints jusqu'à ses pieds chaussés de tennis. Elle dut se retenir pour ne pas relever le menton et lancer à la cantonade : « Je suis plus jolie en fait. Beaucoup plus. »

La curiosité des élèves lui faisait le même effet que si des souris avaient grouillé autour de ses chevilles. Ils accueillaient cette distraction avec un enthousiasme tel que Becca jeta un coup d'œil las au prof, sans doute responsable de la situation.

M. Powder considéra la jeune fille puis la conseillère. Son expression disait qu'il les haïssait toutes deux, tout comme il haïssait ce qui avait trait à cet établissement en général. L'enseignement ne l'intéressait pas.

Tatiana lui remit l'emploi du temps de Becca, qu'il signa. Promenant son regard sur la classe, il déclara :

— Assieds-toi là. Je vous présente tous…

Il consulta l'emploi du temps avant de le lui rendre :

— Becca King. Je vous remercie, madame Primavera.

Cette dernière phrase avait pour objectif de congédier la conseillère, qui ne bougeait pas d'un pouce.

— Bien, dit-elle, la place à côté de Derric. Derric, tu voudras bien t'occuper de notre petite nouvelle aujourd'hui et l'aider à se repérer ?

Horrifiée, Becca releva la tête. Il ne pouvait quand même pas y avoir qu'un seul Derric sur cette île ? D'autant qu'il était beaucoup trop vieux pour être en première année.

C'était pourtant bien le garçon du ferry, celui qu'elle avait croisé devant chez Carol Quinn, celui qui parrainait Josh Grieder et qui traînait sans doute souvent au motel.

« Certaines choses sont écrites dans les étoiles, trésor », lui aurait affirmé sa grand-mère.

« Quelles choses ? » aurait demandé Becca. Et tandis qu'elle allait s'asseoir à côté du mystérieux garçon, elle aurait donné n'importe quoi pour avoir la réponse à cette question.

8

Becca avait du mal à comprendre. Pour la première fois depuis ce terrible instant dans la cuisine de San Diego où les murmures de Jeff Corrie lui avaient appris le crime qu'il avait commis, elle n'était plus inquiète. Assise à côté de ce garçon auquel elle avait à peine adressé la parole, elle avait, sans pouvoir l'expliquer, l'impression d'être en sûreté.

Malgré elle, elle lorgnait constamment le bras de Derric, appuyé sur le rebord de la table. Ses muscles saillants suggéraient qu'il devait être sportif.

Son sentiment de sécurité ne dura pas longtemps, cependant. Au moment où elle ouvrait son cahier, la porte de la classe fut projetée contre le mur. Becca reconnut la nouvelle venue avec un pincement au cœur. C'était la fille du ferry, celle qui avait tenté d'arnaquer la caissière.

Ne lui accordant qu'un bref regard, M. Powder annonça :

— C'est ton deuxième retard, Jenn. Au prochain, tu es collée, compris ?

Elle ne lui répondit pas : elle avait aperçu Becca et la cavalcade de murmures qui échappa à son esprit était d'une grossièreté si stupéfiante que le brouilleur ne parvenait pas à la bloquer.

— Tu es à ma place, dit-elle.

— Essaie d'être à l'heure demain, reprit M. Powder. Ou essaie de nous surprendre, même, et d'arriver en avance. Installe-toi au fond.

Becca baissa les yeux sur son cahier flambant neuf – elle devinait combien Jenn rêvait de le lui arracher et de le déchirer. La retardataire rejoignit d'un pas lourd le dernier rang et s'affala sur une chaise. C'en était fini de la tranquillité : de toute évidence, Becca s'était fait une ennemie.

A côté d'elle, Derric forma un rond avec son pouce et son index. Ses doigts, longs et délicats, lui disaient de ne pas s'en faire, comme s'il avait deviné ce qu'elle ressentait.

M. Powder poursuivit sa leçon. Aucun élève ne l'écoutait, et qui aurait pu le leur reprocher ? Il était aussi rébarbatif qu'une bouillie d'avoine froide. Quand la fin du cours finit par sonner, Becca avait l'impression qu'une semaine s'était écoulée.

Pendant que les autres quittaient la salle, Derric engagea la conversation. Dépassant le mètre quatre-vingts, il la dominait si largement qu'il dut se pencher vers elle pour lui souffler, avec un sourire :

— Je te dirais bien que ce n'est pas toujours aussi nul, mais ce serait un mensonge. Tu as quoi, ensuite ?

— Sciences physiques, répondit-elle après avoir consulté son emploi du temps.

— Viens, je vais t'accompagner.

La pause déjeuner avait lieu après le deuxième cours de la matinée, à onze heures. Derric lui avait proposé de la retrouver à la sortie de sa classe. Postée près de la porte, elle l'attendait en s'efforçant de passer inaperçue. Il arriva accompagné de Jenn – elle espérait sans doute, par sa présence, gâcher l'appétit de Becca. Bien vu. Les regards dont elle la gratifia l'invitaient d'ailleurs à dégager à la première occasion.

— Je n'en reviens pas que tu sois aussi supposé t'occuper d'elle ce midi, dit-elle à Derric, ponctuant sa phrase par un juron qui déforma ses traits.

Le garçon repoussa le gros mot comme il l'aurait fait d'une attaque physique : en silence.

South Whidbey High School n'avait pas le moindre point commun avec l'établissement où Becca était inscrite à San Diego. Là-bas, les deux mille cinq cents élèves devaient manger à tour de rôle. Ici, ils étaient environ six cents et déjeunaient tous ensemble, affalés dans la nouvelle salle commune, attenante à l'ancienne. Becca augmenta le volume de son brouilleur pour s'isoler des centaines de murmures.

Tandis que Derric se retournait pour s'assurer qu'elle suivait, Jenn chercha à capter l'attention du garçon. Voulait-elle faire comprendre à Becca qu'il lui appartenait ? Becca n'avait pas l'intention de le lui disputer ! Tant qu'elle aurait son déguisement, de toute façon, il n'y avait aucune chance qu'il s'intéresse à elle.

Presque toutes les filles saluaient Derric au passage. Et beaucoup de garçons aussi. Sauf qu'ils le surnommaient Nyombe, le Grand Math ou Der. Derric n'était pourtant censé connaître aucun élève, puisqu'il venait d'entrer au lycée…

Ils firent la queue pour s'acheter à déjeuner. Jenn mit

un point d'honneur à se placer entre Becca et Derric. Soucieuse d'économiser le peu d'argent qu'elle avait, Becca commanda un simple sandwich au beurre de cacahuètes et à la confiture. Elle ignora la remarque perfide de Jenn, à la caisse :

— Tu veux vérifier que le compte est bon, miss ?

Méchanceté purement gratuite, puisque Jenn avait apporté son repas et ne s'était sans doute placée dans la file que pour rester avec Derric.

Alors qu'ils cherchaient une table libre, Becca se rendit compte que Derric n'avait pas que des amis. Un type recula brusquement sa chaise à son passage. Le geste, brusque, aurait pu lui faire renverser son plateau, mais Derric évita le choc. Ce qui n'empêcha pas le type de bondir.

— Hé ! Fais gaffe, gros naze !

Becca reconnut le boutonneux du ferry, avec sa cagoule relevée sur la tête. C'était lui qui avait mis Jenn au défi d'arnaquer la caissière. Il se trouvait parmi une bande de garçons habillés de façon identique. Tout en eux les désignait comme des fumeurs de joints. Avachis sur leurs assiettes, un sourire en coin aux lèvres, ils attendaient la réaction de Derric.

— La ferme, Dylan ! lui dit Jenn en l'écartant.

— Ohhh ! Le grand Der laisse une fille le protéger.

Un silence assourdissant tomba sur les tables avoisinantes : tous attendaient la suite. Becca sentit Derric se tendre. De toute évidence, il aurait pu terrasser son adversaire. Dylan n'était pas plus épais qu'un manche à balai. Il avait beau chercher à le dissimuler sous des vêtements amples, il n'en gardait pas moins des poignets dignes d'un enfant de dix ans.

— Ouais, et je laisse aussi les filles faire mes devoirs,

finit par rétorquer Derric. Je te conseille d'essayer, si tu en trouves une qui accepte.

— Le jour où les poules auront des dents, ajouta Jenn.

Dylan plissa les yeux alors que ses compagnons de table s'esclaffaient.

Derric s'éloigna, Jenn sur les talons. Becca fermait la marche. Elle entendit Dylan dire à ses amis ce qu'il leur souhaitait, tandis qu'il se rasseyait, la nuque rouge de colère.

Becca en apprit davantage sur Derric au cours de la journée. Son nom complet était Derric Nyombe Mathieson. Originaire d'Ouganda, il avait été adopté à huit ans par une famille de Whidbey. Il lui avoua qu'il avait seize ans et avait pris du retard dans sa scolarité, ne parlant pas anglais à son arrivée aux Etats-Unis. Il ajouta aussi avec une honnêteté désarmante qu'il ne savait alors ni lire, ni écrire, ni compter, dans aucune langue, ce qui avait rendu le problème encore plus épineux. Sa mère avait pris un congé d'un an pour lui donner des cours à domicile.

— Je ne suis jamais allé à l'école en Ouganda.

— Tu faisais quoi à la place ? lui demanda Becca.

— Je m'occupais.

Elle comprit qu'il ne tenait pas à s'étendre sur le sujet. Pourtant, elle perçut un murmure, toujours le même, *réjouissance*, et fut surprise qu'il ne veuille pas parler de quelque chose d'apparemment plaisant.

A la fin des cours, il se rendit avec elle sur le parking. Becca le remercia de sa compagnie, surtout pendant le déjeuner.

— Aucun problème. C'est pas facile d'être nouveau. Surtout ici, où tout le monde se connaît déjà.

Derric fut alors apostrophé par Jenn, qui franchissait l'une des six portes doubles à l'extrémité du bâtiment. Le temps qu'elle approche, il chuchota à Becca :

— Hé, te laisse pas impressionner par Jenn. Elle est plutôt cool.

C'était vraiment la dernière chose que Becca était disposée à croire ; en sa présence, elle avait l'impression d'évoluer sur des sables mouvants. Avant que celle-ci ait le temps de faire une remarque désagréable, Becca lui demanda :

— Tu sais où se trouve l'usine de traitement des eaux usées ?

— Pourquoi ? Tu t'es enfin décidée à te laver ?

— J'ai rendez-vous là-bas.

— A l'usine ? Waouh ! On ne doit vraiment pas avoir envie d'être vu en ta compagnie…

— C'est de l'autre côté de Maxwelton, intervint Derric avec gentillesse. On peut te montrer si tu…

— Non, pas le temps, l'interrompit Jenn. Tu as répétition de jazz, et moi, entraînement de cross.

— Aucun problème, dit Becca, je trouverai. Merci.

— Mme Grieder vient te chercher ? reprit Derric.

— Oui. Elle m'a précisé de…

— Derric ! Magne-toi ! insista Jenn.

— Je vais aller dire bonjour à Josh. On se voit plus tard, Jenn, OK ?

Le visage de marbre, Jenn pivota sur ses talons et s'éloigna.

Dès que Josh aperçut Derric et Becca, il poussa des cris de joie. Adossée à la portière du 4 × 4, Debbie fumait une cigarette. Josh voulut toper avec Derric, qui obtempéra de bonne grâce, avant d'enlacer le garçon et de lui frictionner le crâne.

— Ça te dirait d'écouter un peu de jazz ?

— Ouais !

— Je vais retrouver mon groupe, expliqua-t-il à Debbie. Il peut venir ? Ma mère passe me prendre à la fin de la répète, on le déposera au motel.

— S'il te plaît, mamie ! Je n'ai jamais entendu Derric jouer du saxo !

Debbie accepta, avec un de ses rares sourires.

— Tu pourras peut-être lui apprendre deux ou trois choses…

— Comme dans la fanfare ! s'enthousiasma Josh.

Derric promit de faire de son mieux et attrapa affectueusement son protégé par la nuque. Puis il sortit de sa poche un petit morceau de papier plié en deux, qu'il tendit à Becca.

— On se croisera sans doute souvent au motel, mais je te laisse mon numéro au cas où tu aurais des questions sur le bahut.

Debbie haussa les sourcils d'un air amusé. Becca remercia Derric avant de se détourner vivement pour dissimuler sa gêne.

Une fois dans le 4 × 4, Debbie demanda d'un air taquin :

— A part ça, ta journée s'est bien déroulée ?

Becca expliqua que Derric Mathieson lui avait servi de guide.

— Ma grande, comment fais-tu pour être aussi veinarde ?

— Pourquoi ? voulut savoir Chloe, assise entre elles deux. Pourquoi elle est veinarde ?

— Elle a passé la journée avec Derric.

— Comme Josh ?

— Pas du tout comme Josh…

Becca se fichait que Debbie la charrie. Elle la sentait d'humeur plus légère, déchargée de son fardeau.

Chloe engagea la conversation sur un autre sujet :

— Becca, c'est toi qui vas nous garder maintenant ? Mamie a souvent des réunions et elle n'aime pas nous laisser seuls. Parfois, on l'accompagne, mais on doit rester dans la voiture et on déteste ça ! Pas vrai, mamie ?

— Oui, confirma Debbie. On n'a pas toujours le choix dans la vie.

— Tu vas rester avec nous pour toujours, Becca ? enchaîna Chloe, pleine d'espoir. Où est ta maman ? Nous, on habite avec mamie parce que papa est en prison.

A ces paroles, Becca eut l'impression qu'une grille tombait entre Debbie et elle, telle une herse de château fort. La gravité était de retour.

— Je ne le savais pas, Chloe. Je suis désolée.

— Oui. Il doit se ressaisir ou il va y rester, hein, mamie ? Et notre maman…

— Ça suffit, l'interrompit Debbie.

— Mais tu as dit…

— Ça suffit !

Chloe se ratatina sur la banquette, se sentant aussi coupable que si elle avait commis une grave erreur. Becca lui prit la main et lui donna une petite pression. Chloe leva les yeux vers elle avant de lui rendre la pareille.

9

Becca n'avait pas l'intention d'appeler Derric. Il avait été sympa de lui donner son numéro, mais elle savait que ce n'était que ça, justement. Une marque de sympathie. Y voir autre chose qu'un geste amical aurait été débile.

Il prit toutefois l'habitude, lors de la première semaine de cours de Becca, de s'assurer régulièrement qu'elle avait bien pris ses repères au lycée. Et, chaque fois, Jenn lui lançait un regard torve.

Celle-ci passait le plus de temps possible avec Derric. Si bien que Becca ne le voyait jamais sans elle, si ce n'est pendant l'option « annuaire du lycée ». Elle le croisait aussi en Civilisations orientales, leur seul cours en commun, où ils échangeaient parfois quelques mots. Il avait beau s'adresser à elle comme à n'importe quelle autre fille, Becca devinait que ça déplaisait à Jenn.

Elle ne s'expliquait pas pourquoi il se montrait aussi chaleureux. Il ne pouvait pas être attiré par elle – aucune chance avec la touche qu'elle avait. Elle aurait voulu lui dire qu'il n'était pas obligé de veiller sur elle, mais elle n'en fit rien : elle se sentait en sécurité avec lui. Sans parler du mystère qui l'entourait. Ce mot

– « réjouissance » – qu'il se répétait en boucle, tel un mantra. C'était d'ailleurs le seul murmure qu'elle parvenait à surprendre, ou presque. S'en servait-il pour se rassurer, comme d'autres se disent « garde ton calme », « ne gâche pas tout » ou « ne te trahis pas » ? Le fait qu'il s'encourage ainsi au bonheur intriguait Becca. Elle était convaincue qu'il cachait quelque chose, ce qui, au bout du compte, les rapprochait. Becca avait son propre secret : Laurel. *Où es-tu, maman ?* était son mantra. Elle avait tenté de la joindre trois fois par jour depuis la mort de Carol Quinn, sans succès. Elle s'efforçait de ne pas paniquer : sa mère n'allait pas l'abandonner. Elle avait dû acheter le mauvais modèle de portable au supermarché de San Diego. Dans le souvenir de Becca, elle avait tendu sa carte de crédit sans demander le moindre renseignement.

Chaque jour, après les cours, Becca remplissait sa part du marché avec Debbie. Elle faisait les chambres du motel. Une semaine et demie après son arrivée, elle découvrit cinq dollars dans une commode, ainsi qu'un pull, accroché à la porte de la salle de bains. Dès qu'elle eut terminé le ménage, elle l'apporta à Debbie, qui surveillait les devoirs de ses petits-enfants dans la cuisine. Becca l'entendit aussitôt penser, en voyant le vêtement : *le renvoyer... encore une dépense... foutu fric...* Sa réaction poussa Becca à lui remettre aussi l'argent trouvé dans le tiroir. A sa grande surprise, Debbie le refusa.

— Hors de question. C'est un pourboire pour toi, ma chérie.

Aucun murmure ne vint contredire cette décision. Pourtant, en dépit de ses grands principes, Debbie n'était pas toujours sincère dans ses paroles. Becca soupçonnait que c'était dû à Reese, sa fille.

Pendant que Debbie répondait au téléphone, elle demanda à Chloe de lui faire de la place sur le banc.

— Devoirs de maths ? s'enquit-elle. Beurk !

— Je suis bien d'accord, approuva la fillette.

— Bien sûr, répondit Debbie à son interlocuteur. Elle est juste à côté. Comment va ta mère ?

Après avoir écouté la réponse, elle ajouta :

— Dis-lui de ne pas travailler aussi dur.

Puis elle tendit le combiné à Becca, haussant les sourcils d'un air entendu. Derric Mathieson était à l'autre bout du fil. Persuadée que l'appel avait un rapport avec les cours, Becca s'affola sur-le-champ. Ils avaient des devoirs à rendre ? Elle n'en avait aucun souvenir…

— On a prévu de se retrouver à Goss Lake, à plusieurs, pour faire des contre-la-montre. Ça te dirait de te joindre à nous ? On y va à vélo. Enfin, évidemment, puisqu'on va faire des contre-la-montre.

Becca ne savait pas très bien de quoi il s'agissait, mais la nervosité de Derric l'attendrissait. Puis elle reconnut les intonations narquoises de Jenn en fond… et répliqua qu'elle n'était pas certaine d'être libre.

— Je dois d'abord m'assurer auprès de Debbie qu'elle n'a pas besoin de moi au motel. Je peux te rappeler dans deux minutes ?

— Pas de problème. Tu as bien gardé le numéro ?

— Oui.

Elle ne précisa pas qu'elle l'avait appris par cœur : il y avait des limites au ridicule.

— Derric m'a proposé d'aller avec eux à Goss Lake… expliqua-t-elle à Debbie.

— Qui ça, *eux* ?

Déjà ses murmures évoquaient les risques de la drogue : *la recrudescence d'oxycodone ces derniers temps*…

Toute réunion de jeunes inquiétait Debbie.

— Des gens du lycée, la rassura-t-elle.

Ce n'était pas l'exacte vérité, et ce n'était pas non plus un mensonge. Debbie lui demanda comment elle comptait les rejoindre, ajoutant en son for intérieur : *Ne me demande pas de t'accompagner*.

— Oh, je n'ai pas besoin que vous me déposiez, observa Becca.

Consciente de sa sottise, elle s'empressa d'ajouter :

— Je prendrai mon vélo, comme les autres. Derric a parlé de contre-la-montre.

— Ma grande, tu n'arriveras jamais jusqu'à Goss Lake avec ta bicyclette. C'est à des kilomètres d'ici sur une route dont cette île a le secret.

Ce qui signifiait : des montées et des virages tout du long.

— Ah… dit-elle sans réussir à cacher sa déception.

Après tout, il ne s'agissait que d'une bande de jeunes faisant du vélo autour d'un lac et Derric Mathieson l'avait juste conviée pour qu'elle participe aux épreuves. Or elle pouvait être certaine d'obtenir un temps minable. Oui, mieux valait ne pas y aller. D'autant que si elle avait beaucoup progressé à vélo – c'était son seul moyen de transport sur l'île –, elle était encore loin de pouvoir enchaîner des kilomètres de route vallonnée.

C'est Jenn qui serait contente…

Becca décida d'aller faire un tour au Star Store, à quelques coups de pédale du motel. Elle se promena un moment dans les allées, ses cinq dollars de pourboire en poche – lesquels exigeaient, au moins en partie, d'être dépensés. Elle arrêta son choix sur un grand sachet de Doritos pour elle et deux mini-citrouilles pour les enfants. Elle faisait la queue à la caisse quand une voix s'éleva dans son dos :

— Elles sont un peu petites pour les sculpter, non ?

C'était Seth Darrow, un sourire aux lèvres.

— Il me semblait bien t'avoir reconnue, ajouta-t-il. Comment ça va ? Toujours l'amie des chiens ?

Décontenancée par cette dernière remarque, Becca mit quelques secondes à se rappeler sa nuit dans le chenil et l'odeur tenace du lendemain.

— Tu avais raison, répondit-elle, Debbie est super. J'habite au motel avec elle.

— Je savais qu'elle t'aiderait.

Une fois qu'elle eut payé ses achats, Seth la raccompagna à l'extérieur. Il remit en forme son chapeau, aplati par un séjour dans la poche arrière de son jean, et le posa sur sa tête.

— Tout va bien, alors ? insista-t-il. Tu trouves à t'occuper ?

— Pas vraiment.

Sa réponse sembla, pour une raison mystérieuse, le décevoir. Elle ne comprenait pas pourquoi il s'intéressait à elle, mais il était si cordial qu'elle poursuivit :

— J'étais censée retrouver des copains du lycée à Goss Lake, mais je ne peux pas.

— Des copains du lycée ? répéta-t-il. Pourquoi tu ne peux pas ?

— Debbie pense que je n'arriverai pas jusque là-bas. Tu sais bien…

Elle inclina la tête en direction de son vélo, appuyé contre la benne à ordures.

— Ah, oui, confirma-t-il. Pour aller au lac, il te faut un meilleur destrier.

— Sans doute… Je me demande aussi si Debbie ne se fait pas une montagne de rien. Peut-être qu'elle n'a pas envie que j'y aille.

— A cause de sa fille, sans doute… Reese est morte comme ça. Dans un accident de vélo.

— Ah…

Becca savait seulement que Mme Ward, la secrétaire du lycée, l'avait tuée. Impossible de creuser la question néanmoins, Seth avait déjà changé de sujet de conversation.

— Je suis venu ici récupérer mon salaire. Sammy et moi, on peut te déposer à Goss Lake, si tu veux.

— Qui est Sammy ?

Avec un sourire, Seth répondit :

— Je vais vous présenter.

Sammy était le nom que Seth donnait à sa voiture. Une vieille Coccinelle de 1965, entièrement retapée et à la carrosserie si rutilante que Becca pouvait se voir dedans.

Avant de sortir du parking du supermarché, Seth attira son attention sur une maisonnette jaune moutarde avec jardinet. Le foyer municipal.

— Si tu veux rencontrer des gens en dehors du lycée, il faut venir ici. Après les cours, et le week-end. J'y vais pour jouer aux échecs. Et répéter aussi, avec mon groupe. C'est un endroit sympa pour traîner.

Au bout de Second Street, Seth s'engagea sur Saratoga Road, une route qui traversait des bois, longeait des prés et des zones marécageuses, puis montait en serpentant le long de la passe entre Whidbey et les îles Camano. Debbie avait raison : les côtes se succédaient jusqu'à Goss Lake.

Le premier aperçu que Becca eut du lac fut un morceau d'eau bleue à travers les arbres. Niché dans une petite dépression, il était ainsi protégé des vents. L'endroit grouillait d'adolescents. La plupart fonçaient à toute allure sur la route qui en faisait le tour. D'autres, postés sur les bas-côtés avec des chronomètres, criaient les temps.

— Waouh ! s'écria Becca. On m'avait parlé d'un contre-la-montre, je ne pensais pas qu'il y aurait autant de monde.

Seth les observait, les mains posées sur son volant.

— On dirait qu'ils s'entraînent. Sans doute pour une collecte de fonds.

Il ajouta qu'il y en avait régulièrement sur l'île. Tout en parlant, il fixait chacun des cyclistes lorsqu'ils passaient devant eux.

— Tu cherches quelqu'un ? l'interrogea Becca.

— Moi ? Nan !

Il écarta sa question d'un revers de la main.

— Et toi ? reprit-il. Tu es censée retrouver qui ?

— Des gens du lycée.

— Ça ne nous avance pas beaucoup, ironisa-t-il.

— Derric Mathieson.

Becca ne s'était pas préparée à la réaction de son compagnon. L'air sembla se figer et des murmures résonnèrent dans le silence assourdissant : *quel con... n'a pas... c'est ça, ouais... comme si je pouvais vraiment croire...*

Becca lui jeta un coup d'œil prudent. Mal à l'aise,

elle constata qu'il avait le regard vide. Il finit par rompre le silence d'une voix un peu hésitante :

— Je ne peux pas te déposer plus loin, il y a trop de vélos. Le point de départ doit être au niveau du ponton, c'est ce qui paraît le plus logique.

Il pointa le doigt vers la droite.

— Tu n'as que quelques mètres à faire. Quelqu'un pourra sans doute te ramener à Langley. Je ne peux pas rester. Tu demanderas qu'on te raccompagne, d'accord ?

Il semblait inquiet, soucieux de l'abandonner. *Non, non... hors de question... juste ce dont j'avais besoin... trouduc...* Les murmures avaient beau se bousculer dans sa tête, son expression restait impassible. Becca sentit qu'elle devait déguerpir, et vite. Tant pis si elle devait faire tout le trajet du retour à pied.

Becca suivit la route étroite dans la direction indiquée par Seth. Des vélos la doublaient à toute allure, sous les encouragements et l'énumération des chronos. Elle surprit certaines pensées au passage, confiées au vent telles des feuilles, sans pouvoir bien sûr les attribuer à quelqu'un en particulier. Lassé par l'exercice, quelqu'un jurait. Plusieurs garçons admiraient les fesses des filles. D'autres avaient chaud et soif. Dans l'ensemble, l'humeur était joyeuse, à mille lieues de l'atmosphère électrique qu'elle venait de quitter.

Becca atteignit le ponton. Une table avait été installée au sommet du chemin qui menait à un parking. Trois jeunes s'occupaient de remplir des papiers, pendant que deux autres notaient les temps relevés par les chronomètres le long du parcours. Derric était parmi ces derniers. Il agita la main dès qu'il aperçut Becca.

— Tu es venue ! se réjouit-il. Fais gaffe aux vélos en traversant.

Il tendit sa planchette à l'un des ados derrière la table et vint à sa rencontre, les lèvres étirées jusqu'aux oreilles.

— Comment es-tu arrivée jusqu'ici ? A vélo ? Impressionnant… pour une fille, ajouta-t-il avec un nouveau sourire.

— J'aimerais en être capable… Seth Darrow m'a déposée, il ne pouvait pas rester.

— Ah, dommage…

Mais les murmures qui lui échappèrent – *ouf ! ouf !* – étaient aussi sombres et bas que des nuages de pluie.

— Enfin, reprit-il, je suis content que tu sois là.

Tout en prononçant ces mots, il pensait aussi : … *agréable… pas passé loin… sensation… réjouissance.* Becca s'interrogea sur le sens de ses réflexions. Trouvait-il sa présence agréable ? Se réjouissait-il à ce point de sa venue ?

— En tout cas, c'est mon sentiment, déclara-t-il avec un haussement d'épaules, comme pour répondre à ses questions muettes.

Elle se raidit instantanément.

— Hein ?

— C'est toujours dommage quand quelqu'un refuse de participer, tu n'es pas d'accord ?

— Ah, tu veux parler de Seth ?

— Oui, de Seth.

Ce prénom ne s'accompagna d'aucune pensée injurieuse, mais les nuages étaient là, doublés d'une odeur de fumée aussi puissante que si un incendie faisait rage à quelques mètres.

— Tu le connais ? demanda-t-elle à Derric. Question bête, tout le monde semble connaître tout le monde, ici.

— Ça, pour le connaître, je le connais…

Quelque chose dans son ton laissait entendre qu'un grave différend les opposait. La prenant par le bras, il l'entraîna à l'écart. Il semblait si déterminé qu'elle s'imagina qu'il allait lui faire une confidence.

— Il faut qu'on s'éloigne de la route, expliqua-t-il. Il suffit que quelqu'un perde le contrôle de son vélo, et l'un de nous deux pourrait être blessé.

Une rafale de murmures grossiers assaillit soudain Becca. Elle ne fut pas surprise de voir Jenn s'arrêter devant elle dans un nuage de poussière.

— Qu'est-ce que tu fous ici ? Dégage ! Tu ne vois pas que tu gênes ?

Une nouvelle salve de pensées insultantes suivit : Jenn ne se serait pas gênée pour les exprimer tout haut en l'absence de Derric.

— On s'entraîne à une course de vélo et tu te mets au beau milieu du chemin ? T'es débile ou quoi ? Je croyais que tu ne pouvais pas venir de toute façon. Pourquoi t'es là ? Tu t'imaginais qu'il y aurait une caissière dans le coin ?

Becca recula d'un pas. L'impression de fournaise qui accompagnait la fureur de Jenn était bien plus violente que la fumée qui nimbait les pensées de Derric. Resserrant les doigts sur le bras de Becca, il dit :

— C'est Seth qui l'a amenée. Détends-toi, Jenn.

Les yeux écarquillés, elle s'esclaffa.

— Seth Darrow ? Waouh ! T'es vraiment un cas désespéré, hein ?

Son regard passa de Becca à Derric, et elle remarqua qu'il la tenait. Puis elle aperçut le sac en plastique du Star Store contenant les Doritos et les citrouilles.

— Alors tu as quoi, là-dedans ? demanda-t-elle, sardonique. Ton goûter ou ton butin ?

— Euh… eh bien… des citrouilles, bredouilla-t-elle.

Ça la gênait de mentionner les Doritos. Avec sa silhouette féline, Jenn n'avait pas besoin de savoir que Becca fonçait tête baissée vers le surpoids.

— Pour les petits-enfants de Debbie, ajouta-t-elle bêtement.

Jenn leva les yeux au ciel.

— Quelle petite sainte ! Comme si personne ne savait pourquoi tu traînes avec ces gosses, Beccaaa…

Elle éclata de rire en secouant la tête, puis repartit. Becca réalisa alors que la main de Derric, qui ne la serrait plus aussi fort, se voulait réconfortante. *Désolé*, pensait-il. *Oh, la vache… imbécile…*

— Pourquoi me déteste-t-elle autant ?

Derric remonta la main jusqu'à son épaule, où il ne s'attarda pas.

— Ça n'a rien à voir avec toi, d'accord ?

— Avec qui, alors ? Parce que, à ma connaissance, je n'ai rien fait de mal à part voir un billet de dix dollars à la place d'un billet de vingt.

— Quoi ? fit-il, perdu.

— Peu importe. Un truc idiot, oublie.

10

Le samedi suivant l'entraînement au lac, Debbie confia à Becca sa première mission. Ça n'avait rien de bien sorcier, mais ça risquait d'être salissant.

Des parterres de fleurs couraient le long des deux rues qui bordaient le motel, ainsi qu'entre les chambres et le parking. Devant la porte 444, Debbie avait déposé des outils de jardinage, un énorme sac d'engrais et deux douzaines de sachets remplis de bulbes. L'automne était, selon elle, la saison idéale pour les plantations. De son côté, elle partait faire des courses avec Josh et Chloe.

Dès qu'elle fut seule, Becca sortit son portable. Elle continuait à appeler sa mère, qui continuait à ne pas répondre. Malgré elle, Becca imaginait le pire : Jeff avait retrouvé la trace de Laurel. Si c'était le cas, elle avait dû se débarrasser de son téléphone pour qu'il ne puisse pas remonter jusqu'à sa fille.

Sans surprise, l'appel n'aboutit pas. Elle se répéta que sa mère allait bien, bien, *bien* ! Puis elle se mit au travail. Chaque sachet contenait plus d'une douzaine de bulbes et, comme il y en avait vingt-quatre, elle avait de quoi s'occuper.

Elle prit le premier oignon entre ses doigts et le

retourna, incertaine du sens dans lequel il fallait le placer en terre, puis détermina que la pointe devait aller vers le bas. Elle avait disposé ainsi le contenu des quatre premiers sachets quand une voiture pénétra sur le parking derrière elle. Elle s'épousseta les genoux pour accueillir le client potentiel.

La Coccinelle. Un labrador fauve occupait le siège du passager. A peine Seth eut-il ouvert sa portière que le chien bondissait et fondait sur Becca. Il remuait la queue si fort que tout son arrière-train se balançait. Il se mit à déterrer les bulbes avant qu'elle puisse le retenir.

— Gus ! s'exclama Seth. Hé ! Arrête ça tout de suite ! Désolé, Becca, c'est encore un bébé.

Gus lui paraissait bien grand pour un chiot. Quoi qu'il en soit, son dressage n'était pas terminé : en dépit des injonctions de son maître, il continuait à gratter la terre. Seth dut l'entraîner à l'écart tout en le grondant. Indifférent à ses remontrances, Gus sautillait et lui léchait le visage.

— Beurk ! lança Seth avec bonhomie avant de récupérer une laisse à l'avant de la Volkswagen et de l'accrocher au pare-chocs.

Le chien neutralisé, il rejoignit Becca, qui lui expliqua la mission que Debbie lui avait confiée.

— Et tu espères qu'il se passera quoi, après ?

— Comment ça ? répliqua-t-elle. Les oignons vont donner des fleurs au printemps prochain. Des tulipes, des jonquilles et…

Elle consulta l'étiquette d'un des sachets, puis ajouta :

— … des jacinthes.

— D'accord, mais tu ne crois pas qu'ils pousseraient mieux si tu ne les mettais pas à l'envers ?

— Quoi ? Oh, non !

Becca observa un bulbe, circonspecte : les pointes n'allaient-elles pas toujours vers le bas ?

— Combien en as-tu plantés déjà ?

— Quatre sachets.

— La poisse…

Il se gratta la tête, puis posa les yeux sur son chien.

— Pourquoi pas, après tout, reprit-il. Je vais te filer un coup de main. Echange de bons procédés.

— C'est-à-dire ?

— J'aurai besoin de ton aide avec Gus, après.

— Qu'est-ce que tu veux faire ?

— L'emmener courir dans la forêt de Saratoga Woods. Il vaut mieux qu'on se dépêche d'ailleurs, si on ne veut pas qu'il bouffe sa laisse.

Ils s'activèrent avec d'autant plus d'efficacité que Seth se chargea de creuser les trous. Il était en train de nettoyer la terre répandue autour des parterres, et Becca de rassembler les sachets en plastique vides ainsi que les outils, quand ils entendirent le 4 × 4 de Debbie. Josh et Chloe descendirent dès que leur grand-mère eut coupé le moteur.

— Un chien ! Un chien !

Gus répondit à leurs cris en aboyant et en tirant sur sa laisse. Les sensations qui se dégageaient des enfants étaient aussi sucrées et moelleuses que de la guimauve. Becca perçut en revanche la colère de Debbie – *Camé… pauvre type…* –, et elle vit qu'elle décochait des regards noirs à Seth, qui se détourna, sur ses gardes. Il la salua d'un signe de tête.

— Bonjour, madame Grieder.

— Qu'est-ce que tu fabriques ici, Seth Darrow ?

Becca s'empressa d'intervenir :

— Il m'a montré comment planter les bulbes. Je suis tellement idiote, je les mettais la tête en bas…

Les enfants s'étaient agenouillés à côté de Gus, qui continuait à japper. Quand il ne les léchait pas, il leur sautait dessus.

— On peut le détacher ? demanda Josh.

— Surtout pas, répondit Seth avec gentillesse, il en profiterait pour s'échapper. Vous pouvez le tenir avec la laisse par contre. Il s'appelle Gus. Voilà…

En quelques enjambées, il avait rejoint la voiture et détaché la laisse, qu'il confiait à Josh. Le petit garçon fut immédiatement traîné à travers le parking, puis en direction du terrain vague. Chloe leur courait derrière, ivre de joie. Becca percevait leur bonheur. Il était aussi tangible que l'angoisse de leur grand-mère. Seth la sentait aussi. Ou, du moins, il en connaissait la cause. Il s'empressa d'ouvrir le véhicule et de rabattre le siège du conducteur, avant d'expliquer, par-dessus son épaule :

— J'ai apporté ça pour Becca, madame Grieder. Il est meilleur que le sien, et puisque j'ai Sammy…

— Qui est Sammy ? l'interrompit-elle, cassante. Je croyais que le chien s'appelait Gus.

— Ma voiture, répondit-il.

Il baissa la tête et se débattit avec un objet à l'arrière. Becca n'en revenait pas : il avait réussi à faire tenir un vélo dans sa Coccinelle. Il le sortit et fit claquer ses mains sur la selle.

— Vingt-sept vitesses. Il n'est pas d'aujourd'hui, mais il marche bien et j'ai huilé la chaîne. Je vais te montrer comment t'en servir.

— Quoi, maintenant ? s'écria Debbie, les yeux rivés dans la direction du terrain vague, où retentissaient des aboiements excités. Cet animal n'est pas dangereux pour les enfants ?

— Non, mais je vais aller le chercher, proposa Seth. Hé ! Viens ici, imbécile de chien !

Debbie fixait le vélo en appui contre la carrosserie. Un grand *Non* résonnait dans l'air automnal. Becca supposa que cette objection était liée à l'accident qui avait coûté la vie à Reese.

— J'ai passé un accord avec lui. Un échange de services.

S'arrachant à la contemplation de la bicyclette, Debbie sortit son paquet de cigarettes puis demanda :

— Lequel ?

— L'aider avec Gus contre un coup de main pour les plantations.

— Pourquoi a-t-il besoin d'aide ?

— Pour aller le faire courir.

— Où ?

— A Saratoga Woods.

A ces mots, une alarme se déclencha dans la tête de Debbie. Si retentissante que toute la ville aurait pu l'entendre. *C'est ça... le faire courir... bien sûr...* Elle semblait convaincue que Becca mentait.

— Je lui ai promis de l'accompagner. Il m'a vraiment dépannée et je voudrais lui rendre la monnaie de sa pièce. Vous avez besoin de moi avant que j'y aille ?

— Non, répondit Debbie, tandis que Seth et les enfants revenaient dans le parking.

C'était lui qui tenait la laisse, cette fois.

— Non, va dans la forêt, puisque tu en as envie.

Chloe et Josh, qui avaient entendu la fin de la conversation, voulurent être de la partie.

— Sans problème, approuva Seth. Plus on est de

fous, plus on rit, affirma-t-il en se tournant vers leur grand-mère pour obtenir son aval.

— C'est l'heure de votre déjeuner.

— J'ai deux sandwichs au thon, proposa-t-il. On peut les partager.

— Hors de question. Les enfants restent ici. Amuse-toi bien, Becca, conclut-elle avant de retourner au 4 × 4 pour le vider de ses courses.

Ils ne mentionnèrent pas Debbie en route. Au son des râles de Gus, installé à l'arrière, et des cliquetis du moteur, ils descendirent Second Street. Plusieurs clients mangeaient et buvaient à la terrasse du Useless Bay Coffee. Des notes de guitare s'échappaient du kiosque à musique voisin, un air subtil et raffiné. L'oreille tendue, Seth ralentit.

— C'est moi dans six mois, dit-il. Du jazz manouche.

— Tu joues de la guitare ? demanda-t-elle, impressionnée. Aussi bien que ça ?

— Il n'y a presque que la guitare dans ma vie.

La journée était belle, l'air, frais, et Becca songea, encore une fois, combien cet endroit était différent de ce qu'elle connaissait. A San Diego, le soleil était la garantie d'une grande chaleur. Ici, il signifiait seulement que les couleurs du début d'automne seraient plus éclatantes et le ciel plus bleu.

Saratoga Woods se trouvait à quelques kilomètres de la ville, par une route tortueuse et bordée d'arbres, juste en face de la passe de Saratoga. Le bras de mer scintillant ondulait sous les rayons du soleil. Les bois denses occupaient un coteau au-delà d'un pré. Un parking en retrait de la route accueillait cinq voitures et un pick-up. Becca le reconnut aussitôt : il appartenait à Diana Kinsale, la femme qui lui avait fait faire un bout de route le soir de son arrivée sur l'île. Elle devait promener ses chiens dans la forêt.

Seth vérifia que Gus était bien attaché, expliquant à Becca qu'il le laisserait courir librement une fois qu'ils auraient traversé le pré et atteint l'un des sentiers.

Becca n'avait pas son brouilleur avec elle. Elle n'avait pas pris le temps de le récupérer avant de partir avec Seth. Des murmures lui parvinrent dès qu'ils s'engagèrent sur l'herbe, indistincts mais bien présents. Ils s'accompagnaient d'un parfum délicat qu'elle identifia sur-le-champ.

Elle promena son regard autour d'elle et jusqu'au parking. Personne en vue. Il n'y avait que des voitures, la camionnette et un panneau d'information qu'une petite avancée protégeait des intempéries. Un vélo était attaché à l'un des poteaux.

Becca se tourna à nouveau vers les bois et une bouffée d'air tiède et sucré lui chatouilla les narines. Ça aurait pu être une brise chauffée par le soleil, s'il y avait eu le moindre souffle d'air… Mais non, c'étaient ces effluves familiers de fruits en train de cuire. Seth n'avait rien remarqué, apparemment.

A l'entrée d'un sentier qui plongeait dans les ombres, il s'agenouilla pour détacher Gus.

Leur balade se déroula sans encombre pendant les cinq premières minutes environ : ils s'enfoncèrent dans la forêt sur un chemin tapissé de feuilles mortes odorantes. Gus filait devant eux, flairant le sol. Après avoir levé la patte contre un buisson de myrtilles, il revint en quelques bonds joyeux réclamer une récompense à Seth.

Des aboiements retentirent alors au loin, et la situation

dégénéra rapidement. Gus redressa brusquement la tête et jappa. A l'instant où Seth, devinant son intention, lui criait de ne pas bouger, le labrador détala et disparut dans Saratoga Woods. Il avait des copains à se faire…

— Oh, non ! Il faut que je le rattrape ! Gus ! Reviens ! Ici !

Seth s'élança à sa suite. Becca suivit le mouvement avec un temps de retard. Les aboiements de Gus étaient de plus en plus distants. Elle atteignit bientôt un embranchement sans aucun moyen de savoir lequel des trois sentiers Seth avait pris.

Becca s'immobilisa. L'air était frais sous la frondaison des pruches, des cèdres et des pins. Et il grouillait de murmures. Etonnamment forts d'ailleurs, comme si des gens avaient été cachés derrière chaque tronc. Des murmures provenant de toutes les directions à la fois, qui évoquaient la nostalgie et le désir. Ou trahissaient la confusion, la colère et le désespoir.

Becca avait beau être habituée à ce phénomène depuis ses quatre ans, elle n'était pas de taille à lutter contre un tel raz-de-marée. Elle fut saisie d'un vertige comme si une main invisible la faisait tourner sur elle-même tandis qu'elle cherchait à distinguer les différents flux de pensées, accompagnés en permanence par le doux parfum de Derric.

Elle devait choisir un sentier, cependant. Elle appela Seth, puis Gus. Un aboiement lui répondit, mais elle n'aurait su dire d'où il provenait. Se décidant pour le chemin de gauche, elle rencontra une côte au bout d'une cinquantaine de mètres. Elle escalada les racines noueuses d'un vieux cèdre et se faufila entre de grands buissons de sureau.

Un cri retentit alors. Croyant reconnaître la voix de Seth, elle hurla à son tour et des chiens jappèrent. Le sentier rétrécissait, grimpait, formait un virage en épingle à cheveux, était barré par quelques pierres puis débouchait hors du couvert des arbres. L'éclat subit du soleil éblouit Becca, qui protégea ses yeux, avant d'être à nouveau assaillie par un vertige. Elle bascula en arrière et sa main rencontra une souche d'arbre, sur laquelle elle s'assit. Essoufflée par la montée et relativement désemparée, elle se laissa tomber dessus. Elle était perdue.

Elle se forçait à ignorer les murmures pour garder les idées claires quand des chiens fondirent sur elle. Ils aboyaient d'excitation et l'un d'eux la renversa. Ils en profitèrent tous pour la flairer.

— Ici ! les rappela aussitôt Diana Kinsale.

Même sans leur maîtresse, Becca aurait rapidement reconnu les animaux : ils reniflaient tout particulièrement la poche de sa veste qui avait contenu les cookies. Elle était en train de se relever lorsque le caniche noir, Oscar, rejoignit la meute, traînant sa laisse derrière lui. Gus le suivait. Becca tenta de l'attraper, mais il se déroba.

— Au pied ! ordonna Diana.

Ils lui obéirent tous au doigt et à l'œil, à l'exception du chien de Seth, qui se maintenait à une distance respectueuse de Becca et l'observait, l'œil luisant, la queue frétillante, attendant visiblement de reprendre le jeu de course-poursuite.

— Ils vous ont bousculée ? demanda Diana. Je suis

désolée. Ils sont inoffensifs, ils n'auraient jamais dû… Ça alors… Tu es la fille au vélo ! Becca, c'est bien ça ?

Sans quitter Gus du regard, la jeune fille répondit :

— Ils ne m'ont pas vraiment bousculée. J'étais assise sur cette souche, j'ai glissé.

— Tu as besoin d'une laisse pour lui ? dit-elle en désignant Gus. Tiens, prends celle-ci, Oscar n'a pas l'usage de la sienne. C'est ton chien ?

— Non, il appartient à Seth.

— Seth Darrow ?

La façon dont elle prononça son nom suggérait qu'elle ne le connaissait pas seulement de réputation.

— Par où est-il parti ? reprit-elle.

Becca se souvint alors que, le jour de sa rencontre avec Diana, elle n'avait entendu aucun murmure.

— Par où est-il parti ? répéta-t-elle.

— Seth ? Aucune idée, on s'est perdus.

— Cette piste va vers Putney Woods et Metcalf Woods, expliqua Diana, le doigt pointé dans la direction par laquelle elle était arrivée. Est-ce qu'il est allé par là ?

— Je ne crois pas… Je n'en sais rien. Il y avait du bruit et… Désolée. Je ferais mieux de suivre Gus.

— Prends la laisse, dans ce cas. Tu me la rendras plus tard. Tu sais où j'habite.

— Vous êtes sûre que ça ne vous embête pas ?

— Sûre et certaine.

Entre-temps, le labrador s'était évanoui dans la nature. Becca se dirigea vers le sentier à l'entrée duquel il se tenait juste avant. Elle gravit une côte puis redescendit. Elle appela Gus. Puis Seth. Elle finit par apercevoir le chien allongé sur un tapis de fougères : son pelage fauve le rendait visible en dépit de l'obscurité. Sale, les pattes pleines de terre, il pantelait. Il était dans un état de béatitude parfait.

Comme il la laissait approcher, elle se demanda s'il était blessé. En réalité, c'était la fatigue qui avait eu raison de lui, et qui permit à Becca d'attacher la laisse à son collier.

— La partie est terminée, maintenant, on va retrouver Seth. Conduis-nous à la voiture.

Ils atteignaient la lisière de la forêt lorsque Becca se rendit compte que les murmures s'étaient interrompus. Elle s'arrêta pour tendre l'oreille. Plus de chants d'oiseaux, plus de jappements ni de cris. Tous les sentiments transportés par la brise s'étaient dissipés.

Plus inquiétante que ce silence subit, la disparition de toute odeur, y compris le parfum sucré qui la rassurait tant. Le vide était complet. Le cœur de la jeune fille se souleva.

— Derric… Derric ?

Puis, parce qu'elle sentait confusément qu'un drame s'était produit, elle s'élança en hurlant :

— Derric !

Elle ne savait pas où elle allait ni pourquoi. Gus, en revanche, comme s'il était conscient de la gravité de la situation, prit une direction déterminée. Il la traîna à toute allure vers le pré qui jouxtait Saratoga Woods. Au lieu de le traverser pour rejoindre le parking, il vira à droite.

Ils longèrent les bois en direction d'une ferme au sud du terrain. Avant de l'atteindre, pourtant, Gus obliqua vers la forêt. Un sentier partait de l'extrémité sud-est. Etroit et abrupt, il menait d'abord à une butte en surplomb de la ferme, puis s'enfonçait entre les arbres en pente de plus en plus raide.

— Derric ? criait Becca, cramponnée à la laisse de Gus. Derric !

Le labrador courait si vite qu'elle ne parvenait pas à tenir le rythme et finit par le lâcher. Après avoir parcouru une bonne cinquantaine de mètres, au lieu de disparaître dans la nature comme elle le craignait, il s'arrêta et se mit à flairer avec frénésie le sol.

Songeant soudain qu'ils étaient peut-être sur la trace de Seth – et que Derric avait quitté les lieux, ce qui aurait expliqué le silence et l'absence d'odeur –, elle s'écria :

— Seth ! Seth !

Quand elle rejoignit le chien, il se remit en mouvement et dévala la pente hors du sentier. Becca vit alors ce qu'il avait reniflé : l'empreinte d'une semelle au motif inhabituel. Juste à côté, un buisson de myrtilles, dont plusieurs branches étaient cassées.

Becca n'osait pas regarder. Elle ne voulait pas savoir. Les gémissements du labrador, en contrebas, la décidèrent cependant à le suivre.

Un garçon gisait immobile au fond du ravin, appuyé contre un arbre. Sa jambe était pliée dans le mauvais sens.

— Derric !

Elle l'avait tout de suite reconnu. Gus s'était couché à côté de lui, la tête appuyée sur son torse déformé.

11

Becca ne se rendit pas compte immédiatement qu'elle hurlait à l'aide tout en dévalant la pente.

Il lui sembla entendre Seth crier au loin. Gus se mit à aboyer, les poils dressés. Réalisant qu'elle lui faisait peur, elle se contrôla et prononça doucement le prénom de Derric.

Il saignait beaucoup à la tête. Becca avait assez de jugeote pour ne pas essayer de le déplacer. Elle avait néanmoins besoin de le toucher et colla sa joue contre la sienne. Elle ne perçut aucun murmure… Comment aurait-il pu en être autrement ?

Il fallait agir vite, elle le savait. Elle se releva et regarda tout autour d'elle. Elle avait besoin d'assistance. Se rappelant soudain qu'elle avait son portable, elle le sortit de sa poche. Pas de réseau. Evidemment, elle était au fond d'un ravin, en pleine forêt. Elle devait remonter et trouver une ligne.

— Je vais revenir, dit-elle à Derric. Je vais chercher de l'aide.

Puis elle ajouta, de façon ridicule :

— Ne bouge pas.

Sur le sentier, elle se mit à courir. Gus la suivait,

mais ça n'avait plus aucune importance : il pouvait bien aller où il voulait. Seul comptait Derric à présent.

Becca déboucha dans le pré. Son portable captait enfin ! Les doigts tremblants, elle composa le 911. Une femme répondit.

— Aidez-nous, lui dit Becca. Nous avons besoin de vous dans les bois. Une ambulance. Un garçon a été blessé. Grièvement. Je crois qu'il a la jambe fracturée en plusieurs endroits et il y a du sang…

— Il me faut un nom, s'il vous plaît.

— Il s'appelle Derric Mathieson. Il se trouve près d'un sentier…

— Votre nom à vous.

— Mais…

— Votre nom et votre date de naissance, s'il vous plaît. Ainsi que votre adresse.

Becca commença par la dernière question.

— Saratoga Woods. Nous sommes dans le parking. En face de la mer. La forêt, vous voyez où elle est ? Sur Saratoga Road ?

— Je sais où vous vous trouvez. Il me faut votre nom et votre adresse, mademoiselle.

Elle avait été localisée ? Becca promena un regard paniqué autour d'elle. Y avait-il des caméras ou autre chose ? Comment pouvait-elle… ?

— Vous devez me donner votre nom et votre adresse, répétait la femme.

— Non, c'est vous qui devez envoyer une ambulance, tout de suite !

Elle raccrocha et observa les alentours. Elle devait partir avant l'arrivée des secours : la police suivrait sans doute, alertée par cet appel atypique.

Seth émergea alors des bois. Gus s'élança vers lui, et Becca l'imita.

— Hé ! cria-t-il. Que se passe-t-il ?

— Les… secours… haleta-t-elle. Je les ai appelés… Là-haut… dans la forêt… Derric est blessé… Il faut passer par ce sentier…

Elle indiqua le chemin avant de poursuivre :

— J'avais rattrapé Gus… Il s'est mis à courir et…

Elle agrippa Seth par le bras.

— L'ambulance est en route et je ne peux pas être là quand elle arrivera, Seth. Tu dois rester, toi. Conduis-les à lui !

Sur ce, elle tourna les talons et s'enfuit en courant ; elle n'avait pas d'autre choix. Une fois là, les secours poseraient des questions. Noteraient des noms. Elle avait déjà commis une erreur grossière en appelant de son portable : il les mettrait sur sa piste. On le voyait dans toutes les séries policières de la terre. Un coup de fil, et on était repéré.

Elle décida de se débarrasser du téléphone. Le seul appel qu'elle avait passé en dehors de ses vaines tentatives pour joindre sa mère risquait de causer leur perte à toutes les deux. Au moment de débouler dans le parking, elle chercha un endroit où le dissimuler, avec l'espoir insensé de pouvoir le récupérer plus tard. Il lui fallait une cachette à l'abri de la pluie.

Le tableau d'information. Près du vélo de Derric. La structure n'était pas très haute et Becca pouvait en atteindre le sommet en se mettant sur la pointe des pieds. Après avoir essuyé ses empreintes sur l'appareil – au cas où –, elle le posa sur la poutre qui soutenait le petit toit.

Le motel se trouvait à plusieurs kilomètres. Elle ne pourrait jamais courir tout le long du trajet ; elle n'avait pas la forme nécessaire. S'élançant pourtant au petit trot, elle tint ce rythme régulier sur près d'un kilomètre. Elle entendit alors le hurlement des sirènes de l'ambulance. Sur sa droite, un premier chemin, en montée, semblait conduire à une propriété privée tandis qu'un second, disparaissant sous les arbres, menait à Metcalf Woods. Un panneau interdisait le stationnement à cet endroit, cependant quelqu'un n'y avait pas pris garde, et ça tombait bien. Becca s'accroupit derrière la camionnette dont la portière indiquait : *Ferme de Smugglers Cove*. Elle ne serait pas vue.

L'ambulance était déjà passée depuis plusieurs minutes quand elle se décida à repartir. Tout en longeant la route, elle se mit à prier.

A l'intersection de Saratoga Road et de Second Street, Becca tourna à droite. D'un pas plus tranquille, elle coupa à travers le parking de gravillons de l'église, pour aboutir à Third Street, qui descendait vers le village.

Une empreinte de pas ne signifiait rien, se répétait-elle. Il y en avait sans doute un milliard dans Saratoga Woods. Si celle qu'elle avait repérée juste à côté de l'endroit où la chute de Derric avait eu lieu semblait récente, c'était une… pure coïncidence. De toute façon, il s'en sortirait. Oui, il s'en sortirait.

Becca franchit une épaisse pelouse bien verte, qui montait vers Cascade Street. Quelques lapins gras, occupés à constituer des réserves pour l'hiver approchant, ne détalèrent même pas à son passage.

A l'instant où Becca arrivait au parking du motel de

la Falaise, le rugissement d'un hélicoptère attira son attention. Il volait bas, et dans la direction de Saratoga Woods. Elle aurait aimé se persuader qu'il s'agissait d'une coïncidence, comme elle se le disait quelques secondes plus tôt au sujet de l'empreinte. Mais elle avait le pressentiment qu'il avait un lien avec Derric. Son état de santé devait être préoccupant. D'un autre côté, il était sûrement encore en vie : ils n'auraient pas eu besoin d'une évacuation en urgence, sinon.

Debbie avait désapprouvé cette sortie dans les bois. Elle redoutait un drame, et c'était précisément ce qui était arrivé. Or Becca ne voulait pas la mettre au courant… Elle devait donc redoubler de prudence. Elle inspira profondément à plusieurs reprises pour retrouver son calme avant d'entrer dans le motel.

Debbie et les enfants étaient dans la cuisine, chacun attablé devant une feuille de papier sur laquelle se trouvait le contour d'une citrouille.

— Becca est là ! s'écria Chloe.

— On dessine nos décorations, ajouta Josh. Regarde les miennes !

Ils se préparaient pour Halloween et réfléchissaient aux motifs qu'ils creuseraient dans les citrouilles.

— On les installera sur Third Street, expliqua Chloe. Tu en auras une, toi aussi. Mamie est d'accord pour en acheter des très grosses, cette année. Josh en veut une aussi grande que la table, mais Mamie dit qu'elles devront toutes avoir la même taille.

— Elles viennent de chez un voisin, lui confia Josh. Du coup, elles ne sont pas parfaites.

— Mais pas chères, ajouta Debbie avant de se lever. Qui veut une *quesadilla* ?

Becca sentit les tentacules de sa suspicion se déployer vers elle. *Tout égratignée... chaussettes pleines d'épines... où t'es-tu fourrée... monté jusqu'à l'erratique, hein ?... laisse-moi voir tes yeux... qu'est-ce qu'on t'a fait ?* Cela ne fit qu'ajouter à la panique de Becca… et à sa faim.

— J'aimerais bien une *quesadilla*, dit-elle. Je peux couper le fromage pour vous aider ?

— Non, assieds-toi, ma puce, et prépare une citrouille. Il va y avoir un grand concours en ville. C'est Tatiana Primavera qui désignera le vainqueur.

Debbie se concentra sur les préparatifs du repas, et Becca se crut tirée d'affaire. Mais non : pendant que les *quesadillas* chauffaient sur la cuisinière, Debbie se retourna et lui demanda :

— Seth t'a raccompagnée ? Je n'ai pas entendu sa vieille Coccinelle.

— J'ai marché depuis le Useless Bay Coffee. Il y avait un guitariste.

Avec un peu de chance, Debbie en conclurait que Seth était resté écouter la musique. Elle dévisagea la jeune fille, qui fixa sa citrouille comme pour réfléchir à un motif. Becca savait pertinemment que le sujet Seth Darrow était loin d'être clos.

DEUXIÈME PARTIE

Saratoga Woods

12

Seth Darrow ne sut quoi penser en voyant Becca King filer à travers le parking de Saratoga Woods. Il sut quoi faire, en revanche. Il entraîna Gus jusqu'à Sammy, le fit monter et lui donna à boire. Ainsi, au lieu de traîner dans ses pattes, il resterait sagement sur le siège du passager. Aussi longtemps que nécessaire.

Seth revint ensuite sur ses pas. Mme Kinsale sortait justement des bois avec ses chiens. Il alla à sa rencontre et lui apprit ce qu'il savait : Derric Mathieson avait fait une chute dans la forêt. Une ambulance était en route.

— Où se trouve-t-il ?

— Je ne l'ai pas vu, répondit-il. Je sais seulement qu'il est tombé depuis le sentier de Meadow Loop[1] et que c'est grave.

Diana Kinsale ne lui demanda pas comment il était au courant, mais le considéra avec dureté.

— Je vais aller voir, dit-elle. Indique le chemin aux ambulanciers quand ils arriveront.

Elle fit grimper les chiens à l'arrière de son pick-up, avant de repartir à toute allure.

1. Littéralement : « la boucle de la prairie ».

Quelques minutes plus tard, les hurlements des sirènes, de plus en plus retentissants, attirèrent plusieurs personnes sur le parking. Gamins qui jouaient sur la vieille piste d'atterrissage envahie par la végétation – rêve déçu d'un promoteur immobilier qui avait imaginé construire des résidences secondaires pour d'heureux propriétaires de jets privés ; jeunes qui s'étaient réunis pour fumer près du bloc erratique, un rocher de la taille d'une maison qu'un glacier avait déplacé depuis l'Alberta, au Canada ; randonneurs qui, partis de Putney Woods, avaient rallié Saratoga Woods par un sentier sinueux, à travers des hectares de gaulthéries, de fougères, de ronces et de pins.

Parmi tous ces gens se trouvait Jenn McDaniels. Couverte de sueur de la tête aux pieds, elle était en tenue de sport : elle s'entraînait pour le triathlon de l'île. Si elle avait l'habitude de courir ou de faire du vélo dans les bois, en général elle ne s'éloignait pas autant de la pointe sud de Whidbey, où elle vivait. Sa présence surprit donc Seth, presque autant que celle d'une autre fille qui arrivait précipitamment par un sentier sur la droite.

Hayley Cartwright. Elle habitait à des kilomètres de là. Et la camionnette de l'exploitation familiale n'était pas garée sur le parking. Qu'est-ce qu'elle pouvait bien fabriquer ici ?

Dès qu'elle aperçut Seth, elle se détourna en rougissant. Les secrets qu'elle avait à lui cacher n'avaient donc pas disparu. Ils n'eurent de toute façon pas le temps d'échanger un mot.

— Que se passe-t-il ? s'écria Jenn, bientôt rejointe par les fumeurs de pétards.

— Quelqu'un a fait une chute, répondit-il, taisant volontairement le nom de la victime.

— L'angoisse, mec.

La remarque d'un des jeunes types défoncés provoqua un ricanement. Seth les observa : ils étaient complètement ailleurs, tous, un sourire collé aux lèvres.

— L'ambulance arrive, dit-il à Jenn, ce qui allait de soi vu le vacarme des sirènes. Mme Kinsale est allée voir. J'attends les secours pour leur expliquer où c'est.

— Tu as été embauché par les flics pour faire la circulation ? s'étonna un type.

— Sacrée promotion ! ajouta un second.

— La ferme, Dylan, le rembarra Jenn. Retourne dans ta cage.

— Oh, arrête, tu me fais trop peur…

— Stop ! intervint Hayley. Ce n'est vraiment pas le moment.

Seth nota qu'elle évitait de le regarder. La blessure de leur séparation, qui datait de six semaines à peine, était encore à vif. Elle l'avait trompé. Il aurait dû s'y attendre, et pourtant il avait été pris de court. S'il avait eu deux sous de jugeote, il se serait rendu compte que leur histoire était condamnée le jour où il avait quitté le lycée.

L'ambulance quitta Saratoga Road pour s'engager sur le parking dans un nuage de poussière et de gravillons. Seth résuma brièvement la situation aux secouristes et leur indiqua le sentier, de l'autre côté du pré, à peine visible à cette distance. Ils repartirent aussitôt et traversèrent la prairie pour se garer au pied du chemin, où ils s'engagèrent au pas de course, munis d'un brancard et d'une trousse de secours.

Incapable de résister à la curiosité, Jenn les suivit, talonnée par quelques autres. Les fumeurs restèrent sur place. Seth aussi : Hayley n'avait pas bougé et il voulait lui parler. Sa présence à Saratoga Woods l'intriguait et, même si ça ne le regardait pas, il comptait bien profiter de ce prétexte pour lui adresser la parole.

— Alors, Hayley, tu sors toujours avec…

— Arrête !

Elle avait suivi des yeux l'ambulance et se tourna alors vers lui. Il ne put s'empêcher de s'émerveiller, bêtement, de sa beauté – dont elle n'avait pas conscience, ce qui n'était pas sa dernière qualité.

— D'accord, Seth ? reprit-elle. Tu arrêtes, c'est compris ?

— Hé, je te pose juste une question entre amis. Ce n'est pas ce que tu voulais, qu'on soit amis, toi et moi ?

— Tu ne sais pas ce que c'est que l'amitié.

— Ouille, c'est méchant, ça, intervint Dylan Cooper, qui échangeait des messes basses avec ses potes, à quelques pas d'eux.

— On ne t'a pas demandé ton avis, à toi, lui dit-elle. Pourquoi tu ne vas pas fumer un autre joint ?

— Avec plaisir, si tu m'accompagnes.

— Tu vas la fermer ? s'écria Seth, avant d'entraîner Hayley à l'écart. Qu'est-ce que tu fabriques ici toute seule ?

— Et toi ?

— Je ne suis pas seul. Gus m'attend dans la voiture.

— Excuse-moi de ne pas avoir de chien à promener…

— Comment es-tu venue, d'ailleurs ? Où est la camionnette ? Tu es garée sur Keller Road ?

Ça n'était peut-être pas ses affaires, mais quelque chose clochait. Hayley Cartwright était une fille prudente. Pas du genre à se promener seule dans les bois.

— Ecoute, si tu veux tout savoir, la camionnette est à l'entrée de Metcalf Woods. Je suis passée par là. Satisfait ?

— L'entrée de Metcalf Woods ?

Seth aurait voulu ajouter : « Tu veux dire juste devant le panneau "Défense de stationner" ? Alors qu'il est précisé d'aller jusqu'à Keller Road pour accéder à cette partie de la forêt ? Tu veux dire que tu t'es garée là-bas pour que personne ne puisse remarquer ton véhicule au passage ? Je me trompe ? » Il n'en fit rien pourtant ; il avait la nausée rien que de penser que Hayley lui cachait encore plus de choses qu'il ne le croyait.

— L'entrée de Metcalf Woods ? se contenta-t-il de répéter. Pourquoi as-tu laissé ta voiture là-bas ?

— La vache, Seth ! Tu crois que ça a de l'importance comparé à ce qui vient de se passer ?

Façon de lui dire : « Mêle-toi de tes oignons. »

Il aurait voulu discuter, mais une voiture de police venait de pénétrer sur le parking. La bande de fumeurs battit en retraite dans les bois. L'officier suivit leur fuite des yeux, repéra l'ambulance, puis mit les lunettes de soleil qu'il venait de sortir de la poche de sa chemise. Il s'approcha de Seth et de Hayley.

— C'est toi qui as passé l'appel ? demanda-t-il à cette dernière.

— Quel appel ?

— Vide tes poches et montre-moi ton sac.

— Qu'est-ce qui vous prend ? intervint Seth.

Il savait pertinemment ce que le policier cherchait : Becca avait dû se servir d'un portable pour appeler les secours. Le moment était venu de jouer les imbéciles.

— Vous pensez qu'elle cache quoi ? Vous bossez

pour les stups maintenant ? Allez, monsieur, pourquoi vous l'embêtez ?

— C'est bon, dit-elle en tendant son sac. Je ne comprends pas pourquoi…

— Fichez-lui la paix, insista Seth. Elle n'a rien fait.

L'officier le dévisagea. Si les verres de ses lunettes masquaient l'expression de ses yeux, sa bouche formait un pli sévère. D'un ton radouci, Hayley répéta :

— C'est bon, Seth.

Elle patienta le temps que le policier finisse ce qu'il avait à faire ; en l'occurrence chercher un portable qui n'était pas en sa possession. Hayley n'en avait pas : sa famille n'avait pas les moyens de s'offrir ce luxe.

La fouille terminée, l'officier leur intima de ne pas bouger puis se dirigea vers le pré. Les deux secouristes ressortaient des bois, suivis par Mme Kinsale. Une intraveineuse était fixée au brancard qu'ils portaient. L'officier les rejoignit et échangea quelques mots avec eux tandis qu'ils installaient le patient à l'arrière de l'ambulance.

La suite fut on ne peut plus surprenante. L'ambulance ne bougea pas. Il n'y avait que deux explications possibles. Derric Mathieson était soit mort – auquel cas se presser ne servait à rien –, soit si grièvement blessé qu'ils appelaient un hélicoptère pour le mener plus vite à l'hôpital de Coupeville, à mi-chemin entre la forêt et le nord de l'île.

— Oh, mon Dieu ! s'écria Hayley. Il est mort ?

Seth sentit le froid l'envahir. Ce serait une terrible nouvelle.

Le policier venait à leur rencontre en courant.

— Alors ? lui demanda Seth. Que se passe-t-il ?

L'« officier Picarelli » – d'après son badge – était un homme trapu, qui avait sans doute abusé des pâtisseries. Il considéra Seth l'air de dire que si quelqu'un avait des questions à poser, c'était lui.

— Suivez-moi, leur ordonna-t-il. Et prévenez les autres.

Seth rassembla tous ceux qui traînaient encore dans le pré ou sur le parking autour de la voiture de police. L'officier parlait à quelqu'un par radio ; les vitres remontées garantissaient la confidentialité de l'échange. Puis il ouvrit sa portière et, sans se lever de son siège, commença à relever les noms. Il les entra dans un ordinateur fixé au tableau de bord, qui empiétait légèrement sur le siège du passager. Chaque fois que quelqu'un déclinait son identité, il hochait la tête et déclarait :

— Très bien, vous pouvez y aller. Nous vous contacterons.

Quand ce fut au tour de Seth, il n'eut pas besoin d'épeler son nom de famille, l'île regorgeait de Darrow et l'officier avait toutes les chances d'en connaître au moins un. Le grand-père de Seth avait quatre frères et ils vivaient encore tous à Whidbey.

Seth remonta son jean, prêt à partir : il ne s'attendait pas à ce qui allait suivre. Le policier sortit de son véhicule pour ouvrir la portière arrière.

— Grimpe, dit-il à Seth.

Son ton n'avait rien d'amical.

13

Seth n'eut le temps de penser qu'à son chien.

— Gus est dans ma voiture, dit-il à Hayley, est-ce que tu pourrais t'en…

Le policier referma la portière, l'empêchant d'aller jusqu'au bout de sa phrase.

Hayley acquiesça, avant de s'écrier :

— Seth ! Qu'est-ce que tu as fait ?

A la sortie du parking, Picarelli prit la direction du sud.

— Vous allez m'expliquer ce qui se passe ? lui demanda Seth.

— Il y a un mandat d'arrêt contre toi, gamin. Je dois te conduire au poste.

Un mandat d'arrêt ? Seth n'était pas expert en matière judiciaire, mais il savait ce que cela signifiait : un juge avait ordonné son arrestation. Ça ne l'avançait pas tellement sur le motif de cette décision, mais il éprouva un léger soulagement à l'idée qu'il n'était pas question de ce qui venait de se passer dans les bois.

Quand ils arrivèrent au commissariat, une trentaine de minutes plus tard, l'officier pénétra à l'intérieur du bâtiment, dans un vaste parking inhospitalier. L'énorme portail qui s'était soulevé pour les laisser passer se referma dans un fracas métallique, et Seth éprouva la trouille de sa vie, convaincu qu'il ne ressortirait plus jamais de là.

Cet endroit faisait partie intégrante de l'histoire de l'île et chaque habitant le connaissait de réputation. Juste derrière l'épaisse porte blindée face à lui, une petite pièce contenait une table, une chaise et un alcootest. Toutes les personnes suspectées de conduite en état d'ébriété passaient par là. Dans cette même salle, un garçon d'un an de plus que Seth avait sorti un pistolet et abattu deux policiers.

Picarelli ouvrit la portière arrière et attrapa Seth par le bras. Ce dernier se demanda si, pour une raison inexplicable, il le soupçonnait d'avoir bu.

Ils dépassèrent la pièce en question pour rejoindre le hall du commissariat, où les délinquants étaient enregistrés. Si Seth ne s'attendait pas à un accueil chaleureux et souriant, au moins espérait-il apprendre la raison de sa présence au poste. Il fut dépossédé de tout ce qu'il avait sur lui. On releva ses empreintes digitales. On l'informa qu'il ne s'était pas acquitté de deux contraventions pour excès de vitesse. On ne rigolait pas avec ce genre de chose sur l'île, même si de bonnes raisons vous avaient conduit à aller un peu vite, comme la peur de manquer le départ du ferry.

Seth, qui avait oublié ces contraventions en toute bonne foi, proposa de les régler sur-le-champ, alors qu'il n'avait que cinq dollars et trente-huit centimes sur lui.

On l'informa poliment que ça ne marchait pas comme ça, puisque la situation avait dégénéré au point qu'un mandat d'arrêt avait été émis contre lui. A présent, la caution pour sa libération provisoire s'élevait à mille dollars, somme dont il était libre de s'acquitter s'il le souhaitait. Dans le cas contraire, il passerait la nuit dans la suite que le commissariat mettait à sa disposition et, le lendemain matin, il expliquerait au juge de Oak Harbor, par liaison vidéo, pourquoi il se considérait comme au-dessus des lois. Il tenta bien un « C'était juste un oubli ! », mais ça ne l'avança pas à grand-chose. Sinon à se retrouver enfermé dans une salle d'interrogatoire pour qu'il puisse « réfléchir à ses options ».

Les murs de cette pièce avaient la couleur jaune-brun des peaux de bananes trop mûres. L'ameublement était constitué d'une table, d'une chaise et d'un tabouret. Une gigantesque baie vitrée donnait sur un mur d'écrans vidéo et sur le policier chargé de la surveillance. Il était responsable de Seth, ce qu'il lui signifia en le saluant depuis son perchoir, avant de mimer le geste de se passer une corde autour du cou et de faire non de la main. Le garçon en déduisit qu'il n'était pas autorisé à se pendre. Aucun risque de ce côté-là. A moins de bricoler quelque chose avec ses chaussettes, il était démuni.

Il s'assit sur le tabouret, ainsi qu'on lui en avait donné l'instruction, et se prit la tête dans les mains, tout en s'interrogeant sur la suite des événements.

Devait-il prévenir ses parents ? Ceux-ci étaient relativement compréhensifs. Quand il avait lâché sa bombe – à savoir qu'il voulait quitter South Whidbey High School –, ils avaient cru que Seth préférait rejoindre le lycée expérimental, installé dans une vieille école de 1895 au carrefour de Bayview Corner. Quand il en avait lâché une seconde – à savoir qu'il en avait terminé avec le système scolaire tout court –, ils n'avaient pas paniqué comme d'autres parents l'auraient fait. Ils comprenaient ses difficultés d'apprentissage. De même que, étant eux-mêmes artistes, ils comprenaient sa passion et reconnaissaient ses prédispositions pour la guitare. Ils avaient simplement dressé la liste des conditions qu'il lui faudrait remplir s'il voulait s'engager dans cette nouvelle vie : un prof particulier pour le préparer au diplôme de fin du secondaire en candidat libre, un boulot à mi-temps et des répétitions régulières avec le trio de jazz manouche auquel il appartenait depuis quatre ans et qui jouait surtout du Django Reinhardt. Jusqu'à présent, il avait rempli deux des trois conditions avec son job chez Star Store et son investissement dans son groupe – ils avaient même organisé plusieurs concerts. En revanche, le dernier point lui donnait plus que du fil à retordre… Et ses parents n'en savaient rien. Ils supposaient que les heures qu'il ne passait pas au supermarché étaient consacrées aussi bien à la préparation de son diplôme qu'aux gammes et autres exercices. Voilà pourquoi il préférait faire profil bas… et pourquoi les prévenir de son incarcération était exclu. En outre, ils n'avaient pas les moyens de le libérer. Pas plus que de payer ses amendes.

La porte se rouvrit au bout d'une vingtaine de minutes.

— J'ai droit à un coup de fil, dit-il. J'aimerais le passer.

— Tu veux un Coca ou un sandwich ? lui proposa un policier.

— Je veux téléphoner.

L'officier acquiesça puis disparut. Seth attendit si longtemps qu'il finit par se demander s'ils avaient besoin d'Alexander Graham Bell pour *ré-inventer* le téléphone ! Enfin, un autre policier, qui avait sans doute soulevé trop de fonte dans son garage, se présenta.

— J'attends de passer un coup de fil, lui indiqua Seth.

— La situation a changé. L'adjoint du shérif est en route, il veut te parler.

— Pourquoi ? Vous n'avez vraiment rien de mieux à faire ? Tout ça pour une contravention oubliée ? D'accord, deux contraventions. Mais c'est quoi, là ? La plus grosse affaire de votre vie ?

— On enquête sur un crime, fiston. Il veut t'interroger.

Un crime ? La gorge nouée, Seth répliqua avec toute la bravade dont il était capable :

— Je suis venu directement de Saratoga Woods, vous pouvez demander à votre collègue, Picarelli. C'est lui qui m'a conduit ici. Comment je pourrais être impliqué dans un crime ?

— Il a justement eu lieu là-bas.

Au cours des deux heures suivantes, qui lui parurent une éternité, Seth eut tout le loisir de devenir certain d'une chose : il allait avoir des ennuis.

On finit par l'autoriser à passer son coup de fil. Cette nouvelle lui apporta du réconfort : l'adjoint du shérif n'arrivait donc pas dans l'immédiat et ne s'intéressait peut-être pas tant que ça à lui, finalement, si ?

Quant au destinataire de son appel, Seth avait pris une décision. Puisque ses parents n'avaient pas les moyens de payer sa caution, autant ne pas leur infliger le stress d'imaginer leur fils unique dans une cellule avec une couverture, un oreiller et une paillasse en béton recouverte d'un matelas aussi fin que du papier. Il composa donc le numéro de son grand-père, Ralph Darrow. Il mettrait du temps à venir depuis Newman Road, mais il apporterait la somme nécessaire, parce qu'il était de cette trempe-là.

Ralph arriva plus vite que prévu : il avait dû pousser sa vieille Ford au maximum. Il n'était pas du genre à se ménager dès que sa famille était concernée. Pas plus qu'il n'était du genre à donner des leçons de morale. Ainsi que Seth s'y était attendu, à l'instant où leurs regards se croisèrent, son grand-père lissa sa moustache grisonnante à la Fu Manchu. Puis il rejoignit Seth et posa une main sur sa nuque pour l'attirer vers lui.

— Petit-fils préféré, tu es le piment de ma vie. Quelque chose à déclarer ?

— Rien.

Ils n'échangèrent pas un mot entre Coupeville et Newman Road. La nuit était tombée et Ralph avait besoin de se concentrer sur la route. Ainsi qu'il le disait : « Avec l'âge, percuter un cerf se révèle moins amusant. »

Son grand-père aimait se présenter comme un vieil habitant de l'île. Et passer sous silence tout un pan de sa vie : diplômé de Stanford et de Cal Tech, il avait été physicien nucléaire. Or il préférait les travaux manuels à ceux de l'esprit. Au terme de quelques années d'une existence qui pouvait se résumer aux autoroutes californiennes aux heures de pointe et à des expériences en laboratoire le reste du temps, il avait repris le chemin de Whidbey Island, où il avait monté son entreprise de travaux de charpente.

Sa maison était située à l'est de Newman Road, qui formait un demi-cercle depuis la sortie de la nationale jusqu'au centre de la ville de Freeland. Un chemin cahoteux conduisait à la propriété. Ralph n'avait pas voulu le faire paver, il détestait ça. S'il avait eu son mot à dire en la matière, il n'aurait même pas défiguré le terrain avec une construction. Mais la grand-mère de Seth, décédée depuis, n'était pas femme à vivre et élever des enfants sous une tente. Ralph leur avait donc bâti une maison, de ses propres mains. Depuis quarante-deux ans, elle agrémentait avec bonheur un petit vallon au cœur de l'immense domaine.

A l'intérieur, Ralph alluma un feu et invita Seth à prendre l'un des deux fauteuils devant l'âtre. Il s'installa dans le second et posa les pieds sur les pierres arrondies qui constituaient le rebord du foyer. Promenant son regard sur la pièce qu'il connaissait depuis toujours, Seth se rendit compte qu'elle ne contenait pas un seul objet dont son grand-père n'était pas l'auteur, à l'exception du cadre sur le manteau de la cheminée. La photo le représentait lui, ses parents et son grand-père, tous posant autour de la sœur de Seth le jour de la remise des diplômes au lycée de Whidbey. Il se souvint que le cliché avait été pris par Hayley. Ce qui était aussi douloureux que d'imaginer sa sœur, Sarah, à Stanford, où elle avait décroché une bourse, alors que lui-même venait tout juste d'écoper du titre d'ex-détenu de la famille.

Il laissa échapper un soupir. Ralph l'observait en silence. Il avait surpris la direction du regard de son petit-fils, qui souffrait, il le savait, de ne pas avoir les mêmes dispositions que sa grande sœur pour les études.

— J'ai l'impression que les gènes de l'intelligence

étaient tous épuisés quand mon tour est arrivé, finit par déclarer Seth.

— C'est-à-dire ?

— Sarah. Elle a pris tout ce qu'il y avait de bon. Elle est la dinde de Thanksgiving et moi le sandwich qu'on prépare à partir des restes.

— La plupart des gens n'attendent cette fête que pour les sandwichs du lendemain, plaisanta Ralph.

— Tu comprends ce que je veux dire, grand-père. J'en ai assez, parfois.

— De quoi ?

— D'être le raté de la famille.

— C'est comme ça que tu vois les choses ?

— Carrément.

La tête inclinée, Ralph réfléchit quelques instants au son des crépitements du feu. Puis il abattit les mains sur les bras du fauteuil et se releva.

— Suis-moi, fiston.

Dans l'entrée, il récupéra une vieille veste en jean et une lampe torche. Il en tendit une seconde à Seth avant de sortir et de prendre la direction du bois, à l'arrière de la maison.

Ça risquait de durer plus longtemps que prévu… Seth devait encore se préoccuper de Gus. Et de sa Coccinelle. Mais il connaissait son grand-père : Ralph avait une idée derrière la tête et, dans ces cas-là, impossible de l'en faire démordre. Il lui emboîta donc le pas.

Ralph prit le sentier étroit qui disparaissait entre les arbres et qu'il dégageait régulièrement tant la végétation, dense, envahissait tout. Un peu plus loin, ils bifurquèrent, une première puis une seconde fois. A ce stade, Seth avait compris où son grand-père l'emmenait, même si le pourquoi lui échappait encore.

Ils débouchèrent dans une clairière qui aurait pu contenir quatre voitures, environ. Sur un côté, deux vieilles pruches s'étaient rapprochées au point de former un V avec leurs branches, constituant les fondations d'une cabane. A l'opposé, un ancien tronc envahi par la mousse servait de banc.

Ralph s'assit dessus et Seth l'imita. Ensemble, ils dirigèrent les faisceaux de leurs lampes torches sur la cabane, à plus de quatre mètres du sol et à laquelle on accédait par une échelle.

Ce n'était pas une cabane lambda : elle possédait un petit balcon devant sa porte d'entrée, ainsi que deux fenêtres, qui s'ouvraient. Son toit en zinc était percé d'une cheminée, révélant la présence d'un poêle à bois à l'intérieur.

L'index tendu devant lui, Ralph déclara :

— Je n'appelle pas ça l'œuvre d'un raté, fiston.

— Je devrais m'en servir davantage, rétorqua Seth. Je t'ai donné tout ce boulot et je ne viens pas…

— L'objectif n'a jamais été de s'en servir, simplement de la construire. Regarde-moi ça, Seth. C'est une œuvre d'art, et tu en es l'auteur.

— Absolument pas, tu m'as tout montré.

— C'est comme ça qu'on commence. Le savoir-faire se transmet. Et la transmission n'est possible que si, à l'autre bout de la chaîne, il y a quelqu'un avec le talent nécessaire pour l'utiliser.

Seth étudia la réalisation. Elle était composée d'une pièce unique, mais celle-ci tenait de la perfection. Grâce aux instructions de son grand-père. La toiture résistait à la pluie et à la neige, et il y faisait chaud dès qu'on allumait le petit poêle.

— Où est Sammy ? finit par lui demander Ralph.

— Sur le parking de Saratoga Woods.

— Et Gus ?

— Avec Hayley.

Une grimace aux lèvres, Ralph détourna les yeux et lissa sa moustache.

— Hayley… répéta-t-il au bout de quelques secondes avec un soupir. Il existe une variété de bois qu'on ne peut pas passer au papier de verre. Quelle que soit la façon dont on s'y prend. Il ne le supporte pas, Seth.

C'était sa façon de lui dire de tourner la page, d'oublier Hayley et le reste, de vivre sa vie.

— Je sais, répondit-il. Sauf que… je n'y arrive pas.

— Les « je n'y arrive pas » t'ont-ils beaucoup avancé ces derniers temps ?

— Non.

— Qu'est-ce que tu allais faire là-bas d'ailleurs ? Pourquoi Saratoga Woods ?

Ralph posait la question à cause de Gus : il ne voyait pas pourquoi Seth avait emmené son labrador dans une forêt aussi vaste alors que celui-ci n'en avait pas l'habitude.

— Ce n'était pas la meilleure idée du monde, confessa Seth avec tristesse. J'ai pris la mauvaise décision.

— Je suis content que tu t'en rendes compte. Voyons comment on peut arranger ça.

14

Arranger la situation consistait d'abord à aller récupérer Sammy. Ralph passa par Lone Lake, qui scintillait telle une pièce d'argent au clair de lune.

Son mutisme n'était que le symptôme de son abattement face au déficit d'amour-propre de son petit-fils. Et plus encore face à son incapacité à oublier Hayley Cartwright.

La route qui les conduisait à Saratoga Woods, à l'opposé de celle que Seth avait empruntée plus tôt dans la journée, se frayait un chemin à travers une masse dense de conifères aux silhouettes noires, ponctuellement entrecoupée de sentiers étroits, envahis par la mousse et les fougères.

Ralph gara son pick-up à côté de la pauvre petite Coccinelle : elle avait l'air abandonnée au milieu de ce parking, en pleine nuit. Seth fut surpris de voir son grand-père couper le moteur et descendre de voiture. Il avait pensé qu'il repartirait aussitôt après l'avoir déposé.

Le garçon le remercia : il avait payé sa caution, était venu le chercher à Coupeville, l'avait accompagné ici… Ralph s'éclaircit la gorge ; il avait quelque chose à dire :

— Ce n'est pas le bon moment pour Gus, fiston.

— Quoi ?

— Il vaut mieux que je m'occupe du chien pendant un certain temps.

Seth fut blessé par cette décision. C'était son grand-père qui lui avait donné le labrador, et il lui suffisait de quelques mots pour le reprendre. Il eut l'impression de recevoir un coup en plein cœur.

Ralph, conscient de tout cela évidemment, ajouta :

— C'est la loi de la forêt, fiston, rien d'autre.

— Je suis censé comprendre quoi ?

— Tu ne peux pas dresser un chien tout en étant son ami, Seth. Le dressage passe en premier. L'amitié en second. Et là, tu as beaucoup de sujets de préoccupation et de choses à régler. Dresser ton chien n'est pas une priorité. Prends quelques semaines pour mettre de l'ordre dans ta vie. Gus sera bien avec moi.

— C'est à cause de Hayley, c'est ça ? répliqua Seth avec amertume. Tu m'en veux parce que je n'ai pas confié Gus à quelqu'un d'autre quand la police m'a arrêté.

Ralph s'apprêtait à rétorquer que Hayley Cartwright n'était qu'une petite partie du problème qui l'inquiétait, mais il fut interrompu par la sonnerie d'un téléphone. Seth et lui échangèrent un regard interloqué avant de se mettre en quête de l'appareil. Comme un seul homme, ils se dirigèrent vers le panneau d'information.

La sonnerie s'interrompit. Puis elle reprit. Ils n'eurent aucun mal à repérer son origine, cette fois. Ralph attrapa le portable qui se trouvait sur la poutre au-dessus du panneau.

— Hello ! lança-t-il, ainsi qu'il en avait l'habitude.

Seth n'entendait pas l'interlocuteur à l'autre bout de la ligne.

— Comment ça : « Qui est-ce ? » La question serait plutôt qui diantre êtes-vous ?... J'ai entendu une sonnerie et trouvé ce téléphone, voilà pourquoi... Saratoga Woods, à l'extérieur de Langley... Vous êtes cinglée ou quoi ?... Ma bonne dame, j'ai soixante-douze ans, et mes yeux aussi. Il est hors de question que je refasse toute cette route ce soir ; une fois dans la journée, ça me suffit... Si vous tenez à le récupérer, vous n'avez qu'à envoyer quelqu'un... Ralph Darrow... Ça ne me pose pas le moindre problème.

Il rabattit le clapet du téléphone et le fourra dans sa poche.

— Les flics. Quelqu'un s'est servi de ce machin pour appeler les secours et les prévenir qu'un gamin avait fait une chute dans la forêt. Tu es au courant ?

Seth secoua la tête. Après l'avoir jaugé une trentaine de secondes, Ralph reprit :

— Je ne peux pas t'aider si tu ne me parles pas.

— Il n'y a rien à dire, affirma Seth.

Ralph reprit la route par laquelle ils étaient arrivés, ce qui lui permettrait de rejoindre l'exploitation de Smugglers Cove, où vivait la famille de Hayley. De son côté, Seth se rendit à Langley, au motel de la Falaise.

Il réalisa sur place qu'il ne savait pas dans quelle chambre Becca King était installée. Plusieurs étaient éclairées et il se voyait mal frapper à toutes les portes. Il allait devoir solliciter Debbie Grieder.

Un carillon salua son entrée. Lorsque Debbie ouvrit la porte, il entendit le bruit de la télévision accompagné des cris perçants de Chloe et de Josh.

— Bonsoir, madame Grieder, dit-il de son ton le plus

poli. Becca a oublié quelque chose dans ma voiture et je ne sais pas dans quelle chambre elle se trouve.

Debbie le considéra avec la sévérité d'un professeur suspectant un enfant d'avoir des poux plein la tête.

— Qu'a-t-elle oublié ?

— Son portable. Il a dû tomber de sa poche. Je ne m'en suis pas rendu compte tout de suite.

Elle tendit la main.

— Je le lui remettrai.

— Euh… j'aurais aimé lui parler aussi. Enfin, juste une seconde. Ça ne durera pas longtemps.

Il s'abstint d'ajouter qu'elle n'était pas la mère de Becca et que ça ne la regardait pas vraiment. Il n'était peut-être pas une flèche, mais il n'était pas non plus stupide.

— Garde tes distances avec cette fille, Seth Darrow. Elle a quatorze ans.

— Je sais. Elle ne m'intéresse pas pour ça.

— Elle t'intéresse pourquoi alors ?

— Aucune raison particulière, en fait. Simplement, on a perdu Gus dans la forêt cet après-midi, et je voulais lui raconter le fin mot de l'histoire.

A son expression, il comprit que Debbie croyait autant ce qu'il disait que s'il lui avait affirmé que la lune était en réalité un gros morceau de fromage.

— Elle est dans la 444, répondit-elle pourtant. Fais vite.

Seth le lui promit et fila ; les éclairs que lui lançaient les yeux de Debbie n'étaient pas pour le retenir. Il frappa à la chambre de Becca. A son grand étonnement, alors qu'il était encore tôt, elle vint lui ouvrir en pyjama. Sans ses lunettes ni son habituel grimage, elle lui parut différente. Elle avait les yeux injectés de sang, également, comme si elle avait pleuré.

Seth aurait voulu éprouver de la compassion pour elle, mais le souvenir des événements de la journée remonta brusquement à la surface. En particulier celui des heures passées en prison à se ronger les sangs pour ses parents, à ressasser sa relation désastreuse avec Hayley, à attendre que les flics se décident à l'interroger… Tout ce qu'il avait à dire à Becca se bousculait dans son esprit : les ennuis dans lesquels il s'était fourré ; son chien, qu'il n'avait plus ; son grand-père, à qui il causait tant de soucis…

Se couvrant les oreilles, Becca s'écria :

— Arrête ! Je suis désolée, d'accord ? Je suis désolée !

Puis elle se mit à fureter dans un tas d'affaires au pied de son lit. Lorsqu'elle eut trouvé ce qu'elle cherchait, Seth vit rouge : elle vissa un écouteur dans son oreille et poussa le volume de son lecteur MP3. Quoi ? Elle mettait de la musique ?

— C'est une blague ? fulmina-t-il. Qu'est-ce que tu fabriques ? Il faut qu'on parle ! J'ai été emmené au poste, tu es au courant ? On m'a posé des questions. Puis ton portable s'est mis à sonner, mon grand-père l'a trouvé et… Tu pourrais retirer ce truc débile et m'écouter ?

— Il a sonné ? Mon portable a sonné ?

Sans prévenir, elle fondit en larmes.

— C'était les flics, expliqua-t-il, ils le cherchaient. Mon grand-père le leur remettra demain. Ou ils passeront le récupérer. J'en sais rien, et on s'en fout. Ça te gênerait de couper ta musique une minute ?

— Ce n'est pas de la musique ! s'exclama Becca.

Sans ça, je ne peux pas t'entendre, quand tu es dans cet état. Ecoute, si tu ne me crois pas.

Elle lui tendit l'écouteur et une rafale de parasites le fit tressaillir. La vache ! Qui était cette nana ? Elle venait d'une autre galaxie ou quoi ?

Elle sanglotait à présent, un oreiller serré contre sa poitrine ; les mots lui échappaient par hoquets et finirent par constituer la trame d'un récit que Seth réussit plus ou moins à comprendre.

Son beau-père avait sans doute assassiné son associé et il savait que Becca était au courant. En prime, il s'était servi d'elle pour dépouiller des vieux à la recherche d'investissements fiables. Elle n'avait pas mesuré, à l'époque, les sommes impliquées ni l'usage que Jeff Corrie en faisait. Sa soif d'argent était sans fin. C'était d'ailleurs pour cette raison qu'il s'était débarrassé de son acolyte. Et elle et sa mère n'avaient pas pu aller trouver les policiers, parce qu'ils ne les auraient jamais crues. Tout ça à cause des circonstances dans lesquelles Becca avait fait ces découvertes. Elles avaient donc pris la fuite. Et Jeff Corrie se lancerait à leurs trousses. Elles pouvaient en être sûres.

D'une voix étranglée, elle ajouta :

— J'étais capable de deviner ce qu'ils voulaient, tu comprends ? Je savais comment… avec les mots justes… Je lui soufflais ce qu'ils rêvaient d'entendre et je croyais qu'il les aiderait à réaliser de bons investissements. Il me racontait que les gens avaient parfois peur du changement, qu'ils ne faisaient pas toujours les choix judicieux au début et que j'étais la personne idéale pour l'aider à trouver les mots…

Plus il l'écoutait, plus Seth avait l'impression d'être comme un personnage de dessin animé qui allait devoir se cogner la tête pour remettre son cerveau en marche. Mais qu'est-ce qu'elle racontait ?

Une chose était claire cependant : sans son téléphone portable, Becca n'avait plus aucun moyen de contacter sa mère. Ce qui était très embêtant. Sauf si cette fille était folle à lier !

— Le téléphone, reprit-elle, il faut que je le récupère.

— Les flics vont le pister, lui dit Seth en s'asseyant sur le lit.

Becca se redressa et s'approcha de lui. Doucement, prudemment, il lui passa un bras autour des épaules.

— Je ne suis pas sûre qu'ils pourront le pister. On les a achetés au supermarché.

— Ta mère les a payés en liquide ?

— Je ne crois pas… Non, elle a réglé avec sa carte.

C'était la seule certitude que Becca avait – ça et le fait que sa mère avait enregistré dans le téléphone l'unique numéro dont elle avait besoin, celui du portable qu'elle garderait.

— Si elle s'est servie de sa carte de crédit, affirma Seth, les flics la retrouveront.

Becca avait une boule dans la gorge. Elle avait laissé tomber sa mère, et Seth.

— Qu'est-ce qui t'est arrivé ? lui demanda-t-elle. Comment as-tu atterri en prison ?

Seth lui donna une version abrégée de ses aventures, des contraventions non réglées jusqu'à la caution versée par son grand-père. Il passa sous silence la partie concernant Gus et Hayley, ainsi que tout un ensemble de détails.

— Tu pourras régler les amendes, non ? poursuivit Becca. Si tu payes, tu ne feras pas de prison ?

En temps normal, non, évidemment, mais elle ne

savait pas tout. Il fut sur le point de presque tout lui avouer.

— Il y a autre chose.

— Quoi ?

— Derric Mathieson. On a un vieux contentieux.

— Quel genre de contentieux ?

— Une histoire de fille. Hayley…

— Hayley Cartwright ?

— C'est à cause de lui qu'on a rompu. Ils sont sortis ensemble un soir. Je les ai surpris.

Becca mit quelques secondes à digérer l'information.

— Mais il n'est qu'en première année… articula-t-elle lentement.

La prenant de haut, Seth répliqua :

— Comme si c'était le problème ! Il a seize ans, comme elle. Quelle importance qu'elle soit deux classes au-dessus de lui ? Hayley s'en fiche. Elle se fiche de tout un tas de choses d'ailleurs. Tu en aurais quelque chose à faire, toi, si ce type voulait… Bref, oublie. Voilà pourquoi elle et moi…

La porte de la chambre s'ouvrit à la volée. Seth retira son bras des épaules de Becca avant d'établir, aussi vite que possible, un mètre de distance entre elle et lui. A la mine de Debbie Grieder, il comprit que ça ne suffisait pas. Pas du tout.

15

Sur le front rouge vif de Debbie, sa cicatrice dessinait un éclair blanc. Elle pénétra dans la chambre en trombe, tel un bulldozer prêt à tout écraser sur son passage. Elle veillait à ne pas hausser le ton pour ne pas déranger les clients de la chambre voisine, mais elle n'avait de toute façon pas besoin de hurler : son expression s'en chargeait pour elle.

N'ayant pas remis son brouilleur, Becca fut assaillie par ses murmures. Ils se mêlaient à ceux de Seth et aux propos échangés tout haut. Résultat, c'était le chaos total dans son crâne. Elle baissa les yeux vers le sol, ce qui ne servit qu'à la faire paraître coupable.

— Que se passe-t-il ? demanda Debbie. J'avais dit que tu ne pouvais pas recevoir de garçons.

Tu es ici depuis... Tu crois que je ne sais pas... ça commence comme ça et ensuite...

— J'avais bien précisé, pas de garçons.

Ça se passe toujours ainsi...

— Nous avions un accord, toi et moi, et tu l'as rompu...

Mensonge... ils mentent tous...

— Madame Grieder, ce n'est pas ce que vous imaginez.

Tu es ici depuis... qui es-tu... tu crois que je ne sais pas... de la drogue... comme toi, il était... la lutte... pas cette fois... les garçons cherchent les embrouilles...

— Combien de filles encore vas-tu chercher à…

— Moi ? Hé ! Je ne cherche rien du tout. Je suis juste venu…

Complètement barjo... waouh... me contrôler...

— Montre-moi ce portable. J'exige de voir ce portable.

Garder le contrôle... Se souvenir... Dieu m'a donné... fou... Saratoga Woods évidemment...

— Tu étais censé avoir un chien. Où est-il maintenant ? Réponds-moi ! Où est-il ?

— Gus ? Il est avec Hayley. Quand les flics se sont pointés, je lui ai demandé…

Mon Dieu... dans la forêt... c'est là que la drogue...

— Les flics ? La police ? Qu'est-ce que tu magouillais ? Ça n'a pas marché avec Hayley, alors tu tentes ta chance avec elle ?

— Je ne tente rien du tout, madame Grieder.

Reste calme, surtout, reste calme... elle est en train de péter un plomb... pas ici...

— Que fais-tu dans cette chambre, alors ? Et pourquoi tu ne dis rien, Becca ?

Parce que… parce que parce que. Parce que les mots fusaient dans la pièce tels les hurlements d'esprits diaboliques. Parce qu'elle ne savait pas qui pensait quoi. Et surtout parce qu'elle ne parvenait pas à détacher ses yeux du sol, et plus précisément des chaussures de Seth. Il portait les mêmes sandales que les fois précédentes, mais il était assis d'une façon telle qu'elle avait une vue plongeante sur ses semelles… et ce qu'elles lui apprenaient la pétrifiait.

Debbie de son côté avait déjà reporté son attention sur Seth :

— Pourquoi es-tu ici, alors ? Et où est ce portable que tu étais si impatient de lui rendre ? A moins qu'il ne s'agisse d'un autre genre de livraison. Que lui as-tu apporté ? Montre-moi !

Elle se mit à s'agiter dans la chambre comme une furie, ouvrant et refermant les tiroirs, puis la penderie, regardant sous les lits et…

Pas ici… oh mince… pas encore… pour l'amour de Dieu… ça finit toujours… pareil qu'avec Sean…

— OK ! OK ! s'écria Seth. Les flics ont son portable et je voulais la prévenir, d'accord ?

Les murmures rebondissaient comme des balles en plastique sur les murs de la chambre : *flics… portable… ça… qu'avez-vous fait… menteurs… aussi menteurs que Sean…* Ils s'insinuaient dans le cerveau de Becca et elle allait vomir si elle ne les arrêtait pas.

— C'est Derric ! s'écria-t-elle. Derric… Il a été poussé dans un ravin, cet après-midi, à Saratoga Woods. On y était, Seth et moi, et le chien s'est perdu, et Derric a été emmené à l'hôpital. C'est Derric, d'accord ? Derric ! Je croyais qu'il était tombé, mais quelqu'un l'a poussé, voilà ce qui s'est passé.

Puis elle posa les yeux sur Seth. Il la dévisagea, et elle comprit qu'il déchiffrait sans peine son expression. Un mélange de lassitude et de peur se peignit sur ses traits. Il ne savait pourtant pas ce qu'elle avait vu dans la forêt, près du corps meurtri de Derric, et elle ne pouvait pas lui dire. Pas ici, pas maintenant, ni sans doute jamais.

— Je me barre…

Ce n'était pas un simple effet d'annonce. Quelques secondes plus tard, le moteur de Sammy rugissait.

Dans le silence qui suivit le départ de Seth, Becca entendit la respiration de Debbie. Ses murmures lui échappaient tels des râles : *pas d'issue pas encore tout saboter ils fument c'est au bloc erratique que tout se passe*. Elle se dirigea vers la porte, expliquant qu'elle devait prévenir Josh de l'accident. Elle marqua néanmoins un arrêt avant de quitter la pièce.

— Je ne tiens pas un motel pour que des lycéens puissent s'y retrouver en douce. Plus de garçons ici, est-ce bien clair ?

Becca avait compris qu'au moindre faux pas sa présence au motel de la Falaise ne serait plus tolérée. Aussi se disait-elle qu'il serait avisé de chercher un plan de secours. Au cas où… Debbie pouvait aussi très bien la dénoncer à South Whidbey High School, mais elle décida de ne pas s'inquiéter pour ça. Si la situation dégénérait au lycée, elle cesserait d'y aller, voilà tout.

Le surlendemain matin, un lundi, Becca poussait son vélo hors du parking du motel lorsque Debbie sortit de la réception. Le ventre noué par l'appréhension, la jeune fille s'empressa de mettre son écouteur.

— Je suis désolée pour l'autre soir, lui dit Debbie. Je n'aurais pas dû réagir comme je l'ai fait. Je n'aurais pas dû vous parler de cette façon.

Becca serra les mains sur son guidon : elle n'était pas habituée à ce que les adultes s'excusent.

— C'est bon, je comprends, répondit-elle.

— Non, justement, tu ne comprends pas. Et comment le pourrais-tu ?

Debbie jeta un coup d'œil par-dessus son épaule : il fallait qu'elle emmène les enfants à l'école, leur conversation ne pourrait donc pas s'éterniser. Mais elle avait des choses à mettre au point, et elle n'était pas du genre à se dérober, pas depuis qu'elle avait avalé sa dernière gorgée de bière, plusieurs années auparavant.

— Il y a certains événements du passé qui peuvent m'affecter. Parfois, j'oublie de m'en protéger. Rien de tout cela n'est ta faute. Je n'aurais pas dû déverser mes angoisses sur toi.

— Ce n'est pas grave.

Becca regretta d'avoir mis le brouilleur : les murmures de Debbie l'auraient aidée à comprendre ce qui se passait. Comme toujours quand elle était troublée, Debbie alluma une cigarette.

— Tu dois garder tes distances avec Seth Darrow, ma grande, reprit-elle. Fais-moi confiance sur ce point. Je le connais. Il y a une part de lui qui… Garde tes distances, entendu ?

— Mamie ! s'écria soudain Chloe.

Puis, remarquant Becca, elle ajouta :

— Pourquoi tu n'as pas pris de petit déjeuner aujourd'hui ? On a mangé des pancakes et des saucisses !

— Je n'ai pas entendu mon réveil et je ne veux pas être en retard au lycée.

— C'est toi qui vas être en retard, Chloe, intervint Debbie. Que fais-tu encore en pyjama ?

— Josh a caché mes culottes.

— Dis-lui que, s'il ne te les rend pas tout de suite, je le forcerai à porter une des miennes sur son pantalon.

Chloe éclata de rire avant de partir en courant et de crier le prénom de son frère.

— Je peux récupérer ton portable, si tu veux, proposa Debbie. Je connais plutôt bien l'adjoint du shérif.

Becca savait qu'elle ne pouvait pas courir ce risque : si Debbie allait la trouver, la police remonterait forcément sa trace. Les questions suivraient. Et les questions exigeaient des réponses.

— Ne vous en faites pas, répondit-elle. C'était un téléphone jetable, et il devait rester à peine une minute de communication. J'avais l'intention de m'en débarrasser de toute façon.

— Tu veux que je t'en trouve un autre ?

Becca secoua la tête. A quoi bon ? Un seul téléphone l'intéressait, celui qui contenait le numéro de sa mère et qui était entre les mains de la police. Elle cligna des paupières pour chasser les larmes qui embuaient ses yeux.

— C'est vraiment gentil de votre part, mais ne vous embêtez pas. Je n'ai personne à appeler.

— Tu m'as moi, chérie, répliqua Debbie en inclinant la tête. Pour l'autre soir… je suis vraiment désolée.

Becca rallia le lycée en un temps record. La route avait beau être essentiellement plate, elle sentait qu'elle progressait de jour en jour.

Elle approchait de sa destination quand un éclair blanc sur sa gauche attira son attention, parmi le feuillage vert sombre de la forêt. Elle tourna la tête et aperçut un daim blanc, statue de marbre au milieu d'un chemin de terre. Le souffle coupé, Becca freina. Le fameux daim blanc. Et il la regardait.

L'apparition ne dura qu'un instant. D'un simple bond, l'animal s'évanouit entre les arbres. Il était si vif que Becca crut qu'elle avait rêvé. Un rayon de soleil isolé, peut-être. Ou un vieux drap accroché à une branche. Au fond d'elle-même pourtant, elle savait qu'il s'agissait du daim blanc dont Josh lui avait parlé. Et s'il avait dit vrai, un changement allait se produire dans sa vie.

Elle se laissa descendre en roue libre jusqu'au parking du lycée.

Une voiture de police la doubla et elle baissa la tête. La présence des forces de l'ordre dans l'établissement n'avait rien d'inhabituel, mais, après ce qui était arrivé à Derric, Becca savait qu'elle n'augurait rien de bon.

Au lieu de mettre son brouilleur, elle guetta les murmures qui provenaient de toutes les directions. Comme Becca, les élèves avaient repéré le véhicule.

Des flics... quelqu'un va avoir des ennuis... dégager... rapport avec Nyombe... le bal de rentrée... ce qu'il est canon... je voudrais... Aaron s'est fait du blé... Courtney est retournée... j'accepterais s'il me le demandait... ne sais pas si sa jambe... la poisse... une chance avec elle maintenant...

A l'intérieur du bâtiment, ça continuait. Sur les six filles assises autour d'une des tables de la salle commune, deux pleuraient. Quatre garçons, qui portaient des vestes aux couleurs du lycée, passèrent devant Becca, absorbés par leur conversation avec un entraîneur sportif. D'autres élèves échangeaient des ragots par petits groupes. Tatiana Primavera traversa soudain la pièce en direction de l'administration, juchée sur ses talons aiguilles. Elle avait l'air chargée d'une mission importante.

— Tu y étais ou pas ?

Becca sut qui lui avait posé la question avant même de se retourner.

— Seth Darrow se trouvait là-bas, poursuivit Jenn McDaniels, j'ai donc tendance à en déduire que toi aussi, vu que vous êtes comme les doigts de la main, toi et lui.

Pour une fille aussi menue, elle donnait l'étrange impression d'être une cocotte-minute sous pression, prête à éclater et tout détruire sur son passage. Becca entendit ses pensées insultantes et se demanda si elle les verbalisait souvent.

— Il est dans le coma, ajouta-t-elle d'un ton railleur. N'oublie pas de prévenir ton copain. A moins qu'il ne te l'ait déjà dit ? Il doit être fou de joie.

Seth n'avait donc pas parlé de la présence de Becca, ni à la police ni à personne d'autre. Diana Kinsale l'avait vue, certes, mais elle n'était pas davantage du genre à la dénoncer.

— Dans le coma ? Derric ? Qu'est-ce que tu racontes ? s'étonna Becca.

Avec un ricanement moqueur, Jenn rétorqua :

— Comme si je ne me doutais pas de tes intentions avec lui.

— Seth ?

— Ne joue pas les imbéciles, la grosse. Tu t'es regardée dans un miroir, récemment ? Tu t'imagines vraiment avoir une chance avec Derric ?

Avant que Becca ait le temps de répondre, un grésillement strident fit taire tout le monde et les enceintes de la salle diffusèrent la voix du proviseur, M. Vansandt : « Vous êtes tous attendus dans le grand amphithéâtre d'ici dix minutes. »

Les élèves s'engouffrèrent dans l'immense couloir,

puis tournèrent à gauche comme un seul homme. Etonnamment, Jenn McDaniels ne suivit pas le mouvement.

— Excuse-moi, tu prends vraiment beaucoup de place, lâcha-t-elle après avoir bousculé Becca.

Elle prit la même direction que Tatiana Primavera.

Dans l'amphithéâtre, les élèves se battaient pour s'asseoir. Sur scène, sept chaises entouraient un pupitre, quatre d'un côté, trois de l'autre.

Entraînée dans la cohue générale, Becca ne parvenait pas à détacher son esprit de ce que Jenn lui avait appris. Le mot coma était plein d'incertitudes. Elle savait que certains y survivaient, mais elle savait aussi qu'on pouvait rester dans cet état et ne jamais en sortir. Ou alors dix ans plus tard, dans un monde complètement différent.

Elle ne voulait pas de ça pour Derric. Elle souhaitait qu'il soit en bonne santé et qu'il se réjouisse, ainsi qu'il s'invitait constamment à le faire. Son sourire permanent n'aurait permis à personne de deviner que sa jovialité naturelle était mêlée de tristesse.

Becca s'étonna de la remarque de Jenn sur Seth, comme quoi il devait se féliciter du coma de Derric. Elle se rappela qu'il n'avait raconté à personne, en particulier à la police, qu'elle était présente à Saratoga Woods ce jour-là et que c'était elle qui avait appelé les secours. Ses pensées glissèrent ensuite vers Diana Kinsale, ses chiens, celui de Seth et le silence qui émanait de cette femme. Et enfin, parce qu'elle ne pouvait pas l'éviter plus longtemps, surtout maintenant qu'elle connaissait l'état de Derric, elle songea à l'empreinte sur le sentier, juste au-dessus du ravin. Les ambulanciers l'avaient sans doute effacée lorsqu'ils avaient remonté Derric. Becca était donc la seule à l'avoir repérée, sauf si elle avait aussi retenu l'attention de Diana Kinsale.

Elle ne devait pas y penser. Non, il ne fallait pas.

Elle trouva un siège libre au milieu d'une rangée de l'amphithéâtre. La tête baissée, elle sortit son livre de Civilisations orientales. M. Powder avait annoncé une interro et le coma d'un de ses élèves ne l'empêcherait pas de s'en tenir à son projet initial. Réviser lui changerait les idées.

Elle n'eut pas le temps d'avancer beaucoup. Quelqu'un tapota sur le micro.

— Il est branché ?

M. Vansandt avait pris place derrière le pupitre. Il n'était pas seul : six autres personnes étaient montées sur scène avec lui. Ils fixaient l'assemblée, soudain frappée de mutisme. Les murmures qui résonnaient dans le silence étaient brefs.

Un de ces petits minables... Regarde-moi, Dave... Que faisait-il là-bas... mon boulot mon boulot... les procès arrivent à cause de ce genre de... ça m'est égal au fond, regardez-les...

N'importe qui aurait pu être l'auteur de ces pensées. Elles appartenaient même peut-être à un seul cerveau.

M. Vansandt leur demanda de se lever pour honorer le drapeau américain, puis il fit l'annonce dramatique à laquelle tous s'attendaient. L'un de leurs camarades avait été grièvement blessé dans la forêt de Saratoga Woods. La plupart d'entre eux le connaissaient. Derric Mathieson. Il se trouvait aux soins intensifs de Whidbey General, à Coupeville. Il était dans le coma et souffrait également d'une triple fracture à la jambe.

Des chuchotements parcoururent l'assistance et une fille étouffa un cri théâtral :

— Oh, non !

Becca se concentra intensément sur la scène. M. Vansandt ajoutait que toutes les portes étaient ouvertes, que des psychologues extérieurs passeraient la semaine au lycée pour recevoir les élèves qui en éprouveraient le besoin. Il les présenta un par un. A part Tatiana Primavera, c'étaient des inconnus. Becca ne prit pas la peine de retenir leurs noms. Il restait encore une personne à introduire, bien plus intéressante que les autres : un homme en uniforme de police.

Le proviseur précisa où chacun des psychologues se trouverait. Il ajouta qu'une salle de classe resterait ouverte à l'heure du déjeuner pour des discussions de groupe. Puis il conclut en expliquant que le père de Derric voulait leur parler du rôle qu'ils pouvaient jouer dans la guérison de leur camarade.

— Derric est un Faucon, et un Faucon qui va s'en remettre, ajouta-t-il.

Sur ces mots, l'homme en uniforme se leva. Et Becca réalisa, pour la première fois, que la famille adoptive de Derric Mathieson était blanche.

16

Becca le reconnut aussitôt. Les spots braqués sur le pupitre contrastaient avec l'éclairage tamisé du reste de la scène, si bien qu'elle ne lui avait pas prêté attention jusque-là. Mais dès qu'il fut en pleine lumière, elle put constater que c'était l'homme qui se trouvait sur le ferry avec Derric.

Son visage semblait taillé au couteau. Elle sut instantanément qu'il était l'auteur de l'un des murmures qu'elle avait surpris : *Que faisait-il là-bas ?* Un nouveau flot de pensées lui échappait : *Je t'en prie, Dieu... punis... je jure... pas parce que... noir noir noir...*

Son expression était si sévère qu'elle imposa un silence immédiat aux élèves, surtout à ceux qui réagissaient encore aux nouvelles des blessures de Derric. Leurs murmures donnèrent à Becca l'impression de monter en flèche vers le plafond. Elle n'en attrapa que quelques bribes au vol : *C'est quoi ce... flippant... y a-t-il... jamais... est-ce qu'il croit... genre mort ?... coma... Derric Derric... du nouveau...*

Intriguée par ce maelström d'émotions, Becca regarda autour d'elle et ce qu'elle remarqua la laissa songeuse. Contrairement aux établissements scolaires qu'elle avait fréquentés en Californie, il n'y avait pas un seul élève dans l'assemblée qui ne soit pas blanc.

Elle comprit mieux le sens de certains des murmures du père de Derric. Il se demandait quelle pagaille il avait semée en introduisant un gamin noir dans un endroit où il ne s'intégrerait sans doute jamais. Comme dans le conte du vilain petit canard…

Becca dut se retenir de se lever pour dire à cet homme qu'il se trompait. Qu'il était le seul à penser à la couleur de la peau de son fils, que ça ne traversait l'esprit de personne d'autre ici.

Il se mit à parler. La mère de Derric était avec lui à l'hôpital, où il recevait les meilleurs soins, ce qui ne l'empêchait pas d'avoir besoin des pensées et prières de tous. Puis son ton se durcit, pour une raison qui se passait d'explication. Certains faits s'étaient produits à Saratoga Woods le jour de l'accident de Derric, et la police devait enquêter. M. Mathieson espérait que tous ceux qui avaient été présents sur les lieux seraient prêts à coopérer et viendraient noter leur nom sur une feuille à la fin de cette réunion, de sorte qu'on puisse les convoquer individuellement.

— Personne n'aura d'ennuis, dit-il avant de scruter l'assistance. Personne.

A part toi et dès que je t'aurai trouvé je jure devant Dieu… Il ajouta que la feuille serait ensuite à leur disposition dans le bureau de Mme Primavera pour ceux qui préféraient la remplir en privé. Puis, se dandinant légèrement sur place, il conclut :

— Je sais que beaucoup d'entre vous aimeraient apporter leur aide à Derric. Voici ce que vous pouvez faire.

Il adressa un signe de tête à quelqu'un assis au premier rang. Jenn McDaniels se leva pour monter sur scène.

Munie d'une planchette à pince, elle rejoignit le pupitre en se pavanant : elle tenait son heure de gloire, et elle en profitait. Becca la compara intérieurement à une ligne à haute tension, vibrante d'énergie mais mortelle pour ceux qui l'approchaient de trop près.

— Alors, je vais vous expliquer la situation, dit-elle dans le micro comme si elle s'apprêtait à détailler une transaction financière. On a besoin d'un maximum de personnes au chevet de Derric, à Coupeville, parce que, d'après les médecins, lui parler, lui faire la lecture, lui jouer de la musique, etc., peut l'aider. Et voilà à quoi *ça* va nous servir.

Elle brandit sa planchette.

— Je suis chargée d'organiser les roulements de notre côté. Je vous explique…

Un léger brouhaha parcourut l'auditoire : les élèves échangeaient leurs impressions en chuchotant. Les murmures qui accompagnaient ces messes basses portaient pour l'essentiel sur l'écart probable entre ce qu'avait dit le père de Derric et ce dont il était véritablement convaincu. Des bribes de phrases qui se mêlaient en un tourbillon, passant d'une chose à l'autre, Derric et Jenn, puis Jenn et Derric, puis la présence sur scène de Jenn, qui distribuait des ordres… *Pour qui se prend-elle… qu'est-ce qui se passe… la vache ça se voit… saute aux yeux…* L'atmosphère de l'amphithéâtre devint franchement irrespirable pour Becca lorsque les questions du public vinrent s'ajouter au reste. *Les poursuivre tous… sous ma surveillance… Dave, je t'en prie, Dave… mon boulot est en jeu… tu es à l'origine…* Sur ces murmures incessants, l'un d'eux se détacha soudain, si fort qu'il aurait pu être hurlé dans un porte-voix : ... *savoir quand on aura remonté la trace de ce portable jusqu'à la fille qui...*

Ce furent les dernières pensées que Becca entendit avant de perdre connaissance.

L'infirmerie se trouvait au fond du couloir des services administratifs. Becca y fut transportée par deux élèves de dernière année, ce qui ajouta encore à la honte de s'être évanouie.

L'infirmière avait la mauvaise haleine d'une buveuse de café, mais elle était gentille. Elle demanda aux garçons d'installer Becca sur le lit et lui posa une main sur le front.

— Tu es brûlante, je vais devoir appeler ta mère. Je ne crois pas te connaître, comment t'appelles-tu ?

— Becca King... Je vais bien. J'ai un contrôle ce matin et...

— Ça te rend nerveuse ? l'interrompit-elle en lui fourrant un thermomètre électronique dans la bouche.

Becca n'avait aucune envie qu'on lui prenne sa température. Elle n'avait pas chaud, au contraire même, elle grelottait au point que ses dents claquaient.

— J'irai mieux dans une minute, insista-t-elle, j'ai paniqué à cause de cette interro débile.

La femme l'emmitoufla dans une couverture avant de lui dire :

— Ne bouge pas, et garde ça dans la bouche. Je vais chercher ton dossier.

Elle prit la direction de l'accueil et Becca sentit la panique enfler. Son dossier était pour ainsi dire vide. Elle qui était censée faire profil bas... On pouvait dire qu'elle avait échoué sur toute la ligne ! Pour commencer, elle avait passé ce coup de fil depuis Saratoga Woods, puis elle s'était enfuie avant l'arrivée de la police, et aujourd'hui ce nouvel incident. Avoir des vertiges de temps à autre était une chose. S'évanouir en présence de tous les élèves de South Whidbey High School réunis en était une autre.

Tentée de quitter l'infirmerie en douce, elle se raisonna : ça ne servirait qu'à aggraver la situation. Elle n'avait d'autre choix qu'attendre patiemment et réfléchir au moyen de se tirer d'affaire. La solution vint à elle, inespérée.

— Mme Ward a un problème avec le tiroir contenant la lettre *K*, il est coincé, lui apprit l'infirmière. Incroyable, non ? Elle aurait dû te préparer une fiche, mais elle est débordée. Comme nous tous, quoi !

Elle récupéra sur son bureau un mince recueil : l'annuaire de l'île.

— Tu as de la chance d'avoir eu un malaise aujourd'hui. Je ne travaille ici qu'à mi-temps.

Feuilletant le volume, elle ajouta :

— Tu es la nièce de Debbie Grieder, à ce que j'ai appris. Je la connais bien. Tu es la fille de son frère ?

— De sa sœur, répondit Becca, qui se souvenait de l'explication fournie par Debbie à Mme Ward.

— Ah... fit son interlocutrice, les sourcils froncés par l'étonnement.

— De toute façon, s'empressa-t-elle de reprendre, je vais mieux maintenant. Je peux aller en cours.

Elle retira le thermomètre de sa bouche et l'infirmière l'examina à la lumière.

— Hmm, température normale, en effet. Tu étais brûlante, pourtant.

— Je n'ai pas petit-déjeuné aujourd'hui. Ça a dû s'ajouter au stress du contrôle et à la chaleur dans l'amphithéâtre.

— Il faut absolument manger le matin. Ah, vous, les filles, et votre obsession de maigrir ! s'écria-t-elle avant de la jauger. C'est pour cette raison que tu sautes le petit déjeuner ? Pour perdre du poids ?

— Si seulement…

— Comment ça ?

— Vous m'avez bien regardée ? Je sais que je suis grosse.

L'infirmière posa le thermomètre sur son bureau ; chacun de ses mouvements exprimait son agacement face à la sempiternelle rengaine. Elle demanda à Becca de se lever, la détailla de la tête aux pieds, puis lui prit le poignet, dont elle fit le tour avec ses doigts, lui pinçant légèrement la peau au passage.

— Où es-tu allée pêcher l'idée que tu étais grosse ? Tu as juste une solide charpente. On appelle ça être plantureuse. Crois-le ou non, à une époque, ce genre de beauté féminine était très prisé. Tout ce qui te manque, c'est un peu de muscles. Tu fais du sport ?

— Je prends mon vélo tous les jours, depuis peu.

— D'ici un mois, tu seras en excellente forme. En attendant, tiens.

Elle sortit une barre énergétique de la poche de sa blouse.

— Et ne saute plus le petit déjeuner, d'accord ? Je vais te donner un mot pour ton professeur.

Le papier en main, Becca prit la direction de la salle de classe. L'accueil était toujours tenu par Hayley. Jenn lui faisait justement signer la liste des visites à Derric, ce qui incita Becca à s'arrêter.

— J'aimerais m'inscrire aussi.

Hayley releva la tête et lui sourit.

— Tu es Becca. Je me souviens de ton premier jour. C'est vraiment gentil de le proposer, alors que tu es nouvelle.

— Derric m'a aidée à me repérer au début. On est en Civilisations orientales ensemble. Et on bosse sur l'annuaire du lycée.

— Elle craque complètement pour lui, ajouta Jenn en levant les yeux au ciel. Comme si elle avait une chance…

Becca nota son nom sous celui de Hayley sans croiser son regard – elle se rappelait ce que Seth lui avait raconté d'elle, et de Derric. Elle s'efforça d'ignorer les murmures injurieux qui émanaient de Jenn, plus virulents que jamais. Celle-ci s'empara de la liste avec la fougue d'une mère qui vient de retrouver son enfant kidnappé. Pendant qu'elle s'éloignait, Hayley souffla :

— Derric est un chic type. Je comprends pourquoi tu l'apprécies.

C'était gentil de dire ça, avec une telle sincérité, et surprenant aussi : Hayley sortait-elle avec lui ou non ? Becca aurait bien aimé parler avec cette jeune fille plus âgée. Même si un étrange parfum de tristesse émanait d'elle, pareil à des effluves de violettes fanées. Elle devait se rendre en cours, cependant. M. Powder ne manquerait pas de regarder l'heure à laquelle l'infirmière l'avait libérée et de calculer combien de temps il lui avait fallu pour se rendre en classe.

Jenn l'assaillit juste à la sortie de l'administration.

— Allons-y ensemble, d'accord, Beccaaa ?

Sa remarque s'accompagnait de murmures déplaisants sur son poids et ses vêtements. C'était plus que

Becca ne pouvait en supporter après la matinée qu'elle venait de passer. Elle sortit son brouilleur et régla le volume à fond. Le grésillement couvrit les pensées de Jenn, mais malheureusement pas ses mots :

— Je préfère te prévenir avant que tu achètes ta robe de mariée, Beccaaa. Je risque de détruire tes rêves, ça ne t'embête pas, j'espère ?

— Ça m'est égal.

— Bien, plutôt malin de ta part. Une des pom-pom girls, Courtney, a des vues sur Derric et tout le monde le sait. Entre elle et toi, il choisirait qui, à ton avis ?

17

Peu importaient les Jenn McDaniels, Hayley Cartwright et autres Courtney, Becca était bien décidée à aller voir Derric à Coupeville.

Le lycée n'était pas le même sans lui. Le sentiment de sécurité qu'elle éprouvait en sa présence lui manquait. Tout comme lui manquaient la chaleur qu'il dégageait et le parfum qu'il laissait dans son sillage. Ainsi que la place spéciale qu'il occupait dans son cœur – une place qu'aucun autre garçon n'avait jamais occupée avant.

L'intérêt pour l'état de santé de Derric s'émoussa au bout de quelques jours à South Whidbey High School. D'autres événements captèrent l'attention des élèves, comme les matchs de foot, les entraînements ou les préparatifs du bal. Becca, pourtant, ne se sentait pas concernée. Personne ne l'inviterait au bal, évidemment. Il fallait reconnaître qu'elle n'était pas très sortable ces derniers temps.

Elle n'avait pas revu Seth Darrow depuis le fameux samedi où Debbie les avait surpris dans la chambre 444. Soucieuse d'apaiser les inquiétudes de son hôtesse, Becca était rentrée directement après les cours pour faire ses devoirs, jouer avec Chloe, rassurer de son mieux Josh sur l'état de son parrain et nettoyer les chambres qui venaient d'être occupées. Toutefois, pour se rendre à l'hôpital de Coupeville, ainsi qu'elle s'y était engagée, elle avait besoin de Seth.

Elle se rappela la maisonnette moutarde où les jeunes avaient l'habitude de se retrouver.

Quelques jours après l'intervention du père de Derric devant les lycéens, Becca alla trouver Debbie à la réception pour la prévenir de ses projets. Celle-ci étant absente, elle lui laissa un message, attentive à n'omettre aucun élément : elle partait trouver Seth Darrow pour voir s'il acceptait de la déposer à l'hôpital de Coupeville. Il lui expliquerait également où prendre un bus : ainsi, elle s'y rendrait par ses propres moyens ensuite.

Le foyer municipal, sur Second Street, ne remplissait pas moins de quatre fonctions : café, librairie d'occasion, galerie d'art et lieu de réunion pour les jeunes de l'île. Sur la pelouse, devant, plusieurs tables et chaises.

Becca trouva Seth à l'intérieur, dans la pièce du fond. Il jouait de la guitare, accompagné par un mandoliniste et un bassiste. Ils étaient doués : leur musique élaborée rappela à Becca celle qu'elle avait entendue près du Useless Bay Coffee. Un croisement entre le jazz et le flamenco. Quand il l'aperçut, Seth la salua d'un signe de tête. Le morceau terminé, les trois garçons échangèrent quelques impressions sur leur performance, puis convinrent de se retrouver le lendemain pour une autre session, au Mukilteo Coffee.

Becca vint s'asseoir à côté de Seth. Une mèche de cheveux s'était échappée de sa queue-de-cheval et il la coinça derrière son oreille d'un mouvement sec.

— Quoi de neuf ?

— Vous êtes excellents !

Flatté, il répondit :

— C'est du Django Reinhardt. Du jazz manouche. Qu'est-ce que tu fais dans le coin ?

Elle lui expliqua qu'elle cherchait quelqu'un pour la conduire à l'hôpital de Coupeville et lui montrer où prendre le bus. Avait-il le temps de lui rendre ce service ?

— Bien sûr, laisse-moi juste deux minutes.

— J'ai de l'argent pour l'essence, précisa-t-elle avant de sortir un billet de cinq dollars froissé.

— Pas la peine, range ça.

— Où est Gus ?

— Avec mon grand-père.

Seth rassembla ses partitions puis replia le pupitre. Après avoir rangé sa guitare dans son étui, il remit les meubles de la pièce en place. Becca constata qu'il avait toujours ses sandales, et son ventre se serra. Elle n'en avait vu de semblables aux pieds de personne d'autre. Elle repoussa ses inquiétudes, malgré tout.

En chemin vers le parking du Star Store, Becca raconta à Seth ce qu'on leur avait dit au lycée. Obnubilée par les confidences qu'il lui avait faites au sujet de Hayley et de Derric, elle attendait, en vain, qu'il développe la question. Elle surprit quelques murmures, naturellement, mais ils portaient tous sur Gus. Son chien lui manquait. Il ne savait pas comment convaincre son grand-père de le lui rendre.

Ils allaient monter dans la Coccinelle, plus rutilante que jamais, lorsque Becca entendit une petite voix l'interpeller d'un ton joyeux. Debbie approchait, tenant Chloe et Josh par la main. Libérée par sa grand-mère, Chloe sautilla jusqu'à Becca.

— On va chez Sweet Mona's ! On aura le droit de choisir entre une glace et un chocolat, hein, mamie ?

— Oui, confirma Debbie, qui considéra successivement Becca et Seth.

— On s'est fait vacciner contre la grippe à la clinique, poursuivit Chloe en désignant d'un geste vague la direction de la bibliothèque municipale, et mamie nous a promis de nous emmener à la chocolaterie après. Tu veux venir ?

Becca avait du mal à suivre le fil de ses explications, à cause du flot de murmures qui déferlait sur elle par ailleurs. Les attaques fusaient. *Il en a pris, voilà ce que... arrêter tout avant que ça ne dégénère... jouer à ce petit jeu... nana dérangée... Sean... quel est son problème... pas de bol.* Incapable de gérer de front ce flux d'informations, Becca y mit un terme en expliquant à Debbie qu'elle lui avait laissé un mot au motel.

A l'évocation du nom de Derric, Josh écarquilla les yeux. Pouvait-il aller à l'hôpital, lui aussi ?

— Je veux voir Derric. S'il te plaît, mamie, s'il te plaît !

— Tu es trop petit, Joshua, lui répondit-elle non sans douceur, ils ne te laisseraient pas entrer dans sa chambre, trésor. Becca te racontera comment elle l'a trouvé à son retour. J'ai prévu des tacos pour le dîner, ajouta-t-elle à l'intention de la jeune fille. J'espère que tu pourras te joindre à nous.

Becca s'y engagea. Debbie s'imaginait-elle réellement qu'elle s'absenterait aussi longtemps ?

— Et si je me chargeais du dessert ? proposa-t-elle, histoire de gagner des points.

— Ce serait formidable. On te voit tout à l'heure, alors.

Debbie ne s'éloigna pas aussitôt pourtant. Elle semblait attendre que Seth monte en voiture. Quand il fut installé derrière le volant, elle déclara, si bas que seule Becca put l'entendre :

— Sois prudente, je t'en supplie. Tu ne réalises pas qui est vraiment ce garçon.

Ils s'étaient engagés sur la principale route de l'île, la nationale en direction du nord, lorsque Becca, de but en blanc, demanda à Seth pourquoi Debbie ne l'appréciait pas. Avant de répondre, il alluma le chauffage. Les jours fraîchissaient et, en outre, la pluie menaçait.

— Une histoire de drogue, dit-il. Elle est convaincue que je suis camé. A cause de Sean, son fils. On était potes… Il m'a appris à jouer aux échecs. Et il a arrêté le lycée, comme moi. Du coup…

Il haussa les épaules.

— C'est lui qui est en prison ? Le père de Josh et Chloe ?

Seth lui coula un regard de biais.

— Elle t'a dit ça ? Qu'il était en prison ?

— Les petits l'ont mentionné. Ce n'est pas vrai ?

— Si, si, c'est vrai. Ça m'étonne moins que ce soit eux qui t'en aient parlé. C'est un sujet difficile à aborder pour une mère.

— Qu'est-ce qu'il a fait ?

— Il avait pris du speed et il a agressé un flic qui tentait de le faire monter dans son véhicule de patrouille. Il a failli l'étrangler. Il a été condamné pour tentative de meurtre et purge une sacrée peine.

Seth ralentit ; la voiture devant lui avait pilé à cause de trois biches qui traversaient la chaussée. Elles avaient émergé d'un fourré de fougères, à l'endroit où la forêt mordait sur le bas-côté de la route.

— C'est l'autre face de cette île, indiqua Seth.

Un instant, Becca crut qu'il parlait des biches et de leur apparition subite sur les routes, mais il poursuivit :

— Sean s'est mis au speed un an après la fin du lycée. Avant, ça allait. Il fumait un peu d'herbe et buvait de temps à autre, rien de grave. Avec les amphétamines, il est devenu quelqu'un d'entièrement différent. C'est un des effets du speed.

— Comment as-tu su qu'il en prenait ?

— Je te l'ai dit, il m'apprenait à jouer aux échecs. On se retrouvait au foyer.

Becca s'interrogea sur les conclusions qu'elle pouvait tirer de tout ça.

— Est-ce qu'il… est-ce que Sean t'en a proposé ?

— Je ne suis pas un de ces tordus qui prennent du speed, si c'est ce que tu t'imagines. J'en ai peut-être l'air, mais je ne suis pas complètement débile. Et je ne me drogue pas.

— Désolée, je ne voulais pas… Simplement, quand quelqu'un arrête le lycée…

Seth donna un léger coup sur le volant.

— Difficultés d'apprentissage, d'accord ? De A à Z. Ma scolarité a été un véritable enfer. J'ai abandonné pour cette raison et aucune autre.

Il secoua la tête avant d'ajouter :

— Laisse-moi te dire une chose, je ne comprendrai jamais pourquoi les gens s'imaginent que… Oh, et puis oublie.

Hayley... Hayley... Le prénom tournait en boucle dans sa tête pendant qu'il parlait, associé à un sentiment de souffrance.

Becca se souvint alors de ce que Jenn lui avait affirmé. Incertaine sur la façon d'amener le sujet, elle prit un chemin détourné :

— J'ai rencontré Jenn McDaniels le jour de mon arrivée sur l'île. On était sur le même ferry. Je crois que les mecs qui l'accompagnaient étaient stone.

— Tu parles d'une surprise ! Cette nana a de sacrés problèmes, elle ferait mieux de changer de fréquentations.

— Elle m'a raconté un truc l'autre jour…

Becca déballa la suite à toute allure :

— Elle m'a dit que l'une des pom-pom girls en pinçait pour Derric et que tout le monde le savait. Du coup, je me suis demandé si tu étais sûr pour Derric et Hayley…

Pas un murmure ne vint troubler le silence assourdissant qui tomba alors sur eux.

— Bref, reprit-elle, je me suis rappelé que vous aviez rompu, Hayley et toi, à cause de Derric…

— Et alors ?

Mêle-toi de tes oignons plutôt !

Becca déglutit : ce murmure avait été si retentissant qu'elle avait bien failli y répondre.

— Alors, je me posais une question : ils ne sont peut-être pas sortis ensemble. Tu aurais pu te tromper, non ?

Il tourna brusquement la tête dans sa direction, les yeux plissés.

— Et je peux savoir pourquoi ça t'intéresse autant, Becca ?

Il s'était crispé. Au point de devenir inquiétant, d'une certaine façon. Becca observa le paysage qui défilait derrière la vitre. Elle repensa à ses sandales, elle repensa à ce qu'elle avait vu dans les bois et à ce qu'une simple empreinte dans la terre pouvait révéler sur le garçon à côté d'elle.

— Aucune idée, finit-elle par répliquer. Ça ne change sans doute pas grand-chose. C'est juste que, parfois, les gens se font tout un monde d'un truc qui ne veut rien dire en réalité.

Se tortillant sur son siège, il riposta :

— Ah ouais ? Eh bien, ça ne voulait pas rien dire pour moi.

Becca aurait préféré une autre réponse.

18

L'hôpital se trouvait sur la rue principale de Coupeville, laquelle plongeait vers les eaux de Penn Cove. Becca découvrit qu'il lui faudrait prendre deux bus pour faire le trajet depuis Langley. Si on incluait le temps d'attente et les arrêts en cours de route, elle aurait du mal à rendre visite à Derric aussi souvent qu'elle le souhaitait. Pour cette raison, entre autres, elle demanda à Seth un dernier service.

— Tu serais prêt à m'attendre quelques minutes, le temps que je fasse un saut à l'hôpital ? Ça ne t'embête pas ?

— Aucun problème.

— Tu es sûr ?

— Ouais. Je t'attends ici. L'entrée est par…

Il avait tendu le bras en direction de l'hôpital, mais quelque chose avait retenu son attention. Pendant que Becca cherchait à l'identifier, quatre lettres, *Hayl*, lui effleurèrent l'esprit. Son regard tomba non sur Hayley Cartwright, mais sur une camionnette. Elle la reconnut aux mots imprimés sur la portière : *Ferme de Smugglers Cove.*

Becca descendit de voiture et Seth l'imita.

— Je viens avec toi. Tu veux quelque chose à la cafétéria ?

Becca se doutait bien qu'il espérait y trouver Hayley. Elle voyait mal à quoi ça l'avancerait, surtout si celle-ci était venue rendre visite à Derric. Elle s'abstint cependant de toute remarque.

— Ils ont des fruits à ton avis ? Une banane ou un truc dans le genre ? Tiens.

Elle lui tendit le billet qu'il avait refusé pour l'essence et, cette fois, il l'accepta.

Dans l'enceinte de l'hôpital, avec la forte concentration humaine, les murmures étaient démultipliés. Becca, qui ne s'était pas attendue à un tel assaut de bruit, tressaillit et sortit son brouilleur.

Seth et elle demandèrent la chambre de Derric Mathieson à la réceptionniste, une femme trapue, qui posa une main sur son cœur et leur sourit à pleines dents.

— Je dois vous le dire, c'est formidable ce que vous faites tous, pour ce garçon et sa famille.

Elle secoua la tête, l'air de penser qu'elle ne cesserait jamais de s'émerveiller des petites surprises de la vie, puis elle leur tendit une feuille.

— Rayez juste votre nom, l'adjoint du shérif veut garder une trace.

Il s'agissait d'une copie de la liste établie par Jenn McDaniels. Cette dernière était d'ailleurs la prochaine sur le papier et il ne faudrait pas que Becca s'éternise au chevet de Derric : la dernière chose qu'elle voulait, c'était croiser Jenn.

Après avoir barré le nom de sa camarade, elle remit la feuille à Seth. Il la consulta, circonspect, jeta un coup d'œil à Becca, puis reporta son attention sur la page et biffa le nom qui suivait celui de Jenn : Terry Grove. Ça pouvait aussi bien être une fille ou un garçon. Avec un sourire, il rendit la liste à la réceptionniste. Elle leur expliqua où était Derric, avant d'ajouter :

— J'espère que vous avez apporté de la lecture. C'est le mieux. Il a surtout besoin d'entendre le son de vos voix et parfois, face à un patient inconscient, relié à toutes ces machines, les visiteurs se retrouvent vite à court de mots.

— Ça ira, répondit Becca. On a un tas de trucs à lui raconter.

Ils tombèrent nez à nez avec Hayley dans le couloir de la chambre de Derric. Tous trois se figèrent. Hayley devint rouge comme une pivoine et Seth eut autant de mal à déglutir que si un morceau de béton était coincé dans sa gorge.

— Salut ! finit par lancer Hayley, en les regardant tour à tour.

— La forme ? demanda Seth, les mains enfoncées dans ses poches.

Becca dit bonjour, puis baissa le volume du brouilleur. Les murmures qu'elle surprendrait lui en apprendraient peut-être davantage... Elle n'entendit pourtant rien d'autre que : *Encore des mensonges... super... Hayl...* Et aussi : *Comprendre ce qui...*

— Vous venez voir Derric ?

La question de Hayley s'adressait à Seth, mais ce fut Becca qui répondit :

— Comment va-t-il ? Il a de la visite ?

— Son père vient de le quitter pour parler à quelqu'un. Tu veux entrer ?

Elle lui indiqua la porte de sa chambre, sans quitter Seth des yeux.

— Je vais attendre ici, fit-il. Vas-y, Bec.

Il avait l'intention de discuter avec Hayley, et on ne pouvait pas toujours empêcher les gens d'agir, même s'ils allaient droit dans le mur. Becca s'éloigna donc au moment où Seth faisait un pas en direction de Hayley tandis que cette dernière brandissait une main, comme pour lui intimer de garder ses distances.

Quand Becca entra dans la chambre de Derric, elle perçut une mélodie. Elle crut qu'elle provenait du haut-parleur au plafond, avant de se rendre compte qu'elle résonnait en réalité dans sa tête, tel un murmure. Et c'en était un : il émanait de Derric.

Un air de fanfare. Des saxophones, des trompettes, des trombones, un tuba et des percussions. Des sons d'abord hésitants et maladroits, puis de plus en plus assurés à mesure qu'elle s'approchait du lit.

Parfaitement immobile, Derric formait un contraste frappant avec le blanc éblouissant des draps et du bandage autour de sa tête. Sa peau avait la couleur uniforme du chocolat noir, à l'exception des touches rose pâle de ses ongles, coupés court et aussi lisses que l'intérieur des coquillages.

Une intraveineuse était fixée à son bras. Un tube lui sortait du nez et un moniteur relié à sa poitrine surveillait les battements de son cœur. Il n'avait pas besoin d'assistance respiratoire, en revanche.

Ses lèvres étaient gercées et Becca regretta de ne pas avoir de baume sur elle. Il ne ressentait sans doute aucune douleur, mais elle aurait aimé faire quelque chose pour lui… Au moins, elle pouvait lui parler.

— Bonjour… C'est moi, Becca King, du lycée.

La remarque de la réceptionniste prit alors tout son sens : que dit-on à une personne perdue quelque part entre la vie et ailleurs ? Elle promena son regard sur la pièce : il y avait des fleurs, des ballons, des peluches, des petits mots d'attention, un vieux blouson avec un faucon dans le dos suspendu à la porte et une carte de l'Afrique accrochée au mur. Elle s'approcha et constata que l'Ouganda avait été surligné au marqueur bleu et que trois petits drapeaux étaient épinglés dessus. L'un, placé sur Kampala, indiquait « Derric ». Les deux autres, « maman » et « papa », étaient proches l'un de l'autre mais distants de la capitale. Becca en déduisit qu'ils marquaient les villages natals des parents naturels de Derric.

Elle lut ensuite les messages qui accompagnaient les bouquets. Elle se demanda ce que ça faisait d'être aussi populaire. A San Diego, elle avait un petit groupe d'amis, mais rien de tel. Enfin, elle se rendit compte qu'elle était venue les mains vides et que Derric ne trouverait pas de preuve de son affection s'il se réveillait subitement.

Elle se dit également qu'en dépit de ses sentiments pour lui elle n'avait aucune place dans sa vie. Elle n'était que la nouvelle, alors que les autres, représentés par ces mots tracés sur des cartes, ces fleurs ou ces ballons, partageaient tous un passé commun avec lui. Et elle aurait tant aimé en avoir une, de place, et quelque chose pour en témoigner… Elle fouilla dans les poches de sa veste, espérant y trouver n'importe quoi, même un chewing-gum. Ses doigts rencontrèrent un morceau de papier : précisément celui que Derric lui avait donné le premier jour, où il avait inscrit son numéro de téléphone. Elle récupéra un stylo sur la table de chevet et ajouta au verso : « Tu me le rendras à ton réveil. » Elle signa son message de la lettre *B*. Puis elle glissa le petit rectangle de papier dans la main de Derric.

Un phénomène étrange se produisit lorsque leurs doigts se rencontrèrent. La musique changea. Plus rapide et plus puissante, elle donna soudain l'impression d'être interprétée par une fanfare professionnelle. Un murmure accompagnait la mélodie, celui qui occupait tout l'esprit de Derric : *réjouissance réjouissance...*

Un élan passa de sa main à celle de Becca, telle une vague. A l'inverse d'une vague, pourtant, il ne décrut pas. Et cette sensation qui circulait entre eux tel un flux constant était... de la joie. Un bonheur que rien n'entachait. Une paix comme Becca n'en avait pas éprouvé depuis longtemps...

Elle examina son visage, à la recherche d'un signe de l'émotion qui l'habitait, et elle crut le trouver sur ses délicieuses lèvres gercées. Elles avaient tressailli, comme pour esquisser un sourire.

Le regard de Becca remonta jusqu'au croissant blanc de ses yeux légèrement entrouverts. Elle aurait aimé s'y glisser, se laisser dériver un moment dans son esprit. Mais elle n'avait pas cette faculté-là. Elle devrait se contenter du contact de leurs doigts.

Il restait un problème cependant. Peu importait ce qu'il ressentait, Derric était plongé dans les ténèbres du coma. Il devait s'en extraire pour retourner auprès de ceux qui l'aimaient. Or elle savait, avec certitude, qu'il n'en avait pas le désir. Et sans celui-ci il resterait où il était.

— Non, Derric, tu ne peux pas faire ça, lui dit-elle.

Si. Réjouissance. Si.

Becca sortit. Elle avait besoin de conseils, après ce qui venait de se passer. Or deux personnes seulement auraient pu lui en donner. Et toutes deux étaient injoignables. Sa grand-mère, parce qu'elle avait quitté ce monde ; et sa mère, parce que Becca avait perdu son numéro de téléphone.

Elle trouva Seth dans le hall de l'hôpital, en pleine conversation avec Hayley. Leur discussion était animée, Becca le devinait malgré la distance. Ils ne produisaient aucun murmure, pour la simple et bonne raison qu'ils formulaient directement leurs pensées à voix haute. Rien ne pouvait être plus dangereux.

« Ce n'est pas pour rien qu'on conseille toujours de réfléchir avant de parler, trésor, répétait la grand-mère de Becca. Ne fais jamais les deux en même temps. »

Becca les rejoignit : elle ne pouvait pas sauver Derric, mais Seth, si.

— Je suis prête à rentrer, lui dit-elle, feignant de ne pas avoir remarqué la dispute.

— Tu me laisses une minute, d'accord ?

Un murmure s'échappa de l'un d'eux : *Ne me force pas*... Becca se retint de demander : « Te forcer à quoi ? »

— Bon, je t'attends là-bas, reprit-elle avant d'indiquer le faux philodendron à l'autre bout du hall.

Ni Seth ni Hayley ne décrochèrent un mot, trop occupés à s'affronter du regard.

Becca allait s'installer sur la chaise à côté de la plante en plastique quand son pire cauchemar se produisit : Dave Mathieson et Jenn McDaniels entrèrent dans l'hôpital. Le shérif adjoint de l'île était la dernière personne à laquelle elle voulait être présentée ; peu importait qu'il soit aussi le père de Derric. Elle ne pouvait pas courir le risque d'être dans son collimateur tant que le problème « Jeff Corrie » ne serait pas résolu.

Elle ne réussirait pas à passer inaperçue si elle quittait l'établissement par l'entrée principale ; il lui fallait trouver une autre sortie. Rapidement.

Elle s'enfonça dans les entrailles du bâtiment et déboula aux urgences avec autant de précipitation que si elle était prise en chasse. Des bruits l'assaillirent aussitôt, murmures et paroles. Ils provenaient de toutes parts. Quelqu'un poussait des hurlements de douleur derrière un rideau. Un autre criait :

— Ma tête ! J'ai mal !

Un haut-parleur cherchait le Dr Shapiro et le Dr LaRue.

La respiration coupée par cette salve de sons, Becca n'arrivait plus à réfléchir. Il fallait impérativement qu'elle s'échappe. Repérant une porte vitrée, elle fila vers celle-ci et se retrouva, par chance, dehors.

Comme après une crise d'asthme, elle dut attendre quelques instants avant que le nœud dans sa poitrine se dénoue assez pour laisser passer l'air. Lorsqu'elle se sentit à peu près vaillante, elle partit en quête de l'arrêt de bus. Elle ne pouvait pas compter sur Seth pour la ramener à Langley. Entre la présence du shérif adjoint, les ennuis que Jenn ne devait pas manquer de créer et son obsession pour Hayley… Qui savait combien de temps pouvait s'écouler avant qu'il ne s'inquiète de l'absence de Becca ?

L'arrêt de bus était situé de l'autre côté de la rue principale, qui plongeait vers le centre-ville de Coupeville. Becca traversa et pressa le pas en voyant approcher un pick-up. Le conducteur donna deux coups de klaxon secs. Il se gara le long du trottoir et Becca crut qu'il allait lui servir un sermon sur l'utilité des passages pour piétons, jusqu'à ce qu'elle remarque, sur le plateau, des chiens en train de s'agiter. Au même moment, la portière côté conducteur s'ouvrit.

— Bonjour, Becca ! s'écria Diana Kinsale. Je t'ai croisée plus souvent au cours de ces dernières semaines qu'en trente ans certaines personnes de ma connaissance ! Que fais-tu à Coupeville ? Tu n'es pas venue à vélo, si ?

Becca s'approcha du pick-up. Les chiens se précipitèrent pour la saluer, énormes masses de poils et de queues frétillantes. A l'intérieur, Oscar la gratifia d'un battement de cils très digne.

— Tu veux que je te dépose à Blue Lady Lane ?

— Je vais à Langley, en fait.

— Grimpe ! Il va encore falloir que tu partages le siège avec Oscar.

Diana détacha le caniche.

— A quel endroit exactement ? demanda-t-elle en s'insérant dans la circulation.

Becca lui expliqua qu'elle habitait au motel de la Falaise, chez Debbie Grieder. Elle faillit ajouter qu'elle était sa nièce, mais se retint à temps : Diana n'aurait sans doute pas compris pourquoi elle lui avait donné une autre adresse le soir de leur rencontre.

Becca ne put s'empêcher de s'étonner, une fois de plus, de l'absence de murmures émanant de Diana. Elle en vint à la considérer d'un œil complètement neuf : peut-être était-elle au courant de l'existence de gens comme elle, capables d'entendre les réflexions des autres.

— Comment ça se passe, alors ?

Une seconde, Becca crut qu'elle l'interrogeait sur son don, avant de se rappeler qu'elle venait de lui parler de Debbie.

— Plutôt bien, je lui file un coup de main dans le motel. J'aime beaucoup les petits. Debbie a du mal avec un de mes amis, en revanche.

— Lequel ?

— Seth Darrow. C'est lui qui m'a accompagnée ici tout à l'heure.

— Il t'a juste déposée ?

— Non, mais il a engagé une discussion très sérieuse avec une fille, Hayley Cartwright.

— Je la connais.

— Ils parlaient dans le hall de l'hôpital…

— L'hôpital ? Que faisais-tu là-bas ?

— Je rendais visite à Derric Mathieson. Comme Hayley, je suppose.

— Je vois…

Diana s'absorba dans ses pensées. Becca devina qu'elle savait certaines choses, mais n'osa pas la questionner, de peur de paraître impolie. Elle se concentra sur le paysage : à la sortie de Coupeville, les plaines cédaient rapidement le pas à la forêt.

A l'intérieur du véhicule il faisait chaud. Entre la chaussée régulière et la radio, Becca se sentit bercée. Oscar était si douillet contre son épaule qu'elle s'abandonna à la léthargie qui la gagnait et s'endormit.

19

Une secousse la réveilla. Le jour tombait à présent, et Becca constata qu'elles quittaient une petite route pour s'engager sur un chemin de gravillons, encore plus étroit. Elles passèrent entre deux piliers de brique, bordés de sapins, et Becca vit à la lueur des phares qu'elles entraient dans un cimetière regorgeant d'énormes arbres.

Après un virage, le chemin conduisait à une seconde portion, moins boisée. Diana se gara à cet endroit.

— Je dois rendre une visite rapide à Charlie. Tu n'as rien contre les cimetières ? Je sais que certaines personnes ne les aiment pas.

Non, elle n'avait rien contre eux, au contraire. Depuis toute petite, elle y passait du temps – dès que sa mère et sa grand-mère eurent compris que le don familial avait sauté une génération et qu'il se trouvait amplifié chez Becca. « Elle se sentira apaisée, avait assuré sa grand-mère tandis qu'elles la menaient pour la première fois dans un cimetière. Toi, pense au poème de Paul Revere, et moi, je vais faire le vide dans mon esprit ; ça la calmera. » Becca avait alors déambulé entre les tombes et goûté le bonheur de se fondre dans un silence dépourvu de tout murmure.

— J'aime beaucoup les cimetières, dit-elle à Diana.

— Comme moi. Et les chiens. Je vais les lâcher, d'ailleurs.

Elle baissa le hayon du pick-up et la meute se dispersa. Diana récupéra deux chrysanthèmes blancs en pots sur le plateau, puis demanda à Becca de prendre la petite boîte à outils. Elle se dirigea ensuite vers un banc de pierre qui faisait face à une dalle de marbre où était gravé : *Charlie Kinsale, compagnon de vie bien-aimé*. Bien qu'il fût mort depuis longtemps, la pierre tombale paraissait neuve. Becca comprit pourquoi lorsque Diana ouvrit la boîte à outils pour en sortir des chiffons et de l'encaustique. Elle se mit au travail.

Le nettoyage terminé, elle disposa les chrysanthèmes de part et d'autre de la tombe, avant d'aller tirer de l'eau à un robinet voisin et de les arroser avec soin.

— Je les planterais bien, seulement ils ne tiendraient pas. Il m'a fallu du temps pour comprendre qu'ils ne sont pas prévus pour. Viens. Assieds-toi avec moi une minute, ajouta-t-elle en tapotant le banc de pierre. Les chiens !

Ils accoururent de plusieurs directions et se massèrent à ses pieds, reniflant ses poches à l'affût d'une friandise. Elle en tira quelques croquettes et les leur donna. Ils agitaient la queue avec plus d'enthousiasme que jamais.

— Charlie m'a quittée il y a des années, mais il continue à me manquer. Ça arrive, tu sais, quand on perd quelqu'un.

Becca se sentit submergée par la tristesse. Elle eut, l'espace d'une seconde, l'impression qu'un oiseau lui frôlait le visage à toute allure. Sa mère lui manquait tant.

Des larmes embuèrent ses yeux, qui ne tarderaient pas à déborder. Se relevant brusquement, elle fit quelques pas en avant, se plaçant en dehors du faisceau des phares.

Diana la rejoignit et passa un bras autour de ses épaules.

— Je t'ai fait de la peine ; ce n'était pas mon intention.

La chaleur de cette étreinte allégea Becca du poids qui l'accablait depuis qu'elle était arrivée ici et que rien ne s'était déroulé comme prévu.

— C'est bon, dit-elle. Je ferais mieux d'y aller, en revanche.

— Je voudrais te montrer quelque chose d'abord. Ça ne prendra pas longtemps.

Elle emprunta le chemin de gravillons par lequel elles étaient arrivées, puis s'enfonça entre les cèdres, à la bordure du cimetière, jusqu'à une pierre tombale surmontée d'un ange. Dans l'obscurité, Becca entrevit une photo et les mots en dessous : *Teresa Grieder*. Elle était décédée l'année de ses quatorze ans.

— Ah… lâcha Becca.

— C'est la source du mal-être de Debbie. Si elle pouvait changer une chose dans sa vie, ce serait celle-là.

— D'après Seth, elle a été tuée à vélo, mais Debbie m'a dit que Mme Ward, la secrétaire du lycée, était responsable de sa mort.

Elles fixèrent la tombe. Teresa Grieder reposait là depuis quinze ans.

— Ils disent tous deux la vérité. Et, comme toujours dans la vie, ça ne se résume pas à ces seuls éléments. Le vélo, Reese, Mme Ward… Il y avait un daim. Il a surgi sur la route, devant la pauvre Reese. Et devant la voiture. Mme Ward a fait une embardée pour l'éviter.

Reese aussi. Sauf qu'elles sont parties dans la même direction, et Reese a été projetée dans les airs. Elle ne portait pas son casque.

— Quelle horreur !

— Debbie ne peut s'empêcher de penser qu'elle aurait pu faire quelque chose. Retenir Reese.

— Sauf que c'est impossible.

— Le problème est là. La vie ne nous offre pas ce genre de seconde chance.

La sépulture, mal entretenue, était couverte de lichen, ajoutant à la tristesse du lieu. Diana expliqua :

— Debbie ne supporte pas de venir ici, et personne n'ose la prévenir des dégâts causés par les intempéries.

Passant son bras sous celui de Becca, elle l'entraîna vers le pick-up.

— Parfois, quand on ne comprend pas la raison d'un événement, on essaie d'en inventer une. C'est plus facile que de se colleter avec la douleur de la guérison. Les gens ont tendance à commettre cette erreur.

TROISIÈME PARTIE

Le Dog House

20

Hayley Cartwright savait que Seth Darrow ne comprendrait jamais leur rupture. Par manque d'assurance, il l'attribuait à Derric. En vérité, ce dernier n'avait pas grand-chose à voir là-dedans.

Seth fondait sa conviction sur cette fameuse soirée. Tout avait plutôt mal commencé : alors qu'il était censé donner un concert avec son groupe à Lynwood, ils avaient été programmés par erreur en même temps qu'un groupe de Seattle, Paranoid Amber. Cette nouvelle l'avait mis de méchante humeur. Hayley ne pouvait pas le lui reprocher. Il avait acheté un billet de ferry et traversé toute la ville, il s'était présenté à l'heure convenue avec les autres membres de son trio pour s'entendre dire que quelqu'un s'était planté.

De retour sur l'île, il était allé au centre culturel de Langley, où était annoncée la représentation d'une troupe de danseurs et musiciens rwandais. Passionné par la musique, Seth avait décidé de jeter un coup d'œil.

Les habitués étaient là. On pouvait être sûr que les hippies vieillissants du sud de l'île sortaient de leur tanière chaque fois qu'il y avait de la danse et de la musique. Derric et Hayley se trouvaient parmi eux. Ils s'étaient rendus à ce concert pour des raisons parfaitement étrangères à un quelconque sentiment amoureux : la vie dont Hayley rêvait et l'endroit où celle de Derric avait commencé – en Afrique. Hayley ne l'avait jamais vu aussi heureux qu'à cette soirée.

Seth n'avait rien compris de tout cela. Il s'était contenté de remarquer la présence, aux côtés de Hayley, de Derric, ce type grand, beau, athlétique, sexy et, qui plus est, bon élève. Derric réunissait donc, en résumé, tout un tas de qualités qui lui manquaient à lui, Seth. Et qui, pensait-il, ne pouvaient qu'attirer les filles.

A la fin du morceau, Derric et Hayley s'étaient esclaffés : ils étaient de si piètres danseurs… Comme presque tout le monde, d'ailleurs, à part les Rwandais. Dans l'euphorie du moment, ils s'étaient enlacés. Puis embrassés. Ça avait été si naturel… Les mains de Derric sur ses joues, les siennes autour de sa taille.

Seth avait été témoin de leur baiser. Au lieu d'affronter Hayley, pourtant, il était parti. A la toute fin de la soirée, lorsque Derric avait raccompagné Hayley à sa camionnette, sur le parking, ils avaient discuté, puis s'étaient embrassés à nouveau. Elle avait apprécié ce baiser. Mais cela n'allait pas plus loin.

Ce qu'elle ignorait, c'était que Seth les observait depuis sa Coccinelle. Et force lui était de reconnaître que, avant qu'il ne vienne se garer juste à côté d'eux, elle n'avait pas songé à lui une seule seconde.

« Bien joué, Hayl », avait-il lancé avant de décocher à Derric un regard noir.

Puis il avait mis les gaz.

Elle avait appelé chez lui le lendemain pour s'expliquer et demandé à sa mère de lui transmettre le message. Comme il ne la rappelait pas, elle avait réessayé deux autres fois. La troisième étant toujours la bonne, elle l'avait enfin eu :

« Alors, nous deux, c'est terminé ? C'est ce que je dois comprendre ?

— Si tu le dis, Hayley. »

Du Seth tout craché.

Oui, elle avait eu une attitude nulle, stupide, bizarre et insensée. Elle avait embrassé Derric Mathieson. Et ça lui avait plu. Elle recommencerait peut-être si l'occasion se présentait. Et alors ? L'histoire s'arrêtait là. Sauf que Seth Darrow n'avait aucune envie d'entendre cette histoire.

Elle se persuada qu'il ne méritait pas d'occuper une aussi grande place dans ses pensées. Elle chercha du réconfort au lycée et en trouva dans l'ensemble de jazz, dans la fanfare et dans les moments partagés avec Derric. Ils ne sortaient pas ensemble, mais étaient devenus proches. Ils parlaient surtout de l'Ouganda et des souvenirs qu'il en avait gardés. Hayley avait l'intention de faire de l'humanitaire et de rejoindre les Peace Corps en Afrique.

Sa mère n'était pas d'accord. Son père, pas au courant. La famille Cartwright avait des sujets d'inquiétude bien plus sérieux que de savoir à quoi Hayley consacrerait sa vie d'adulte, le principal d'entre eux étant son père. Quant à sa mère, elle refusait toute discussion. La plupart du temps, leurs conversations se résumaient au temps qu'il faisait et aux décisions à prendre pour garder la ferme une semaine de plus. Voilà à quoi ressemblait la vie chez eux. Même s'ils prétendaient que tout allait pour le mieux dans le meilleur des mondes.

Hayley était fatiguée de tout ce cirque. Et lorsqu'elle

était tombée sur Seth, à Coupeville, la situation avait été de mal en pis.

Ils étaient séparés, elle n'avait aucune explication à lui fournir sur la raison de sa présence à l'hôpital. Cependant, les interrogations de Seth ne portaient pas là-dessus, mais sur l'endroit où elle avait laissé sa camionnette le jour de l'accident à Saratoga Woods. Seth savait aussi bien que n'importe qui que le sentier reliant Metcalf Woods et Saratoga Woods était ardu. Il fallait bien connaître l'endroit, ou avoir une carte. Dans un cas comme dans l'autre, rejoindre Saratoga Woods par ce biais revenait à se compliquer la vie.

Voilà pourquoi, cet après-midi-là à l'hôpital, Seth lui demanda :

— Pourquoi tu avais planqué ta camionnette à Metcalf Woods ? Tu avais rancard avec lui, hein ? Votre relation est censée être le secret du siècle ? Tout le monde est au courant, tu sais !

— Je n'ai pas de secret, Seth, répliqua-t-elle avec sécheresse.

Mensonge éhonté, bien sûr. Leur dispute se déplaça ensuite sur le fait que Seth avait quitté le lycée pour la musique, avant de se poursuivre sur le sujet de Gus, que son grand-père lui avait repris. Enfin, il fut question du prof particulier dont il avait besoin pour se préparer au diplôme : s'était-il seulement donné la peine d'en chercher un depuis qu'il avait arrêté les cours, au mois de janvier précédent ? Le genre de querelle sans réelle conclusion qui suscitait beaucoup de souffrance et dont la résolution exigeait une grande capacité au pardon de part et d'autre.

Ils furent interrompus par le père de Derric. Jenn McDaniels de son côté s'était rendue à l'accueil pour rayer son nom sur la liste. L'adjoint du shérif dit bonjour à Hayley et salua Seth d'un signe de tête. Le garçon grommela des excuses à propos de ses contraventions en souffrance. Hayley aurait voulu lui signaler que c'était bien le dernier souci du policier… Jenn McDaniels les rejoignit à ce moment-là.

— Ma liste n'est déjà plus à jour, je vais devoir arranger ça.

Son instinct infaillible lui souffla cependant que quelque chose clochait. Son regard pénétrant passa de Hayley à Seth, puis de Seth à Hayley. Ils s'étaient disputés, elle l'avait compris. Et ça risquait bien de leur valoir des ennuis.

Seth leur faussa rapidement compagnie, au soulagement de Hayley. Elle n'avait aucune envie de prolonger leur échange : parler avec lui ne menait nulle part. Elle emboîta le pas au shérif adjoint, qui allait voir son fils, pendant que Jenn retournait à l'accueil, récupérer sa précieuse liste de visiteurs et comprendre pourquoi elle n'avait pas été scrupuleusement respectée.

M. Mathieson s'approcha du lit de Derric avec une forme de déférence ; Hayley resta en retrait. Lui touchant la tête avec tendresse, il lui dit :

— Allez, petit homme, c'est l'heure de se réveiller maintenant.

Puis il se pencha pour embrasser le front de son fils et lui prit la main. Il déplia ses doigts recroquevillés et un morceau de papier s'en échappa. Dave Mathieson lut le message à voix haute :

— « Tu me le rendras à ton réveil. B. »

Un sourire s'immisça sur ses lèvres et il ajouta :

— Ah, la jeunesse…

Il remit le papier dans la main de Derric. Hayley, convaincue que le *B* renvoyait à Becca, se demanda ce qu'il devait lui rendre. Jenn McDaniels arriva sur ces entrefaites.

— Quelqu'un est venu rendre visite à Derric en se faisant passer pour moi, vous y croyez ? C'était juste après toi, Hayley. Tu as vu quelque chose ?

On aurait cru qu'un crime venait d'être commis. Hayley en conclut que Becca avait usurpé l'identité de Jenn – qui d'autre ? Elle n'avait pas l'intention de le répéter, pourtant. Rien de tout cela n'avait de sens. Pourquoi Becca n'avait-elle pas donné son nom à elle ? Pourquoi était-elle venue en douce ? Pourquoi avait-elle glissé ce message intrigant dans la main de Derric ?

Le shérif adjoint dit à Jenn :

— On dirait que ses camarades se bousculent pour lui rendre visite. Espérons que ça continuera… Puisque nous sommes là, j'aimerais vous parler de ce qui s'est passé à Saratoga Woods. Vous voulez bien m'accompagner ? On va discuter autour d'un Coca.

— L'une de vous deux a-t-elle un portable ? leur demanda Dave Mathieson.

Il les avait conduites à la cafétéria, où il avait acheté non pas des sodas mais un énorme brownie à partager et trois petits cartons de lait.

Hayley crut que le shérif adjoint voulait passer un coup de fil. Elle savait que Jenn n'en possédait pas – sa famille était si pauvre qu'elle pouvait déjà s'estimer heureuse d'avoir des chaussures…

— J'ai un téléphone depuis peu, répondit-elle. Ma mère vient de me l'acheter, parce que…

Elle ne pouvait pas donner la raison de cette acquisition : rester joignable au cas où un drame se produirait. Les autorités n'étaient pas au courant de leur situation familiale et c'était mieux ainsi.

— Je peux le voir ?

Décontenancée par le ton brusque du shérif adjoint, elle sortit néanmoins l'appareil de son sac.

— Ma mère éprouve le besoin d'être en contact permanent avec moi, se justifia-t-elle.

Ce qui, en plus d'être très crédible, n'était pas vraiment un mensonge. L'officier lui prit le mobile des mains et le retourna.

— Ce n'est pas un téléphone de rechange, si ?

— Non, répondit-elle. Pourquoi ?

— Parce que nous enquêtons sur un portable que nous avons trouvé à Saratoga Woods, sur le parking.

— Quelqu'un a dû le perdre, suggéra Jenn.

— Il était caché sous le toit du panneau d'information. Ralph Darrow l'a découvert. Il s'agit d'un portable jetable, et nous sommes sur une piste. Les gens ne soupçonnent pas la mine d'informations que ces appareils recèlent.

Il étudiait l'expression de Hayley tout en parlant ; la jeune fille ne l'écoutait plus depuis qu'il avait dit : « Ralph Darrow l'a découvert. » Cette information établissait un lien direct avec Seth. Les yeux rivés sur elle, Dave Mathieson poursuivit :

— Tous les téléphones comportent un numéro de série. Numéro qui nous mène au magasin. Lequel nous renseigne sur le jour d'achat. Il suffit ensuite d'un reçu de carte de crédit ou de la vidéosurveillance des clients.

On a besoin de faire quelques recherches, bien sûr, mais ça n'est qu'une question de temps. Ça résume parfaitement le métier de policier en somme : une question de temps.

Il inclina la tête, sans quitter Hayley du regard, avant de conclure :

— Bref, on finira par découvrir l'identité de l'acheteuse et donc de la fille qui a prévenu les secours. Elle a des informations sur ce qui s'est passé ce jour-là. Et ces informations m'intéressent.

Hayley aurait voulu lui rétorquer que Derric avait simplement perdu l'équilibre. Le shérif adjoint semblait imaginer autre chose pourtant… Derric aurait-il été poussé ? Elle n'avait aucune envie que la conversation s'engage sur ce terrain.

— Que savez-vous de cette journée, toutes les deux ? reprit-il. Que faisiez-vous là-bas ?

Jenn répondit en premier. Elle et plusieurs autres étaient venus courir. Ils s'entraînaient pour le triathlon de South Whidbey. Ils avaient poussé jusqu'à Putney Woods, où il y avait davantage de sentiers et une meilleure signalisation. Lorsqu'ils avaient entendu les sirènes, ils étaient revenus sur leurs pas, par Coral Root Link. Elle précisa :

— On s'était garés près du lac, sur Lone Lake Road. C'était plus simple. Si on avait choisi un autre point de départ, comme Keller Road, on aurait dû laisser nos voitures dans le virage, et vu qu'on traîne toujours un peu à la fin de l'entraînement…

Hayley se demanda si Jenn réalisait qu'elle avait l'air coupable. Elle était bien décidée à ne pas donner la même impression quand ce serait à elle de répondre.

— Et toi, Hayley ?

Elle avait déposé sa petite sœur Brooke à son cours de danse, à Langley, et plutôt que de refaire tout le trajet jusqu'à l'exploitation elle était allée se promener dans les bois le temps de la leçon. Elle aurait pu déambuler en ville pendant une heure et demie, mais elle connaissait les boutiques par cœur et avait préféré un tour en forêt.

— Tu avais rendez-vous avec Derric ? répliqua Dave Mathieson. Tu peux me le dire, Hayley. Je suis capable de comprendre ces choses-là.

Elle sentit le feu sur ses joues et donna la seule réponse qu'elle pouvait apporter sans avoir à en révéler plus qu'elle ne le voulait.

— Non, j'étais seule. Je n'avais qu'une heure et demie, ajouta-t-elle sans raison.

La véritable explication, Hayley refusait de la donner. Personne ne se doutait de ce qui se passait et elle était déterminée à ce que ça ne change pas.

21

Diana Kinsale et Becca firent la route jusqu'à Langley dans un de ces silences que partagent les vieux amis, plaisants.

Le trajet ne fut pas long. Lorsqu'elles pénétrèrent sur le parking du motel, Debbie jaillit de la réception avec une précipitation qui la trahit : elle guettait le retour de Becca.

Au moment où la jeune fille ouvrait la portière du pick-up, elle entendit : *Pour l'amour de Dieu où... c'est comme ça que tu me remercies*... Les murmures furent presque aussitôt interrompus par Diana, descendue de voiture, elle aussi.

— Je t'ai ramené ton assistante, déclara-t-elle. Comment vas-tu, Debbie ? Ça fait longtemps que je ne t'ai vue.

Au lieu de lui répondre, Debbie s'adressa à Becca :

— Tu es partie depuis des heures. Tu avais dit que Seth t'emmenait juste là-bas pour te montrer le trajet du bus.

— Oui, c'est vrai, mais il s'est engagé dans une discussion interminable avec son ex et j'ai compris que…

— Du coup il t'a laissée te débrouiller seule ?

Afin d'éviter de fournir à Debbie un grief supplémentaire contre Seth, Becca s'empressa de rectifier :

— Les choses ne se sont pas passées ainsi. J'ai croisé Mme Kinsale pendant que Seth parlait et elle m'a proposé de m'emmener.

— Tu es restée absente des heures. Je me suis fait un sang d'encre. Il aurait pu t'arriver n'importe quoi…

Une nuée de murmures accompagnèrent cette dernière phrase : *... avec lui... raté sans diplôme... arrive quand la drogue... une douleur si...*

Becca aurait voulu se couvrir les oreilles, elle aurait voulu répliquer à Debbie qu'elle n'était pas sa mère et qu'elle devait cesser de s'inquiéter autant. Et ajouter qu'elle ne connaissait pas Seth et qu'elle n'avait aucune raison d'imaginer le pire à son sujet. D'un autre côté, Becca ne le connaissait pas vraiment non plus…

— Je suis sincèrement désolée, dit-elle. C'était sans doute idiot de ma part.

— Je suis en partie responsable, Debbie, intervint Diana. Nous nous sommes arrêtées au cimetière pour rendre visite à Charlie. Je te présente mes excuses. En tout cas, c'est bon de te voir. Peut-être qu'on pourrait prendre un verre au Useless Bay Coffee un de ces jours ? Si tu as le temps ?

— Bien sûr, répondit Debbie, même si son expression, et ses pensées, clamait : « Dans tes rêves. »

Réfléchis... la ramener... évidemment... Ses murmures fusaient telles des balles.

Epuisée par cet échange, Becca remercia Diana, puis se dirigea vers sa chambre. Debbie la retint :

— Je me doute que tu n'as pas acheté de dessert, mais tu as oublié les tacos, aussi ? Chloe et Josh t'ont attendue.

Becca suivit Debbie dans son appartement. Assis côte à côte sur le canapé, ses petits-enfants regardaient un jeu télévisé.

— Mamie les a tous en cassette, expliqua Chloe. Nous, ce qu'on préfère, c'est quand ils doivent manger des insectes.

— Ou des serpents, ajouta Josh.

Puis il se leva et demanda, d'un ton angoissé :

— Tu as vu Derric ? Il va venir jouer avec moi ?

Becca lui pressa l'épaule.

— Je ne l'ai vu qu'une minute. Il dormait profondément, mais je suis sûre qu'il reviendra jouer avec toi. Un peu de patience.

— Oh… lâcha-t-il d'une petite voix.

— Je croyais que tu voulais manger des tacos avec Becca, intervint Debbie. Elle est là maintenant ! Tu n'as pas faim ? Et toi, Chloe ?

— Des tacos ! s'écrièrent-ils en chœur avant de filer vers la cuisine. Viens, Becca !

Debbie profita de leur absence pour lui demander, tout bas :

— Comment va-t-il ? Je ne savais pas quoi dire à Josh.

— Il est encore dans le coma.

Devant le hochement de tête compatissant de Debbie, Becca sentit un poids se soulever de sa poitrine. Puis elle surprit des murmures : *Bien mérité… que croyait-il ?…* Ils lui firent l'effet d'une gifle, et elle se détourna. Debbie ajouta alors :

— Pauvre gosse. Je suis vraiment désolée pour lui.

Elle avait l'air sincère, ce qui acheva de déstabiliser

Becca. Soit elle mentait, soit son *Bien mérité* était destiné à quelqu'un d'autre. C'était tout le problème avec les murmures.

— Eh bien, soupira-t-elle, je ne sais pas si tu aimes les tacos froids, ma chérie, mais allons-y.

Juste avant d'entrer dans la cuisine, Debbie lui passa un bras autour des épaules et la serra brièvement contre elle. Becca fut tentée d'évoquer la tombe de Reese, même si elle savait que c'était un terrain glissant. Elle avait de la peine à l'idée que Debbie continuait à espérer un miracle qui n'avait aucune chance d'arriver.

— Mme Kinsale voulait déposer des fleurs sur la tombe de son mari. Ses chiens étaient avec elle et ils couraient partout dans le cimetière.

— Ah, ces chiens !

Bien que circonspect, le ton de Debbie n'avait rien de sec ; rassurée, Becca poursuivit :

— Je leur courais après… et j'ai vu la tombe de votre fille.

Un souffle puissant lui perça les tympans, comme lors d'un changement brusque de pression. Deux murmures l'assaillirent : *Son casque…* et *Elle sait*. Le *non non non* qui suivit lui fit l'effet de ce vent chaud, en provenance du désert, qui desséchait tout sur son passage, à San Diego.

— C'est une très jolie photo, celle sur sa tombe, dit Becca.

— On peut toujours réchauffer les tacos au micro-ondes.

22

Seth Darrow rumina sa dispute avec Hayley pendant près d'une semaine avant de se décider, enfin, à en discuter avec quelqu'un. Tout ce temps, sa vie avait suivi son cours. Il arrivait, à l'aube, au Star Store, puis il répétait avec son groupe avant de traîner au foyer. Il évitait ses parents et leurs éventuelles questions au sujet de sa recherche de prof particulier pour son diplôme.

Rien de tout cela ne réussissait à lui faire oublier Hayley. « Tu dois aller de l'avant, petit-fils préféré », lui aurait dit son grand-père. Cependant Seth s'en sentait parfaitement incapable. Après une semaine à broyer du noir, il eut besoin de parler. A n'importe qui. De n'importe quoi.

Ralph était la personne tout indiquée. D'autant qu'il avait encore Gus et que Seth était prêt à le récupérer. Il prit donc la route de la propriété sur Newman Road.

Juché sur une échelle, Ralph taillait sa gigantesque collection de rhododendrons ; les fleurs mortes jonchaient la terre au pied des immenses arbustes.

Gus, qui somnolait sur le perron de la maison, avait dû reconnaître le ronronnement du moteur. Seth avait à peine mis les pieds dans le jardin que le labrador fondait sur lui.

Ralph ne troubla pas les retrouvailles entre son petit-fils et son chien. Ils roulèrent sur la pelouse et se pourchassèrent, avant que Seth ne sorte une balle de sa poche et ne la lui lance.

— Tu sabotes son éducation, déclara Ralph. Cette manie qu'il a de sauter sur les gens… Ça risque de te causer des ennuis si tu n'y prends pas garde.

— Il obéit quand on joue à la balle. Ou quand il y a à manger. Il ferait n'importe quoi pour une sucrerie.

— Laisse-le un instant, répliqua Ralph en secouant la tête. Et rends-toi utile, déplace mon échelle.

— Où veux-tu que je la mette ?

— A ton avis, fiston ? Devant le rhododendron suivant, bon sang !

Seth savait qu'il n'était pas vraiment en colère. Se battre avec son jardin faisait partie du bonheur de son grand-père. Il ne put néanmoins s'empêcher de lui demander :

— Tu n'en as jamais assez de tout ça ?

Il voulait parler de l'entretien du terrain et de la profusion de végétation.

— Les plantes n'arrêtent pas de pousser, ajouta-t-il, et toi, d'acheter des échelles plus grandes. Ça s'arrêtera quand ?

— Le jour de ma mort, sans doute. Difficile de survivre à un bon vieux rhododendron.

Il plongea la main dans sa poche et en sortit une barre au chocolat et au caramel. Il en donna la moitié à Seth.

— J'adore ces trucs, avoua-t-il. Il y en a toujours un peu qui reste coincé entre les dents. Comme ça, tu en manges toute la journée.

Ils se consacrèrent à leur friandise quelques instants, tandis que Gus leur reniflait les pieds. Puis Ralph tendit le bras vers une partie du jardin en pente : des pierres y formaient un mur de soutènement, couvert de verdure.

— Ces satanées plantes, là-bas, n'ont pas fleuri de l'été. Je les soigne depuis cinq ans maintenant et il n'y a jamais eu le moindre bourgeon. Je veux bien être maudit si on m'explique pourquoi…

— Je ne serais même pas capable de te dire pourquoi le reste a fleuri, moi, rétorqua Seth en regardant autour de lui.

— C'est comme avec ces fichus arbustes là-bas : je m'en occupe, mais rien ne se passe. C'est en quelque sorte la quintessence du jardinage. Tantôt on gagne, tantôt on perd, et la plupart du temps le pourquoi du comment nous échappe.

Seth se pencha pour gratter Gus derrière les oreilles. Il savait que son grand-père ne parlait pas vraiment du jardin.

— J'ai tout essayé pour montrer mon amour à Hayley, et elle l'a quand même choisi, lui. Elle m'a trop manqué de respect…

— Enormément, fiston, pas trop. Ce n'est pas parce que le reste du monde s'exprime mal qu'il faut faire de même.

Avec un soupir, Seth reprit :

— Elle m'a énormément manqué de respect en me préférant un type qui ne tiendra jamais autant à elle que moi. Ça me rend… Il faut que je fasse quelque chose, et je ne sais pas quoi.

Ralph prit une bouchée de sa barre caramélisée, puis, les yeux posés non pas sur son petit-fils mais sur un rhododendron, il répliqua :

— Tu es sûr de ça ? De connaître la valeur des autres, Seth ?

— Je n'ai pas dit ça. Simplement, en ce moment, j'ai vraiment besoin que Hayley soit de mon côté, et ce n'est pas le cas.

— Etre de ton côté ? C'est-à-dire ?

— Accepter les décisions que j'ai prises. Au sujet du lycée. Elle avait assuré que ça ne l'embêtait pas quand je lui ai parlé d'arrêter. Elle comprenait mes difficultés d'apprentissage, elle connaissait l'importance de la musique pour moi, de mon groupe. Elle savait que si je réussissais à enregistrer certaines de mes compositions…

Seth décocha un coup de pied dans l'herbe. Gus, assis à ses pieds, se redressa d'un bond. Il lâcha la balle qu'il tenait dans sa gueule et jappa. Seth la ramassa puis la lança de toutes ses forces. Elle rebondit au-delà de la pelouse et roula vers la mare.

— Si ce chien va dans l'eau, tu te chargeras de le nettoyer…

Il fit tourner le dernier morceau de caramel et de chocolat dans sa bouche, pour prolonger le plaisir.

— Continue, finit-il par reprendre. Cette fille, qu'est-ce qui te prouve qu'elle n'est pas de ton côté ?

— Comment ça ? Je viens de te l'expliquer ! Elle est avec lui. On est séparés et quand on se croise à l'hôpital elle fait comme si… Peu importe. Je n'en sais rien, d'accord ?

Ralph hocha la tête. Sa longue queue-de-cheval grisonnante ressortait par l'ouverture à l'arrière de sa casquette. Il la retira pour régler la largeur. Ses cheveux étaient aplatis sur son crâne. Seth pouvait voir l'empreinte du temps sur lui, dans ses rides profondes, sur son front et autour de ses yeux.

— Il faut l'accepter, Seth.

— Quoi ?

— Ce que tu as dit toi-même, que tu ne sais pas. Comme cette plante sur le mur, là-bas. J'ai fait tout ce qui était en mon pouvoir pour qu'elle fleurisse. Jusqu'à présent, elle s'y refuse et il me faut l'accepter. Peut-être qu'elle donnera des fleurs un jour, peut-être que non.

— Hayley n'est pas une plante.

Gus revenait en courant, la balle dans la gueule, les pattes boueuses. Il s'était approché du bord de la mare, mais n'était pas entré dans l'eau. Seth avait de la chance sur ce coup.

— Tu ne peux pas forcer Hayley à t'aimer, fiston, tu peux essayer seulement. Crois-en mon expérience, sinon, tu vas te casser les dents.

Il fourra son sécateur dans la poche arrière de son jean. Puis, inclinant la tête vers l'échelle, il indiqua :

— Replie-la pour moi, tu veux ? J'en ai terminé pour aujourd'hui.

Seth porta l'échelle jusqu'à l'abri de jardin planqué derrière la maison, près d'un bosquet d'aulnes. Elle était trop grande pour tenir à l'intérieur, mais l'avancée que faisait le toit la protégeait des intempéries. Seth l'appuya contre le mur, à côté d'autres outils. Ralph l'avait suivi.

— Alors, reprit-il, quelle était la raison de ta présence à l'hôpital, Seth ? Tu suis cette fille ?

— Je ne savais pas qu'elle y serait.

Seth lui expliqua qui était Becca et pourquoi elle avait sollicité son aide. Elle lui avait demandé un service et il avait accepté sans se douter qu'il tomberait sur Hayley.

— Et où était cette Becca, pendant que vous discutiez ?

Seth baissa les yeux.

— Oh, non…

— Oh, non ? répéta son grand-père.

— Je ne sais pas ce qu'elle est devenue. Je l'ai oubliée. Après ma conversation avec Hayley, j'étais si mal que je suis parti.

— Hmm…

Ralph sortit un vieux bandana pour s'essuyer les mains.

— Tu devais vraiment être mal, en effet.

Seth lui emboîta le pas alors qu'il prenait la direction de la maison. Ralph eut une réaction inattendue : il se retourna pour le prendre par les épaules.

— Fiston, tout dans la vie ne tourne pas autour de toi. Si tu peux apprendre cette leçon à dix-huit ans, tu auras fait un grand pas.

— Ça, je le sais déjà, grand-père… Je ne vois pas le rapport avec Hayley.

Ralph gloussa, puis eut un geste encore plus surprenant : il embrassa son petit-fils sur la tempe.

— Joue à la balle avec Gus pendant une demi-heure. Fatigue-le pour qu'il me fiche un peu la paix. Puis va chez les Cartwright dire bonjour à la petite sœur de Hayley. Je suis sûr que tu lui manques.

— Elle a douze ans !

— Je ne t'ai pas suggéré de l'épouser, fiston. Juste de passer prendre de ses nouvelles. Ça devrait être dans tes cordes.

L'exploitation des Cartwright était constituée d'un ensemble de terres cultivées au nord du parc national de South Whidbey. Des décennies plus tôt, elle avait été créée en gagnant du terrain sur une immense forêt. Arrivé sur place, Seth ne s'engagea pas immédiatement sur le long chemin qui menait à la maison, mais se gara sur le bas-côté de la route pour observer la ferme.

Il l'avait toujours aimée. Elle semblait tout droit sortie d'un livre d'images avec son terrain vallonné, sa mare, ses dépendances rouges, son tracteur et ses stères de bois entreposés dans une remise.

Aux yeux de Seth, elle était parfaite. D'après Hayley, c'était parce qu'il n'avait pas à y vivre ou à la faire tourner. Elle trouvait ridicule d'avoir peint le moindre bâtiment de l'exploitation en rouge. « Mon père prétend que c'est plus économique… On aurait au moins pu choisir une autre couleur pour la maison ! »

Seth aimait l'habitation telle qu'elle était, sise sur une petite butte à l'écart, avec la forêt qui tentait de la surprendre dans son dos. Il aimait aussi que le poulailler, long et bas, soit orné des lettres : *Smugglers Cove – Ferme.* Il aimait encore plus le fait que ces lettres, à demi effacées, portent les traces du passage du temps.

Il se dirigea vers le chemin qui, comme beaucoup d'autres sur l'île, n'était pas pavé. Des années auparavant, il avait été recouvert de gravillons, mais le passage des voitures et des autres véhicules avait fini par former des sillons. Au milieu poussaient des boutons-d'or au printemps, des herbes folles en été et de la mousse en hiver. L'automne était une période de transition. Avec les pluies, le sol se préparait pour de nouvelles pousses.

Seth longea le champ où broutaient les chevaux de

Mme Cartwright. Il se renfrogna en constatant qu'il n'y avait ni poulains ni pouliches au côté des juments. Ça aurait dû être le cas à cette période de l'année : une partie des revenus de la ferme provenait de l'élevage de chevaux.

Seth n'apercevait pas la camionnette familiale. Pas davantage que le vieux 4 × 4. La première était généralement garée près de la grange et le second avait son emplacement réservé près d'un vieil érable. A sa place, un tas de bois. Les fameux stères qui permettraient à la famille de tenir pendant l'hiver. Habituellement, ils étaient entreposés dans la remise. M. Cartwright mettait un point d'honneur à les ranger dès leur livraison. Ainsi qu'à préparer l'énorme potager au début de l'automne. Cela n'avait pas été fait non plus. Seth se demandait ce que signifiaient tous ces changements… La première pensée qui traversa son esprit fut que M. Cartwright avait peut-être abandonné sa famille. Ce serait vraiment moche.

Seth descendit de voiture bien que la maison lui parût vide. Il remonta le chemin dallé et, en gravissant les marches du perron, il comprit à la lumière changeante sur les voilages que quelqu'un regardait la télévision dans le salon. Il frappa.

La sœur de Hayley, Brooke, entrebâilla la porte. Elle ne l'invita pas à entrer.

— Salut, Seth.

— Salut. J'étais dans le coin, je suis passé dire bonjour.

— C'est ça ! Personne ne se trouve dans le coin par hasard…

— D'accord.

Il promena un regard nerveux autour de lui, comme pris au piège, puis pointa le doigt par-dessus son épaule.

— Pourquoi les juments n'ont pas de petits cette année ?

— Maman ne les a pas accouplées. Elle ne voulait pas s'embêter.

— Pourquoi ?

A part les frais pour l'étalon et le vétérinaire, quels embêtements pouvait-elle craindre ? Les Cartwright avaient besoin d'argent, et les chevaux leur en rapportaient.

— Aucune idée, répondit Brooke avec un haussement d'épaules.

— Il y a quelqu'un avec toi ?

— Je suis seule avec Cass.

— Hayley est sortie, alors ?

— Elle a une répétition exceptionnelle avec l'ensemble de jazz.

— Et tes parents ?

— Ils sont en ville.

— Ils ont des courses à faire ?

— Aucune idée. Personne ne me dit rien.

Brooke jeta un coup d'œil à l'intérieur. Seth entendait la télévision en bruit de fond. Une mélodie un peu bébête. Un dessin animé probablement. Brooke n'avait plus grand-chose de la fillette qu'il connaissait quand il sortait avec Hayley. La Brooke d'hier, brindille pétillante, réclamait toujours un tour avec Sammy. La Brooke d'aujourd'hui ? Si sa bonne éducation ne l'en avait pas empêchée, elle aurait volontiers claqué la porte au nez de Seth.

— Dis, Brooke, vous n'avez pas de problèmes, si ?

— Comment ça ?

— Le bois n'est pas rangé dans la remise. Le potager n'a pas l'air entretenu. Du coup, je me demandais si… Tout va bien ? Vous n'avez pas d'ennuis, hein ?

— Aucun ennui. Je garde Cassie et Hayley n'est pas là, d'accord ?

— Je ne suis pas venu voir Hayley. Ecoute, j'aimerais bien te parler un peu. Tu vas me laisser entrer ou pas ?

— Ou pas, déclara-t-elle. Je dois y aller.

Elle repoussa délicatement la porte, qui se referma avec un soupir.

23

Entre l'attente, le changement de bus et les nombreux arrêts jusqu'à Coupeville, Becca avait eu le temps de finir ses devoirs de maths et d'anglais avant même d'arriver à l'hôpital. Elle était si impatiente de voir Derric que le trajet lui avait paru interminable. Heureusement, les transports étaient gratuits sur l'île.

Malgré le soleil, les températures avaient chuté. L'hiver commençait de bonne heure dans cette partie du pays, les premières gelées talonnant la dernière feuille morte.

Dans le hall, Becca augmenta le volume du brouilleur pour s'isoler des murmures douloureux, suspendus au plafond telles des chauves-souris. A l'accueil, elle apprit que la liste pour les visiteurs de Derric n'était plus là.

— La petite jeune fille l'a prise avec elle, expliqua la réceptionniste.

Jenn McDaniels était donc là. Becca avait décidément du mal à lui échapper.

Assise devant la chambre de Derric, le visage fermé, Jenn recopiait soigneusement la liste des visiteurs sur une feuille propre. Sans redresser la tête, elle décréta :

— On n'écrit pas autre chose que son nom. Et à chaque visite, on le raye pour signaler sa présence.

Sur ce, elle leva les yeux et découvrit l'identité de la nouvelle venue. Ses traits se contractèrent davantage et Becca se félicita d'avoir branché son brouilleur.

— Pourquoi tu continues à venir ? Ce n'est pas comme si tu l'avais vraiment connu…

Becca ne répondit pas. Jenn avait employé le passé et, l'espace d'un instant, elle crut que le pire s'était produit.

— Il va bien ?

— Il est dans le coma, idiote. On n'appelle pas ça aller bien.

Jenn prononça ces mots avec un rictus qui la faisait ressembler à un serpent. Dommage pour elle, elle était plutôt jolie, sinon. Sentant dériver vers elle la rage qui l'habitait, Becca se réfugia dans la chambre de Derric.

Une fois à l'intérieur, loin de Jenn, elle retira son brouilleur. Le silence n'était troublé que par le bruit régulier du moniteur cardiaque. Becca avait entendu dire au lycée qu'aucune fonction vitale ou cérébrale n'avait été touchée. Pour autant, Derric ne se réveillait pas, et personne ne pouvait l'expliquer. Pas même le spécialiste de Seattle, qui avait fait le déplacement exprès.

Elle enserra les longs doigts lisses du garçon dans ses deux mains et les pressa de toutes ses forces. Les paupières closes, elle souffla :

— Je t'en prie, Derric.

Des bruits lui parvinrent : un bruissement de tissu, des rires d'enfants et une voix haut perchée scandant *Derrrrriiic*, dans une mélodie sans fin. D'autres éclats de rire suivirent, assortis de la musique d'une fanfare.

Il n'y avait rien d'autre, cependant, aucun indice

pour l'aider à comprendre. Après être restée plusieurs minutes ainsi, debout près de lui, elle finit par lui lâcher la main. Elle approcha une chaise le plus près possible de son lit et sortit un livre de son sac à dos. C'était le seul qu'elle avait emporté de San Diego, glissé en douce dans ses affaires. Il représentait un véritable danger pour elle, à cause des mots affectueux inscrits en page de garde, évoquant le pouvoir de l'imagination. « A ma douce Hannah », avait écrit sa grand-mère. Elle le lui avait offert cinq ans auparavant.

Becca commença à faire la lecture à Derric.

— « Mrs Rachel Lynde habitait à l'endroit où la route principale d'Avonlea plongeait dans un petit vallon… »

Elle se retrouva bientôt entraînée dans l'univers de Prince Edward Island, l'île où vivait une orpheline du nom d'Anne Shirley.

Becca eut l'impression qu'elle lisait depuis des heures quand une infirmière entra dans la chambre pour changer le sachet de l'intraveineuse. Elle adressa un large sourire à Becca tout en songeant : *Petit veinard.*

— J'espère que vous continuerez à venir, tous. C'est important, tu sais.

Becca s'étira et posa le livre sur la table de chevet. Elle vit alors que, depuis sa dernière visite, un nouvel objet avait rejoint les fleurs et la peluche d'un oiseau ridicule, un kiwi sans doute : un cadre photo, tourné vers l'oreiller de Derric. Après le départ de l'infirmière, elle l'étudia.

La photo n'avait pas été prise à Whidbey Island. A ce qu'en savait Becca, l'île n'accueillait pas une communauté d'enfants africains et encore moins réunis dans une fanfare. Au milieu du groupe se trouvait Derric, reconnaissable à son sourire, un énorme saxophone dans les mains. Les musiciens étaient entourés d'enfants beaucoup plus jeunes, qui riaient aux éclats et applaudissaient. L'un d'eux avait les bras passés autour de la taille de Derric et un autre était perché sur ses épaules.

Derric devait avoir sept ans, et une telle joie illuminait ses traits que Becca ne put s'empêcher de lui caresser la joue et de lui serrer la main.

Réjouissance... réjouissance... réjouissance... Becca comprenait enfin la signification de ce mot qui revenait si souvent dans ses pensées. Cette gaieté lui était procurée par la musique qu'il jouait et par les enfants qui l'écoutaient. Elle se demanda si quelqu'un avait songé à lui faire entendre des cuivres retentissants au lieu de lui lire des livres. La mélodie qui résonnait en permanence dans sa tête était si limpide qu'elle n'avait aucun doute sur son importance pour lui. Becca aurait voulu en parler à quelqu'un, mais qui ? Elle se laissa emporter par les notes, une main refermée sur celle de son ami, l'autre sur la photo.

— Tout va bien ?

Surprise, Becca sursauta et lâcha le cadre, qui tomba par terre. La verre vola en éclats.

— Oh non ! s'écria-t-elle avant de se tourner vers la femme qui venait d'entrer dans la chambre.

Quelques mèches poivre et sel s'échappaient de sa longue queue-de-cheval et encadraient son visage. Elle portait un jean, des Converse noir et blanc ainsi qu'un sweat-shirt à capuche aux couleurs de l'équipe de baseball de Seattle, les Mariners.

— Oups ! dit-elle avant de se précipiter pour ramasser la photo.

— Je suis confuse, s'excusa Becca. J'étais ailleurs, je ne vous ai pas entendue arriver.

— Aucun problème, lui répondit la femme avec un sourire. Je trouverai un autre cadre et la photo n'a pas été abîmée. Je suis Rhonda Mathieson, la mère de Derric. Tu dois être Becca.

Bizarre pour Derric... Becca n'eut pas le temps d'analyser la signification de ce murmure.

— Eh oui, c'est bien Beccaaa... confirma Jenn, qui posa les yeux sur les bris de verre puis ajouta :

— Super. Qu'est-ce que tu as encore fait ?

Un chapelet de pensées injurieuses accompagnait la question, ainsi que *haricots verts* et *quelques minutes sur un banc à UV*. Ces deux derniers murmures devaient provenir de la mère de Derric. Maladroitement, Becca remit l'écouteur de son brouilleur dans son oreille. Une moue de dédain aux lèvres, Jenn plissa les yeux d'un air interrogateur.

— C'était un accident, lui expliqua Rhonda. Aucune importance.

Jenn ne semblait pas partager son avis : pour elle, il s'agissait d'un crime grave. Becca se détourna pour ne pas avoir à subir ses foudres. Rhonda, qui observait son fils, avait les traits empreints d'une telle tendresse que Becca aurait voulu lui raconter ce qu'elle savait. « Il est bien là, à l'intérieur », lui aurait-elle dit. Mais Jenn était de trop.

Rhonda prit le livre que Becca avait laissé sur la table de chevet.

— Tu lui lisais *Anne... La Maison aux pignons verts* ?

La jeune fille hocha la tête.

— Un bon choix, approuva Rhonda.

— Je ne l'ai pas vraiment choisi… Disons que c'est plutôt lui qui m'a choisie.

Jenn leva les yeux au ciel. Becca voulut reprendre l'ouvrage pour le ranger dans son sac à dos, mais elle ne fut pas assez rapide : Rhonda l'avait déjà ouvert à la page de la dédicace.

— Qui est Hannah ? s'enquit-elle.

— Aucune idée, c'est un bouquin d'occasion, répondit Becca, sentant qu'elle s'empourprait.

Elle échappa à un interrogatoire plus approfondi grâce à l'arrivée de la visiteuse qui lui succédait sur la liste : une des pom-pom girls du lycée, une fille joyeuse, pourvue d'une bible et de plusieurs ballons.

— Bonjour la compagnie !

Elle promena un regard prudent sur la pièce, sans doute à cause de l'expression toujours aussi peu amène de Jenn.

— C'est moi qui ai initié le groupe de prière, informa-t-elle Rhonda Mathieson. Courtney Baker. J'ai réuni soixante-sept participants ? On se retrouve au lycée et on prie pour Derric ?

Elle donnait à toutes ses phrases une tournure interrogative, comme on a tendance à le faire quand on est nerveux.

— Sainte Courtney, grommela Jenn avant de quitter la chambre.

La pom-pom girl entreprit d'attacher les ballons au pied du lit ; Becca en profita pour dire au revoir à Derric d'une caresse sur la main. Le moniteur cardiaque s'emballa sur-le-champ. La jeune fille se tourna vers Rhonda. Son expression lui apprit ce qu'elle n'osait demander : *Qui es-tu vraiment et pourquoi mon fils réagit-il à ton contact ?*

Becca se battait avec son sac à dos dans le couloir lorsque Rhonda sortit de la chambre de Derric. Jenn avait repris son poste à l'entrée et mettait à jour sa liste de visiteurs. La mère de Derric regarda les deux filles tour à tour avant de proposer :

— Ça vous dirait d'aller manger une glace en ville ?

Voyant Becca se tourner vers la porte de son fils, Rhonda ajouta avec un sourire bienveillant :

— Je crois qu'elle en a pour un moment. Elle a l'intention de lui lire tout le livre de Gédéon. Jenn, tu nous accompagnes aussi ? Tu as bien mérité une pause.

Celle-ci aurait sans doute préféré avaler de la strychnine plutôt que partager une glace avec Becca, laquelle accepta poliment la proposition :

— Ce serait super. Merci, madame Mathieson.

— Rhonda, rectifia-t-elle. Allez, venez.

Arrivée à la voiture, Becca céda la place de devant à Jenn, qui se l'était attribuée de toute façon. Elle préférait quant à elle s'installer à l'arrière où on lui prêterait moins attention. La banquette était jonchée de vieux quotidiens de l'île et de prospectus pour diverses associations en quête de subventions : organisation distribuant de la nourriture aux chômeurs, refuge pour animaux, orchestre, théâtre, société pour la protection de la nature… Les occasions de bonnes actions se présentaient à tous les coins de rue.

Becca n'était encore jamais allée dans le centre-ville de Coupeville, situé à l'extrémité ouest de Penn Cove. Comme à Langley, il consistait en deux rues principales au pied d'une colline où étaient accrochés des maisons et des cottages victoriens. Des bâtisses pittoresques, de couleur vive, entouraient une jetée qui avançait dans la baie et accueillait à son extrémité un bâtiment. Au-dessus de l'immense double porte, COUPEVILLE était écrit en lettres blanches.

Rhonda se gara devant un vieux restaurant, Chez Toby, dont la porte moustiquaire battait au vent.

— Par ici, les filles, dit-elle en indiquant quatre marches en bois de l'autre côté de la rue.

Celles-ci menaient à un glacier. A l'intérieur, trois minuscules tables, toutes libres. Il commençait à faire froid pour manger des glaces.

— Faites votre choix, moi, je vais prendre un banana split.

Jenn opta pour une glace à la vanille nappée de sauce au chocolat et de cacahuètes caramélisées. Becca était tentée par le sundae à la fraise, mais les vieilles habitudes avaient la vie dure et, se rappelant l'adage maternel – « Ça tombe directement sur les hanches ! » –, elle commanda un simple croquant aux amandes. Jenn ne cacha pas le mépris que lui inspirait ce choix de petite fille sage. Rhonda demanda à la serveuse d'ajouter une boule de glace à la fraise pour Becca, expliquant qu'elle se sentirait moins seule si les deux filles l'accompagnaient.

Elles dégustèrent leurs glaces en silence pendant quelques secondes, et Becca ne put s'empêcher de remarquer que Jenn semblait heureuse pour la première fois depuis qu'elle la connaissait. Le mélange de glace, de chocolat et de cacahuètes était peut-être la solution pour apaiser la rage qui empoisonnait ses pensées.

Tout en se délectant de son banana split, Rhonda déclara :

— *Anne... La Maison aux pignons verts* était l'un de mes livres préférés quand j'avais ton âge, Becca. C'est une excellente idée de le lire à Derric. Comme l'héroïne, il a été adopté.

— Il m'a dit que vous vous étiez rencontrés dans son orphelinat en Ouganda.

Rhonda expliqua qu'ils avaient, elle et plusieurs autres membres de sa paroisse, prêté main-forte à une association qui recueillait des enfants des rues. Des milliers d'orphelins peuplaient les trottoirs de Kampala, car le sida avait décimé la population adulte.

— Nous croyons que c'est ce qui est arrivé aux parents biologiques de Derric, mais nous n'avons aucune certitude. Il n'avait que cinq ans quand il a été pris en charge. Il vivait à l'arrière d'un bar, en ville, avec huit autres enfants. Ils s'étaient bricolé un petit abri avec des cartons et de la tôle ondulée. Le plus âgé avait dix ans, le plus jeune moins de deux.

Becca repoussa doucement le restant de sa glace à la fraise. Jenn continua à manger la sienne sans manifester le moindre intérêt pour les paroles de Rhonda Mathieson. Peut-être connaissait-elle déjà l'histoire. Becca quant à elle ne pensait pas pouvoir un jour demeurer indifférente face à un tel récit, même familier. Derric vivait seul dans la rue à cinq ans !

— La première fois que j'ai vu Derric... poursuivit Rhonda. Eh bien, qui pourrait résister à ce sourire ? Nous avons voulu l'adopter, et ça a marché. Comme Matthew et Marilla dans ton roman, Becca.

— Sauf que Marilla ne voulait pas d'Anne au début.

Rhonda s'absorba dans ses pensées, avant de répondre, avec un bref sourire :

— Non. Pas au départ, tu as raison. J'avais oublié cet élément.

Rhonda se dirigea vers le comptoir où elle acheta quelques croquants aux amandes supplémentaires « pour Dave ». Becca risqua alors un regard en direction de Jenn. Elle avait terminé sa dégustation et recommençait déjà à bouillir intérieurement.

Baissant les yeux sur la coupe devant elle, Becca constata que la fin de sa boule avait en partie fondu et qu'elle n'avait pas touché au croquant. Craignant la réaction de Jenn devant ce gâchis de nourriture et d'argent, elle lui dit :

— Je n'ai pas très faim. T'en veux ?

— Tu es folle ou quoi ? lui souffla-t-elle sèchement. Pourquoi je serais intéressée par tes restes ? Tu es vraiment tarée !

Becca faisait ses devoirs pour le cours de civilisations orientales lorsque Debbie frappa à la porte. Passant la tête par l'entrebâillement, elle annonça :

— Je dois aller à une réunion. Tu peux surveiller Chloe et Josh ? Je n'en ai pas pour beaucoup plus d'une heure. Une participante a requis ma présence…

Becca savait que Debbie aidait d'anciens alcooliques à décrocher, ayant assisté, à plusieurs reprises, à ses conversations téléphoniques.

— Avec plaisir, répondit-elle. Je m'endors sur mes notes de toute façon.

Josh révisait son cours d'éducation civique, et Chloe était censée dresser la liste de tous les adjectifs possibles pour décrire une carte postale remise par son institutrice. Chaque nom devait s'accompagner de deux épithètes, et la fillette trouvait l'exercice idiot. Becca ne pouvait pas la contredire.

— Si tu t'en débarrasses vite, on pourra faire un truc amusant, suggéra-t-elle.

— Comme quoi ?

— Un concours de dessin.

— Et le gagnant aura un prix ? s'enquit Josh, qui ne perdait jamais le nord.

— Il pourra choisir ce qu'il veut chez Sweet Mona's.

Il ne leur en fallait pas plus pour être convaincus. Ils terminèrent leurs devoirs en un temps record et furent prêts pour le concours de dessin avant que Becca ait pu commencer la lecture de l'acte I du *Marchand de Venise* pour son cours d'anglais. La pièce l'inspirait aussi peu que le cours de civilisations orientales.

— Bon, dit-elle, vous devez me dessiner. Le dessin le plus réussi l'emportera.

Chloe se plaignit aussitôt que c'était injuste et que Josh allait gagner haut la main.

— Je me fiche que ce soit ou non ressemblant. Vous devez m'imaginer dans mon endroit préféré au monde. Je ne vous dis pas ce que c'est. Pas besoin de bien dessiner, il faut juste me connaître.

Ayant réussi à persuader Chloe de participer, Becca voulut se replonger dans la tragicomédie de Shakespeare, mais elle était fatiguée et, bercée par la chaleur, elle s'assoupit.

Réveillée en sursaut par le bruit de la porte d'entrée du motel, elle s'apprêtait à bondir sur ses pieds, quand Debbie entra dans le salon en compagnie de Tatiana Primavera, la conseillère d'éducation.

— Regardez qui j'ai croisé ? Tatiana rentrait à pied de sa répétition avec la chorale. Vous avez terminé vos devoirs ? ajouta-t-elle à l'intention de ses petits-enfants. Qu'est-ce que vous faites ?

— Un concours, répondit Josh.

— Il faut dessiner Becca, ajouta Chloe.

— Vraiment ? Eh bien, Becca a l'air exténuée, vous continuerez demain. Elle a besoin d'aller se coucher, et vous aussi.

— Oh non !

— Mamie !

— Ecoutez-moi bien, les enfants…

Debbie et Tatiana échangèrent ce genre de regard que les adultes se lancent lorsque leurs plans sont chamboulés.

— Je peux rester, proposa Becca. Je crois qu'ils ont presque terminé de toute façon. Qu'est-ce que vous en dites, les amis ? Dix minutes encore ?

— Dix minutes, mamie ! s'écria Chloe.

Debbie souffla avant de conclure :

— Pas plus.

Puis elle entraîna Tatiana dans la cuisine avant de s'affairer, sans doute pour préparer du café, le tout en échangeant des murmures avec elle – des vrais, pas de ceux que Becca était la seule à entendre. La jeune fille, intriguée, tendit l'oreille.

C'était Tatiana qui parlait :

— … et maintenant Dave veut fouiller les dossiers du lycée pour la trouver. Je ne cesse de lui répéter que ce n'est rien. Une gamine bouleversée par l'accident, qui n'a pas voulu s'attarder sur place. Impossible de le convaincre. Et quand il m'a dit le nom qu'il avait trouvé en suivant la piste du portable…

— Tu es sûre d'avoir bien entendu ? Enfin, ça remonte à un moment, non ?

— Juste après sa mort, en effet. Mais je m'en suis souvenue parce que je croyais connaître toutes les amies de Carol et qu'elle n'avait jamais mentionné de Laurel.

Becca se figea. Tous les muscles de son corps se contractèrent.

— C'était peut-être Laura, pas Laurel, suggéra Debbie.

— Non, c'était Laurel, ma main à couper. Apparemment, elle a appelé le soir de la crise cardiaque de Carol et, avec tout ce qui se passait, Pete n'a pas décroché. Son message était encore sur le répondeur. Il me l'a fait écouter, tellement il était bizarre. « Carol, c'est Laurel. Je voulais juste m'assurer que vous vous étiez trouvées. Rappelle-toi, ce n'est pas Hannah, d'accord ? » Etrange, non ? Comme Laurel n'est pas un prénom très courant, Dave est convaincu qu'il s'agit de la personne qu'il recherche, Laurel Armstrong. Du coup, il veut…

— Fini ! hurla Josh.

Il bondit et vint agiter sa feuille sous le nez de Becca.

— Moi aussi, moi aussi, moi aussi ! s'écria Chloe. Tu dois choisir le gagnant !

Quoique Becca fût très intéressée par les révélations de Tatiana, elle observa néanmoins les dessins : elle, en train de lire dans la forêt, et elle, en train de lire sur un canapé.

— Incroyable ! dit-elle. Vous gagnez tous les deux, bravo !

— C'est pas juste ! rétorqua Josh.

— Tu dois choisir… pleurnicha Chloe.

— Mais vous avez tous les deux raison. Mes endroits préférés au monde sont ceux où je peux lire, et vous l'avez deviné aussi bien l'un que l'autre. Vous êtes ex aequo. Je vous emmènerai chez Sweet Mona's samedi, d'accord ? Vous pourrez acheter la friandise de votre choix. Pour l'heure, rangez les crayons dans leur boîte.

Obtenant ainsi une bonne minute de calme, Becca se rapprocha discrètement de la porte de la cuisine et put entendre Tatiana expliquer :

— Je lui ai dit que la voix sur le répondeur de Carol n'était pas celle d'une adolescente. Seulement, maintenant qu'il a établi un lien avec ce fichu téléphone… Tu connais Dave, il est déterminé à la trouver. Si Carol était encore en vie, elle pourrait le ramener à la raison, mais la situation étant ce qu'elle est…

« La situation étant ce qu'elle est… » Becca baissa les yeux sur les deux croquis dans ses mains : elle dans la forêt, elle sur un canapé. Une autre image, pourtant, était gravée dans son esprit, et c'était celle de Becca King devant la maison de Carol Quinn, dans Blue Lady Lane, le soir de son arrivée sur l'île. Quand sa mère avait-elle appelé son amie, exactement ? Et pourquoi n'avait-elle pas pris le premier ferry pour venir chercher sa fille si elle n'avait pas eu de nouvelles de Carol ?

24

Il n'avait pas fallu longtemps à Hayley Cartwright pour découvrir que Seth était venu à la ferme. Brooke avait précisé qu'il voulait prétendument la voir, elle, mais qu'elle n'était pas dupe : il essayait, en réalité, d'obtenir des renseignements sur Hayley.

« Il avait les yeux qui traînaient partout, ajouta-t-elle avec prudence. Il s'est rendu compte que ça n'allait pas très bien ici…

— Tout va bien », rétorqua sa grande sœur.

Brooke l'observa de son regard triste et sage.

« Si tu le dis… »

Depuis, Hayley s'inquiétait. Brooke avait raison : Seth fouinait à cause d'elle. A cause d'elle et de Saratoga Woods. Leur conversation sur ce sujet n'était pas close.

Elle s'acquittait de son heure de permanence quotidienne à l'accueil du lycée lorsque le père de Derric se présenta. Il avait très mauvaise mine : les yeux injectés de sang et les joues rendues flasques par l'amaigrissement. Dave Mathieson avait toujours été le genre d'homme que l'on qualifie volontiers de robuste, « plein de santé ». Ce n'était plus le cas aujourd'hui.

— Bonjour, shérif. Comment va Derric ?

— Aucun changement. Les signes sont bons, mais il ne se réveille pas. Les médecins évoquent la possibilité de nouveaux tests. Ils veulent l'emmener à l'hôpital pédiatrique de Seattle et faire venir une équipe de spécialistes depuis l'Ohio.

Il se frictionna le visage.

— Je sais qu'il va se réveiller, assura Hayley. C'est une simple question de temps.

Sans qu'elle comprenne pourquoi, Dave Mathieson lui répondit :

— Parfois, on commet des erreurs.

Puis, après avoir pris une profonde inspiration, il changea de sujet :

— J'ai rendez-vous avec Mme Ward et la conseillère d'orientation en charge du début de l'alphabet… Mme Primavera, exact ?

— Je les préviens tout de suite.

Elle n'eut pas le temps de décrocher le téléphone que déjà il lui demandait :

— Laurel Armstrong. Elle est au lycée ?

La jeune fille secoua lentement la tête tout en réfléchissant.

— Aucune idée. Je ne connais pas tous les élèves de première année. Pourquoi ?

— C'est elle qui a acheté le portable qui a servi à nous appeler, ce jour-là.

Les yeux agrandis par la surprise, elle s'enquit :

— Comment l'avez-vous appris ?

— Je te l'ai dit, chaque téléphone possède un numéro de série. Il nous a conduits à un supermarché en Californie du Sud.

— Et à cette fameuse Laurel Armstrong ?

Les policiers réussissaient des petits miracles. Les séries télé n'exagéraient pas.

— Nous sommes d'abord remontés jusqu'à une carte de crédit. Il y a peu de chances pour qu'elle appartienne à la gamine qui a passé le coup de fil, mais on doit tout vérifier. Les flics sur place nous donnent un coup de main. Ils vont se rendre à l'adresse de la propriétaire de la carte pour voir si cette dernière, ou le téléphone, a été volée. Il faut qu'on trouve comment cet élément se rattache à l'affaire.

Ses yeux se perdirent un instant dans le vague.

— Enfin bref… finit-il par souffler, ce qui rappela à Hayley qu'elle devait prévenir Mme Ward et Mme Primavera.

La visite de l'adjoint du shérif avait sans doute d'autres motivations. Hayley croisa les doigts pour qu'elles ne la concernent pas.

Cet après-midi-là, quand Hayley rejoignit la camionnette de la ferme sur le parking du lycée, elle vit au loin Dave Mathieson, qui sortait justement du bâtiment de l'administration. Son pas lourd et son expression suggéraient que ses recherches sur Laurel Armstrong n'avaient pas abouti.

Il n'était pas seul : Mme Primavera l'accompagnait. Et à la légère crispation de ses traits, Hayley comprit que le père de Derric était venu à bout de sa patience. Il perdait son temps en cherchant, à South Whidbey High School, quelqu'un à qui Derric aurait inspiré des intentions criminelles. Personne ne lui avait jamais voulu aucun mal.

A moins que Hayley elle-même se fasse des illusions… Elle allait monter dans la camionnette lorsque le policier l'interpella, puis la rejoignit.

— Apparemment, tu avais raison. Pas de Laurel Armstrong ici. Il y a bien une Cindy Armstrong en première année, mais aucun lien de parenté.

Avec un sourire las, il ajouta :

— Retour à la case départ. En espérant que mes collègues trouveront quelque chose en Californie…

— Je suis désolée.

Hayley attendait la suite : l'officier avait une question, il ne l'aurait pas retenue, sinon.

— Derric et toi, vous étiez plutôt proches ces derniers temps, non ? Tu le connais bien.

— On ne sort pas ensemble, si c'est ce que vous voulez savoir.

— Non, non, je sais. Ce que je ne sais pas, en revanche, c'est ce qu'il fichait à Saratoga Woods, Hayley. Tu dis que vous n'étiez pas ensemble, et je veux bien te croire. Mais il n'avait aucune raison de se trouver là-bas. Ce n'était pas son genre de partir randonner seul. Et même s'il en avait eu subitement l'envie, pourquoi aurait-il pris son vélo pour filer jusqu'à Saratoga Woods alors que Putney Woods est plus près ?

Hayley secoua la tête, sourcils froncés.

— Je n'ai pas d'explication, monsieur Mathieson.

— La forêt est un lieu de rendez-vous, je ne suis pas né de la dernière pluie, Hayley. Près du bloc erratique, en particulier. Ça a toujours été le cas et ça n'a pas changé.

— Derric ne se drogue pas, si c'est ce que vous vous demandez. Je ne l'ai même jamais entendu en parler. Et puis il ne traîne pas avec les fumeurs de joints du lycée, ce qui est une preuve en soi, non ? Autrement…

Devant le regard intrigué de Dave Mathieson, Hayley laissa la fin de sa phrase en suspens. Elle avait parlé sans réfléchir, et ce n'était pas malin.

— Et toi, que faisais-tu dans les bois, Hayley ?

— Je ne me drogue pas non plus.

— Etais-tu là-bas à cause de cette Laurel Armstrong ?

— Je ne la connais pas, je vous jure !

— Mais tu te trouvais là-bas pour une raison précise. Je le sais, et toi aussi. C'est pour cette même raison que Derric a pris son vélo et fait tout ce chemin au lieu de se rendre dans la forêt la plus proche de chez nous. Je parie d'ailleurs que cette raison explique aussi pourquoi tu t'es garée à l'entrée de Metcalf Woods. Vous ne vouliez pas être vus, exact ?

— Non, je vous assure. Ça n'est pas ce qui s'est passé.

Il secoua la tête.

— Hayley, je finirai bien par découvrir le fin mot de l'histoire. Transmets le message aux autres personnes présentes sur place ce jour-là.

25

Seth regagnait sa voiture après avoir réglé son plein d'essence à la station-service lorsqu'il aperçut Mme Cartwright. Elle sortait de l'épicerie à l'autre bout du parking, chargée de sept ou huit sacs. Il démarra au quart de tour et baissa sa vitre dès qu'il fut à sa hauteur :

— Ne bougez pas, madame Cartwright, je viens vous aider.

Elle essayait de trouver sa clé de voiture tout en jonglant avec les courses.

— Merci, Seth, répondit-elle avec un sourire. Mets ça sur la banquette arrière… Attends.

Elle posa l'ensemble de ses achats par terre, ainsi que son sac à main, pour dénicher la clé qui continuait à se dérober. Seth constata que ce n'étaient pas ses premières emplettes de la journée. Le coffre contenait plusieurs dizaines de boîtes de conserve vides, deux énormes sacs d'orge et d'avoine, ainsi que trois sachets de grains pour volaille.

Elle déverrouilla la portière côté passager, puis dut presque s'allonger à plat ventre pour débloquer l'autre et l'ouvrir. Seth fit le tour du véhicule avec plusieurs sacs.

— Il faut que je fasse réparer ça, expliqua-t-elle, la clé n'ouvre plus la portière gauche. On peut fermer, mais impossible d'ouvrir ! Et la poignée extérieure ne fonctionne plus non plus. Je te jure, tout part à vau-l'eau.

— Mon grand-père pourrait sans doute la réparer. Je lui demanderai, si vous voulez.

— J'y réfléchirai… Brooke m'a dit que tu étais passé à la maison ?

— Oui.

Au souvenir du délabrement de la ferme, il se hâta de changer de sujet de conversation :

— Au fait, merci d'avoir gardé Gus l'autre soir. Jusqu'à ce que mon grand-père vienne le chercher.

D'abord perdue, Mme Cartwright finit par s'écrier :

— Ah, oui ! Aucun souci. Hayley l'a fait monter dans sa chambre.

Hayley. Maintenant que le nom était lâché, Seth tenait une occasion idéale de prendre de ses nouvelles et de demander à Mme Cartwright si c'était du sérieux entre…

— Merci pour le coup de main, Seth, fit-elle en montant dans sa voiture.

Elle dut s'y reprendre à deux fois pour démarrer. De la fumée noire s'échappa du pot d'échappement.

— Vous avez besoin de changer l'huile de votre moteur, indiqua Seth. Vous feriez mieux d'avertir M. Cartwright. C'est le genre de chose qu'il ne faut pas laisser traîner.

— Oui, oui, je lui dirai, répondit-elle, mal à l'aise.

Puis elle enclencha la boîte de vitesses et le 4 × 4 fit un bond. Il fallait sans doute aussi jeter un coup d'œil là-dessus, mais Seth n'osa pas en parler.

— Comment va Hayley ? demanda-t-il plutôt.

Mme Cartwright le considéra avec attendrissement.

— Elle est très occupée en ce moment, je ne la vois pas beaucoup. Elle passe beaucoup de temps à l'hôpital à cause de Derric Mathieson. Tu le connais, n'est-ce pas ?

— Oui, je le connais. Tout le monde le connaît.

Mme Cartwright hocha la tête. Puis elle ajouta avec douceur :

— Nous t'apprécions tous, Seth. Tous sans exception.

— Si vous le dites…

Le cœur lourd, il la regarda s'éloigner. Il se sentait désespérément seul… De frustration, il donna un coup de pied dans le bitume et remarqua alors qu'il avait laissé le sac à main de Mme Cartwright par terre, à l'arrière, au moment de transporter les courses. C'était une chance qu'elle n'ait pas roulé dessus en reculant.

Il allait le lui rapporter.

Seth dut s'arrêter en chemin à deux feux rouges, si bien qu'il avait quelques minutes de retard sur Mme Cartwright. Il trouva le 4 × 4 garé à sa place et débarrassé des courses. Les cartons contenant les boîtes de conserve étaient restés dans le coffre, en revanche, et Seth les récupéra. Il longea les stères de bois.

Mme Cartwright parut surprise de le voir avant de repérer le sac à main passé en bandoulière sur son épaule.

— Mon Dieu, mon sac ! Je ne m'en étais même pas rendu compte !

Elle lui tint la porte moustiquaire.

Il se rendit dans la cuisine, où un sac de courses s'était renversé sur le carrelage. Le chat jouait avec une tomate cerise.

Après avoir posé les cartons sur le plan de travail, il demanda à Mme Cartwright si elle voulait qu'il range le bois.

— Oh, tu es adorable, mais ce n'est pas la peine, Seth. Bill n'a pas encore eu le temps de s'en occuper, il va le faire.

— Ça ne m'embête pas. J'aime bien me rendre utile. C'est une belle journée et… je ne suis attendu nulle part.

Jetant un coup d'œil à la grange, en partie visible depuis la fenêtre, elle finit par concéder :

— Entendu alors. Merci, Seth. Tu es vraiment gentil de le proposer.

— Aucun souci.

Le bois avait été considérablement alourdi par la pluie : il aurait fallu le mettre à l'abri dès la livraison.

Seth se mit au travail. Il aimait ça, introduire de l'ordre dans un chaos apparent. Son grand-père se plaisait à lui répéter que l'esprit humain prise ce genre d'exercice.

Après vingt minutes d'efforts acharnés, Seth fit une pause le temps de retirer sa chemise. Alors qu'il s'attaquait à nouveau à la pile, un homme l'apostropha :

— Ne me dis pas que ma femme t'a embauché !

M. Cartwright venait à sa rencontre, une bouteille d'eau à la main. Il avait la démarche lente et maladroite des gens qui marchent pieds nus sur des gravillons. Sauf qu'il avait de gros godillots. Peut-être étaient-ils neufs ? A moins qu'il n'ait des ampoules ?

Tendant le menton en direction du tas de bois, il reprit :

— J'aurais fini par m'en occuper, mais j'apprécie le coup de main. Je bosse comme un dingue en ce moment.

Il pointa le pouce en direction de la grange – qu'avait-il bien pu faire là-bas ? – et s'esclaffa sans raison.

— Enfin breeef… Je t'ai apporté ça.

Il lui tendit la bouteille d'eau, mais la lâcha sans laisser à Seth le temps de refermer ses doigts dessus. La bouteille suivit un trajet étonnamment rectiligne, comme il arrive parfois. Elle explosa au contact d'une bûche, éclaboussant le bas du jean de M. Cartwright. Il éclata d'un rire aigu et étrange, qui n'avait rien de jovial. Il avait aussi les mains qui tremblaient. Avait-il bu ? se demanda Seth.

— Oh là là ! Laisse-moi t'aider, reprit-il.

Il se pencha pour ramasser trois bûches, en perdit deux avant d'avoir atteint la remise, où il réussit, en lâchant la dernière sur le tas de bois, à en faire rouler plusieurs à terre.

— Oups ! fit-il avec ce même rire haut perché. Désolé !

Seth fut sauvé par Mme Cartwright, qui sortait de la maison munie de deux bouteilles d'eau et d'un siège en toile bleu délavé.

— Vous travaillez trop dur, les hommes ! lança-t-elle d'un ton enjoué avant de déplier le tabouret. Repose-toi un peu, Bill chéri.

Seth la remercia pour l'eau, pendant qu'elle forçait son mari à s'asseoir. Il se laissa faire, mais protesta :

— A cause de toi, Julie, je me ramollis.

Il n'ouvrit pas sa bouteille.

Seth se remit au boulot ; il sentait le regard de M. Cartwright sur lui, si intense qu'il avait l'impression qu'une perceuse lui trouait le dos. Craignant de s'y prendre mal, il se tourna vers le fermier. Sa femme lui massait les épaules. M. Cartwright la repoussa subitement avec une grimace.

— J'ai dit que je me ramollissais ! Arrête ça, Julie !

Elle fit un pas en arrière, les lèvres pincées, et il poursuivit à l'intention de Seth :

— On lève un peu le pied et on se retrouve avec un tas de bonnes femmes sur le dos comme un vrai invalide !

— Un tas de bonnes femmes ? répéta Seth avec un sourire. Ça m'a l'air plutôt agréable.

En son for intérieur, il ajouta qu'il se serait contenté d'une seule et qu'elle s'appelait Hayley. Un grognement échappa à M. Cartwright. Relevant la tête, Seth vit qu'il pleurait. Les larmes roulaient sans un bruit sur ses joues. Le garçon se détourna et empila le bois avec une énergie décuplée. Il attendait que quelqu'un dise ou fasse quelque chose. Mme Cartwright finit par rompre le silence interminable.

— Bon, dit-elle en tapant dans ses mains comme pour obtenir leur attention. Je vais rentrer vous préparer des sandwichs. Deux grands gaillards tels que vous ont besoin de manger.

Seth devina qu'elle cherchait un moyen de mettre fin à cette scène embarrassante.

— Merci, madame Cartwright, ce sera avec plaisir.

— Tant mieux. Il me reste du jambon.

Elle voulut aider son mari à se relever, mais il l'écarta.

— J'ai l'air d'avoir besoin de toi, Julie ?

Les yeux brillants, elle recula et attendit qu'il trouve l'équilibre sur ses jambes chancelantes. Puis elle prit la direction de la maison sans s'éloigner de lui, comme si elle craignait qu'il ne tombe.

Quelque chose ne tournait décidément pas rond chez lui. Et chez elle non plus, sans doute.

Lorsque Seth, un peu plus tard, débarqua chez son grand-père, il le trouva en train de jouer avec une vieille raquette en bois et une balle de tennis. Il visait le sommet de la petite butte qui servait de parking, et Gus filait devant lui. Sa langue pendouillait hors de sa gueule.

Il bouscula Seth au passage et le fit tomber dans un énorme massif de fleurs. Plusieurs branches se cassèrent et l'égratignèrent.

— Hé ! Regarde où tu vas, Gus !

Le labrador se fichait bien de ses éventuelles victimes. Seth se releva et s'épousseta.

— Mais qu'est-ce que tu fabriques ? cria-t-il à son grand-père.

— Je fatigue ce chien pour qu'il dorme au lieu de manger le fauteuil de ta grand-mère, voilà ce que je fabrique ! répondit-il sur le même mode.

Ralph regarda Gus dévaler la pente, la balle dans la gueule.

— Ce petit manège dure depuis une heure, reprit-il. Tu crois que je vais arriver à mes fins ?

— Encore une heure, et ce sera bon. Je vais te relayer.

— Change de direction, alors. Envoie la balle vers la mare plutôt. Il a assez abîmé mes arbustes et là-bas il n'y a pas trop de dégâts à faire. Il y a toujours la forêt sinon… Ça l'occupera un moment.

Optant pour la dernière solution, Seth loba. Gus se précipita à la poursuite de la balle, à travers les fougères. Moins d'une minute plus tard, il revenait en courant. Il mâchonna énergiquement sa prise avant de la lâcher aux pieds de Seth.

Ralph, qui avait suivi toute la scène, finit par demander :

— Alors, qu'est-ce qui te tracasse, petit-fils préféré ? J'aimerais penser que tu es venu pour le simple plaisir de me voir, mais ces derniers temps tu as pour habitude de débarquer lorsque tu as besoin de parler.

— On se voit quand on parle.

— Tu as très bien compris où je voulais en venir.

Seth raconta sa première visite aux Cartwright, et l'accueil pour le moins étrange de Brooke. Puis sa seconde, et l'attitude déstabilisante de son père.

— J'ai l'impression qu'il était saoul, grand-père, conclut-il. Vraiment bourré. Il n'arrivait pas à marcher droit. Et il était incapable de poser une bûche sur le tas sans en faire tomber plusieurs.

Ralph soupesa ces informations pendant que Seth renvoyait la balle dans la forêt.

— Bill Cartwright, alcoolique ? Ça ne lui ressemble pas. Il lui arrivait de prendre une bière à l'époque où le Dog House n'avait pas encore fermé ses portes, mais je ne me souviens pas l'avoir déjà vu ivre.

— Eh bien, je peux te dire qu'il l'était, là. Et je me disais que ça expliquait peut-être pourquoi Hayley faisait autant de mystères. Elle ne veut sans doute pas que je sois au courant pour son père. Elle a peut-être honte.

— Seth… commença Ralph de ce ton qu'adoptent les adultes pour manifester leur déception.

Se rappelant les paroles de son grand-père la dernière fois, le garçon s'empressa d'ajouter :

— Je sais, je sais. Tout ne se rapporte pas à moi. Et tu t'imagines que je m'imagine…

— C'est là où tu te trompes, fiston.

Ralph lui prit la raquette des mains et envoya la balle vers la mare.

— Comment ça ?

— De ces quelques observations, tu déduis que Bill Cartwright est alcoolique, n'est-ce pas ? Quelle différence avec les gens qui pensent que tu te drogues à cause de ton look ?

— Tu es injuste ! protesta Seth. Ce n'est pas parce que j'ai arrêté le lycée, que mes jeans sont larges et mes cheveux longs, que j'ai l'oreille percée que…

— Tu as compris ma démonstration. Il ne faut pas toujours se fier aux apparences. Et c'est peut-être le cas pour Bill.

Gus revint de la mare avec, au lieu de la balle, une vieille botte en caoutchouc, qu'il se mit à ronger avec appétit.

— Enlève-lui ce fichu truc avant qu'il s'étouffe avec ! lâcha Ralph avant de compléter : Tu veux un conseil, Seth ? Je te pose la question parce que les gens sont rarement prêts à les entendre, et je préfère économiser mon souffle pour jouer avec cette satanée balle pendant une heure ou deux, si tu n'as pas l'intention d'écouter.

— Je veux ton conseil.

— Alors prête-moi une oreille attentive : pas de conclusion hâtive en ce qui concerne les Cartwright. Et pas un mot à Hayley au sujet de son père.

26

Becca était assise dans la salle commune, juste à côté du stand de nourriture. A l'autre bout de la pièce, Jenn McDaniels harponnait les élèves au passage : elle relevait les noms de volontaires pour les visites à l'hôpital.

Jenn se faisait du souci pour Derric, Becca l'entendait dans ses murmures chaque fois qu'elle abordait le sujet. Les médecins partageaient son inquiétude, Becca le savait aussi. A l'occasion d'une de ses visites à Derric, elle avait surpris un échange entre l'un d'eux et une infirmière, au sujet d'une infection bactérienne du cerveau qui pouvait plonger les patients dans un sommeil profond de plusieurs années. Elle refusait pourtant de croire qu'une chose pareille était arrivée à Derric.

Jenn tourna la tête dans la direction de Becca, comme si elle avait senti son regard. Elle leva une main – pour la saluer ? – et se souleva de son siège. Surprise par cette attitude plus qu'inhabituelle, Becca fut brusquement ramenée sur terre lorsque l'adjoint du shérif passa devant elle. Il était entré dans la salle par la porte du fond, dans son dos. Il gagna la troisième table après la sienne et engagea la conversation avec des élèves.

Jenn avait plaqué sa planchette contre sa poitrine.

L'officier semblait avoir une discussion très sérieuse, et Becca comprit que Jenn se tracassait à l'idée de passer à côté d'une information cruciale. Après tout, c'était elle qui s'était le plus investie dans le rétablissement de Derric, s'ingéniant à faire savoir qu'elle se trouvait plus souvent que quiconque à son chevet et qu'elle prenait le bus presque tous les après-midi pour aller à Coupeville. Elle regorgeait d'anecdotes. Une, en particulier, faisait sa fierté : elle avait reçu les confessions du père de Derric après qu'il avait versé des larmes en parlant avec un médecin – il était dévoré par l'angoisse et se reprochait de ne pas avoir été assez présent pour son fils. Il lui avait même fait part de ses doutes quand il avait été question d'adopter un enfant africain et de lui demander de s'intégrer à la population intégralement blanche de l'île. Tout cela remontait à très longtemps maintenant, ainsi que Jenn l'avait dit à Dave Mathieson – elle n'avait pas manqué de s'en vanter –, et il ne devait plus se ronger les sangs pour ça.

Becca, pour sa part, avait l'impression que la jeune fille cherchait surtout à marquer son territoire. Mal à l'aise avec ce genre d'attitude, elle gardait ses distances, tout en grappillant des informations sur l'état de santé de Derric.

Jenn finit par se lever pour s'approcher du shérif adjoint. Les élèves qu'il questionnait répondaient à toutes ses questions en secouant la tête d'un air grave. Il prit congé. Jenn pressa le pas et agita la main pour attirer son attention. Il ne la vit pas, ou ne s'intéressa pas à elle, et soumit la table suivante au même interrogatoire.

Becca aurait aimé savoir ce qu'il leur demandait. Comme il se rapprochait peu à peu de sa table, elle avait une chance de le découvrir si Jenn ne mettait pas son grain de sel. Autant espérer la paix dans le monde. Becca n'avait pas besoin d'entendre ses murmures pour connaître ses pensées, son expression parlait d'elle-même : *Je devrais passer en premier ! Pourquoi ne me parle-t-il pas ? Quand je pense à tout ce que j'ai fait !* Enfin, Dave Mathieson gagna la table voisine de celle de Becca et posa sa question, véritable bombe.

— Je cherche une certaine Laurel Armstrong, avez-vous déjà entendu ce nom ?

Becca eut l'impression d'être transformée en un bloc de béton au sein duquel son cœur battait la chamade. Elle aurait dû partir sur-le-champ, mais plus aucune partie de son corps ne lui répondait, à l'exception de ses yeux et de ses oreilles. Les élèves allaient répondre que non, bien sûr, puis l'officier viendrait s'asseoir en face d'elle et elle ne savait pas comment elle réussirait à garder un visage impassible, qui ne trahirait pas tout ce qu'elle cherchait à cacher.

Un miracle se produisit alors. Une tablée de fumeurs de joints s'en était prise à Jenn, au centre de la salle. A l'évidence, ils n'avaient pas remarqué la présence du policier, car l'un d'eux, qui l'avait agrippée par la manche, faisait semblant de l'embrasser, tandis qu'un autre glapissait, sur un air de country :

— Derric, oh, Derric ! Reviens-nous, oh yeah, bientôoot ! Car Jenn te réclame, comme la vache son… veau !

Les autres garçons se mirent à ricaner comme des hyènes.

Becca reconnut celui qui tenait Jenn. Il l'accompagnait sur le ferry, et il avait embêté Derric à l'heure du déjeuner, un jour. Dylan. Oui, c'est ça, il s'appelait Dylan.

Se libérant, Jenn lui cracha :

— Tu vas me lâcher !

— C'est toi qui vas nous lâcher ! répondit-il.

— Quelle grosse naze, ajouta un troisième. Je te parie qu'on sait ce que tu ne veux pas lâcher, toi !

Le shérif adjoint n'avait pas loupé une miette de la scène – comme presque tous les élèves présents dans la salle commune.

— Qu'est-ce qui se passe ici ? dit-il d'un ton qui ne laissait aucun doute sur le fait que les chahuteurs allaient avoir des ennuis.

Dylan vira à l'aubergine. Les autres commencèrent à bégayer. Dave Mathieson se pencha vers Dylan et, quand son visage fut à quelques centimètres du sien, il reprit d'une voix forte :

— Je vous ai demandé ce qui se passait. Vous chantiez une chanson au sujet de Derric. Comment le connaissez-vous ? Comment vous appelez-vous ? Où étiez-vous lorsqu'il a eu son accident dans la forêt ?

De violet, Dylan devint blanc.

— Ouais, Dylan, railla Jenn, où étais-tu ?

Elle réussit à énerver encore davantage le policier, qui s'écria :

— Derric avait rendez-vous avec toi ? Tu as intérêt à parler, espèce de…

— Hé ! Du calme, oh ! intervint un garçon.

Alors que Dave Mathieson faisait un pas dans sa direction, Mme Primavera s'interposa. Becca ne l'avait pas vue arriver : retenant le shérif adjoint par le bras, elle lui chuchota quelque chose à l'oreille. Puis elle ajouta à l'intention des garçons :

— Vous êtes attendus quelque part, je suppose.

Elle n'accorda pas un seul regard à Jenn McDaniels.

Les élèves se levèrent comme s'ils avaient le feu aux fesses. Le policier posa brièvement sa main sur celle de Mme Primavera. Becca vit leurs doigts s'entrelacer avant que la conseillère ne retire les siens. Ils s'éloignèrent ensemble. Jenn, qui restait seule au centre de la pièce, fut un instant l'objet de tous les regards. Elle tourna les talons et se dirigea vers les portes battantes qui menaient aux salles de musique. Personne n'osa faire la moindre réflexion.

L'ennui, c'était que Jenn avait emprunté la même sortie que ses agresseurs. Becca pressentit que des règlements de comptes se préparaient. Elle connut un moment d'hésitation. Elle ne devait rien à Jenn, qui s'était toujours montrée infecte avec elle. Mais cette même Jenn essayait d'aider Derric. Ça faisait un point en sa faveur, non ?

Dylan et ses copains n'avaient pas poussé plus loin que les salles de musique. Ils attendaient devant, dans le couloir, juste à côté des toilettes des filles. C'était justement là qu'allait Jenn. Ils l'encerclèrent sur-le-champ.

— Qu'est-ce qui te prend ? lui dit Dylan.

— C'est quoi, cette liste que tu traînes partout ? ajouta un autre. Tu fais partie de l'administration du lycée, maintenant ?

— Pourquoi vous ne la fermez pas plutôt ? leur rétorqua-t-elle. Rendez-vous utiles, pour une fois !

Elle tenta de les écarter.

— Tu veux qu'on se rende utiles ? répliqua Dylan en s'esclaffant. Eh bien, on va s'occuper de toi !

Deux garçons l'attrapèrent par les bras, et la planchette à pince tomba par terre.

— Elle est chaude, elle est chaude ! se mit à scander Dylan. Oh, prends-moi, Derric, prends-moi, Derriiiic !

Les autres agitaient les hanches de façon suggestive.

Voyant que Jenn était à deux doigts de pleurer, Becca se débarrassa de son sac à dos et s'écria :

— Hé ! Laissez-la tranquille !

— Oh ! Mais voilà l'amoureuse de Jenn ! railla un garçon.

— Miss cheveux gras ! compléta un autre.

Ils ricanèrent. La diversion avait rempli son rôle, néanmoins. Jenn en profita pour se libérer et filer dans les toilettes. Les garçons se seraient vengés sur Becca si le professeur chargé de la fanfare n'était pas sorti dans le couloir.

— Que se passe-t-il ? s'enquit-il d'un ton sec, qui suffit à les faire détaler comme des rats.

Becca les suivit du regard, entendant à peine la question de l'enseignant :

— Tu vas bien ?

Elle hocha la tête, même si ce n'était pas le cas. Quelque chose avait retenu son attention. Dylan portait une paire de sandales. Des sandales parfaitement identiques à celles de Seth.

Après avoir remercié le professeur, qui attendait toujours sa réponse, Becca récupéra la planchette et son sac à dos, puis elle s'engouffra dans les toilettes pour retrouver Jenn.

Penchée au-dessus d'un des lavabos, celle-ci se redressa aussitôt. Elle pleurait, ce qui n'augurait rien de bon. Une dure à cuire comme Jenn McDaniels surprise en position de faiblesse ? Becca se prépara au pire, hésitant sur l'attitude à adopter.

— Qu'est-ce que tu veux ? lâcha Jenn. Pourquoi tu me suis ? Bon sang, tu es vraiment ridicule avec tes lunettes immondes et ta couleur de cheveux débile. Ta place n'est pas ici. Elle n'est nulle part d'ailleurs ! Pourquoi tu es venue, d'abord ?

La virulence des paroles de Jenn empêcha Becca de révéler ce qu'elle avait sur le bout de la langue : Dylan, ses sandales, la trace de pas repérée dans Saratoga Woods. Elle se contenta de lui tendre la planchette. Jenn ne la prit pas.

— Quoi ? s'exclama-t-elle. Quoi ! Tu t'imagines que j'ai besoin de ton aide ? Fous-moi la paix ! Tu mets tout le temps ton grain de sel alors que personne ne veut te voir. Tu ne l'as pas encore compris, la grosse ?

Becca posa la planchette par terre. Battre en retraite était la meilleure solution. Jenn n'en avait pas terminé, pourtant. Comme Becca tournait les talons, elle se précipita pour se placer en travers de son chemin.

— Qu'est-ce que tu veux ? Je sais ce que tu cherches à faire ! Ça saute aux yeux de tout le monde.

Becca fronça les sourcils avant de réussir à articuler :

— Je ne comprends pas…

— Ouais, c'est ça. Tu ne comprends pas. Tu te pointes là-bas pour lui lire ton livre débile et tu fais semblant de ne pas avoir d'autre intention, or on sait toutes les deux ce que tu cherches ! Finir au lit avec lui !

— Enfin, pas…

Becca recula d'un pas. Mais Jenn la bouscula et lui arracha son sac à dos, pour le fouiller.

— Où est-il ? Où est ce bouquin débile ?

Elle vida le contenu du sac par terre.

— Quel bouquin ?

— A d'autres ! Tu sais très bien de quoi je veux parler. Tu joues les innocentes, mais ce n'est qu'une façade. A la première occasion…

— Tu es folle, dit Becca avant de se baisser pour ramasser ses affaires.

Jenn la poussa une nouvelle fois. Déséquilibrée, Becca tomba sur le côté et perdit son écouteur. Jenn l'attrapa et tira de toutes ses forces, arrachant le brouilleur. Elle jeta les deux contre le mur.

— Tu es minable ! hurla-t-elle. Toi, tes livres, ta musique, ta… ta…

Des larmes lui montèrent aux yeux et elle quitta la pièce précipitamment.

27

Becca réussit, non sans difficulté, à tenir jusqu'à la fin des cours. Son brouilleur avait subi de sérieux dommages et ne marchait plus que par intermittence.

Sans son aide audio, elle allait au-devant de sérieux ennuis. Pendant le cours d'algèbre, elle n'avait presque pas pu se concentrer sur ce que disait le prof tant l'atmosphère était chargée de murmures. Elle comprenait pourquoi sa grand-mère avait eu l'idée du cimetière lorsque, petite, elle s'était mise à se taper la tête contre les murs.

Becca savait ce qu'il lui restait à faire. A la sortie du lycée, elle s'engagea sur Maxwelton Road en direction de la ville.

Elle laissa son vélo à l'entrée du cimetière, juste à côté de l'allée principale. Zigzaguant entre les vieilles tombes, elle rejoignit celle de Reese Grieder. Des feuilles d'érable et de sycomore la recouvraient. Becca en rassembla quelques-unes pour former un petit tas et s'assit dessus.

Elle sortit le brouilleur de son sac pour l'examiner plus attentivement. La façade arrière était enfoncée. Trois des fils intérieurs avaient été déconnectés. L'ampleur des réparations lui parut, l'espace d'un instant, insurmontable. Avec un soupir, elle jeta le tout vers les fougères, à quelques pas. Puis elle appuya sa tête sur ses genoux ramenés contre sa poitrine.

Elle ne comprenait pas pourquoi Jenn McDaniels la détestait autant. Ce n'était pas comme si Becca lui avait fait quoi que ce soit. Elle cherchait juste à s'intégrer au lycée en attendant le retour de sa mère, et à incarner Becca King, une fille à l'opposé de celle qu'elle avait dû laisser à San Diego à cause de Jeff Corrie. A présent que le père de Derric était sur la trace de sa mère, Becca ne savait pas ce que le futur lui réservait.

Plus que tout, elle aurait aimé avoir quelqu'un à qui parler de la situation. Elle s'efforçait de chercher un point positif à toute cette histoire et n'en voyait qu'un : puisque Dave Mathieson remontait la piste de Laurel, il réussirait peut-être à la trouver et à la ramener à Whidbey Island. Une fois qu'il connaîtrait la vérité, il pourrait les protéger, Becca et elle, de Jeff Corrie. A supposer, bien sûr, qu'il les croie. D'un autre côté, cependant, maintenant qu'il avait le nom de Laurel, il déciderait peut-être de se rendre à San Diego. Il rencontrerait Jeff Corrie. A moins qu'il ne l'appelle, tout simplement. Auquel cas, celui-là voudrait sans doute savoir pourquoi un officier de l'Etat de Washington le contactait au sujet de son épouse en fuite. Il finirait par débarquer à Whidbey Island. Et alors il retrouverait Becca. Peut-être pas immédiatement, mais il parviendrait à ses fins, parce qu'il ne connaîtrait pas de repos tant qu'il ne lui aurait pas réglé son compte.

L'avenir lui paraissait noir. Et désespéré. Elle se tourna vers la pierre tombale de la fille de Debbie, comme si elle avait une chance d'y trouver une ou deux réponses.

Pauvre Reese… Sa tombe était triste, envahie par le lichen. L'humidité grignotait les coins de sa photo, la protection en plastique n'étant plus hermétique. Et les herbes folles pullulaient tout autour. L'ensemble était si lugubre… C'était injuste que Reese soit abandonnée et oubliée ainsi.

Après avoir chassé les feuilles mortes, Becca entreprit d'arracher les mauvaises herbes qui poussaient sur la pierre. Elle fureta ensuite dans son sac pour en sortir une règle, qui lui permit de s'attaquer à la mousse. Absorbée par son entreprise méticuleuse, elle n'entendit pas Diana Kinsale arriver dans son dos et hurla quand celle-ci lui toucha l'épaule.

— Doux Jésus ! s'exclama Diana, une main plaquée sur le cœur. Je suis désolée !

Becca regarda autour d'elle et vit le pick-up garé un peu plus loin.

— Je suis venue seule cette fois, ajouta Diana, en référence aux chiens. Je passais simplement dire bonjour à Charlie…

La tombe de Reese Grieder capta son regard.

— Tu la nettoies ? C'est très gentil de ta part.

— Elle avait l'air si triste.

— Il lui faudrait une ou deux plantes, aussi. Un peu de verdure l'égayerait. Je vais cueillir quelques fougères, suggéra-t-elle en montrant les arbres en bordure du cimetière.

— Attendez ! s'écria Becca.

Diana risquait de marcher sur le brouilleur. Becca se précipita vers les herbes hautes, fourragea un instant dedans et finit par récupérer son appareil.

— C'est à toi ? demanda Diana en le prenant. Ça sert à quoi ?

Becca lui servit l'explication habituelle sur ses problèmes d'audition. Soucieuse de l'embellir un peu pour Diana Kinsale, elle précisa :

— J'avais constamment des infections à l'oreille, petite… Mes troubles viennent de là. Une question de spectre auditif.

Diana la considéra avec étonnement.

— Tu es sûre que ce n'est pas une radio, Becca ?

— Je préférerais ! Ça m'aide seulement à hiérarchiser les sons, en bloquant le bruit de fond. Comme ça, je peux me concentrer sur l'essentiel.

Elle avait entendu sa mère débiter ce baratin si souvent devant ses professeurs qu'elle pouvait le réciter de mémoire.

— On dirait qu'il est cassé.

Becca répondit par un mensonge sans même réfléchir aux raisons pour lesquelles elle protégeait Jenn McDaniels.

— Je montais la côte qui longe le terrain de la foire, vous voyez ? Il est tombé de ma poche et j'ai roulé dessus. Je dois trouver le moyen de le réparer, parce que, sans, je suis perdue dès qu'il y a plus d'une personne qui parle.

Sans, elle aurait également dû entendre les pensées qui ne pouvaient manquer de se bousculer dans le crâne de Diana. Mais, comme toujours, celle-ci n'émettait pas le moindre murmure.

— Je connais quelqu'un qui saurait sans doute le réparer, si tu acceptes de me le confier.

— Je pensais l'apporter à l'atelier de soudure au lycée… Pour qu'ils reconnectent les fils.

— C'est une idée, mais je ne suis pas sûre qu'ils soient très habitués à ce genre d'appareils.

Quelques gouttes de pluie tombèrent. Diana leva les yeux vers le ciel, puis les posa sur Becca.

— Je peux t'aider, tu sais, ma grande.

La jeune fille hésita. Seules deux personnes pouvaient vraiment la comprendre… et elles avaient disparu.

— Je me disais juste… répondit-elle. J'ai besoin de le récupérer rapidement à cause des cours.

— Tu auras à peine le temps de remarquer son absence, je te le garantis, lui assura Diana.

Puis elle se dirigea vers la tombe de son mari. Elle s'assit sur le petit banc et inclina la tête. Alors, pour la toute première fois, Becca surprit un murmure : ... *la bonne, Charlie ?... comment savoir...*

Sa décision prise, Becca s'interdit d'imaginer que Diana Kinsale pourrait ne pas lui rapporter son brouilleur. Elle avait déjà bien assez de mal à se concentrer, de toute façon.

Elle passa beaucoup de temps à la bibliothèque municipale, et un peu au cimetière, où elle poursuivit le nettoyage de la tombe de Reese. Elle garda au maximum ses distances avec Jenn McDaniels, et évita aussi tous les endroits où elle risquait de croiser le shérif adjoint – qui n'oubliait jamais de poser des questions aux lycéens qu'il rencontrait. Cela impliquait, malheureusement, de ne pas mettre les pieds à l'hôpital.

Derric, cependant, occupait beaucoup ses pensées. Elle songeait souvent à la photo sur sa table de chevet, où il posait avec son saxophone. Elle le revoyait, entouré de ses camarades de la fanfare et de petits enfants. Elle réentendait la musique qui retentissait chaque fois qu'elle lui touchait la main. Elle lui adressait des prières constantes.

Becca aurait voulu discuter avec quelqu'un. La fameuse trace de pas continuait à l'obnubiler. Garder cette information pour elle seule empêchait la police de découvrir ce qui s'était réellement produit ce jour-là. Mais la divulguer conduirait inévitablement le shérif adjoint à vouloir parler à la personne qui avait vu la preuve. Et elle ne pouvait pas faire ça.

Plusieurs jours après avoir confié son brouilleur à Diana Kinsale, Becca travaillait sur un devoir d'anglais à la bibliothèque de Langley. Installée devant un écran, elle avait beaucoup de mal à se concentrer. Alors que, la plupart du temps, les murmures formaient un bruissement d'informations sans intérêt et sans origine précise, le silence qui régnait dans la bibliothèque lui permettait de repérer l'émetteur de chaque pensée. Dans l'immédiat, elle était principalement dérangée par l'homme qui occupait l'ordinateur voisin et consultait un site de rencontre en ligne. *Quel genre de livre pourrait leur plaire ?* se demandait-il. Il devait bien avoir un million d'années et regardait les profils de femmes de vingt-cinq ans. Becca brûlait d'envie de lui répondre que peu importaient ses lectures s'il n'était pas riche… Il valait mieux mettre en avant une fortune hypothétique plutôt que de tenter d'engager la conversation sur *Huckleberry Finn*.

A cette image, Becca dut retenir un gloussement. Elle avait atteint le point fatidique où elle n'avait plus rien à dire sur le sujet de sa composition. Elle sortit ses dernières pièces de vingt-cinq cents pour imprimer ce qu'elle avait écrit sur « *Le Marchand de Venise* et ce qu'il nous apprend de notre époque », puis quitta la bibliothèque.

Elle traversa la rue pour longer la falaise jusqu'au motel. L'après-midi touchait à sa fin et le soleil projetait l'ombre allongée du littoral broussailleux sur les eaux dorées de la passe.

Un sourire apparut sur son visage lorsqu'elle vit une nageoire fendre la surface de l'océan. Puis une seconde, et une troisième. Toutes immenses et noires. Elle crut distinguer également des queues.

— Des orques ! s'écria-t-elle avant de piquer un sprint jusqu'au motel.

Les enfants devaient voir ça, Debbie aussi ! Becca pénétra en trombe dans la réception en hurlant :

— Hé ! La compagnie ! Vous devez…

Debbie, qui était en ligne, avait levé une main pour la faire taire.

— Ne touche pas à cette bouteille, disait-elle. Tu veux que je vienne ?

Elle couvrit le combiné et souffla à Becca :

— Je voudrais que tu fasses la chambre 1216.

— Pas de problème. Où sont les petits ? Il y a au moins trois orques…

— La chambre 1216, Becca. Les clients arrivent de Tacoma.

Josh, cependant, venait de les rejoindre, Chloe sur les talons.

— Des orques ? Où ça ?

— On n'en a que pour une seconde, je vous promets, insista Becca avant de se tourner vers les enfants. Vite ! Suivez-moi !

Elle les entraîna à l'arrière du motel, d'où ils auraient une vue imprenable sur la passe de Saratoga, et les prit chacun par la main pour les aider à franchir les grands buissons qui bordaient la falaise. Chloe était fébrile et Josh dressait la longue liste de ses connaissances sur les orques. En tant que mammifères carnivores, elles tuaient les baleines, expliqua-t-il à Becca. Elles poursuivaient leurs proies et étaient très, très grosses. Elles ne s'attaquaient pas aux humains, mais seulement aux créatures marines dont elles avaient besoin pour se nourrir. Ces dangereuses prédatrices…

— Là ! s'exclama Becca, un doigt pointé vers les ailerons.

Il y en avait sept à présent.

— Des orques, des orques, des orques ! glapit Chloe.

Elle bondissait sur place tandis que Josh poussait des cris de joie. Becca ne put s'empêcher de penser qu'ils étaient incroyablement libres, tous, à cet instant : les enfants et elle, les orques surtout. Personne ne les traquait. Elles étaient en sûreté dans l'estuaire du Puget.

Lorsqu'elles disparurent à l'horizon, la nuit était presque tombée.

— Je dois m'occuper de la chambre 1216 ou votre mamie va me botter les fesses, déclara Becca.

— On va t'aider, assura Chloe, alors qu'ils franchissaient la pelouse à l'arrière du motel.

Debbie n'apprécierait sans doute pas que ses petits-enfants mettent la main à la pâte… Et ils ne réussiraient qu'à la gêner de toute façon.

— Voici ce que vous pouvez faire, répondit cependant Becca. Chloe, je vais te confier les draps et les serviettes sales, tu les apporteras à la blanchisserie. Josh, tu vas aller me chercher le chariot de ménage. Rendez-vous devant la chambre…

Becca stoppa net et attira les deux enfants à l'abri. La voiture du shérif adjoint venait de pénétrer sur le parking. Sa mère, San Diego, le portable… la police avait fini par résoudre l'équation. Jeff Corrie ne tarderait pas à s'en mêler. Le jour du Jugement dernier était arrivé.

28

— J'ai une autre idée, chuchota-t-elle aux enfants. Le jeu des policiers et des voleurs. Surtout, ne faites pas de bruit.

Chloe, qui sautait d'un pied sur l'autre, se plaqua une main sur la bouche pour retenir un cri d'excitation.

— Voici votre mission : vous devez aller à la réception du motel sans que personne vous voie.

— Même mamie ?

— Même votre mamie. Vous récupérez mon sac à dos, il est juste derrière la porte, d'accord ? Et vous me le rapportez sans être vus.

— Et la chambre 1216 ?

— On s'en occupera après.

— On gagne quelque chose si personne ne nous repère ? chuchota Josh.

— Il y a toujours un prix. On décidera lequel après, OK ?

— OK !

Becca les regarda longer la façade à pas furtifs. Puis elle se mit à l'abri, croisant les doigts pour qu'ils réussissent. Même si Dave Mathieson arrivait avant eux à la réception, il restait une chance qu'ils puissent s'y faufiler discrètement et récupérer son sac sans attirer l'attention.

Ils remplirent leur mission. Plus exactement Josh, car Chloe s'occupait – lui dit-il – de « faire deux versions ».

— Elle est tombée pour de faux. On n'avait pas le choix, mamie était encore au téléphone.

— Super, le félicita Becca. Maintenant retournes-y, je vous rejoindrai plus tard. Après le départ du shérif adjoint, d'accord ?

— Mais le shérif adjoint n'est pas…

— Allez, Josh, et ne parle de moi à personne. Je vais revenir vite.

Becca espérait qu'elle ne paierait pas ce mensonge trop cher. Elle serra brièvement Josh contre elle et l'embrassa sur le sommet du crâne. Puis elle s'engouffra dans les buissons et émergea dans Cascade Street.

Après avoir traversé, elle fila derrière un long bâtiment à bardeaux – un hôtel, le Saratoga Inn. On ne pouvait plus la voir depuis Cascade Street, que le policier ne manquerait pas de remonter une fois qu'il aurait discuté avec Debbie. Et qu'il aurait appris qu'une fille de quatorze ans s'était installée au motel en attendant le retour de sa mère.

Becca s'accroupit derrière une benne. Elle avait besoin de réfléchir.

Elle se sentait de taille à affronter le shérif adjoint. Elle pouvait même, peut-être, réussir à le balader pendant toute une conversation. Mais si Jeff lui avait expliqué que sa femme et sa fille avaient disparu et, d'un ton mielleux, avait proposé d'envoyer une photo par mail – « pour que vous sachiez qui chercher » –, il y avait une possibilité pour que le policier la reconnaisse. Elle refusait de courir ce risque.

Elle se martela doucement le front des poings, comme si c'était le moyen de faire apparaître la solution. La joue posée sur les genoux, elle vit la lumière de la bibliothèque s'éteindre pour la fermeture. Juste à côté d'elle se trouvait la minuscule mairie en briques, qui abritait aussi le commissariat. Elle ne devait pas rester là : Dave Mathieson ne manquerait pas de diffuser son signalement aux policiers de la ville.

Elle se releva et traversa Second Street. Elle gagna rapidement le foyer municipal. S'il restait une personne sur terre susceptible de l'aider, c'était bien Seth. Elle ne lui faisait pas entièrement confiance. Elle ne pouvait pas. Cependant, elle n'avait aucune autre solution.

Il n'était pas là. Après avoir regardé dans toutes les salles, elle fut contrainte de poser la question. Elle eut de la chance : il venait de faire une collecte pour aller acheter une grande pizza au pepperoni et aux champignons.

Affolée à la perspective de ressortir, elle se força pourtant à mettre un pied devant l'autre. La pizzeria se trouvait sur First Street, sur la partie la plus élevée de la falaise, en surplomb de l'océan. Juste à côté, délimité par une barrière et une haie, un petit jardin contenait plusieurs tables en fer forgé. L'été, les touristes s'y installaient pour manger leurs pizzas. Becca voulut attendre Seth à cet endroit, mais l'angoisse eut raison d'elle et elle se faufila à l'intérieur.

Il était en train de payer. La pizzeria résonnait d'un mélange de musique, de conversations et de murmures… Assaillie par ce brouhaha, Becca dut reculer d'un pas, tant elle avait l'impression qu'on lui lacérait les yeux.

Seth se retourna aussitôt, comme s'il l'avait sentie paniquer.

— Hé ! Ça va ? lui demanda-t-il tandis qu'on lui remettait la pizza.

— Tu dois… Seth, j'ai besoin d'aide… Je n'ai personne…

— Viens, on va parler dehors.

— Non ! Ils pourraient me voir !

— Qu'est-ce qui se passe ? Une invasion extraterrestre ? Suis-moi, dit-il en la conduisant vers la porte.

Il l'entraîna dans le jardinet. Becca commença par lui révéler que le shérif adjoint était au motel.

— Et ? rétorqua-t-il, alors qu'un murmure parvenait à percer la carapace d'angoisse de Becca : *parano.*

— Tu ne comprends donc pas !

Elle bafouilla des explications : les visites répétées de Dave Mathieson au lycée, les questions qu'il posait, le portable et le nom de sa mère, qui avait fait son apparition dans l'enquête et était désormais connu de la police.

— Ils ont sans doute parlé à mon beau-père à l'heure qu'il est. C'est obligé. Je ne peux pas retourner au motel, parce que si le shérif me voit et que mon déguisement ne suffise pas, il dira à mon beau-père où je suis. La police le conduira tout droit à moi, Seth. Et il me tuera. Tu saisis ? Il. Me. Tuera.

— Qu'est-ce que…

Seth la considéra avec circonspection et elle pouvait difficilement lui en vouloir. Plus elle entrait dans les détails, plus elle passait pour folle.

— Tu veux bien m'expliquer ce qui t'arrive vraiment ? reprit-il.

Mais elle n'entendait que les pensées qui accompagnaient sa question : *prudence, prudence.* Ils se faisaient aussi peu confiance l'un que l'autre, et elle ne savait pas comment y remédier.

— Je ne peux pas. Seth, s'il te plaît. S'il te plaît ! Je ne connais personne d'autre qui puisse…

— D'accord, d'accord.

Pendant qu'il se dandinait sur place, Becca guetta, par-dessus son épaule, le gyrophare du shérif adjoint dans First Street. Il finit par proposer :

— Attends-moi ici. Je dois apporter ça aux autres. Tu as faim ? Prends une part de pizza, aucun problème. Je dirai que c'était la mienne.

Becca tremblait tellement qu'elle eut du mal à tenir la portion. La porter à sa bouche releva du défi. Seth lui suggéra de s'asseoir sur l'une des chaises en fer forgé au fond du jardinet. Personne ne pourrait la voir. Il avait raison : cette partie-là était plongée dans l'obscurité. Le brouhaha de la pizzeria y était si assourdi qu'elle entendait l'eau de la passe clapoter contre la falaise.

Elle pensa à Jeff Corrie. S'il débarquait sur l'île, que pourrait-elle faire pour l'empêcher de mettre la main sur elle ? Certes, il n'était pas son père – soit dit en passant, elle ne connaissait même pas l'identité de celui-ci –, mais il lui suffirait de produire l'acte de mariage pour prouver qu'il était le conjoint de sa mère. Il aurait réfléchi à la question dès qu'il aurait reçu le coup de fil du shérif adjoint. Etabli un plan. Il avait un don pour ne rien laisser au hasard. Comment l'arrêter ? En disant au shérif qu'elle avait lu dans ses pensées et deviné qu'il était un assassin ? Quelle idée de génie !

— Très bien.

Becca sursauta. Elle n'avait pas entendu Seth revenir.

— Suis-moi, je connais un endroit où tu pourras t'installer. Tu devras être discrète, mais si tu es prudente, tout ira bien.

Il prit la direction de la rue.

— Je ne peux pas aller par là ! souffla-t-elle.

— On ne restera pas dans la rue longtemps. Tout ira bien.

Elle sentit des larmes de peur lui brûler les yeux.

— Je ne peux pas, Seth.

— Becca… fit-il sans se départir de sa patience.

Il dut reconsidérer sa position néanmoins, puisqu'il reprit :

— D'accord, il y a un autre chemin. Seulement il n'est pas facile et il y aura des ronces si on vise mal au moment de sauter. Tu es prête à prendre ce risque ?

— N'importe quoi plutôt que la rue.

Il se dirigea vers la pizzeria, mais tourna vers la falaise, à l'opposé de l'entrée. A l'extrémité du bâtiment, une barrière marquait la séparation avec le bed and breakfast en contrebas. Chaque chambre disposait d'un balcon avec vue sur la mer. Seth enjamba la barrière, puis grimpa sur le premier balcon. Becca crut qu'il comptait s'introduire en douce dans une chambre. Quand elle l'eut rejoint, cependant, il s'approcha du rebord du balcon et lui expliqua :

— C'est là que nous allons.

Il avait l'intention de sauter dans les fourrés en dessous. La végétation incroyablement dense retenait les éboulis : mûriers avec des épines de la taille du pouce d'un enfant, lierre, gaulthéries, fougères et petits arbustes. Seth l'informa, à voix chuchotée, de la façon dont ils allaient procéder : ils descendraient le plus bas possible en prenant appui sur le balcon avant de se laisser tomber dans les broussailles. Avec un peu de chance, ils atterriraient dans les fougères et pas au milieu des mûriers.

Au pied du promontoire rocheux se trouvait Seawall Park, un chemin herbeux qui longeait First Street presque tout du long. Bien qu'il fût ponctué de lampadaires et par conséquent praticable à la nuit tombée, il était très peu emprunté hors période estivale.

— Prête ? lui demanda Seth.

Becca s'humecta les lèvres.

— Prête, assura-t-elle.

Il se glissa entre les deux balustres supérieurs, puis, se retenant à l'un d'eux, se laissa descendre au maximum, avant de lancer :

— C'est parti…

Un juron lui échappa ; il était tombé dans les ronces.

— Je suis désolée, Seth, dit-elle, embarrassée.

— La vache ! J'en ai une dans les fesses ! Jette d'abord ton sac à dos. Et saute à la hauteur du pilier voisin, ça devrait aller.

Il avait raison. Le sol se trouvait au moins trois mètres plus bas, mais le matelas de végétation amortit sa chute. Elle se fraya un chemin tel un explorateur perdu dans la jungle pour rejoindre Seawall Park. Seth l'attendait. Il ouvrit la marche sans un mot. Arrivé à l'extrémité du chemin, il s'arrêta.

— Voilà.

D'un côté, on pouvait apercevoir en levant la tête l'arrière des boutiques de First Street. De l'autre se trouvait la passe de Saratoga.

— Où ça ? demanda Becca après avoir regardé autour d'elle.

Seth lui montra le dernier bâtiment de l'enfilade de

commerces. Sur des assises en béton creusées à même la falaise, il s'élevait sur trois niveaux. Peint d'un rouge terne et décoloré, il était plongé dans le noir. A son extrémité occidentale, une voie bitumée permettait aux services d'entretien d'accéder à Seawall Park. Seth se dirigea vers cette pente.

Il n'avait pas fait cinq pas qu'une voiture de la police municipale s'engagea sur la voie pour se garer en biais, tout en haut. Ils se mirent aussitôt à l'abri, dans l'ombre.

— C'est quoi, ce bordel ? Tu as aussi les flics de la ville aux trousses ?

Le pire cauchemar de Becca se réalisait.

— Oh, mon Dieu !

Le véhicule repartit presque immédiatement : il faisait demi-tour pour reprendre First Street en sens inverse. Après avoir attendu quelques secondes supplémentaires, Seth se remit en route.

— Par ici, dit-il en la conduisant à l'escalier collé à l'arrière du bâtiment.

— On est où ? s'enquit Becca.

— Au Dog House.

— L'ancien pub ?

— Ouais. Il est fermé depuis des années. Personne ne veut le raser, mais personne ne sait non plus quoi en faire.

Il lui sourit avant d'ajouter :

— Heureusement que moi, j'ai ma petite idée, hein ?

Il gagna une trappe en contreplaqué, d'un mètre vingt de haut, peut-être. Un simple loquet, bloqué par un cadenas, servait à la fermer. D'un coup sec, Seth l'arracha : le bois, pourri par les intempéries, ne lui opposa aucune résistance. Il entrebâilla le battant, se faufila à l'intérieur et invita Becca à le suivre.

A l'intérieur, l'obscurité était profonde. Ça sentait le moisi, la poussière et les vieilles pierres, et il y faisait aussi froid que dans le cœur d'une sorcière. Becca distingua des piles de cartons en train de s'affaisser. Et entendit le bruit des rats qui s'affairaient autour.

— Je ne peux pas… commença-t-elle en reculant.

— Attends-moi ici. C'est mieux en haut, mais je ne peux pas t'installer sans matos.

— Quel matos ?

— Des trucs que je vais récupérer. J'irai aussi chercher tes affaires, au motel. Ça me prendra un moment. Deux heures, je pense. Mais je reviendrai.

— On peut laisser la porte ouverte ?

— Hors de question. Les flics la vérifient régulièrement. Ne t'inquiète pas, le loquet est cassé, tu ne seras pas enfermée. Ils se contenteront de la balayer avec le faisceau de leur lampe torche, et ils n'y verront que du feu. Tant que tu ne fais pas de bruit, tout ira bien, d'accord ? Ne t'inquiète pas, je vais revenir. Il faut juste que je passe chez mon grand-père. Le matos est là-bas.

— Quel matos ? répéta-t-elle.

— Les trucs dont tu auras besoin, répondit-il sans perdre patience. OK ?

Elle hocha la tête. La dernière chose qu'elle l'entendit dire, à travers la porte fermée, était qu'elle pouvait lui faire confiance. Dans le noir et le froid, avec des rats pour toute compagnie, elle avait désespérément besoin d'y croire.

Becca eut l'impression d'attendre plusieurs jours le retour de Seth. A l'exception du filet de lumière autour de la trappe, aucune clarté ne filtrait.

L'absence totale de murmures lui procurait une sensation étrange. Les occasions où ça se produisait étaient rares : il fallait qu'elle soit en proie à la panique – comme ça avait été le cas lorsqu'elle avait suivi Seth –, ou bien qu'elle se trouve dans un cimetière ou avec Diana Kinsale.

Quand la petite porte finit par s'ouvrir, Becca retint sa respiration, de peur de voir apparaître un policier. Mais ce fut un sac en toile qui s'encadra dans l'entrebâillement, suivi d'un sac de couchage, d'une taie d'oreiller bourrée d'objets, assortis des grognements de Seth, qui pénétra ensuite dans la pièce.

— Pfiouh… C'était pas du gâteau ! Mon grand-père avait déplacé pas mal de trucs.

— Seth ! Tu lui as parlé de…

— Du calme, Becca. Il ne m'a pas vu, il était occupé dans son atelier. Bon, voyons voir…

Il fouilla à l'intérieur de la taie d'oreiller et trouva ce qu'il cherchait. Il referma la trappe et alluma une lampe torche puissante pour éclairer la cave et ses toiles d'araignées, ainsi que quelques paires d'yeux brillants.

— Bah ! Dégageons d'ici, reprit-il en se chargeant du sac en toile et du sac de couchage.

Becca ramassa la taie d'oreiller et le suivit. L'escalier se trouvait dans le coin le plus éloigné, vers la façade principale du bâtiment. Ils montèrent jusqu'à une autre porte, de taille normale cette fois. Et sans verrou. D'un coup d'épaule, Seth l'ouvrit et ils débouchèrent dans une cuisine professionnelle qui empestait le graillon. Elle accueillait une cuisinière surmontée d'une immense plaque en fonte, un gigantesque réfrigérateur et un évier de la taille d'une baignoire.

— N'utilise rien dans cette pièce à part l'eau, lui conseilla Seth. Si tu allumes cette cuisinière, tu feras sans doute exploser tout le pub. Viens.

Elle le suivit à travers des portes battantes. Seth éteignit sa lampe torche : cette partie du Dog House donnait sur First Street. La salle où ils étaient contenait un bar, un billard, des petites tables, des chaises et un immense miroir. Les vitres avaient été peintes, mais une faible lueur passait malgré tout. On pouvait voir clignoter la guirlande lumineuse installée sous le porche du restaurant d'en face. A l'arrière, les fenêtres donnaient sur l'eau. Dans cette partie de la salle, quelques tables poussiéreuses témoignaient qu'on servait à manger ici, autrefois.

Seth poursuivit son chemin. Il ouvrit une nouvelle porte et s'engagea dans l'escalier qui menait au premier étage du bâtiment. Ils se retrouvèrent dans une vaste salle.

— C'est là que tu vas établir ton campement, lui expliqua-t-il.

Il se mit à déballer le matériel qu'il avait apporté : un réchaud à gaz, des ustensiles de cuisine, une bouteille d'eau escamotable, quelques sachets de nourriture lyophilisée. Il y avait même un tabouret démontable. Le séjour de Becca au pub risquait de se prolonger plus qu'elle ne l'avait pensé.

— Seth ! Tu veux que je m'installe ici ?

— Je n'ai pas d'autre endroit à te proposer. Si tu te fais inviter chez quelqu'un, les parents vont poser des questions. Peut-être pas la première nuit, mais ensuite ?

Tu peux être sûre qu'ils exigeront des explications. Tu es prête à en donner ?

— Comment je ferai pour manger quand j'aurai épuisé les réserves ? Et pour… On caille ici !

Becca voyait de la buée sortir de sa bouche. Elle se demanda de combien de degrés la température baissait la nuit, sans parler du fait que ça irait en se gâtant avec l'approche de l'hiver. Elle envisagea d'aller trouver Diana Kinsale, puis renonça. Elle devrait tout lui raconter, y compris les murmures et les ennuis qu'elle s'était attirés à cause d'eux, ce qui les avait contraintes, sa mère et elle, à prendre la fuite. Becca ne pouvait pas faire ça. Hors de question.

— Bon, OK, dit-elle, la gorge nouée.

Puis elle posa les yeux sur ce que Seth avait apporté.

— Et mes affaires… au motel ?

Seth secoua la tête tout en continuant à gonfler le matelas qu'il avait sorti de la taie d'oreiller.

— Pas pu les récupérer. J'essaierai demain. Le shérif adjoint était en pleine conversation avec la nana du lycée, Tatiana Primavera, sur le parking. Je n'avais aucune envie qu'ils me voient entrer dans ta chambre. Ou dans n'importe laquelle, d'ailleurs.

— Mme Primavera ?

Ça allait de mal en pis. La conseillère avait entendu le message téléphonique de sa mère ; elle allait en parler à Dave Mathieson, qui établirait un lien avec l'affaire. C'était obligé. Les gens n'étaient pas idiots…

— Que fabriquait-elle là ? gémit Becca.

— Si j'en savais quelque chose…

Seth déplia le sac de couchage sur le matelas gonflable.

— Je m'en occuperai demain, reprit-il. En attendant,

prends ton mal en patience. Tu seras bien ici, il y a même une salle de bains. Je t'apporterai du savon et une serviette. Du shampooing. Tiens bon. Ça va aller, hein ?

Becca n'avait pas d'autre choix. Pour le meilleur ou pour le pire, l'ancien pub était devenu son nouveau chez-soi.

QUATRIÈME PARTIE

Le sentier de Meadow Loop

29

Hayley Cartwright sortait du parking du lycée quand elle aperçut Becca King, qui poussait son vélo, à plat, en direction de l'établissement. La journée de cours était terminée, cependant.

Hayley reconnut la bicyclette ; elle appartenait à Seth. Avec son guidon aux couleurs psychédéliques, il ne pouvait pas y en avoir deux pareilles sur l'île. Qu'est-ce que cette fille mal fagotée faisait avec ? Seth avait dû la lui donner. Hayley savait qu'elle n'aurait pas dû se sentir concernée. Et pourtant c'était le cas. Exactement comme lorsqu'elle avait découvert que Becca avait glissé un message dans la main de Derric, à l'hôpital. « Tu me le rendras à ton réveil. » Ces mots trahissaient plusieurs sentiments, en particulier une foi inébranlable. Foi en Derric, foi en son rétablissement, et foi en la vie de façon plus générale. Songeant qu'elle devrait bien en prendre de la graine, Hayley baissa sa vitre et apostropha Becca.

— Tu veux que je t'emmène quelque part ? Tu vas dans la mauvaise direction, tu sais ? ajouta-t-elle en souriant. Les cours sont finis. Tu n'arrives pas maintenant, si ?

Becca cligna des yeux derrière ses immenses lunettes qui lui donnaient l'air d'une chouette. Elle avait, de plus, tendance à abuser du fard à paupières noir, ce qui la faisait ressembler à un panda ; l'ensemble était donc très étrange.

— Oh… Salut ! dit-elle avant de baisser les yeux vers son pneu. J'ai crevé. Et je dois récupérer quelques trucs dans mon casier.

— Si tu veux, je te dépose après. Il y a un garage sur la nationale. Je peux t'y emmener.

— Ce serait super ! Je croyais l'avoir réparé hier, je ne dois pas être très douée.

Elle attendit que Hayley se soit garée le long du trottoir pour lui confier le vélo, puis elle se dépêcha d'aller chercher ses affaires. Elle jeta quelques regards nerveux en chemin.

— Waouh ! s'exclama Hayley, la voyant revenir avec un sac à dos plein à craquer. Impressionnant ! Tu as autant de devoirs que ça ?

— J'ai manqué les cours pendant deux jours. Et j'ai du retard à rattraper. Tu vois le tableau ?

Hayley voyait bien, surtout la partie concernant l'absence de Becca. Elle était à l'accueil lorsque Debbie Grieder avait téléphoné, paniquée. Sa nièce avait disparu. Hayley pouvait-elle lui dire si elle était au lycée ? « Je t'en prie, je t'en prie, dis-moi qu'elle est là ! » s'était-elle écriée. Hayley lui avait passé le service administratif. Elle ne savait pas comment l'aider autrement.

Après avoir hissé la bicyclette sur le plateau, à l'arrière, elle prit la direction de la nationale et engagea la conversation :

— Debbie Grieder a appelé au bahut. Elle se fait du

souci. Elle dit que tu as laissé des affaires au motel, elle est vraiment…

— Je les ai récupérées, l'interrompit Becca. Enfin, Seth s'en est chargé pour moi. Je m'étais installée chez Debbie, et ça n'a pas marché.

— Ah…

Hayley chercha un autre sujet. Seth semblait tout indiqué, seulement elle ne voulait pas que Becca se fasse des idées…

— Debbie n'aime pas Seth, déclara Becca de but en blanc. Si tu la croises, ne lui raconte pas qu'il m'a aidée, d'accord ?

Hayley l'observa à la dérobée. Becca examinait ses ongles, sales comme le reste de sa personne. Elle ne sentait d'ailleurs pas très bon. Où donc pouvait-elle vivre ? A la voir comme ça, on se serait imaginé qu'elle dormait dans une voiture. Celle de Seth, peut-être… Non, ça ne se tenait pas. Il l'aurait plutôt emmenée chez ses parents ou chez son grand-père si elle avait besoin d'un toit, non ?

— Si tu te poses la question, on n'est pas ensemble, reprit soudain Becca, le regard rivé sur sa vitre, ce qui empêchait Hayley de voir son visage.

— Quoi ?

— Seth. Je ne sors pas avec lui. Il est juste… j'ai fait sa connaissance dès mon arrivée sur l'île. La sienne et celle de Diana Kinsale. Enfin, j'ai d'abord rencontré Diana. Je remontais Bob Galbreath Road sur mon ancien vélo, et je ne savais pas que les routes étaient aussi horribles ici. J'ai dû m'arrêter, elle m'a prise en stop. J'ai croisé Seth le lendemain, au Star Store.

Bizarre. Hayley devinait que quelque chose clochait dans toute cette histoire. Seth, Becca, Diana Kinsale, le supermarché, Debbie Grieder, le motel de la Falaise, le départ de Becca, la surprise de Debbie… Et maintenant l'adolescente qui lui déballait tout sans raison apparente. Hayley avait presque l'impression que…

— C'est la drogue, tu vois, débita Becca à toute allure.

Elles avaient atteint l'extrémité de Maxwelton Road et attendaient que le feu passe au vert pour s'engager sur la nationale.

— Debbie croit que Seth en prend, précisa Becca.

— Seth ne touche pas à ça.

— Elle n'est pas de cet avis.

— Carrément injuste.

— Je suis bien d'accord. Enfin…

Becca haussa les épaules. Avait-elle pris ses distances avec Debbie par loyauté envers Seth ? songea Hayley. C'était gentil, mais pas très crédible. Depuis combien de temps connaissait-elle Seth, après tout ?

— Comment va Derric ? reprit Becca. Je n'ai pas pu aller le voir, ces derniers temps.

— Son état est stationnaire.

Le feu changea, et Hayley s'engagea sur la nationale, vers le sud.

— J'ai vu le message que tu lui avais laissé. Tu as l'air sûre qu'il va se réveiller, ça fait plaisir.

Becca finit par se tourner vers elle, le front plissé.

— J'ai juste… C'était débile, seulement je voulais lui donner quelque chose, et je n'avais rien d'autre sur moi. Tous ces ballons, ces fleurs et le reste… J'avais juste envie… Ça ne signifie rien. Je ne m'attends pas à ce que… Enfin, je ne lui cours pas après.

— Tu pourrais très bien. C'est un type génial.

— Waouh, souffla Becca, je…

— Quoi ?

— Je croyais que vous étiez… Derric et toi… Tu vois.

— Tu tiens ça de Seth ? Il raconte n'importe quoi.

— Ah…

— Vraiment. En plus d'agir avant de réfléchir. Si tu passes du temps avec lui, tu t'en rendras compte. Au moindre faux pas, il ne te laissera aucune chance de t'expliquer, il perdra son sang-froid et…

Hayley s'interrompit. Elle réalisa soudain ce qu'elle était en train de dire : Seth qui agissait sans réfléchir, Derric qui, plongé dans le coma, ne pouvait pas désigner son agresseur. S'il avait été agressé. *Si.* Il n'y avait aucune preuve.

Le silence qui s'installa entre les deux filles, loin d'être amical, était lourd de réflexions et de soupçons. Hayley songea que Becca finalement ne semblait pas si confiante que ça en ce qui concernait le réveil de Derric. Et si elle ne jurait que par Seth Darrow, il y avait de fortes chances pour qu'elle en sache plus qu'elle ne voulait l'admettre. Ainsi, lorsqu'elle était venue à l'hôpital en compagnie de Seth, peut-être était-ce avec des intentions coupables. Non pour apporter son soutien à Derric, mais pour le menacer.

« Tu me le rendras à ton réveil » prenait soudain une tout autre signification. Ça revenait à dire : « Appelle-moi quand tu seras à nouveau conscient, parce que, toi et moi, on doit discuter de certaines choses. »

Hayley se refusa à envisager les implications, terribles, de cette nouvelle version des faits. Elle n'avait plus qu'une envie : faire descendre Becca King de sa camionnette. Par bonheur, le garage se profilait au loin. Elle accéléra pour le rejoindre plus vite et pila en l'atteignant. Cependant, sa passagère s'attarda et fit une remarque des plus étranges.

— Tu vois les sandales de Seth ?

— Quoi ? Pourquoi tu me parles de ça ? lâcha Hayley en se retenant pour ne pas la pousser dehors.

— Je me suis rendu compte que Dylan, un mec du lycée, avait les mêmes. Je n'avais jamais vu ce modèle, avant.

— Et ? répliqua Hayley, les yeux écarquillés.

Quelle drôle de fille, pensait-elle. Piquant un fard, Becca reprit :

— Je me demandais juste... Tu crois qu'elles viennent de l'île ? Elles sont chouettes. J'aimerais bien...

— Il n'y a pas de magasin de chaussures ici, si c'est le sens de ta question. Elles viennent sans doute du continent. Seattle, peut-être. Qu'est-ce que tu ferais d'une paire de sandales à cette période de l'année, de toute façon ?

— Tu as raison, simplement, je n'en avais pas vu... Enfin, personne n'a les mêmes.

Hayley faillit lui hurler : « Et qu'est-ce que ça peut bien te fiche ? » Elle conserva le silence, pourtant, le cerveau en ébullition. Impossible de trouver le moindre fil conducteur dans les différents sujets de conversation abordés par Becca, sinon... Sinon une logique qui établissait un lien entre Seth, Derric et ce que la jeune fille savait sur Saratoga Woods.

Perspicace, Hayley lui demanda :

— Tu cherches à protéger Seth ?

— De quoi ?

Enfin elle posait la main sur la poignée de la portière. Enfin elle allait descendre. Mais pas avant que Hayley ait découvert ce qu'elle cachait. Car elle cachait quelque chose, c'était écrit en énorme sur son front.

— A d'autres, tu as très bien compris. Est-ce que tu le protèges ?

Becca secoua la tête.

— Tu mens, non ?

Becca plongea alors ses yeux dans les siens et lui adressa un regard si pénétrant que Hayley fut parcourue d'un frisson.

— Pas plus que toi, répondit-elle.

Le cerveau de Hayley était en pleine effervescence : Seth, Derric, Diana Kinsale, Saratoga Woods, Dylan, une paire de sandales… Becca King s'exprimait par énigmes, et Hayley était dans l'incapacité d'en résoudre une seule. De retour chez elle, elle avait les nerfs à vif. Ce qui ne fit qu'empirer quand elle constata que le 4 × 4 n'était pas là.

Son ventre se noua : l'absence de sa mère pouvait signifier que quelque chose était arrivé à son père. En descendant de voiture, elle reconnut pourtant le rugissement du motoculteur. Enthousiasmée à l'idée que son père avait fini par se remettre au travail, elle se précipita vers l'énorme parcelle consacrée aux légumes. Mais ce fut Seth qu'elle découvrit. Elle chercha Sammy autour d'elle, en vain.

Le garçon tourna à l'extrémité d'une rangée et l'aperçut. Il lui adressa un signe de tête et elle lui indiqua de la rejoindre à la clôture. Il coupa le moteur et enjamba les sillons.

— Qu'est-ce que tu fabriques ici ? Où est mon père ? Et ta Coccinelle ?

Désarçonné par cette avalanche de questions, il remonta son jean trop grand – il avait une façon particulière de le faire – et dit :

— Bonjour à toi, Hayley.

— Réponds-moi.

— Du calme, Hayl. Ta mère devait emmener Brooke et Cassidy chez le dentiste. Ton père bossait sur le 4 × 4, je leur ai donc prêté Sammy.

— Où est le 4 × 4, maintenant ?

— Pourquoi cet interrogatoire ?

— Où est-il, Seth ?

— J'en sais rien, moi ! Ton père m'a dit qu'il devait aller chercher quelque chose à la station-service de Greenbank. Il ne m'a pas donné de détails. Des bougies peut-être. Ou de l'huile. Il n'a pas précisé.

— Et tu l'as laissé partir comme ça ?

Hayley s'éloigna à reculons de la clôture avant d'ajouter :

— Qu'est-ce qui ne tourne pas rond chez toi ?

— Chez toi, tu veux dire ! C'est sa voiture, je ne vais pas lui expliquer quoi faire avec !

— Tu ne…

Hayley s'interrompit. Elle devait se calmer. Elle n'avait pas les idées claires et paniquait pour rien. Elle s'inquiétait pour trop de choses, pour Derric, pour son père, pour sa mère et ses sœurs, qui se démenaient afin de faire tourner la ferme, et maintenant pour des sandales. Seth ne portait pas les siennes justement…

D'un ton brusque, elle lui lança :

— C'est marrant, tu ne demandes jamais de ses nouvelles.

— De ton père ? Hé ! j'avais l'impression que quelque chose n'allait pas, mais…

— Je te parle de Derric ! Pourquoi tu ne te soucies pas de sa santé ? Pourquoi tu ne poses pas de questions ? « Est-il vivant ? Mort ? Toujours dans le coma ? » Pourquoi tu ne demandes rien ? Ça ne t'intéresse pas ?

Seth couvrit la distance qui le séparait de la clôture et l'agrippa.

— Hé, fit-il tout bas, que se passe-t-il ?

— Où sont tes sandales, Seth ? Pourquoi tu ne les as pas ?

Il posa les yeux sur ses pieds, puis sur elle.

— Hayley, je n'arrive pas à te suivre. Quel rapport avec mes chaussures ?

— Tu ne quittes jamais tes sandales. Tu ne mets jamais rien d'autre.

— C'est faux.

— Non, c'est vrai.

Seth avait son habituel chapeau, en revanche. Il en rabattit le bord, comme pour se cacher le visage, avant de répliquer :

— Qu'est-ce que ça peut te faire ce que j'ai aux pieds ? Qu'est-ce que ça peut te faire si je me promène en chaussettes ? Les détails de ma vie t'intéressent maintenant, Hayley ? Si je me souviens bien, je ne suis personne pour toi. Alors arrête avec tes questions !

Il tourna les talons pour reprendre le travail.

— Pourquoi es-tu ici, Seth ? lui cria-t-elle. Pourquoi t'occupes-tu du potager ? Pourquoi as-tu rangé tout le bois ? Maman m'a dit que c'était toi. Qu'attends-tu de moi ?

— Je veux juste donner un coup de main, d'accord ? J'ai réparé le moteur du motoculteur aussi, et…

— Oh, mais tu es vraiment incroyable ! Tu as réparé le motoculteur. Formidable ! Qu'est-ce qui ne tourne pas rond chez toi ? Tu ne pourrais pas au moins porter un jean à ta taille ? Trouver un vrai boulot ? Réviser pour ton diplôme ? Parce que ce n'est pas le cas, si ? Tu n'as même pas commencé… Tu t'imagines que tu peux te pointer ici, empiler quelques bûches, t'occuper du potager, et que je ne découvrirai pas ce que tu as fait ?

— Ce que j'ai fait ? C'est quoi, ce délire ?

— Tu l'as poussé, je me trompe ? Tu étais dans les bois et vous vous êtes disputés à mon sujet. Oui, on s'est embrassés, et alors, Seth ? J'ai essayé de te l'expliquer, mais tu as refusé de m'écouter, évidemment. Alors, quand tu l'as croisé dans la forêt, tu t'es dit que tu tenais une occasion de…

— Hé ! hurla Seth. Toute cette histoire, c'est à cause de Derric ?

Il abattit les poings sur la clôture, avant de la repousser. Il s'éloigna, puis fit volte-face et revint sur ses pas. Rebroussa chemin. Donna un coup de pied dans la terre. Lorsqu'il s'approcha à nouveau de la clôture, il envoya son poing dans un poteau.

— Super. Merveilleux. Pourquoi tu n'appelles pas tout de suite le shérif pour me balancer ?

— Tu rendrais un grand service à tout le monde en allant te dénoncer toi-même.

Sur ces mots, elle le laissa et prit la direction de la maison. Sa mère arrivait justement avec Sammy.

30

Seth avait envie de flanquer son poing une nouvelle fois dans la clôture. Plus que tout, il avait envie de rattraper Hayley et de la secouer par les épaules pour lui remettre les idées en place. Mais la petite troupe descendait déjà de la Coccinelle, et Cassidy pleurnichait :

— C'est pas juste ! Elle avait promis !

— J'étais assise devant ! criait Brooke. On ne pouvait pas la regarder ensemble ! Maman, dis-lui !

Mme Cartwright semblait lessivée. Cassidy continua sur le ton de la récrimination :

— Le dentiste t'avait dit de partager la BD avec moi !

— Tiens, andouille, t'as qu'à la manger, ta BD, répondit Brooke en jetant le fascicule vers sa sœur.

Mme Cartwright quant à elle promenait un regard affolé autour d'elle. Devinant qu'il allait encore s'entendre demander où était passé leur fichu 4 × 4, Seth prit les devants et l'informa que son mari était allé à Greenbank chercher des bougies, de l'huile ou il ne savait quoi.

— Pardon ? s'écria-t-elle à cette nouvelle. Quand est-il parti ? Tu as bien dit *Greenbank* ?

Elle avait insisté sur ce dernier mot comme s'il avait mentionné Portland et non pas la commune la plus proche de la ferme.

— On doit le retrouver, gémit-elle. Tout de suite !

Seth n'eut pas le temps d'éclaircir ce mystère – pourquoi fallait-il aller chercher un homme qui était à moins de huit kilomètres ? –, car Mme Cartwright lui lançait les clés.

— Tu conduis, j'ouvre l'œil.

A croire que M. Cartwright avait déjà atterri dans un fossé.

Seth s'exécuta sans broncher, ce qui ne l'empêcha pas de penser que les Cartwright avaient de sérieux problèmes. A moins de cinq kilomètres de la ferme, ils aperçurent le 4 × 4. Bien garé sur une aire de stationnement qu'ombrageaient des érables à grandes feuilles. Mme Cartwright descendit avant même l'arrêt complet de la Coccinelle. Elle courut jusqu'à la portière côté conducteur et tenta de l'ouvrir, avant de tambouriner à la vitre. Elle avait oublié qu'elle ne s'ouvrait plus de l'extérieur. Seth monta côté passager.

Assis derrière le volant, M. Cartwright restait indifférent au tambourinement de sa femme. Il tourna lentement la tête vers Seth lorsque le garçon s'enquit :

— Tout va bien, monsieur ?

— Oui, fiston, répondit-il avec un sourire. Je n'arrive pas à enfoncer l'embrayage jusqu'au plancher. Ça coince.

Mme Cartwright, qui avait fait le tour de la voiture entre-temps, tirait Seth par la manche pour le forcer à descendre. Sa réaction était si excessive qu'il commençait à se demander si elle n'était pas un peu folle. Il lui céda volontiers sa place.

— Tout va bien, chéri, dit-elle en grimpant dans le véhicule. Tout va bien.

Elle se tourna vers Seth pour ajouter :

— Je vais avoir besoin de ton aide pour le déplacer.

Seth aurait voulu savoir pourquoi elle ne suggérait pas simplement à son mari d'enjamber la boîte de vitesses tout seul, mais elle ne semblait pas en état de supporter ce genre de question.

— Bien sûr, répondit-il.

Elle lui demanda de monter à l'arrière pour se charger des épaules de son époux, pendant qu'elle prendrait ses jambes.

— Je peux y arriver tout seul, Julie, intervint-il.

— Bill, laisse-nous t'installer sur l'autre siège, d'accord ?

Apparemment, M. Cartwright était incapable d'arriver à quoi que ce soit. Il était un poids mort et l'extraire de son siège pour l'installer à côté n'eut rien d'aisé. Ne s'expliquant pas comment cette manœuvre allait résoudre le problème mécanique, Seth déclara :

— Il a dit que l'embrayage bloquait. On devrait peut-être laisser le 4 × 4 ici le temps de…

— Il n'y a aucun problème avec l'embrayage.

Elle attacha son mari avec la ceinture et il se mit à pencher d'un côté.

— Bill ! hurla-t-elle. Bill !

— Je vais bien, rétorqua-t-il. Ce fichu embrayage…

Seth commençait à comprendre que le problème était sérieux et ne venait pas de la voiture.

— Vous pensez qu'il faut l'emmener à l'hôpital ?

— Il t'a expliqué que c'était l'embrayage !

— Mais vous venez de dire que…

— Seth, tais-toi, s'il te plaît.

Voyant qu'elle était au bord des larmes, il s'empressa de reprendre :

— Entendu. Je prends le 4 × 4, et vous, Sammy.

— Non, je le ramène à la maison.

Seth lui fit remarquer qu'avec la portière bloquée il serait plus facile pour lui d'accéder au côté conducteur depuis la banquette arrière que pour elle de passer par-dessus son mari. Et si jamais, *malgré tout*, il y avait un problème avec l'embrayage, il valait mieux qu'il soit au volant.

Convaincue par ses arguments, elle s'essuya les joues et annonça :

— Bill ? Seth va te raccompagner. Je serai juste derrière. Ferme les yeux et repose-toi.

— Pas réussi à enfoncer cet embrayage, murmura-t-il.

— Tout ira bien, mon chéri…

Seth avait la certitude inverse : tout n'irait pas bien.

Il n'y avait aucune hésitation à avoir : Seth avait pris le chemin de chez son grand-père pour le prévenir. Les lumières de son atelier, à l'arrière de la maison, étaient allumées. Seth regarda par la fenêtre avant d'entrer et fut témoin d'un petit miracle qui le réjouit sur-le-champ : Gus était sagement assis sur une vieille couverture militaire à environ un mètre cinquante de Ralph, lui-même perché sur un tabouret devant son établi. Les yeux du labrador étaient rivés sur l'homme avec une ferveur qui aurait pu s'apparenter à de la dévotion s'il n'y avait eu une petite pile de croquettes sur la table de travail, à côté de Ralph. Seth entendit justement son grand-père dire :

— Pas bouger, Gus.

Puis, quelques secondes après :

— Au pied. Assis.

Le chien lui obéissait au doigt et à l'œil.

— Bien, conclut Ralph en lui donnant une minuscule croquette.

Il n'avait pas accordé un seul regard à l'animal pendant toute l'opération, accaparé par les pièces détachées devant lui. Il reprit :

— Au lit.

Gus retourna à la couverture.

— Pas bouger.

Le chien s'exécuta.

— Couché.

Seth avait l'impression de découvrir la huitième merveille du monde. Persuadé que tout allait changer avec son arrivée, il fut surpris de voir Gus lever la tête, remuer la queue et dresser les oreilles, seulement. D'un coup d'œil par-dessus son épaule, Ralph avisa son petit-fils.

— Tu peux te lever, lança-t-il au labrador avant d'ajouter pour Seth : S'il saute, tu lui tournes le dos. Je me fiche que tu aies envie de lui montrer ton affection. Tu fais ce que je dis. On va dresser ce chien !

Il fallut s'y reprendre à trois fois, mais Gus finit par réussir à contenir son enthousiasme. Seth lui tapota la tête et le gratta derrière les oreilles. Lorsque son grand-père lui tendit deux croquettes, Seth les agrémenta d'encouragements :

— Bon chien ! Bravo, mon Gus !

— On n'a vraiment pas besoin que tu sabotes tout

avec des compliments immérités, fiston, grogna Ralph sans interrompre ses travaux de réparation. Un seul « bravo » suffit. Maintenant, dis-lui de se coucher.

Gus exprima, autant que ses traits de labrador le lui permettaient, son étonnement de recevoir un ordre de quelqu'un qui, jusqu'à présent, n'avait été qu'un camarade de jeu. Il se plia cependant à l'injonction, s'entendit être félicité, une seule fois, et obtint une croquette pour récompense.

Seth s'approcha de l'établi de Ralph et constata que celui-ci avait démonté l'appareil auditif de Becca.

— Où as-tu récupéré ça, grand-père ?

Il ajouta aussitôt, pour cacher qu'il en connaissait la propriétaire :

— C'est quoi ?

— Diana me l'a apporté.

— Mme Kinsale ?

— Tu connais une autre Diana ?

Le front plissé, Ralph écartait les différents fils.

— Euh… non, reconnut Seth, qui ne s'expliquait pas comment Mme Kinsale s'était retrouvée en possession de cet appareil, et comment Becca se débrouillait sans.

Elle ne lui avait pas dit l'avoir perdu ou cassé. En même temps, elle avait d'autres soucis plus importants. Seth fut tiré de ses réflexions par la voix de son grand-père.

— Tu as une explication à me fournir ?

Il considéra son petit-fils, qui remarqua alors son regard inhabituellement triste.

— Une explication pour quoi ?

— Ça ne te ressemble pas de tourner autour du pot.

— Je ne le ferais pas si je savais de quoi tu parles.

Gus poussa un gémissement : il suivait leur échange tel un gosse devant un match de tennis.

— Mon matériel de camping a disparu, Seth. Tu as laissé un tendeur accroché aux poutres.

La lampe puissante formait un halo autour du crâne de Ralph, alors que son visage était plongé dans l'ombre. Ses cheveux, pendants, luisaient dans le noir.

— Tu avais besoin d'argent ? reprit-il sans se départir de son calme.

— Comment ça ?

— Je te demande si tu as vendu mes affaires de camping.

— Pourquoi aurais-je…

Seth s'interrompit. Il lut sur les traits de son grand-père une expression qu'il n'aurait jamais cru voir : la suspicion.

— Non, je ne les ai pas vendues.

Son ton crispé suggérait pourtant le contraire.

— J'en avais besoin pour un ami, ajouta-t-il. Tu les récupéreras.

— Ce n'est pas ton genre de te servir sans demander l'autorisation avant. J'étais là quand tu es passé les prendre ?

— Non ! mentit Seth. Je t'en aurais parlé, sinon. Je connais un type qui squatte à droite et à gauche. Il n'avait plus d'endroit où dormir, et je l'ai aidé. Je sais où le trouver, tu récupéreras tout.

Ralph ne desserra pas la mâchoire et Seth devina au pli sévère de sa bouche que, loin d'être convaincu, il continuait à croire que son petit-fils avait pu vendre son matériel. Et il n'avait pu parvenir à cette conclusion que pour une seule raison : la drogue.

Seth n'en avait jamais pris, et son grand-père le savait. Pour autant, il ne pouvait pas effacer son lien passé avec Sean Grieder. Sean Grieder qui purgeait actuellement une peine pour sa consommation d'amphétamines, entre autres. Et ces deux éléments suffisaient à le rendre suspect. « Il m'a appris à jouer aux échecs ! Pas à me droguer ! » aurait voulu hurler Seth. Aux yeux de tout le monde, c'était suffisant pour faire de lui un complice. Sans compter que Seth avait, comme Sean, quitté le lycée. Tout le monde en tirait des conclusions. A l'exception de ses parents. Et à l'exception de son grand-père, jusqu'à présent. Seth eut l'impression qu'on lui tranchait le cœur.

— Très bien, dans ce cas.

— Comment ça ? rétorqua Ralph.

— Rien. A plus.

— Tu es venu me voir pour une raison particulière, je me trompe ? Laquelle ?

— Discuter. Mais j'imagine qu'on s'est tout dit, hein ?

— Seth…

Le ton de Ralph s'était radouci, cependant Seth ne voulait pas de sa gentillesse. Le chien le suivit quand il sortit de l'atelier.

— Pas bouger, Gus !

Au lieu d'obéir, le labrador fit des bonds pour le supplier de rester, de jouer avec lui, de redevenir son meilleur ami. Seth s'éloigna à grandes enjambées et Gus s'élança derrière lui avant de le doubler. Au sommet du chemin où était garée la Coccinelle, il sauta sur Seth, qui recula, déséquilibré.

— Non ! J'ai dit non, Gus !

Il repoussa le chien, qui poussa un jappement de surprise. Ralph s'encadra alors dans la porte de l'atelier, en contrebas.

— Au pied, Gus, l'appela-t-il d'un ton ferme.

L'animal accourut sur-le-champ.

31

Becca avait cru que le plus dur serait de passer la nuit dans le vieux pub. Il y avait bien pire : sécher le lycée pour ne pas croiser le shérif adjoint tant que son enquête sur Laurel Armstrong se poursuivait. Profitant d'avoir tous ses livres avec elle, elle s'efforçait de travailler de son côté.

Elle n'osait pas se servir du réchaud à gaz, de crainte de provoquer un incendie, et se rendait donc au Star Store juste avant le lever du jour, à l'heure où Seth prenait du service. Elle aurait bientôt dépensé tout l'argent que Debbie lui avait donné en échange de son travail au motel. Il ne lui resterait plus que la somme que sa mère lui avait confiée et à laquelle elle refusait de toucher. Elle ne savait pas ce qu'elle ferait le moment venu, sinon compter sur Seth pour lui fournir les restes du supermarché, comme le jour de leur rencontre.

Becca s'était imaginé que, sans son brouilleur, elle parviendrait à discerner la vérité du mensonge en ce qui concernait Seth. Qu'elle résoudrait le mystère de l'empreinte de pied dans la forêt. Sauf que les réflexions du garçon ne s'attardaient jamais sur Saratoga Woods et que ses sandales ne le préoccupaient pas. Chaque fois qu'elle le croisait, au petit matin, les seuls murmures qu'elle parvenait à distinguer portaient sur les Cartwright. Quand il ne songeait pas à Hayley, c'était, pour une raison incompréhensible, à son père, puis à sa mère et à leur 4 × 4. A croire qu'il sentait que Becca pouvait lire dans son esprit et qu'il se focalisait sur des sujets anodins.

Au moins avait-il réussi à récupérer ses affaires au motel. Il avait fait le pied de grue devant la mission située en face de l'établissement, de l'autre côté de la rue. Dès que Debbie s'était rendue à une réunion des Alcooliques anonymes, il s'était faufilé dans la chambre 444 et avait rassemblé tout ce qui lui était tombé sous la main. Il lui avait aussi rapporté son vélo, qu'ils avaient rangé dans la cave du Dog House. Au cas où.

Ce vélo était le seul moyen dont disposait Becca pour fuir ses angoisses, qui allaient de l'absence prolongée de sa mère à l'arrivée possible de Jeff Corrie en ville, en passant par une visite de Dave Mathieson au pub. Lorsqu'elle ne se sentait pas en état de supporter une seconde de plus la solitude et l'odeur de renfermé, elle sortait en douce et se rendait, pour une heure au plus, au cimetière de Langley. Elle trouvait du réconfort à poursuivre son entretien de la tombe de Reese Grieder.

Elle était justement en train de s'en occuper quand elle revit Diana Kinsale. Agenouillée au pied de la pierre tombale, Becca entendit le pick-up arriver, cette fois. Elle fut presque aussitôt assaillie par les chiens. Regrettant d'avoir quitté le Dog House, elle croisa les doigts pour que Diana ne soit pas au courant de sa fuite.

Cette dernière, qui s'était garée comme à son habitude près de la sépulture de son mari, rejoignit Becca, un sac en papier à la main. Les chiens s'agitaient, flairant le sol ou levant la patte.

— Vous n'avez pas intérêt à uriner sur cette pierre, les gars, les prévint Becca.

Le rire chaleureux de Diana retentit. Suivi d'un murmure : *Peux-tu entendre mes pensées, Becca ?* Un murmure aussi distinct que ceux de sa mère lorsqu'elle se récitait : *Ecoutez, mes enfants, et vous apprendrez / L'histoire de Paul Revere et de sa nocturne chevauchée.* Pétrifiée sur place, Becca tenta de ravaler la boule de terreur qui lui bloquait la gorge. Plusieurs choses lui traversèrent l'esprit, et en particulier le souvenir de ce qui s'était produit la dernière fois qu'un étranger avait découvert son don. Jeff Corrie en l'occurrence.

— Bonjour ! dit Becca de son ton le plus enjoué avant de se remettre à gratter la tombe de Reese.

Diana joua le jeu.

— J'avais bien pensé te trouver ici. Je t'ai rapporté ça.

Elle lui tendit le sachet : le brouilleur et l'écouteur étaient comme neufs.

— Qui les a réparés ? demanda Becca, soulagée.

— Ralph Darrow. Le grand-père de Seth. Cet homme fait des miracles avec n'importe quoi. Enfin, ajouta-t-elle dans un sourire, sauf avec les cœurs brisés.

Les yeux baissés sur la sépulture de Reese, elle ajouta :

— Tu as fait un magnifique travail. Il ne te faut plus qu'une nouvelle photo d'elle.

Elle contourna la dalle pour se retrouver face à Becca.

— Debbie est inquiète, ma grande. Elle m'a téléphoné.

La jeune fille conserva le silence tout en réfléchissant à une réponse.

— Pourquoi es-tu partie, chérie ?

— Le moment était venu.

— Debbie continue à aller à ses réunions ?

Bien que décontenancée par la question, Becca répondit :

— A ma connaissance.

— Je suis contente de l'apprendre.

Diana s'accroupit et poussa quelques feuilles mortes tombées depuis peu sur la pierre tombale.

— Tu lui manques. Et aux enfants. Surtout à Josh, je crois, à cause de Derric.

Becca eut un petit pincement au cœur à l'évocation des petits-enfants de Debbie.

— Ils vont bien ?

— Quand elle est avec eux.

— Elle les laisse souvent seuls ?

— Non, jamais. Mais on peut être présent physiquement et absent par ailleurs.

— Ah…

Becca se sentait coupable.

— Je crois que ta présence rendait Chloe et Josh heureux, poursuivit Diana.

— Peut-être bien.

— Je ne dis pas ça pour que tu y retournes, s'empressa-t-elle de préciser. Je ne voudrais pas que tu te méprennes sur mes intentions. Il ne faut pas voir dans mes propos autre chose… Tu comprends ce que j'essaie d'expliquer ?

— Je crois.

— C'est juste que tu leur accordais l'attention dont Debbie est incapable.

— Pourquoi ?

— Parce qu'elle est obnubilée par ça, répliqua Diana en tapotant la tombe.

— Où est leur mère ? Debbie ne me l'a jamais dit.

— Partie.

— Morte ?

— Elle a disparu. Elle a déménagé en Arizona il y a longtemps. Les enfants vivaient encore avec Sean à l'époque.

— Pourquoi ne les a-t-elle pas emmenés ?

— Parce qu'elle se droguait. Plus que Sean, même. La situation n'avait rien d'idéal.

Becca détourna le regard et avisa les trois monolithes qui marquaient l'endroit du cimetière où l'on dispersait les cendres des défunts incinérés. Leurs noms gravés sur les énormes blocs de pierre étaient la garantie qu'ils ne sombreraient pas dans l'oubli.

Elle avait de la peine pour Chloe et Josh. Elle savait bien que Debbie n'était pas toujours disponible et ne s'expliquait pas pourquoi elle n'arrivait pas à tourner la page.

— Il n'y a pas pire épreuve, pour une mère, que perdre son enfant, Becca. A une exception près.

— Laquelle ?

— En être responsable.

Elles s'éloignèrent de la tombe de Reese Grieder. Becca rejoignit son vélo, appuyé contre un liquidambar, explosion de rouge et d'or dans la lumière de l'après-midi. Diana, qui se dirigeait vers son pick-up, se ravisa et rebroussa chemin pour poser à Becca les deux questions que celle-ci avait espéré éviter.

— Où vis-tu alors ? Et pourquoi ne vas-tu plus au lycée ?

Afin d'esquiver la première, Becca répondit directement à la seconde :

— Impossible de suivre les cours sans mon brouilleur. Je vais pouvoir y retourner maintenant. Merci de l'avoir fait réparer.

C'était la première fois que Becca mentait à Diana Kinsale. Si ses remerciements étaient sincères, son intention de reprendre le lycée était aussi authentique qu'un sapin en plastique.

— Où vis-tu, Becca ? insista-t-elle.

— Chez des amis.

— Les parents de Seth ?

— Non.

— Tu ne veux pas me le dire ?

Becca jeta un regard déchirant à Diana.

— Très bien.

Elle gagna son pick-up ; les chiens ne firent aucune difficulté pour monter à l'exception d'Oscar, bien entendu. Diana lui ouvrit la portière, mais elle ne s'installa pas immédiatement derrière le volant.

— J'ai un rendez-vous à Coupeville, annonça-t-elle d'un air songeur. Tu veux m'accompagner ? En profiter pour voir Derric ?

Il y avait si longtemps, trop longtemps, que Becca n'avait pas envisagé de prendre ce risque… L'envie était trop forte, et Derric en valait largement la peine.

Le vélo rejoignit les chiens sur le plateau. Diana s'engagea sur Fairground Road et ne décrocha pas un seul mot avant d'avoir atteint le pied de la route sinueuse et pentue. Ce qu'elle demanda alors à Becca la plongea dans la consternation :

— Tu m'autorises à raconter à Debbie Grieder que je t'ai vue et que tu vas bien ?

La jeune fille n'avait aucune envie de décevoir Diana, mais elle n'avait pas le choix.

— Non, s'il vous plaît.

— Qu'est-ce qui ne va pas, Becca ? Tu ne me fais pas confiance ? Tu peux me parler, tu sais ?

Qu'aurait-elle pu lui dire ? Expliquer la situation impliquait de lui confier, à un moment ou à un autre, que le shérif adjoint était à la recherche d'une certaine Laurel Armstrong, ce qui l'avait conduit au motel. Soit à quelques mètres de Becca. Et elle devrait ensuite mentionner Jeff Corrie et San Diego.

— Non, je ne peux pas, affirma-t-elle. Je n'ai rien fait de mal, simplement… je ne peux pas.

Elles étaient arrêtées au stop à l'intersection avec Langley Road, et Diana n'avançait plus.

— Tu réalises que Seth Darrow risque d'avoir des ennuis à cause de toi ?

— Seth ? Pourquoi ?

Diana lui raconta que Tatiana Primavera l'avait vu quitter le motel juste avant que Debbie Grieder ne découvre que les affaires de Becca avaient été déménagées. Aux yeux de l'hôtelière, ça ne faisait pas l'ombre d'un doute : soit il savait où elle se trouvait, soit il était responsable de sa disparition.

— Debbie penche nettement en faveur d'une de ces deux explications, reprit Diana. J'ai peur qu'elle ne s'en ouvre au shérif.

Becca se laissa aller contre l'appuie-tête. Elle n'en revenait pas d'avoir encore causé des ennuis à Seth. Elle allait devoir le mettre en garde, à présent. Mais comment ? Un mur s'était peu à peu érigé entre eux, et elle avait de plus en plus de mal à trouver le moyen de l'atteindre. Il y avait son obsession pour les Cartwright d'un côté. La trace de pas de l'autre. Sans oublier son hostilité non dissimulée envers Derric. Incapable de se décider sur la façon d'agir, Becca fut prise d'un vertige.

Le reste du trajet jusqu'à Coupeville fut accompagné des chansons des Dixie Chicks. Diana se gara sur le parking de l'hôpital ; elle avait rendez-vous en face. Une visite en coup de vent chez le médecin. Elle rejoindrait Becca dans la chambre de Derric, elle voulait le voir, elle aussi.

— Le médecin ? Vous êtes malade ?

Diana lui sourit.

— Quand on atteint mon grand âge, on devient ce vers du poème : « Tout se disloque ; le centre ne peut plus tenir[1]. » J'en suis là.

Elle dit aux chiens de l'attendre, puis ajouta à l'intention de Becca :

— A tout de suite.

Derric n'avait aucun visiteur – logique au beau milieu d'une journée de cours. Puisque personne ne pouvait lui faire la lecture, il y avait de la musique. Un air guilleret de marimba s'élevait du lecteur MP3 posé sur la table de chevet. A côté, la photographie trônait dans un nouveau cadre, chromé. L'étiquette du prix avait laissé une trace de colle. Tout en la grattant avec l'ongle de son pouce, Becca prit la main de Derric pour lui parler. Elle ne lui avait pas apporté de lecture, mais elle pouvait toujours lui donner des nouvelles de l'île.

1. *The Second Coming*, William B. Yeats (traduction française d'Yves Bonnefoy *in Anthologie bilingue de la poésie anglaise,* La Pléiade, 2005).

L'air de marimba s'effaça derrière une mélodie jazzy. Les instruments – des saxophones, des trompettes, un tuba et des percussions – s'accompagnaient de rires d'enfants et d'une voix qui criait : « Derric ! Derriiic ! » Ce cri fut couvert par le mot « réjouissance », puis le volume de la mélodie enfla. Rien de tout cela ne provenait du lecteur MP3, évidemment.

Becca sentit les doigts de Derric s'enrouler autour des siens. Il les serrait de toutes ses forces. Retenant un cri, elle le regarda. Il avait les yeux ouverts et la fixait. Elle observa la pièce autour d'elle, paniquée : elle devait prévenir quelqu'un, mais elle avait peur de le lâcher, de rompre la connexion qui s'était établie entre eux.

Elle n'aurait su dire s'il la voyait vraiment, mais des larmes emplirent ses yeux sombres. Elles roulèrent sur ses tempes, puis mouillèrent son oreiller. L'émotion qu'il communiquait à Becca était une souffrance incommensurable. Il semblait se débattre pour respirer.

— Derric, tu me vois ? Derric ?

Elle reposa le cadre sur la table de chevet et serra sa main entre les deux siennes. Aussitôt, tout s'arrêta : la musique, les rires d'enfants, le *Derriiic !*, la *réjouissance !* et, surtout, Derric lui-même. Sa main redevint molle, ses paupières se fermèrent et sa respiration retrouva son rythme normal. Seules les traces de larmes sur ses joues et la légère humidité sur son oreiller indiquaient qu'il s'était passé quelque chose.

— Non ! s'écria Becca en se tassant dans son fauteuil.

Son regard passa de Derric à la photo le montrant avec l'orchestre et les enfants. Tout lui parut si limpide, soudain… Il était comme elle. Il voulait rentrer chez lui en Ouganda. Il ne se sentait pas plus à sa place sur

Whidbey Island qu'elle. Elle entrevit alors la solution pour le sortir de son sommeil profond. Il fallait trouver le moyen de l'atteindre dans son inconscient et de lui faire entendre qu'il pouvait retourner en Afrique. Il aurait ainsi une raison de se réveiller.

Becca devait absolument partager cette découverte avec les parents de Derric, mais comment ? Et qui la croirait, si elle expliquait par quel moyen ils avaient communiqué, elle et lui ?

La porte s'ouvrit. Diana Kinsale jeta un coup d'œil à Becca avant de s'approcher du lit.

— Il veut rentrer en Ouganda, chuchota la jeune fille.

Elle se mit à faire les cent pas entre le lit et le mur où était punaisée la carte d'Afrique avec ses petits drapeaux. Quand elle se retourna, elle vit que Diana avait une main posée sur le front de Derric et les yeux fermés.

La porte se rouvrit, sur le père de Derric cette fois. Sans un regard à droite ou à gauche, il fondit sur le lit. Pendant qu'il étreignait Diana, elle fit signe à Becca de sortir. Dave Mathieson se pencha pour embrasser son fils, et Becca put entendre Diana lui dire :

— Il reviendra, David, tu peux en être sûr.

Becca savait le risque qu'elle prenait quand elle s'était rendue au cimetière. Tout comme elle savait qu'elle l'avait augmenté en allant voir Derric, à Coupeville. Sur le moment, le jeu lui avait semblé en valoir la chandelle : un grand bol d'air frais et une occasion de toucher, à nouveau, la main de son ami. Elle fut pourtant contrainte de revoir son jugement lorsqu'elle voulut regagner, discrètement, sa cachette. Les yeux rivés sur la pente qui menait à la cave du Dog House, elle descendait en roue libre First Street et ne vit pas Jenn McDaniels sortir du magasin d'occasion dans la lumière déclinante. Un « hé ! » tonitruant attira son attention, assorti d'un torrent de pensées insultantes, aussi claires que de l'eau de roche. La petite dure à cuire était accompagnée d'une femme blonde munie d'un sac en plastique rempli de vêtements de seconde main. Jenn lui glissa un mot avant de se jeter sur la chaussée, presque sous les roues de Becca.

— Où étais-tu passée ? lui demanda-t-elle.

La femme se dirigea vers une des voitures garées le long du trottoir et s'y engouffra. Elle ne démarra pas.

— Ah, salut ! lança Becca d'un ton faussement détaché. C'est ta mère ?

— Je pose les questions, pas toi, Beccaaa, répliqua Jenn.

— Vraiment ? Tu te crois dans une série policière, ou quoi ?

— Très drôle. Tu es au courant que tu t'es mise dans un sacré pétrin au bahut ?

— Et alors ? Tu t'occupes de faire l'appel maintenant ?

— Tu as décidé de tout planter, non ? Tu suis les traces de ton raté de mec. Qui a des ennuis encore plus graves que les tiens, d'ailleurs. Tous ceux qui t'approchent le payent. Pourquoi tu ne dégages pas d'ici pour laisser tout le monde tranquille ?

— C'était un plaisir de te voir, comme toujours, Jenn, dit Becca en se remettant en branle.

Jenn agrippa le guidon.

— Tout le monde se portait à merveille avant que tu débarques ici, Beccaaa King. Il suffit que tu te pointes pour que Derric soit forcé de s'occuper de toi. Et comme par hasard, juste après, il se retrouve dans le coma.

— Tu te figures vraiment que j'ai quelque chose à voir là-dedans ?

— Exactement, oui, rétorqua Jenn avant de s'octroyer quelques secondes de réflexion. Tu te trouvais là-bas ce jour-là, je me trompe ? conclut-elle non sans sagacité. Tu savais qu'il serait dans la forêt, alors tu y es allée. Sauf qu'il ne t'a pas accueillie les bras grands ouverts, contrairement à ce que tu espérais, et tu le lui as fait payer.

Becca ne répondit rien. Une trentaine de mètres seulement la séparaient du pub, de son havre de paix. Elle fut tentée d'écarter Jenn McDaniels du passage et de s'y précipiter. Elle fut tout aussi tentée de lui envoyer son poing dans la figure. Mais c'était précisément ce que celle-ci attendait, trahie par ses murmures. *Allez allez allez vas-y*. Becca remarqua qu'elle serrait déjà les poings pour riposter. Sa mère avait beau l'attendre dans la voiture, elle ne comptait pas en rester là.

C'est raté pour la discrétion, songea Becca. Et pour ne pas attirer l'attention du shérif adjoint.

— Tu délires, finit-elle par répliquer à Jenn.

— Ah oui ? Dans ce cas on verra bien si le père de Derric partage ton avis.

Becca tenta de dissimuler la panique qui l'envahissait :

— Et je suis censée interpréter ça comment ?

— D'après toi ? Il va vouloir savoir où tu te trouvais ce jour-là, ma grosse. Les flics ont relevé les noms des personnes présentes sur les lieux, et le tien n'y figure pas. Tu penses qu'ils vont bien réagir quand ils découvriront le pot aux roses ?

— Ils te demanderont sans doute si tu ne l'as pas poussé toi-même. C'est ce que je ferais à leur place.

D'un mouvement sec, elle dégagea son vélo et prit la direction opposée au pub. La longue montée de First Street s'étendait devant elle, mais, plus que jamais, elle se sentait à la hauteur du défi.

32

Une fois calmé, Seth analysa la situation : il ne réussirait pas à convaincre son grand-père qu'il n'avait pas vendu son matériel de camping. Expliquer ce qu'il en avait fait reviendrait à mettre Becca en danger, et il ne le voulait pas. En revanche, il y avait quelque chose à faire du côté de Hayley. S'il comprenait, à présent, que leur histoire était bel et bien enterrée, il ne comprenait pas qu'elle mente de façon aussi éhontée. Que ce soit à elle-même, à lui ou à quelqu'un d'autre. Seth comptait bien mettre un terme à au moins un de ces mensonges, celui sur son père. Quelque chose n'allait pas avec M. Cartwright. Plus vite sa famille l'accepterait, plus vite le pauvre homme recevrait l'aide dont il avait besoin.

Quelques jours plus tard, il se rendit au foyer municipal. L'après-midi était froid et pluvieux et il commanda un cidre chaud, qu'il emporta dans la pièce du fond où se trouvaient les ordinateurs.

La connexion était très lente ; c'était aussi énervant que de tenter de verser du sirop d'érable figé sur des pancakes. Enfin, le moteur de recherche finit par apparaître à l'écran. Seth tapa : « difficultés à tenir des objets ». Il ne trouva rien de concluant et lança une nouvelle requête : « faiblesse musculaire ».

Une première liste de liens surgit, allant de « causes de la faiblesse musculaire » à « symptômes de la faiblesse musculaire. » Seth peina sur la plupart des intitulés, agrémentés de termes médicaux complexes, avant d'arrêter son choix sur « faiblesse musculaire dans les jambes », qui, outre qu'il avait l'avantage d'être compréhensible, lui permettrait peut-être d'interpréter la démarche hésitante du père de Hayley et son incapacité à embrayer. Il constata pourtant avec horreur que cela le menait à un répertoire de sites sur quarante-deux pages. Voilà qui constituait un sacré problème.

D'un coup d'œil, il avisa l'ordinateur voisin : une fille plus jeune consultait son compte Facebook. Il ne put se résoudre à lui demander de l'aide. Elle devait avoir douze ans, et il n'était pas prêt à reconnaître devant une gamine qu'il était trop dyslexique pour choisir un site Internet. Il se prépara donc à gravir cette montagne tout seul.

Certains sites reliaient faiblesse musculaire et fatigue, d'autres parlaient de « fibromyalgie » et d'autres encore de troubles musculo-squelettiques. Les yeux de Seth finirent par le brûler tant il lui en coûtait d'efforts. La tête appuyée sur une main, il fixa l'écran en songeant qu'une personne dotée d'un cerveau qui marchait aurait su faire le tri dans la masse de ces informations en vingt secondes chrono.

Soudain un élément capta son attention. Sous le lien vers l'un des sites apparaissaient les premières lignes d'un article, qui contenaient deux mots que sa cervelle reconnut sans mal pour les avoir vus toute sa vie : Whidbey Island.

Il cliqua sur l'adresse et commença à lire à voix haute – ainsi qu'il avait appris à le faire à l'école élémentaire – un papier sur la maladie de Lyme. Il découvrit que l'Etat de Washington affichait le plus fort taux de sclérose en plaques du pays et le plus faible de maladie de Lyme.

Seth se creusa les méninges un moment. Il savait que ce mal était transmis par les tiques et que celles-ci pullulaient sur les cervidés. Or Whidbey Island fourmillait de cerfs. Au point qu'on avait parfois l'impression qu'il y en avait plus que d'hommes sur l'île. Il se demanda d'ailleurs comment ils étaient arrivés à Whidbey Island… A la nage ? Serait-ce une des illustrations de la théorie de l'évolution ? De toute évidence, ils n'avaient pas traversé le Deception Pass Bridge en gambadant, pour passer de Fidalgo Island à…

Seth se frappa le front. Il retombait dans son travers habituel ! Une idée menait à une autre et, sans qu'il s'en rende compte, il cessait de lire. Il força son esprit vagabond à se concentrer sur le sujet qui l'intéressait.

L'article portait sur un habitant de Whidbey Island à qui on avait diagnostiqué une sclérose en plaques. Il avait été traité pour cette affection durant des années avant que les médecins ne se rendent compte qu'il souffrait en réalité de la maladie de Lyme. Quand il prit connaissance des symptômes des deux pathologies, Seth sentit l'excitation le gagner.

Tout lui paraissait limpide à présent. Il tenait enfin la réponse à ses questions. Il devait en parler aux Cartwright. Il quitta la salle informatique et se dirigeait vers la sortie lorsque la porte s'ouvrit. C'était le shérif adjoint.

A la seconde où Seth avisa Dave Mathieson, il pensa que Hayley lui avait téléphoné pour lui faire part de ses soupçons concernant l'accident de Derric. Il découvrit vite que le shérif adjoint n'était pas là pour parler de son fils ou de Saratoga Woods, pourtant.

— C'est toi que je cherchais, justement, dit-il en voyant le garçon. Debbie Grieder nous a prévenus de la disparition de sa nièce, Becca King. Tu es au courant ?

— Becca King ?

Seth avait répété son nom pour se donner le temps de réfléchir à la réponse qu'il allait apporter. Il ne devait pas leur permettre de remonter la piste de la jeune fille. Et risquer de mettre son beau-père sur ses traces.

— Debbie m'a confirmé que vous étiez amis, reprit l'officier. Un peu comme Sean et toi, d'ailleurs.

— Hé ! Oui, je connaissais Sean, s'emporta Seth. Il m'a appris à jouer aux échecs, mettez-moi en prison si c'est un crime !

— Ne joue pas au plus malin avec moi. Un témoin t'a vu en train de quitter le motel après la disparition de Becca.

— Ah oui, quel témoin ?

— Peu importe son identité. Il te suffit de savoir que quelqu'un a noté ta présence et m'en a averti. Tu peux t'expliquer sur ce point ? Une jeune fille a disparu et, depuis ta visite au motel, ses affaires aussi. Pour le moment, je penche en faveur de la fugue. Et je me demande si tu vas me fournir une raison de changer d'avis. Alors, c'était bien toi au motel ?

Le shérif adjoint n'en était donc pas sûr, songea Seth. Contrairement à ce qu'il affirmait.

— Pas depuis le départ de Becca, répondit-il.

— Tu es donc au courant qu'elle est partie.

— Vous venez de me dire qu'elle avait fugué... Ecoutez, je ne comprends pas où vous voulez en venir. Vous croyez que je lui ai fait quelque chose ? Quel serait mon mobile ? Quelle raison aurais-je de m'en prendre à qui que ce soit ?

Dave Mathieson laissa les questions de Seth en suspens. Leurs implications alourdissaient l'atmosphère. Il scruta le garçon comme pour lire en lui. Le silence s'étira.

— Je ne sais rien sur Becca King, finit par ajouter vivement Seth. Je ne sais rien sur personne. Je ne sais rien sur rien d'ailleurs !

— Ça, je veux bien le croire, répondit le policier. Mais entre-toi ça dans le crâne, Seth : je t'ai à l'œil.

Après sa confrontation avec le shérif adjoint, Seth faillit aller trouver Debbie Grieder pour lui livrer le fond de sa pensée. Elle en connaissait peut-être un rayon sur l'alcoolisme, mais la liste des choses qu'elle ignorait, plus ou moins volontairement, était longue.

Difficile de comprendre, par exemple, qu'elle ne s'était pas rendu compte que Sean avait commencé à se droguer l'année de ses quinze ans, pile au moment de la mort de Reese. Tout aussi difficile de croire qu'elle n'avait pas remarqué qu'il faisait pousser du cannabis sur la partie la plus ensoleillée de la falaise, caché dans les fourrés. Et comment n'avait-elle pas réalisé qu'il prenait des amphétamines ? Seth avait beau avoir dix ans de moins que Sean Grieder, il l'avait bien vu, lui, que son ami était sur une très mauvaise pente.

Il prit la nationale vers le nord, songeant qu'il ne pouvait rien pour Debbie Grieder. Ni pour Sean. Il ne pouvait presque rien pour Becca King, à part lui donner un petit coup de main. En revanche, il pouvait se servir des informations trouvées en ligne.

Au moment de s'engager sur le long chemin conduisant à la ferme des Cartwright, il remarqua les graminées desséchées sur le bord. Et il se fit la réflexion qu'elles étaient de véritables aimants à tiques. Tout comme les chaussettes des gens, leurs jambes, leurs pieds et leurs orteils. Si on n'y prenait garde, la tique s'installait parfois plusieurs jours sur vous.

Seth était heureux de faire quelque chose pour les Cartwright : en leur apportant la réponse au mal qui rongeait le père de Hayley, il allégerait leurs inquiétudes. Il souriait au moment de se garer devant la maison et signala son arrivée de plusieurs coups de klaxon.

Hayley sortit sous la pluie telle une furie. Elle agitait les bras et, dès qu'il descendit de voiture, elle lui cria :

— Chut ! Ça ne va pas de klaxonner comme ça !

Il n'avait même pas eu le temps de fermer sa portière. Elle semblait furieuse.

— Du calme, Hayl. Je venais prendre des nouvelles de ton père…

— Pourquoi ça ? Il va très bien, mon père. C'est ce fichu 4 × 4 qui nous a lâchés.

— Je voulais justement vous en parler. Quand je l'ai reconduit ici, il n'y avait aucun problème avec l'embrayage.

— Et alors ? Et alors !

Elle était écarlate.

— Alors, rien. Ecoute, on peut entrer ? Ou au moins s'abriter sous le porche ?

— Non, on ne peut pas.

Il remonta le col de sa chemise et rabattit le rebord de son chapeau.

— Très bien, c'est toi qui vois… Je dois te dire un truc, Hayley. Je faisais une recherche sur le Net à cause de ton père…

— Tu vas le laisser tranquille !

Elle avait haussé le ton, et Seth constata qu'elle avait les yeux brillants. Ses larmes accrurent encore sa colère. Le poing serré, elle cracha :

— Qu'est-ce qui ne tourne pas rond chez toi ? Tu fais comme si tu n'allais pas finir en prison dans quelques jours !

— Hé, je ne sais pas qui croit m'avoir aperçu au motel de la Falaise, mais même si je m'y trouvais, et ce n'est pas ce que je dis, je n'avais pas la moindre idée que Becca King avait fugué, d'accord ?

— De quoi parles-tu ?

— Du shérif adjoint, de quoi d'autre ? Il vient tout juste de m'accuser de…

Seth la dévisagea et se rendit compte qu'ils ne parlaient pas de la même chose.

— Waouh ! reprit-il. Saratoga Woods et Derric. Tu ne plaisantais pas, hein ? Quand tu me suggérais de me dénoncer à…

— Que faisais-tu là-bas ce jour-là ?

— Est-ce que ça te regarde ?

— Réponds-moi !

— Hé ! Je promenais Gus, d'accord ? Et toi ? Qu'est-ce que tu faisais là-bas ?

— Comment étais-tu habillé ? Tu portais tes sandales ?

Seth en eut la mâchoire décrochée. Il referma la bouche avant de répliquer :

— Bon sang, pourquoi… Que se passe-t-il, Hayley ?

— Tu ne les mets plus. Tu as arrêté de les mettre.

— Hein ? Au cas où tu ne l'aurais pas remarqué, il pleut !

— Tu ne les quittes jamais. Tu les as encore ou tu t'en es débarrassé ? Tu les as données à Dylan Cooper ?

Un juron échappa à Seth : Hayley était cinglée, et lui encore plus d'être venu dans cette ferme débile. C'était terminé entre eux. Terminé. Pourquoi n'arrivait-il pas à lâcher Hayley, sa famille, sa ferme ou quoi que ce soit ?

— Réponds-moi ! insista-t-elle. Becca King m'a parlé de tes sandales, sans aucune raison. Elle sait quelque chose. Et toi aussi. Je te jure, Seth, que si tu ne me le dis pas…

Il sentait sa tête sur le point d'exploser et s'affala sur le siège de la Coccinelle avant de se prendre la tête à deux mains. Ce que Hayley croyait. Ce qu'il croyait. Des accusations. La vérité. Un ballon enflait dans son crâne, la douleur était intolérable.

— Ouais, ricana-t-elle face à sa réaction. Tu as matière à réflexion, hein ? Je te suggère de commencer par cette question : pourquoi tu ne peux pas me fiche la paix ? Nous laisser tranquilles, moi et toute ma famille ? Tu cherches quoi, d'abord ? Tu n'as pas le droit de quitter le lycée et de tirer un trait sur ton diplôme pour ensuite jouer les jaloux, blesser quelqu'un sous prétexte qu'il est mon ami et qu'on s'est embrassés. D'accord ?

Oui, ça m'a plu. Pour ne rien arranger, tu mêles cette fille, Becca, à toute…

Seth se jeta sur Hayley pour lui plaquer une main sur la bouche.

— Arrête ! Tais-toi ! Je n'arrive pas à réfléchir.

Détournant la tête, elle rétorqua d'un ton cinglant :

— Exactement ! Tu es incapable de réfléchir !

La porte de la maison s'ouvrit sur Mme Cartwright. Les bras croisés, elle s'avança sur le seuil et les apostropha :

— Vous devriez vous mettre à l'abri, tous les deux. Que vous arrive-t-il ?

— Rien, répondit Hayley.

Avec un demi-sourire prudent, sa mère poursuivit :

— Ce n'est pas l'impression que ça donnait. Tout va bien, Seth ?

— Oui, réussit-il à articuler. Je vais bien. Très bien.

Puis, se rappelant le motif de sa visite, il ajouta :

— Mais, madame Cartwright, je voulais vous dire… j'ai remarqué que votre mari n'était pas en grande forme.

Il déballa alors ses découvertes sur la maladie de Lyme, ainsi que l'histoire de cet habitant de Whidbey Island qui avait été soigné, à tort, pour une sclérose en plaques, et enfin l'évolution de la maladie de Lyme sur l'île. Pendant qu'il parlait, il entendit Hayley souffler son prénom et vit Mme Cartwright porter sa main à sa gorge. Il était incapable, pourtant, de s'arrêter avant d'avoir tout dévoilé. Tant pis pour Hayley, il ne s'agissait pas d'elle. Il s'agissait de bien faire pour une fois. Il expliqua que M. Cartwright avait pu ne pas remarquer la présence d'une tique sur son corps. Il lui arrivait bien à lui, Seth, d'en trouver sur Gus. Il poursuivit sur le sujet de cette affection, les dégâts qu'elle pouvait causer et la nécessité de se soigner…

Des larmes roulaient sur les joues de Mme Cartwright.

— Merci, Seth. Merci d'être passé, mon grand, dit-elle avant de rentrer.

Hayley, quant à elle, le fixait. Elle était trempée et n'avait plus le visage rouge, mais une drôle d'expression. D'une voix radicalement différente, inébranlable – qui lui rappelait la Hayley qu'il connaissait –, elle lui demanda :

— Qu'est-il arrivé dans le bois ce jour-là, Seth ?

Incapable d'interpréter son expression ou de s'expliquer pourquoi elle avait soudain retrouvé ses anciennes intonations, il répondit :

— Quelle différence ça peut bien faire, bon sang ?

Il reprit le volant et partit.

33

La confusion la plus totale régnait dans la tête de Seth lorsqu'il quitta la ferme des Cartwright, mais un élément se détachait du reste : la question de ses sandales. Si Becca en avait parlé à Hayley, c'est qu'elle avait une bonne raison de le faire.

Il regrettait presque de les avoir achetées maintenant. Elles étaient adaptées à tous types de météo et de terrain. Etanches et pratiques pour la marche. Avec une paire de chaussettes chaudes, on pouvait les porter à longueur d'année, sauf dans la neige. Et c'était d'ailleurs son intention au moment de leur acquisition : ne pas les quitter.

Il ne les mettait pas en ce moment, parce que… parce qu'il ne les mettait pas. Point final. Il ne devait pas d'explications à Hayley. Et elle n'avait aucun droit de lui poser des questions. Sur aucun sujet. A cause d'elle, il était une vraie boule de tension. Et à cause de la vie, de façon plus générale.

Il était en partie responsable de cet état de fait. Il avait conclu un marché avec ses parents et il n'avait pas rempli sa part. Hayley avait raison quand elle l'accusait de ne rien mettre en œuvre pour avoir son diplôme.

Il n'avait pas de prof particulier, il ne révisait pas… Et pourquoi ça ? Parce qu'il ne supportait pas l'idée d'échouer à l'examen et d'être perçu, à jamais, comme un raté.

Lorsqu'il atteignit l'entrée de la nationale, à Freeland, il réalisa qu'il avait une chose à accomplir pour se prouver qu'il n'était pas un cas désespéré. Il se rendit au magasin de fournitures agricoles.

Il gara la Coccinelle près des meules de foin. Elles étaient recouvertes d'une toile enduite contre les intempéries, mais il les reconnut à leur forme rectangulaire.

Il arpenta les allées de la boutique à la recherche de nourriture pour chiens. Il jeta un sac de vingt kilos sur son épaule, puis partit en quête d'un objet qui amuserait Gus et survivrait à son enthousiasme destructeur plus de trois minutes. Il arrêta son choix sur un énorme os, dont le labrador ne viendrait pas à bout avant plusieurs jours.

Au moment où Seth allait passer à la caisse, une main s'abattit lourdement sur son épaule et une voix qu'il aimait plus que toute autre dit :

— C'est pour moi. Et l'os aussi.

Son grand-père portait le même sac de croquettes. Seth en eut la gorge nouée : en plus de tout le reste, Ralph s'était imaginé que son petit-fils oublierait d'acheter à manger pour son chien.

— Hors de question, indiqua-t-il au caissier avant de lui tendre l'argent.

Il récupéra ses achats et sortit sans attendre. Il n'avait pas atteint les meules de foin que sa colère était déjà retombée. Il posa le sac, puis s'affala sur l'une d'elles. Il tourna et retourna l'os dans sa main.

Ralph se laissa tomber à côté de lui et déclara :

— Je me suis sacrément trompé sur ton compte,

fiston. Je te présente mes excuses et j'espère que tu me pardonneras.

— Tu as même cru que je ne m'occuperais pas de nourrir Gus…

— Oui, c'est vrai. Et j'ai eu tort sur ce point aussi. Je te demande pardon, Seth.

— Grand-père, je ne t'ai pas volé tes affaires. Et je ne prends pas de drogue. Mon cerveau est assez embrouillé comme ça de toute façon… Tu imagines ce que ça serait si je me droguais ?

Ralph soupira. Il retira son chapeau, se gratta énergiquement le crâne, puis le remit.

— Je sais, finit-il par admettre. J'ai eu un moment de doute, c'est humain, et je suis humain. Enfin, une seule chose compte et je vais te dire laquelle : peu importe ce que je crois ou ce que j'ai cru, je n'ai pas une seule seconde cessé de t'aimer, mon garçon.

Seth considéra l'aveu de son grand-père, les conséquences d'une erreur de jugement, d'une conclusion tirée à la hâte sans chercher plus avant…

— Je croyais avoir une bonne raison de t'emprunter ton matériel de camping sans te demander l'autorisation. Quelqu'un avait besoin de mon aide. Je suis désolé de ne pas t'avoir prévenu. Je craignais juste que tu poses des questions.

— Et ? Quel aurait été le problème si je l'avais fait ?

— Tu ne peux pas, grand-père. Pas sur ce sujet. J'ai promis un coup de main à cet ami. Tu dois me faire confiance.

Ralph l'observa longuement avant de conclure, en hochant la tête :

— Je vois.

Il conserva le silence un moment, les yeux rivés sur

l'os dans la main de Seth. Puis il sortit un bandana de sa poche et se moucha bruyamment avec. Après l'avoir roulé en boule, il dévisagea son petit-fils.

— Je peux te demander une chose, fiston ? Hayley joue-t-elle un rôle dans les événements des derniers jours ?

C'était la seule question importante, comprit Seth. Et il n'avait pas la réponse.

— Je ne sais même plus.

— Ah… souffla Ralph, qui se laissa aller contre les meules avant de lever les yeux vers le ciel gris et furieux. C'est nul, l'amour, grommela-t-il.

Seth ne put retenir un gloussement.

— Tu l'as dit.

— Si tu veux mon avis, le pire, en amour, c'est de rester dans l'ignorance.

— Ne pas savoir si l'amour est réciproque ?

— Il y a ça, oui. Et aussi ne pas connaître d'avance la suite. J'ai l'impression que toute histoire d'amour possède un tas de ramifications. Et personne ne peut vraiment les voir.

— En tout cas, moi, je dois être aveugle.

— Tu es loin d'être le seul, je t'assure.

Il posa une main sur la nuque de son petit-fils. Le contact était à la fois chaud, rugueux et familier.

— Je peux te donner un conseil de grand-père, fiston ? C'est sans doute de la foutaise, mais j'aimerais me lancer.

Bien qu'il ne fût pas certain d'être prêt à l'entendre, Seth l'invita à continuer. La grande leçon à tirer de l'amour, selon le vieil homme, était que, lorsque c'était terminé pour l'un des deux, c'était terminé pour l'autre.

Il fallait alors avant tout chercher à situer le moment précis où le changement s'était produit, et non y résister.

— Je ne suis pas en train de prétendre que Hayley ne t'aime plus, ajouta-t-il. Je pense juste que tu dois attendre de voir comment la situation évolue au lieu de te débattre pour faire advenir quelque chose alors qu'il n'y a peut-être plus rien. Parce que j'ai cette impression. Que tu essaies de forcer la situation avec Hayley. Je me trompe ?

— Peut-être. Je ne sais pas vraiment. Enfin… je crois comprendre pourquoi j'agis comme je le fais. Et parfois, je découvre que je me suis trompé.

— C'est-à-dire ?

— En fait, je vais à la ferme parce que quelque chose ne va pas avec son père… Je te jure, grand-père, il se passe un truc ! Et je crois avoir trouvé quoi, alors je veux les prévenir, elle et sa famille, mais elle s'imagine que je suis venu pour une autre raison.

— Qu'en penses-tu ?

— Je pense, articula-t-il lentement, que c'est quelque part entre les deux.

— Quoi ?

— La vérité.

— Ah…

— Elle est persuadée que je suis jaloux, tu vois. Que tout ce que j'ai fait, que tout ce que je fais encore, est motivé par ma jalousie.

— Et tu l'es ?

— Sans doute. Je sais que la jalousie est un sentiment débile. Ça ne m'avance à rien, je m'en rends bien compte. Mais je dois reconnaître que jusqu'à présent… Grand-père, je suis incapable de contrôler mes émotions. Elles sont là et elles me dictent ma conduite.

— Le genre d'impulsions qui te met des œillères, répliqua Ralph.

— Je sais bien. Est-ce que ça m'aide à trouver un prof ? A répéter avec mon groupe ? Est-ce que ça m'avance dans la vie en général ? Carrément pas.

— C'est une bonne chose que tu le comprennes… Moi, je cherche toujours à éviter les sentiments stériles. La jalousie en fait partie.

— Jusqu'ici, ça m'a vraiment attiré des ennuis, concéda Seth.

— Je suis ravi que nous soyons d'accord sur ce point. Et sur la nécessité de donner à manger à ton chien.

Il se tapa les cuisses puis se leva, avant de hisser le sac de nourriture sur son épaule. Seth l'imita. Ils rejoignirent la camionnette de Ralph, garée juste à côté de la Coccinelle. Gus attendait à l'intérieur. Seth ouvrit la portière et, après avoir sauté à terre, le labrador se dressa pour poser les pattes sur les épaules du garçon.

Au bout d'une minute, Ralph interrompit les retrouvailles.

— A l'intérieur, Gus.

Le chien obéit aussitôt.

— Je voudrais te demander l'autorisation de faire quelque chose, fiston, ajouta-t-il.

Seth haussa les sourcils : ça n'était pas habituel.

— Quoi ?

— J'aimerais parler à Hayley.

— Hors de question, grand-père ! Non ! Enfin, je veux…

Ralph l'arrêta d'un geste de la main.

— Je ne compte pas lui parler de vous deux. Du moins pas directement. Mais il y a des sujets que nous devons aborder, elle et moi, et j'ai besoin de ton feu vert.

Si tu t'y opposes, je m'inclinerai. Je pense cependant que tu devrais accepter…

Seth pesa le pour et le contre. Quand son grand-père avait-il été animé par autre chose que de bonnes intentions ?

— Bon, d'accord, lâcha-t-il. Je peux juste te donner un conseil ?

— Avec plaisir.

— Ne mentionne pas son père.

Ralph se lissa la moustache, le temps de réfléchir à la suggestion de son petit-fils.

— Seth, finit-il par dire, si j'ai tiré une autre leçon dans ma vie, et Dieu sait qu'elles sont fort peu nombreuses, c'est celle-ci : les sujets tabous sont la meilleure raison d'aller parler aux gens.

34

Lorsque Hayley entrouvrit doucement la porte, elle aperçut Rhonda Mathieson dans la chambre de Derric. Elle lui rasait le crâne, débarrassé de tout bandage à présent. Lisse et rond, il ne portait pas la moindre trace visible. Hayley avait taquiné Derric un jour pour savoir s'il se coiffait ainsi pour exhiber la forme parfaite de son crâne. Il s'était esclaffé de son rire tonitruant et joyeux. C'était la coutume en Ouganda. Et ça lui plaisait.

Rhonda éteignit le rasoir électrique.

— Voilà, mon chéri, dit-elle avant de se détourner du lit et de repérer la visiteuse près de la porte. Tiens, Hayley, je ne m'attendais pas à ta venue.

— Je ne suis pas inscrite sur la liste. Je voulais juste savoir comment ça allait.

— Rien de neuf, lâcha Rhonda avec un sourire forcé. Et toi, ma belle ?

— Il me manque.

— Eh bien, on se rejoint sur ce point.

— Vous tenez le choc, M. Mathieson et vous ?

Rhonda se mit à s'agiter, lissant le drap et bordant la couverture. Pendant qu'elle s'affairait, elle répondit :

— On ne se voit pas beaucoup en ce moment, avec Dave. On se succède au chevet de Derric, et on ne fait que se croiser au petit déjeuner. Il passe l'essentiel de ses journées à Langley. Pour découvrir qui a fait du mal à notre garçon. Pour comprendre la raison de sa présence dans les bois. Moi, je veux seulement qu'il se réveille.

Elle caressa la joue de son fils. Hayley songea qu'il restait un non-dit entre elles deux, mais aucune ne fit le premier pas vers l'autre. Observant la chambre, Hayley constata que les ballons commençaient à se dégonfler et devaient être remplacés.

— Je vais vous laisser en tête à tête, annonça Rhonda. C'est toujours un plaisir de te rencontrer, Hayley. Merci de venir.

— Aucun problème.

La jeune fille s'approcha de Derric pendant que sa mère quittait la chambre. Il avait les lèvres gercées et elle sortit un petit pot de baume de son sac. Elle l'appliqua sur la bouche du garçon, puis se passa le doigt sur la sienne, pour y déposer le reste. C'était comme un baiser, et elle se rappela celui qu'ils avaient échangé après la soirée rwandaise. Elle ne parvenait pas à analyser ce qui avait changé à cet instant, pas plus qu'elle ne s'expliquait les bouleversements qui avaient suivi.

L'amitié de Derric lui était si chère. Il était si spécial…

« Regarde, avait-il dit, je vais t'apporter l'Afrique jusqu'à ce que tu puisses aller la voir par toi-même. » Il lui avait montré des dizaines de photos de l'orphelinat où Rhonda l'avait découvert. « Mate un peu le minibus qu'on utilisait à Kampala ! s'écriait-il en s'esclaffant. Encore une chance, il ne pleuvait pas beaucoup là-bas !

Sinon, ce vieux tacot serait tombé en morceaux. Tu vois ce village, Hayl ? On y est allés pour disputer un match de foot et on a fini par donner un concert. Cet instrument, là, c'est une sorte de xylophone africain. Et voilà Warren. Il a appris à en jouer à sept ans. Moi, ça a toujours été le sax. »

Elle entendait ces mots avec une telle précision que c'en était douloureux. Hayley posa la tête à côté de celle de Derric sur l'oreiller. Les yeux fermés, elle lui susurra à l'oreille :

— S'il te plaît, Derric, reviens. Tu es le seul à savoir et je n'y arriverai pas seule. J'ai besoin de toi.

Lorsqu'elle souleva les paupières, elle ne put que constater que les siennes étaient toujours closes et laissaient apparaître le même petit croissant blanc.

— Nous sommes ici à l'hôpital, Derric. Maman, papa et moi. Les choses ont empiré…

Hayley se rendit au service d'imagerie médicale, à l'arrière du bâtiment. Son père passait une IRM, et sa mère patientait dans la salle d'attente, un magazine ouvert sur les genoux. Elle ne le lisait pas. Echine courbée, yeux fermés, elle priait. Comme ses filles. Elles priaient depuis des mois, chacune dans son coin. Et sans se l'avouer les unes aux autres.

Hayley s'assit à côté de sa mère, qui leva des yeux mouillés de larmes vers elle.

— Ils t'ont dit quelque chose ?

— Non, non. Je pensais juste au phare en Californie. Tu te souviens ? Celui au pied de toutes ces marches ?

Hayley hocha la tête : l'anecdote lui était familière. Pendant leur lune de miel, son père avait fait le pari de gravir les trois cents marches qui conduisaient du phare, sur une presqu'île, jusqu'au sommet d'une falaise. Il n'était même pas essoufflé, à l'arrivée.

— Il n'est pas encore sorti, reprit sa mère en furetant dans son sac à la recherche d'un mouchoir. Si tu tends l'oreille, tu entendras le martèlement de la machine. Ils voulaient lui donner un calmant avant l'examen, mais, tu connais ton père, il a refusé. Puis il a ajouté... Il a ajouté : « Je ferais mieux de m'habituer aux espaces exigus, de toute façon. »

Sur ces mots, les larmes de sa mère jaillirent, et elle pressa le mouchoir sur sa bouche.

— Désolée... Je suis désolée, ma chérie...

Hayley savait ce que son père entendait par « espaces exigus ». La gorge serrée par des sanglots, elle aussi, elle se leva brusquement.

— Je vais prendre un peu l'air.

Dehors, le froid la saisit. Il n'y avait aucun endroit où aller à part le parking. Clignant des paupières pour chasser les larmes, elle remarqua combien l'érable, devant elle, était beau, avec ses feuilles cramoisies qui se détachaient sur le ciel d'un bleu intense. C'était magnifique et réconfortant. Dans cette journée sinistre.

Elle s'assit sur le banc au pied de l'arbre et tenta d'oublier son père. Puis Derric. Aucun ne se laissait chasser pourtant et, dès qu'elle fermait les yeux, elle les voyait tous les deux, ce qui rendait la situation encore plus pénible.

Elle sentit que quelqu'un s'installait à côté d'elle. Le grand-père de Seth. Il portait un chapeau à la Indiana Jones et ses cheveux n'étaient pas retenus en queue-de-cheval pour une fois. Il tenait à la fois du hors-la-loi et du montagnard. Avec un sourire, il lui dit :

— J'aimerais me joindre à toi, si ma compagnie ne te fait pas peur.

— Je crois que ça va.

Après un long silence, il reprit :

— J'aime l'automne. Certains y voient le précurseur de l'hiver, avec ses longues journées grises. Moi, j'y vois un feu crépitant : je me mets devant, les pieds au chaud, et je fais semblant de lire.

— Ah, oui… le feu dans la cheminée. C'est exactement l'image que j'ai gardée de votre maison. Sauf qu'on jouait au poker, Seth, vous et moi.

— Et tu étais une sacrée joueuse, mademoiselle ! s'écria-t-il avec tendresse. Jamais vu quelqu'un capable de garder un visage aussi impassible.

Hayley sortit un kleenex de la poche de son jean et se moucha. Ralph perdit son regard vers le parking, où il n'y avait rien à part des voitures. Il sembla s'adresser à elles, justement.

— Je suis passé à la ferme. Brooke m'a dit que vous étiez tous ici.

— Maman m'a demandé de l'accompagner… Je devrais d'ailleurs y retourner pour être avec elle. Mon père… Il avait rendez-vous.

Hayley savait qu'elle en avait trop révélé, tout comme elle savait que sa place était auprès de sa mère. Elle trouvait cependant du réconfort à la compagnie de Ralph Darrow. Elle comprenait pourquoi son petit-fils aimait passer du temps avec lui.

— Comment va Seth ? demanda-t-elle, surtout par politesse.

Ralph lissa sa moustache.

— Eh bien, je dois admettre que ce n'est pas la

grande forme. C'est en train de s'arranger. Il se fait du souci, malgré tout.

— A quel propos ?

Ralph lui jeta un regard qui signifiait clairement : « Je crois que tu le sais, Hayley. » Elle ne répondit rien, mais se tortilla sur le banc.

— Je ne suis pas du genre à me mêler des affaires de cœur qui ne me concernent pas, reprit-il, cependant j'ai examiné la question sous toutes les coutures, Hayley, et il y a quelque chose que je ne m'explique pas.

— Quoi donc, monsieur Darrow ?

— A l'époque, tu m'appelais grand-père. Ça me plaisait bien.

— Grand-père, rectifia-t-elle.

— Merci… Je peux continuer ?

— Il me semble.

— Très bien, alors. Je ne m'explique pas pourquoi tu n'avoues pas la vérité à Seth.

— Je l'ai fait ! s'écria-t-elle. J'ai essayé. Il m'avait surprise avec Derric, et c'est lui qui n'a jamais voulu me rappeler quand…

— Je ne parle pas de Derric. Je n'étais même pas au courant, et peu importe. Je te l'ai dit, je ne me mêle pas des affaires de cœur, Hayley.

— Mais vous m'avez demandé pourquoi…

— Pourquoi tu ne lui avouais pas la vérité. Oui, c'est ce qui m'intrigue. Et si nous mettons Derric de côté un moment, je crois que nous savons aussi bien l'un que l'autre de quelle vérité je veux parler.

Hayley ne répondit rien. Elle aurait aimé se confier. Ouvrir les vannes. A cet instant, cependant, elle vit ses parents sortir de l'hôpital, et sa promesse de garder le silence se dressa tel un mur entre Ralph Darrow et elle.

Son père se déplaçait lentement, traînant les pieds, et sa mère le tenait par la taille. Hayley voyait bien, à son expression, qu'il supportait mal le soutien de sa femme. Et que celle-ci était décidée à le lui apporter coûte que coûte.

Hayley aurait donné n'importe quoi pour pouvoir parler à quelqu'un. A présent que Derric était dans le coma et que Diana Kinsale lui avait expliqué qu'il fallait, pour son père, continuer jusqu'au bout, Hayley n'avait personne. Surtout pas ses parents, qui se refusaient rigoureusement à aborder le sujet.

— Que puis-je faire pour toi, Hayley ? s'enquit Ralph, tout bas.

Elle posa les yeux sur le vieil homme, qui observait son père.

— Grand-père, Seth n'y a jamais été pour rien, souffla-t-elle.

Ralph lui prit une main et la serra entre les siennes. Un sentiment profond de réconfort envahit la jeune fille.

— Je crois que je le sentais depuis le début, déclara-t-il.

— Ne lui dites rien, s'il vous plaît.

— Bien sûr que non, cette tâche t'incombe.

— Je ne peux pas, j'ai promis…

— Je comprends. Mais dans certaines circonstances, les promesses doivent être rompues. Le hic, c'est que personne ne peut savoir à ta place quand. Moi pas plus que quiconque. Seulement Seth a besoin de toi, Hayley.

— Je ne veux pas qu'il ait besoin de moi.

— Je ne l'entendais pas dans ce sens-là. Je suggère juste qu'il est temps d'aider Seth à se sortir du pétrin dans lequel il s'est fourré. Je ne peux pas m'en charger, je n'ai pas tous les éléments en main. Et si je m'en mêle,

Seth désapprouvera, à juste titre d'ailleurs. Il n'est plus un enfant, et je ne dois pas le traiter comme tel. Voilà pourquoi j'en suis arrivé à la conclusion que j'avais besoin de ton aide.

Hayley le dévisagea. Il ne lui disait pas toute la vérité : Ralph Darrow était l'homme le plus perspicace de la terre. Et toujours prêt à donner un coup de main à son petit-fils. Il ne sollicitait son intervention que pour une seule raison : il pensait qu'en aidant Seth elle s'aiderait elle-même. Et Dieu savait qu'elle avait besoin de secours.

— Entendu, grand-père, conclut-elle en se levant.

— Merci, répondit-il avant de l'imiter. Et maintenant, je vais aller saluer ton vieux père.

35

Soixante-douze heures plus tard, Seth décida d'aller voir Becca et la surprit alors qu'elle rentrait au Dog House dans la soirée. Elle avait passé l'essentiel de sa journée à la bibliothèque municipale, terrée dans un coin, pour travailler quelques questions de Civilisations orientales. A la fermeture, elle n'avait eu d'autre choix que de gagner le chemin de Seawall Park, par lequel elle pourrait rejoindre le pub à l'abri des regards.

Le froid était mordant. Elle savait qu'il ferait à peine plus chaud à l'intérieur, mais au moins aurait-elle un duvet en plume. Elle s'y glisserait et attendrait que le temps passe…

La lampe torche l'attendait à l'endroit où elle l'avait laissée en partant, juste derrière la porte de la cave. Elle monta au rez-de-chaussée. Le miroir derrière le vieux bar en chêne lui renvoya un reflet fantomatique en même temps que les lumières des bâtiments d'en face. Estompées par la peinture qui obscurcissait les vitres, celles-ci fournissaient néanmoins une clarté suffisante pour qu'elle puisse éteindre sa lampe.

Seth choisit ce moment-là pour surgir, tel un diable

à ressort, de derrière le bar. Becca ne put retenir un cri d'effroi.

— Pas de panique, fit-il. C'est moi ! La vache, j'attends depuis… deux heures ou un truc dans le genre. Où étais-tu passée ?

Crétine finie, ajouta-t-il à part lui, si clairement que Becca crut le voir écrit dans une bulle au-dessus de sa tête. Elle n'avait aucun droit de s'emporter contre quelqu'un à cause de ce qu'il pensait, seulement là, c'en était trop.

— Je ne peux pas rester enfermée ici vingt-quatre heures sur vingt-quatre, répliqua-t-elle vertement.

Il n'aurait qu'à mettre sa hargne sur le compte de la fatigue.

— Ça ne me dit pas où tu étais ? insista-t-il. Je croyais que tu ne voulais surtout pas être vue ?

— Je bossais à la bibliothèque, si tu veux tout savoir.

— Tu t'imagines vraiment que ton beau-père ne pensera pas à la bibliothèque, s'il se pointe ? Et le shérif adjoint ? J'avais compris que l'idée de le croiser t'inquiétait, aussi.

Me mentir... elle pense seulement... Hayley pourrait... Becca cherchait désespérément à interpréter les murmures de Seth, mais les bribes qu'elle saisissait au vol ne lui permettaient pas de savoir sur quel pied danser.

— Les deux m'inquiètent toujours. Quoi ? Tu crois que je t'ai menti ?

— Je n'ai jamais dit ça. Tu m'as entendu prononcer ce mot ?

— Tu l'as pensé, Seth.

— Oh, tu sais ce qui se passe dans ma tête, maintenant ?

— C'est écrit sur ton front.

Le terrain devenait glissant : Becca devait réorienter la discussion au plus vite. Elle avait froid, elle avait faim, elle ne voyait pas d'issue à sa situation, pourtant rien de tout ça ne devait la pousser à trahir son secret le plus important.

— Où est Sammy ? demanda-t-elle. Tu sais, il suffit que quelqu'un la repère et te voie descendre vers la cave…

— Je ne suis pas débile, l'interrompit-il. Je me suis garé dans le parking au pied de Third Street. Je t'ai apporté à manger.

Il posa un sac en papier recyclé sur le bar. Becca l'observa avec curiosité. Elle s'interrogeait : ce geste signifiait-il qu'elle pouvait lui accorder sa confiance ou que, comme Jeff Corrie, il avait un talent de comédien ? Tout en s'approchant, elle se concentra sur ses pensées. Malheureusement, elle ne réussit à récolter que les habituels fragments qui la faisaient tourner chèvre. *Peut-être… même… personne… grand-père…*

Il fallait qu'elle sache s'il portait ses sandales. Elle rejoignit en quelques enjambées le bar, le contourna, puis ouvrit le sachet. Il contenait un panini et un gobelet en carton fermé par un couvercle. Elle baissa la tête pour jouer la gêne et la reconnaissance : en réalité, elle cherchait à apercevoir ses pieds. Ils étaient glissés dans des bottines, pas dans des sandales.

Les contraintes de la saison, songea-t-elle. La pluie, la neige, le verglas… Ce n'était pas la Californie du Sud, ici. Les gens ne gardaient pas leurs sandales toute l'année. Elle ne fut pourtant pas convaincue par ses propres arguments.

— Le thé va refroidir, reprit-il.

Elle lui répondit que ça n'avait pas d'importance et qu'elle le remerciait. Elle le rembourserait dès qu'elle aurait de l'argent. Puis elle ajouta, d'un ton prudent :

— Tu n'étais pas obligé de m'attendre. Tu aurais pu déposer le tout à l'étage, à côté de mon sac de couchage.

— Je voulais te parler.

Plusieurs murmures assaillirent alors Becca, tous liés à Hayley Cartwright : *Hayley... ce qu'elle lui a raconté... pourquoi a-t-elle dit...*

Etait-il au courant que celle-ci l'avait déposée au garage, le jour où elle avait crevé ? Si c'était le cas, il n'y avait qu'un petit pas à franchir pour conclure qu'il savait aussi que Becca avait évoqué ses sandales devant Hayley.

— Vas-y, je t'écoute, répliqua-t-elle.

— Allons à l'arrière.

Après une légère hésitation, elle hocha la tête : les vitres n'étaient pas peintes, mais elles donnaient sur la passe de Saratoga, non sur la ville. Elle lui emboîta le pas dans le couloir conduisant à l'ancienne salle du restaurant. Les réverbères de Seawall Park apportaient assez de lumière pour qu'elle remarque les empreintes que laissaient leurs chaussures dans la poussière. Le souvenir de la trace dans les bois ressurgit dans sa mémoire, tel un signal de mise en garde. Tant qu'elle n'aurait pas d'explication à ce propos, elle ne pourrait pas se fier entièrement à Seth. Et lorsqu'elle aurait cette explication, il y avait de forts risques pour qu'elle ne puisse plus du tout se fier à lui.

— Tu ne manges pas le sandwich ? s'étonna-t-il.

Il la regardait comme si elle empestait. Ajoutée aux murmures, son expression de dégoût montrait qu'il n'était pas venu en ami, malgré le panini.

Elle se dit qu'elle ne pouvait pas continuer à vivre ainsi et s'attendre ensuite à ce que Seth Darrow, ou qui que ce soit, lui apporte de l'aide. Elle allait devoir changer la donne, sans tarder.

— J'ai besoin de te parler, Becca. Hayley pense que…

Elle n'entendit pas la suite, tant les murmures retentissants qui accompagnaient le prénom de son ex-copine menaçaient de lui percer les tympans : *Hayley est venue... pourquoi tu ne peux pas... je n'ai jamais, pourquoi aurais-je... me connaît, ME CONNAÎT... quelque chose de spécial...*

Incapable de suivre ce que Seth racontait, elle se plaqua les mains sur les oreilles et s'écria :

— Arrête !

Seth fut si surpris qu'un silence abrupt tomba sur Becca.

— Arrêter quoi ? reprit-il après quelques instants. Je ne t'accuse de rien. C'est moi qui me retrouve en position de suspect, pas toi. Alors si tu avais une raison particulière d'interroger Hayley sur mes sandales, j'aimerais la connaître.

— Quelles sandales ?

Elle avait tant de mal à reprendre pied après cette tornade sonore qu'elle n'avait plus les idées bien en place. Seth ne le comprit pas – et comment aurait-il pu en être autrement ? Il fit racler les pieds de sa chaise sur le vieux plancher.

— Formidable ! s'emporta-t-il. Toi aussi, tu en es convaincue. Je n'en reviens pas ! Laisse-moi te dire une chose : je n'ai pas touché ce type ! Je n'aurais jamais fait une chose pareille ! Pour qui les gens me prennent-ils, bordel ?

Se relevant brusquement, il fila vers la fenêtre et abattit son poing dessus. Si fort que la vitre vibra. Ses épaules s'affaissèrent et il déglutit bruyamment.

Becca le dévisagea, intriguée. Puis elle se rendit compte qu'il tentait de retenir des sanglots. *A quoi bon... vaste blague...* Alors elle sut, tout simplement.

Parfois, les murmures n'étaient pas des pensées sans suite. Parfois, ils constituaient des signes. Et ceux-là renseignaient Becca sur la vérité. Seth n'avait absolument rien tenté contre Derric Mathieson.

Elle se leva pour le rejoindre d'un pas incertain. Elle le sentit tressaillir lorsqu'elle posa une main sur son épaule. Il fit volte-face et elle frémit à son tour. Sans lui laisser le temps d'ouvrir la bouche, elle expliqua :

— J'ai vu la trace de tes sandales à Saratoga Woods, Seth. Juste au-dessus du ravin où Derric est tombé. J'ai interrogé Hayley au sujet de tes chaussures pour savoir si c'était un modèle courant ici, si l'empreinte pouvait appartenir à quelqu'un d'autre que toi.

Ils se regardaient en chiens de faïence. *Que faire... que faire...* La question alourdissait l'atmosphère, et Becca savait pourquoi : Seth n'était pas le seul à se la poser, elle provenait d'eux deux. Que faire pour aider Seth, lui qui n'avait causé de mal à personne ? Par chance, Becca avait sa petite idée sur l'identité possible du vrai coupable.

— Il y a un gars au lycée, Dylan, qui a les mêmes sandales que toi, Seth. Et vous n'êtes peut-être pas les seuls. Je n'en ai pas vu d'autres, mais…

— Dylan se trouvait dans la forêt ce jour-là.

— Ah oui ? Je me posais la question justement. Hayley m'a expliqué qu'il y en a qui se réunissent près du bloc erratique pour fumer des joints… Auraient-ils pu se trouver sur Meadow Loop Trail, aussi ? A l'endroit où Derric a fait sa chute ? Tu crois qu'il pouvait avoir rendez-vous avec l'un d'eux ?

— Avec Dylan, tu veux dire ?

Seth se frictionna la nuque avant de reprendre :

— Peut-être. Je ne sais pas. Derric ne touche pas à la drogue, à ma connaissance. Certains sportifs fument, mais ils ne traînent pas avec cette bande de camés.

— Est-ce qu'ils se fournissent auprès d'eux, en revanche ?

Becca répugnait à imaginer une chose pareille. Ça lui semblait impossible. Pourtant, Derric devait bien avoir une bonne raison de se trouver à Saratoga Woods.

— Tu te demandes si Derric aurait pu acheter de la drogue à Dylan ? Ou s'il lui devait de l'argent, carrément ?

Seth étudia longuement cette possibilité avant de souffler et de conclure :

— Si c'est le cas, il mérite un oscar pour sa prestation dans le rôle de M. Réglo. Je ne sais pas, Becca… J'ai du mal à y croire, alors que je n'apprécie pas particulièrement le gars.

— Etais-tu sur ce sentier, Seth ? Tu te souviens ?

— Meadow Loop Trail ? Je ne sais plus. J'ai arpenté la forêt dans tous les sens. Toi aussi. On cherchait Gus, rappelle-toi. Tu saurais retracer ton parcours ? Moi, non. Et qui le pourrait ? Toute l'île, ou presque, était réunie à Saratoga Woods ce jour-là. Au moins, j'avais une bonne raison de m'y rendre, moi, même si personne…

Becca l'interrompit d'un geste de la main. Elle avait réalisé, soudain, que ses paroles et ses murmures coïncidaient si exactement qu'ils se confondaient. Elle venait d'apprendre quelque chose d'important sur le pouvoir des murmures. Lorsque les mots et les pensées étaient en accord parfait, elle approchait de la vérité des gens.

La vérité était complexe toutefois. On la confondait parfois avec ce qu'on espérait – c'était une leçon que Becca avait tirée au contact de Jeff Corrie. Il restait encore une part de mystère dans toute cette histoire, et elle comptait bien la révéler. C'était le seul moyen d'aider Seth et de le libérer du poids des innombrables soupçons qui pesaient sur lui.

36

Lorsque le shérif adjoint se présenta au lycée, Hayley était à son cours préféré : Histoire américaine. Elle suivait avec intérêt le débat sur les questions morales et éthiques que soulevait la conquête des territoires indigènes.

Mme Stephany, l'enseignante, fut appelée dans le couloir quelques minutes. A son retour, elle affichait un air grave.

— Hayley, tu es attendue… Tu devrais prendre tes affaires, au cas où…

La jeune fille envisagea aussitôt le pire au sujet de son père. Elle empoigna son sac à dos et tomba sur Dave Mathieson à la porte de la salle.

La mine aussi sérieuse que Mme Stephany, il lui annonça :

— On doit parler, toi et moi.

— Quelque chose ne va pas ? s'enquit-elle sans vouloir vraiment connaître la réponse.

— L'heure est venue de te montrer franche avec moi au sujet de Saratoga Woods, Hayley. Tu ne m'as pas tout dit et j'ai besoin de savoir. Tout de suite.

Elle se laissa aller contre le mur. Le soulagement de

ne pas recevoir de mauvaise nouvelle était tel qu'elle crut qu'elle allait s'effondrer sous les yeux du policier. Elle réalisa alors combien la terrorisait la pensée que son père pourrait s'en prendre à lui-même parce que son corps ne lui répondait plus correctement.

La saisissant par le bras, le shérif adjoint l'entraîna dans le couloir, loin de la salle de classe.

— Très bien. Tu as compris qu'il n'y avait aucun intérêt à me mentir, je me trompe ?

Très bien ? Hayley fronça les sourcils de perplexité. Ah ! Il avait pris sa réaction pour un aveu de culpabilité. Elle ne savait pas de quoi il la soupçonnait, mais la dureté de ses traits faisait apparaître l'homme sous un nouveau jour. Avant, il était le père de Derric, un type super capable de les emmener à Seattle pour voir une exposition d'art congolais. A présent… Hayley était face à un étranger.

— Est-ce que je vais devoir impliquer tes parents, Hayley ? lui demanda-t-il en la secouant. Ou es-tu enfin décidée à me répondre ? J'ai parlé aux autres gamins de la liste. J'ai leur récit. C'est le tien que je veux, maintenant. Un récit complet, cette fois.

Hayley réalisa qu'elle n'avait pas encore répondu à une seule de ses allégations. Un nœud lui serra le ventre à l'idée qu'il pourrait déranger ses parents avec cette histoire, quand ils avaient plus que leur lot d'ennuis, déjà. Elle sentit l'inquiétude se transformer en colère et décida qu'elle n'aiderait pas cet homme. D'une voix ferme – alors que son cœur battait la chamade –, elle déclara :

— Il y avait beaucoup de monde dans les bois, ce jour-là. Et tous n'ont pas inscrit leur nom sur votre petite liste.

— Je vois, répliqua-t-il avant d'ajouter, avec un rictus suspicieux : Et cette fameuse Becca King sur laquelle je n'arrive pas à mettre la main en faisait partie ?

— Je la connais à peine.

Ce qui ne répondait pas à la question.

— Elle a fugué du motel de la Falaise. Et elle sèche le lycée depuis des semaines. Tu n'es pas au courant ?

— Non. Je ne la fréquentais pas, je ne vois pas comment son absence pourrait me choquer.

Elle comprit cependant que son ton était malvenu. Dave Mathieson s'approcha encore. Elle eut l'impression qu'il allait la traîner jusqu'au bureau du proviseur ou jusqu'à la prison de Coupeville, et la forcer à vider son sac. Il était si près d'elle qu'elle discerna une petite zone au coin de sa bouche qui avait échappé au rasage, le matin. Quant à son haleine, elle était tout sauf plaisante.

— Tu vas bien m'écouter, jeune fille. Tu étais dans les bois, et tu es la seule de la liste à ne pas avoir expliqué la raison de ta présence sur les lieux. Quelqu'un s'en est pris à mon garçon ce jour-là, et je ne partirai pas d'ici tant que je ne saurai pas qui. Revenons-en donc à la question initiale et examinons un peu la réponse que tu as à me fournir. Pour quelle raison étais-tu là-bas ?

Les battements du cœur de Hayley se précipitèrent. « Mon garçon » tournait en boucle dans sa tête. Pas « mon fils ». « Mon garçon », comme mon vélo, ma voiture, mon frigo. Elle se rappela que Derric lui avait fait part de cette habitude du policier. « Voilà notre garçon, Derric », disait-il. Ou bien : « C'est notre Derric. »

Elle perdit le contrôle d'elle-même.

— Pourquoi l'appelez-vous comme ça ? Pourquoi

dites-vous « mon garçon » ? Pourquoi ne dites-vous pas qu'il est votre fils ?

Le shérif adjoint se raidit. Sa bouche faisait un trait rectiligne dans son visage, telle une cicatrice.

— Non mais pour qui te prends-tu ?

— Pour l'amie de Derric. Et non, je n'avais pas rendez-vous avec lui ce jour-là, si c'est ce que vous croyez ! Je retrouvais Mme Kinsale, et la raison de cette entrevue ne vous regarde pas, à moins que vous ne pensiez que nous l'avons poussé dans le ravin toutes les deux.

Hayley n'avait jamais, de toute sa vie, parlé sur ce ton à un adulte. Pourtant elle poursuivit, convaincue qu'elle avait le dessus.

— Vous savez, monsieur, il y avait des fumeurs de joints dans les bois, et ils ont tous décampé avant que leurs noms soient relevés. Pourquoi vous ne vous concentrez pas plutôt sur leur cas au lieu de perdre votre temps à harceler les gens qui appréciaient Derric ?

— Il ne se drogue pas.

— Est-ce que j'ai prétendu ça ? Mais il était à Saratoga Woods, et eux aussi, et les gens se croisent sur les sentiers. Ça ne vous avait même pas effleuré ?

Dave Mathieson sortit un petit carnet en cuir et un stylo. Il jeta un regard lourd de sens à Hayley, et elle comprit alors qu'elle venait de tomber dans un piège.

— Des noms, lui ordonna-t-il.

Ils avaient tous détalé et elle était trop occupée à discuter avec Seth pour se souvenir de leur identité. Elle pouvait néanmoins lui en communiquer un dont elle était sûre. Peut-être la lâcherait-il ensuite.

— Dylan Cooper. Je crois qu'il y était.

— Il est inscrit ici ?

— Oui, je crois. Enfin, oui.

Hayley ressentait déjà la morsure de la culpabilité. Après tout, elle ne savait rien. L'unique élément permettant de lier Dylan Cooper à la chute de Derric était une paire de sandales, et elle tenait cette information de Becca King. Hayley était incapable de dire ce que cela signifiait, si c'était important ou si Becca cherchait juste à brouiller les pistes. Se rappelant que cette dernière se trouvait à Saratoga Woods ce jour-là, elle en déduisit qu'elle avait sans doute déguerpi avant l'arrivée de l'ambulance. Pourquoi ? Hayley n'avait pas la réponse. Elle savait seulement qu'elle devait éviter de la mouiller.

Le shérif adjoint referma son carnet en cuir. Il avait un nom, maintenant. Pourtant, loin d'afficher un air triomphal, il avait la tête de quelqu'un en plein cauchemar. Il ne supportait plus de ne pas savoir.

Hayley comprenait, malgré l'agressivité dont il avait fait montre à son égard, son abattement face à l'absence de réponse. Il n'y avait même rien qu'elle comprenait aussi bien.

Après le départ de Dave Mathieson, Hayley se dirigea vers les toilettes, juste en face d'elle. Elle était secouée. A la fois par la conversation et par le fait d'avoir dénoncé Dylan Cooper. La porte des toilettes buta contre quelqu'un : un témoin avait assisté à la scène. Jenn McDaniels. Evidemment… songea Hayley. La peste s'était sans doute cachée là pendant que le shérif adjoint l'attendait à la porte de sa classe.

La contournant, Hayley rejoignit les lavabos. Elle

retira ses lunettes et ouvrit le robinet d'une main tremblante. Jenn ne manqua pas de le remarquer.

— C'est quoi, le problème ? Tu as un parkinson maintenant, Hayley ? fit-elle en passant derrière elle pour entrouvrir la fenêtre.

Elle craqua une allumette. Une odeur de tabac ne tarda pas à s'installer : la brise poussait la fumée vers l'intérieur au lieu de l'emporter. Hayley continua à l'ignorer.

— Je crois que tu es propre, là, poursuivit Jenn.

Hayley coupa l'eau, puis se sécha le visage avec des serviettes en papier, avant de remettre ses lunettes, ce qui lui permit de découvrir avec davantage de netteté le sourire en coin de Jenn. Celle-ci reprenait déjà :

— Dis-moi, vous avez eu une petite conversation très intéressante avec le shérif adjoint. Ce n'est pas très prudent d'accuser les gens comme ça.

Hayley tourna les talons, mais Jenn fut plus rapide : laissant tomber sa cigarette allumée sur le carrelage, elle se plaça en travers de son chemin.

— Pardon, je voudrais sortir.

— Je ne t'en donne pas l'autorisation.

Lorsqu'elle voulut forcer le passage, Hayley se heurta à un mur. Le petit corps de Jenn était tout en muscles. Si elle donnait l'impression d'une plume que le premier coup de vent pourrait balayer, elle était en réalité un roc.

— Je ne t'aurais jamais prise pour une balance, Hayley. Un mot de moi, et Dylan sera au courant de tout ce que tu as raconté au shérif adjoint. Alors… tu vas faire quoi pour m'arrêter ?

Hayley avait bien une envie : la gifler. Ou lui envoyer son poing en plein visage. Mais elle avait beau être plus grande que Jenn, elle n'était pas de taille à affronter une fille aussi coriace.

— Je vais te livrer le fond de ma pensée, Jenn. Ça te plaît que Derric soit dans un lit d'hôpital. Ça te plaît de sentir que tu es importante pour lui, pour ses parents, pour sa guérison même. L'ennui, c'est qu'il doit rester dans le coma pour que tu puisses continuer à occuper ce rôle de premier plan, je me trompe ? Parce que s'il se réveille tu redeviendras simplement Jenn McDaniels, la fille que tout le monde évite tant elle est pénible.

Le visage de Jenn s'était contracté. Hayley sut qu'elle avait visé juste. Elle se reprocha pourtant de s'être abaissée au niveau de son adversaire. Elle n'était pas comme ça…

— Tu ne me connais pas, riposta Jenn. Et tu ne connais pas Derric non plus. Tu crois que vous avez une relation privilégiée, à cause de l'Afriiique… Ça saute aux yeux que tu cherches juste à te le taper.

Les mains croisées sous son menton, Jenn se mit à battre des cils de façon outrée et ajouta :

— « Oh, Derric, parle-moi de l'Ouganda. »

Hayley ouvrit la bouche, mais les mots ne franchirent pas immédiatement ses lèvres. Cette capacité qu'avaient tant de filles à déformer la réalité, à salir les meilleures intentions… C'était incroyable.

— Pourquoi es-tu aussi haineuse ? Quel genre de vie t'attend si tu passes ton temps à chercher les faiblesses des autres pour les blesser ?

— Je préfère les démasquer plutôt que de les laisser jouer un rôle.

— Je ne joue pas de rôle !

— Bien sûr que si, comme tout le monde.

— Non. Ton problème, c'est que tu t'imagines des

choses sur le compte des gens. Mais ce ne sont que des suppositions.

— Ah oui ? Eh bien, tu veux entendre celles auxquelles je suis parvenue à ton sujet ? Ou à celui de Seth ? Et de Beccaaa ?

— Ce que je veux, c'est arrêter de te parler !

— Parfait, il te suffit d'écouter. Becca King a poussé Derric dans ce ravin, et non Dylan. Elle voulait sortir avec lui, il l'a rejetée. Et elle s'est vengée. Voilà ce qui est arrivé. Et j'ai bien l'intention d'aider le shérif adjoint à la trouver.

— Tu me donnes envie de vomir.

Jenn inclina la tête vers les W-C.

— Ça tombe bien, tu n'as qu'un pas à faire.

Hayley était forcée de reconnaître qu'elle connaissait à peine Becca. Elle côtoyait la plupart des élèves depuis l'école maternelle, mais cette fille… Que savait-elle à son sujet ? Rien, à vrai dire. Elle savait, en revanche, qui aurait la réponse à cette question.

Tôt le lendemain matin, elle prit la direction du Star Store. Elle frappa à la porte. S'acharna sur la poignée. Puis se remit à cogner jusqu'à ce que Seth apparaisse. Il portait son balai sur l'épaule comme un fusil et, quand il découvrit l'identité de la visiteuse, il se pétrifia. Hayley s'en prit à nouveau à la poignée en criant :

— Seth, ouvre ! Je dois te parler !

Il déposa le balai et tira le verrou, sans la faire entrer pour autant. Il se montrait méfiant, et elle ne lui jetait pas la pierre : elle était totalement instable depuis quelques mois.

— Qu'est-ce qu'il y a ?

Si le ton de Seth n'avait rien d'hostile, il n'était pas non plus très accueillant. Comme s'il se préparait au prochain accès d'hystérie qui risquait de lui tomber dessus.

Hayley se rendit soudain compte qu'elle avait un tas d'excuses à lui présenter, et pour commencer, pour son aveuglement depuis le début de leur histoire : elle n'avait pas su voir combien ils étaient mal assortis, Seth et elle. Elle avait cru que la musique suffirait à les rapprocher – personne ne pouvait nier qu'il avait un talent exceptionnel dans ce domaine. Il y avait aussi sa bonté naturelle. Pourtant la guitare et la gentillesse n'avaient pas suffi, elle le réalisait désormais. Mais elle aborderait ce sujet plus tard.

— Je dois te parler de Becca, annonça-t-elle.

— A quel propos ?

— Le shérif adjoint pense qu'elle a poussé Derric. En tout cas, c'est ce qu'il pensera quand Jenn McDaniels lui aura parlé.

— Pourquoi ferait-elle une chose pareille ?

— Tu comprends la logique de cette fille, de façon générale ? Je sais seulement qu'elle s'est convaincue que Becca voulait sortir avec Derric, qu'il n'était pas intéressé et qu'elle l'a poussé dans le ravin par vengeance. Bien sûr, elle est persuadée que toutes les filles du lycée cherchaient à se taper Derric. Sauf elle, évidemment. Elle est l'innocence incarnée.

Seth prit le temps de soupeser cette théorie.

— Impossible, finit-il par conclure. J'étais là. Avec Gus et…

Il laissa la fin de sa phrase en suspens : il venait de se rappeler quelque chose.

— Quoi ?

— Rien.

Il avait étiré ce mot d'une façon qui signifiait : « Rien que je puisse te dire. »

— Seth, vous avez dû vous séparer, Becca et toi, non ?

— Tu étais là, toi aussi. De qui as-tu été séparée ?

— Pas de Derric. Il ne s'agit absolument pas de Derric et moi dans cette histoire. Nous sommes juste amis… Oui, on s'est embrassés, mais ça n'était rien de plus que ça et… Enfin, quelle importance maintenant ? Ce qui compte, c'est ce que Jenn compte faire.

— Je ne pige pas pourquoi c'est aussi crucial pour toi.

— Parce que c'est un mensonge. Tu penses que Becca s'en est prise à Derric ?

Il secoua la tête.

— Elle agissait bizarrement, reconnut-il, de là à…

— Donc, elle était bien là.

— Oui. On cherchait Gus.

— Ensemble ?

— Non. On a été séparés. Je ne sais pas où elle est allée. Je ne saurais même pas dire où moi, je suis allé. J'essayais juste de retrouver Gus. Elle aussi, à ma connaissance. Je pourrai le dire à Dave Mathieson s'il soupçonne vraiment Becca de quelque chose.

— L'ennui, c'est que tu ne peux rien affirmer, si ?

— Non, tu as raison…

— Imagine un peu ce qu'il pensera de la situation quand Jenn l'aura baratiné. Becca était présente sur les lieux. Elle a disparu. Elle ne vient plus au lycée. Jenn n'excelle jamais autant que lorsqu'il s'agit de blesser les gens. Elle va aider le père de Derric à débusquer Becca. Tu sais où elle est, je me trompe ?

Sa question le braqua.

— Je n'ai pas dit ça.

— Tu n'as pas besoin de me le dire. Je te connais, Seth. Si elle t'a demandé de l'aider, tu l'as fait. Tu es comme ça.

Seth la dévisagea pendant qu'il analysait ses propos et leur signification.

— Je ne l'ai pas poussé, Hayley.

— Je sais. Je suis désolée d'avoir pu penser… Ecoute, on a beaucoup de choses à discuter, toi et moi, mais ce n'est pas le moment. Dans l'immédiat, on doit protéger Becca. Tu dois la cacher pour que ni le shérif ni Jenn ne la trouvent. Tu peux faire ça, Seth ?

Il hocha lentement la tête et elle pivota sur ses talons. Elle sentit qu'il la suivait du regard jusqu'à la camionnette.

37

Il était encore très tôt lorsque Becca sortit du pub pour gagner les faubourgs de la ville. Empruntant un raccourci qu'elle avait découvert, elle aboutit à Sandy Point Road, la route qui aurait mis à mal sa meilleure volonté quelques semaines plus tôt. A présent, elle la gravissait aisément, ce qu'elle devait en partie au vélo de Seth, et en partie à sa bonne forme. Bientôt, elle serait capable de faire trente kilomètres sans peine.

Elle rejoignit rapidement la maison de Diana Kinsale, dont la cuisine et le porche étaient allumés. Diana vint l'accueillir à la porte, déjà habillée.

— Becca. Entre.

Elle la conduisit à travers des pièces aux couleurs automnales si chaleureuses que la jeune fille se sentit aussitôt réchauffée. Dans la véranda, les cinq chiens étaient allongés sur le béton, à côté d'un plateau pour le thé.

— Pas bouger, dit Diana au moment où ils dressèrent la tête.

Ils agitèrent la queue, mais lui obéirent, à leur habitude.

— Vous les avez autorisés à passer la nuit ici ? s'étonna Becca.

— Non. Ils avaient juste envie de te saluer ce matin.

Un frisson parcourut Becca quand elle comprit que Diana attendait sa visite. Et il se transforma en peur quand elle entendit le murmure suivant très distinctement : *On est entre nous, Becca.* Elle savait que Diana pouvait décider de lui donner accès, ou non, à ses pensées. Elle se souvint que sa grand-mère lui disait : « Prendre des risques exigera un grand effort de ta part, trésor. La plupart des gens le font dans le noir. De ton côté, tant que tu ne sauras pas contrôler les murmures, tu le feras dans le demi-jour. » Becca comprenait enfin la signification de ces paroles : les pensées ne lui fournissaient que des informations partielles, et avec Diana elle se retrouvait dans une de ces situations incertaines.

L'aube pointait sur Cascade Mountain, au loin, et déployait dans le ciel son étendard rose, qui virait à l'abricot puis au gris perle, tandis qu'un arc de nuit s'accrochait toujours au-dessus de la maison.

— J'ai besoin de savoir que je peux vous faire confiance, madame Kinsale.

Diana fit signe à Becca de s'asseoir. Elle lui servit une tasse de thé.

— Je crois que tu m'as déjà accordé ta confiance. Tu ne serais pas là, sinon.

Elle perdit son regard en direction de l'eau noire et immobile, qui commençait tout juste à refléter le ciel.

— Il va faire beau aujourd'hui, ajouta-t-elle.

Puis, après un silence :

— Comment puis-je t'aider, Becca ?

La jeune fille sentit qu'elle avait son soutien. Il émanait d'elle telle une rivière où Becca aurait pu plonger, si elle l'avait voulu. Elle lui posa la question qui lui brûlait les lèvres depuis des semaines et des semaines – et qui n'avait pourtant rien à voir avec la raison de sa présence.

— Vous savez où se trouve ma mère, madame Kinsale ?

— Elle est en sûreté, voilà ce que je peux te dire. Ce que je vois.

La vision de Becca se troubla.

— Elle me manque.

— Ça fait un vide dans ta poitrine. Je connais ce sentiment.

La sensation de paix qui accompagnait les mots de Diana était comme une mer de tranquillité.

— Je peux m'installer ici ? demanda Becca sans réfléchir. Avec vous et les chiens ?

Sans laisser le temps à Diana de répondre, elle déversa ce qu'elle avait retenu si longtemps, un flot de paroles que l'océan attirait comme n'importe quel cours d'eau.

— Le shérif adjoint est à ma recherche. J'ai dû m'enfuir du motel de la Falaise. Je me suis cachée au Dog House, j'ai séché les cours, je rêve d'un bain ou d'une douche, et j'aimerais retourner au lycée, avoir une maison et...

Diana vint s'agenouiller devant Becca et plaça les mains sur ses genoux. Des mains que les travaux du jardin et une longue vie bien remplie avaient rendues rêches.

— Vas-tu enfin baisser la garde ?

Un poids douloureux se souleva de la poitrine de

Becca. Elle eut l'impression que des parties de son corps se dissociaient d'elle pour se dissoudre.

— Oui, murmura-t-elle.

— Bien. Il faut que tu croies ce que je vais te dire. Ici, ce toit, les chiens, moi… ce n'est pas ce dont tu as besoin dans l'immédiat. Ça le sera un jour, je saurai quand et je te préviendrai. Le moment n'est pas encore venu.

— Pourquoi ? rétorqua Becca, le cœur serré.

— Parce que tu dois résoudre certaines choses avant.

— Comment ?

— La réponse est en toi. Tu ne t'en rends pas compte, mais tu possèdes la sagesse nécessaire pour aller de l'avant et faire ce qu'il faut.

La sagesse ? Elle n'aurait jamais qualifié ainsi le sentiment qui lui nouait le ventre. Elle avait l'impression d'être perdue dans un labyrinthe et de se heurter à chaque tournant à un nouveau problème insoluble : Derric, Seth, le shérif, Jeff Corrie, sa mère, sa cachette au Dog House, son absence du lycée… Becca avait désespérément besoin qu'on la sauve. Et elle était la seule à pouvoir le faire. Voilà ce que Diana voulait qu'elle comprenne.

— Si seulement j'avais mieux connu Derric avant l'accident… Si seulement j'avais mieux connu tout le monde. J'aurais su comment tout arranger.

— C'est-à-dire ?

Becca se tenait à un carrefour et elle devait faire le bon choix. Le sourire enjôleur de son beau-père l'avait induite en erreur. Si elle se trompait à nouveau… elle ne pourrait pas le supporter. L'enjeu était trop grand.

La gorge serrée, elle finit par répondre :

— Il faudrait que je raconte au shérif adjoint ce que j'ai vu dans les bois.

Diana se releva et s'assit sur un pouf voisin. Une main sur le bras de Becca, elle déclara :

— Tes inquiétudes et celles de Dave Mathieson concordent pour la simple raison qu'elles sont suscitées par le même événement et le même groupe d'individus.

— Sauf que j'appartiens à ce groupe d'individus et qu'il me cherche.

— Il a dû retourner le problème dans tous les sens, Becca. Comme toi. Il n'y a aucune différence, à vrai dire, sinon que c'est un adulte. Lui aussi, il doit faire le tri entre ses doutes et ses peurs. Il veut aider Derric. Comme toi.

— Ça, je le sais, pourtant je ne peux pas aller le trouver, madame Kinsale. Pas seulement à cause du pub et du reste, mais parce qu'il s'en prendra à quelqu'un si je fais ça.

— N'est-ce pas l'objectif ?

— Pas si cette personne n'a rien à se reprocher.

Becca jeta un regard désespéré à Diana, qui l'observait de ses yeux bleu délavé et bons. Après un débat intérieur de plusieurs secondes, elle soupira :

— Seth.

— Ah…

— Il n'aime pas Derric, mais il ne l'a pas poussé.

— Vraiment ?

— C'est sans doute Dylan Cooper.

— Tu en es sûre ?

— De quoi ?

— Commençons par Seth. Es-tu sûre qu'il n'a pas poussé Derric ?

Becca passa en revue les informations qu'elle possédait sur le garçon et des images défilèrent devant ses yeux : Seth et son chien, Seth lui donnant son vélo, Seth lui offrant un sandwich le premier jour à Langley, Seth la conduisant à Coupeville pour qu'elle puisse voir Derric, Seth la cachant au pub…

— Oui. Oui, je vois, dit Diana.

Becca la dévisagea.

— Vous… vous voyez ?

La tête inclinée, Diana sourit.

— Oui.

Un nouveau carrefour. Une nouvelle décision. Becca se lança.

— Seth m'a toujours apporté son aide. Je veux lui rendre la pareille.

— Ça se comprend. Laisse-moi réfléchir un moment.

Diana se tourna vers le ciel, où l'aube progressait à toute allure maintenant, étirant ses doigts de lumière.

— Je me souviens de toi ce jour-là, dans les bois. Tu cherchais un chien et je t'ai prêté la laisse d'Oscar. Remontons juste avant ça, quand tu es arrivée à Saratoga Woods. Ferme les yeux et raconte-moi comment les choses se sont déroulées.

Becca autorisa les images de cette journée à déferler dans son esprit : elle traversait la prairie avec Seth et Gus, se dirigeait vers le départ du sentier, dominé par d'immenses sapins, atteignait un embranchement… Elle n'avait pas eu le temps de retenir les noms des différents chemins, car dès qu'elle avait pénétré dans la forêt…

Becca rouvrit les paupières. Elle considéra Diana avec inquiétude à l'idée d'en révéler davantage. Elle avançait dans la pénombre. *Vas-y, ma grande.*

Diana avala une gorgée de thé sans un mot. Elle patientait.

— Très bien, dit Becca. J'ai entendu des murmures, ce qui signifie qu'il y avait beaucoup de monde dans les bois. En général, je dois être avec les gens pour entendre leurs pensées, mais là c'était différent. Je ne me l'explique pas. Il y avait une odeur aussi, qui m'a indiqué la présence de Derric. Puis Gus a entendu des chiens aboyer et il a détalé. Seth s'est lancé à ses trousses. J'ai tenté de suivre, et je me suis perdue.

— Et tu l'es encore aujourd'hui, répliqua Diana. Tu n'es pas la seule, d'ailleurs. Aucun de vous n'a retrouvé son chemin. Seth, Hayley Cartwright, Jenn McDaniels, toi…

— Jenn croit que j'ai des « vues » sur Derric. Elle veut m'attirer des ennuis. C'est elle qui a endommagé mon brouilleur. Depuis mon premier jour de lycée, elle s'est comportée comme une vraie…

— Oui, chuchota Diana. Laisse-moi réfléchir un moment.

Paupières closes, elle médita quelques instants. Quand elle les rouvrit, elle annonça :

— Je vais t'emmener quelque part. Il n'y en aura pas pour longtemps. Je crois que ça t'aidera à résoudre un des problèmes qui te préoccupent.

Diana prit la direction de la ville, mais à l'extrémité de Sandy Point Road elle vira à gauche, vers la nationale. Elles la traversèrent et s'engagèrent dans Cultus Bay Road, qui conduisait à l'autre versant de l'île.

La route franchissait d'abord une forêt dense et sombre, où les conifères pullulaient et où les aulnes portaient leur couronne saisonnière de feuilles jaunes. Des terres cultivables s'étendaient ensuite sur un kilomètre environ. Puis elles pénétrèrent à nouveau dans les bois, où la chaussée se frayait un chemin vers le sud, avant de descendre en lacets vers la côte. L'odeur de l'eau salée s'intensifia à mesure qu'elles approchaient de l'océan.

Les virages en épingle à cheveux se succédaient. A la sortie du troisième, sur la droite, se trouvait un chemin défoncé. Un panneau craquelé indiquait, en lettres peintes à la main : APPÂTS VIVANTS. Dessous, une flèche rouge délavé pointait en direction de l'eau.

Diana se gara sur le bas-côté.

— On doit finir à pied, dit-elle en montrant la piste.

Les gravillons crissaient sous les semelles de leurs chaussures et leur respiration faisait de la vapeur dans l'air humide, aux effluves d'algues et de fumée. Au bout de deux cents mètres environ, le chemin aboutissait à un parking, qui accueillait une caravane rouillée et délabrée, aux rideaux usés jusqu'à la corde. A côté, un cabanon en bois brut, sur le flanc duquel des lettres avaient été tracées : APPÂTS VIVANTS. Près de l'eau, une vieille maison grise, dont le toit s'affaissait dangereusement et dont les gouttières étaient si envahies de végétation qu'elles ressemblaient à des jardinières miniatures assaillies par les mauvaises herbes.

Comme pour la caravane, on y accédait par quelques marches qui n'inspiraient pas confiance. La porte moustiquaire était en piètre état. Les fenêtres étaient masquées par des rideaux élimés, dont on voyait bien qu'ils avaient été confectionnés à partir de vieux draps.

Une jetée était accolée à la maison. D'un côté, une corde à linge la reliait au cabanon. Des vêtements y étaient suspendus – et on ne pouvait s'empêcher de se demander comment ils allaient sécher dans un air aussi froid et humide. Entassés ici et là sans ordre apparent, des filets de pêche, des flotteurs, des paniers à crabes, des seaux, des brouettes et des bouées de sauvetage. Un peu plus loin, un W-C gisait sur le côté, recouvert d'un hamac moisi. A proximité, une barque en aluminium, calée sur une remorque, avait une énorme bosse à l'avant et une bâche marron jetée sur son moteur.

L'odeur de fumée provenait de la maison. Alors qu'elles l'observaient, une lumière s'alluma. La porte s'ouvrit, et Diana attira Becca à l'écart. Ce qui ne l'empêcha pas de voir un homme sortir. Secoué par une toux grasse, il s'engagea sur la jetée pour se racler la gorge, cracher et pisser dans l'eau. Une mouette somnolait sur un pilier. Il ramassa un coquillage pour le lui jeter. Il cracha à nouveau, cette fois sur les planches.

Diana toucha le bras de Becca. *Allons-y, chérie.*

Elles n'échangèrent pas un mot avant d'avoir repris le pick-up et atteint l'extrémité de la route, où le panneau de l'embarcadère indiquait : Possession Point. Diana coupa le moteur et se tourna vers Becca.

— Tu sais pourquoi je t'ai amenée ici.

— C'est là que vit Jenn.

Diana posa une main sur l'épaule de Becca, qui ressentit le picotement désormais familier.

— La haine cache souvent un désespoir que les gens ne s'autorisent pas à ressentir.

La gorge serrée et le regard dans le vague, Becca opina. Elles conservèrent le silence jusqu'au retour chez Diana.

— Il y a des réponses à toutes les questions, dit-elle alors. A Jenn, à Derric, à Seth, à tout. La seule difficulté consiste à reconnaître les réponses quand on les voit et à ne pas baisser les bras avant.

Elles descendirent. Face à elle, de l'autre côté du capot, Diana ajouta d'un ton définitif :

— Tu en es capable, Becca. Fais-moi confiance. Je sais que tu l'es.

38

Seth regagnait sa voiture dans l'obscurité matinale lorsque Jake, le manager du Star Store, pénétra en trombe sur le parking et se gara juste à côté de lui. Il baissa la vitre de sa Toyota.

— Tu es encore là, super ! Je viens de recevoir un coup de fil, Trevor ne peut pas s'occuper du réapprovisionnement et la livraison va avoir lieu d'une minute à l'autre. Tu peux rester ?

Seth ne refusait jamais une occasion de gagner un peu plus d'argent. Quelques instants plus tard, l'odeur des légumes chatouillait ses narines. Broccoli, chou-fleur, chou… Il partit chercher un couteau dans la réserve et l'aiguisa. Il était fin prêt quand le livreur déposa les premiers cageots au rayon primeurs, à l'entrée du magasin. A cet endroit, les vitrines donnaient sur First Street : les réverbères éclairaient des trottoirs encore vides. Seth se mit au travail. Il n'y avait pas cinq minutes qu'il tranchait les extrémités abîmées des brocolis quand il vit la voiture du shérif venir dans sa direction depuis la mairie.

Il chercha à distinguer les traits du conducteur, même si son identité ne faisait pas l'ombre d'un doute : Dave Mathieson. Ce dernier colla son regard sur Seth tout en pointant vers lui un doigt qui lui intimait de ne pas bouger d'un centimètre. Seth n'en avait pas l'intention, comptant bien s'acquitter de la mission qu'on lui avait confiée.

Trois minutes plus tard, le père de Derric se dressait devant lui, une main sur l'arme à sa ceinture.

— J'ai à te parler.

Seth s'abstint de répliquer qu'il l'avait deviné.

— Comment va Derric ? demanda-t-il.

L'officier ignora sa question.

— Je veux que tu me transmettes toutes les informations dont tu disposes sur Becca King.

Hayley avait donc vu juste : Jenn McDaniels avait joué les langues de vipère.

— Que voulez-vous savoir ?

— La nature de sa relation avec Derric.

— Je n'en ai pas la moindre idée.

— L'endroit où elle se trouve, alors. Son nom revient dans toutes les bouches, pourtant personne ne sait où elle est. Son dossier au lycée ne contient même pas de photo. Elle était soi-disant indisponible le jour où elles ont été prises. Elle n'a pas de profil Facebook non plus. Du coup, je commence à me demander si les gens n'ont pas tout simplement inventé son existence.

— Je ne suis pas non plus sur Facebook.

— CQFD.

Seth baissa les yeux. Il savait parfaitement où le policier voulait en venir. Pour Dave Mathieson, il n'était qu'un raté qui finirait en prison pour avoir cambriolé la résidence secondaire d'un milliardaire ayant fait fortune grâce à Internet.

— Je suis coupable, shérif. De A à Z.

Le père de Derric sembla alors réaliser qu'il avait dépassé les bornes.

— Ecoute, Seth, je veux juste retrouver cette fille. Je cherche une explication à ce qui est arrivé à Derric, et je crois que tu peux le comprendre. Tous les témoignages que j'ai récoltés me ramènent à Becca King, quand ils ne me conduisent pas à cet autre nom, Laurel Armstrong, qui ne semble renvoyer à personne, du moins sur Whidbey Island. Voilà pourquoi j'aimerais parler à cette Becca, qui me fait l'impression d'un fantôme.

A ces mots, Becca apparut, exactement comme l'esprit évoqué par Dave Mathieson. Par-dessus l'épaule du shérif adjoint, Seth la vit traverser First Street. Elle se dirigeait vers le Star Store, sans doute pour venir le trouver. Seth détacha son regard de Becca alors que le shérif adjoint poursuivait :

— Tu pourrais me donner une description physique, au moins ?

— C'est une fille, je ne vois pas quoi dire de plus.

— Seth… A quoi ressemble-t-elle ?

Seth se tourna vers Jake, qui se trouvait au rayon à la coupe.

— Tu connais Becca King, non ? Tu la décrirais comment ?

Jake leva le nez des morceaux de viande.

— Euh… hésita-t-il. Cheveux châtain foncé, un peu rondelette. Des cuisses maousses. De grosses lunettes ringardes qui devaient être à la mode en 1952, un goût de chiotte pour ses vêtements, mais je me la taperais bien.

— Pas moi, s'empressa de préciser Seth. Elle a quatorze ans.

Avec un air lubrique, Jake ajouta :

— Il faut les prendre jeunes !

Son regard se posa alors dehors.

— Hé, justement…

Seth l'interrompit aussitôt :

— Je parie que le shérif adjoint aimerait beaucoup t'entendre lui parler de ton goût pour les gamines de quatorze ans, Jake.

— Je plaisantais, Darrow, répliqua-t-il en courbant l'échine.

Dehors, Becca, qui avait aperçu le père de Derric, avait battu en retraite. Elle regagnait à pas vifs la rue pour, Seth l'espérait, se mettre à l'abri. Le policier n'allait pas s'attarder longtemps au Star Store. Il comptait sans doute passer la ville au peigne fin pour la débusquer.

— Irrésistible, votre petit numéro, reprit-il. Je me pisse dessus tellement vous êtes drôles. Sauf que mon garçon est dans un lit d'hôpital, relié à un moniteur cardiaque et la jambe dans une attelle. Et je trouverai le responsable. Alors, Seth, tu vas m'écouter bien attentivement : ramène-moi cette Becca King pour que je puisse l'interroger. Bien reçu ?

— Cinq sur cinq. Mais je ne sais pas où elle est.

— J'ai entendu dire le contraire.

— Ecoutez, j'ai rencontré cette fille un jour où elle cherchait de la graisse pour la chaîne de son vélo. Il lui arrive de passer ici pour acheter un sandwich, je n'en sais pas plus. Et Jake non plus.

Le shérif adjoint considéra sévèrement Seth avant de pointer sur lui son index et de conclure :

— N'essaie pas de me rouler dans la farine. Je peux très bien te conduire à la prison de Coupeville et t'interroger là-bas. Ça te plairait ?

— Faites ce que vous avez à faire. J'ai vu bien pire dernièrement qu'une visite à Coupeville.

La journée de travail de Seth n'avait cessé de s'étirer en longueur. Après le réapprovisionnement du rayon primeurs, il avait dû tenir une caisse à cause de la défection de deux autres employés que le soleil avait sans doute convaincus qu'une journée de surf valait mieux que huit heures dans un supermarché.

Encaisser les clients s'était révélé aussi cauchemardesque que le rêve récurrent que faisait Seth et où il se voyait remettre une interro de maths en plein cours d'histoire. La vieille amie de son grand-père, Mme Prince, avait plutôt bien réagi quand il lui avait demandé deux mille cent dollars pour un journal, six bouteilles de bière, un pain de mie, un pot de beurre de cacahuètes et une livre de haricots verts. Après avoir arrangé cette mini-catastrophe, il se sentait si vidé qu'il avait dévalé le reste de la matinée en roue libre.

Lorsqu'il monta dans sa voiture, quelques heures plus tard, il posa le front sur le volant et déclara à Sammy :

— Si seulement tu pouvais conduire tout seul, je suis mort.

— Impossible, lança Becca, qui se redressa alors sur la banquette arrière. Tu dois me sortir d'ici.

Seth fit un bond gigantesque.

— La vache !

— Ce truc empeste, dit-elle en repoussant la vieille serviette de plage sous laquelle elle s'était cachée.

— Elle est à Gus. Tu t'attendais à ce qu'elle sente quoi ? La rose ?

— Tu ne la laves jamais ?

— Pour qu'elle redevienne sale la seconde d'après ? répliqua-t-il au moment de démarrer.

Il prit Second Street en direction du nord de la ville.

Lorsque la rue devint Saratoga Road, il se gara sur le parking d'une laverie automatique. Pendant que Becca se hissait sur le siège avant, Seth se fit la réflexion que la description de Jake ne rendait plus compte de la réalité. Elle avait toujours ses lunettes bizarres et ses cheveux châtain terne, mais elle n'était plus rondouillarde. Si elle se décidait à acheter des lentilles et cessait de se maquiller comme un raton laveur, elle pourrait presque être jolie.

— Je t'ai vu discuter avec le shérif adjoint. Je ne savais pas où aller… J'ai pensé qu'il ne me chercherait pas dans ta voiture.

— Bien vu. Tu es sur la liste des suspects maintenant.

Il lui expliqua la visite de Hayley et la menace que Jenn avait mise à exécution. Becca lui prêta une oreille attentive.

— Alors je suis censée avoir… quoi ? Poussé Derric dans le ravin parce qu'il ne voulait pas sortir avec moi ?

— En gros.

Seth porta son regard sur le terrain vague de l'autre côté de la route. De mémoire, il était en vente depuis toujours. Une biche et trois faons s'y trouvaient justement. Des triplés… songea-t-il. Voilà qui n'était pas commun.

— Seth… demanda Becca d'un ton qui réclamait son attention. Tu ne crois pas ça, si ? Tu ne crois pas que j'ai poussé Derric ?

— Je ne pense pas, non.

— Tu pourrais être plus convaincant !

— Hé ! Je n'y peux rien si ce n'est pas le cas. Je ne l'ai pas poussé, mais quelqu'un l'a fait. Je ne sais pas qui. Ça pourrait être toi.

— Super, soupira Becca en se laissant aller contre le dossier de son siège.

Leur amitié venait de rencontrer un obstacle, et l'un d'eux devrait le franchir. Elle comprit qu'il valait mieux qu'elle s'en charge.

— A un moment donné, reprit-elle, il faudra qu'on ait confiance l'un en l'autre.

— Ça veut dire quoi ?

— Que tu dois m'expliquer pourquoi tu as cessé de porter tes sandales. Dylan n'a pas encore remisé les siennes, j'en déduis que ce n'est pas à cause de la météo.

Seth étouffa un juron.

— Ces foutues sandales, ajouta-t-il. Je t'assure que je regrette de les avoir achetées.

— D'accord, d'accord. Enfin, tu comprends qu'on puisse trouver ça étrange que tu ne les mettes plus depuis l'accident de Derric ?

— Et toi, tu comprends qu'on puisse trouver étrange que tu aies disparu juste après ? Après avoir abandonné ce portable débile sur le parking ?

— Oui. Je le comprends parfaitement. Sauf que je n'avais pas le choix.

— Ah bon ? Moi aussi, j'ai mes raisons.

— Comme quoi ? Pousser Derric ?

— Oh, arrête !

— OK, OK.

Becca le détailla si attentivement qu'il eut l'impression qu'elle cherchait à pénétrer dans son cerveau.

— Bon, reprit-elle, c'est fini, la méfiance. Alors voilà : j'ai repéré la trace de ces sandales sur le sentier, à l'endroit précis où l'accident a eu lieu. Et je suis convaincue que tu ne lui as pas fait de mal.

— Bien. Parce que ce type mesure plus d'un mètre quatre-vingt-dix et qu'il a la carrure d'un joueur de foot américain. Je ne suis pas idiot, jamais je ne me frotterais à lui. Et toi ?

— Je ne pousse pas les garçons dans les ravins. Même s'ils me disent que je leur donne des boutons. D'accord ?

— Des boutons, hein ? répéta-t-il avec un sourire. Très bien. Et maintenant ?

— Maintenant, tu me réponds pour tes sandales.

— Encore ! répondit-il d'un ton excédé. Elles sont chez le cordonnier, Becca. J'ai dû les envoyer à Seattle. Environ une semaine après l'accident. La semelle commençait à se décoller. Elles m'ont coûté plus de cent cinquante dollars et elles sont garanties à vie.

— C'est tout ?

— Oui, c'est tout. Fin de l'histoire. Elles sont supposées résister à n'importe quoi, alors quand j'ai vu que la semelle menaçait de se barrer, crois-moi, j'étais en pétard. Elles sont en réparation.

— Pourquoi tu ne l'as pas dit, tout simplement ?

— Dire quoi ? A qui ? « Votre attention, s'il vous plaît, j'aimerais vous informer que je vais faire réparer mes sandales » ? Si j'avais su…

Becca secoua la tête : c'était un geste d'étonnement, pas de suspicion. Cette réponse était à la fois la plus simple et la plus logique.

— J'ai l'impression qu'on doit parler à Dylan Cooper dans ce cas.

— J'ai l'impression aussi. Si tu es sûre de toi pour cette trace de pas, il doit avoir des informations.

— Tu sais où le trouver ?

— A cette heure de la journée ? Sans problème.

39

Lorsque Seth ramena Becca en ville, elle se sentit gagnée par l'appréhension. Elle n'était pas sortie en plein jour depuis des semaines, sinon pour se rendre au cimetière ou pour se faufiler en douce à la bibliothèque. Elle se ratatina sur son siège pendant qu'ils descendaient Second Street, et baissa la tête quand ils passèrent devant le motel de la Falaise.

Seth remonta Maxwelton Road, ce qui ne manqua pas d'intriguer Becca, persuadée qu'il l'emmenait au lycée de South Whidbey. Les seuls murmures qu'elle percevait ne la renseignaient pas réellement : *Dylan... toujours des fumeurs... ce que disait Sean.* Il avait l'air sûr de lui, en tout cas.

Il prit à gauche juste avant le bâtiment scolaire, sur une route sinueuse qui grimpait. Après avoir longé un terrain de base-ball, ils arrivèrent dans un parking, qui marquait le départ de deux sentiers forestiers. Becca n'avait jamais vu ces bois-là.

— On est où ?

— Au parc communal de South Whidbey. Une partie donne sur l'arrière du lycée. Ce qui est très pratique pour les amateurs de pétards. Suis-moi.

Il ouvrit la marche. La piste, d'abord large, rétrécissait rapidement. Ils avancèrent en ligne droite un bon moment avant de rencontrer le premier embranchement. Sans hésiter, Seth obliqua à droite, vaguement en direction du lycée. Ils étaient assez loin, néanmoins, et en surplomb. Une sonnerie distante signala l'intercours.

Ce deuxième sentier, plus étroit que le premier, était envahi de gaulthéries et de fougères. Seth attira bientôt l'attention de Becca sur un jeune aulne voûté, à une cinquantaine de mètres, perdu dans les broussailles. Il signalait le départ d'un troisième chemin.

— Par ici, dit-il avant de pénétrer dans le fourré.

Becca le suivit. Son nez l'informa bien avant ses yeux de ce qu'ils cherchaient. L'odeur d'herbe si caractéristique s'accompagnait de grommellements et de murmures, qui lui en dirent long sur l'état dans lequel ils allaient trouver les fumeurs. *Trop bon, mec... trouvé ce truc... tire une latte... le couvercle fera très bien l'affaire*. Ils les découvrirent affalés dans une petite clairière. Complètement stone. Ils étaient trois, et Becca les reconnut sans problème : Dylan Cooper – chaussé des fameuses sandales – et les deux mêmes garçons que le jour où il s'en était pris à Jenn puis à elle, dans le couloir. Derrière eux, en contrebas, elle apercevait le lycée. Il était assez près pour que ceux qui voulaient se défoncer dans les bois puissent le faire sans problème.

— Y se passe quoi ? demanda Dylan. Seth, mec, tu es là pour une latte ?

— Purée, c'est l'autre thon, s'écria un des fumeurs en montrant Becca du doigt. Waouh, t'es vraiment immonde.

— Ou tu veux acheter ? poursuivit Dylan comme si

son copain n'avait pas parlé. Il me reste trois boulettes pour plus tard, mais je peux t'en filer une.

— Il faut qu'on discute, répondit Seth.

Dylan tira sur le joint puis sourit avec nonchalance.

— Je parie que je sais à quel sujet. Et je parie aussi que je m'en cogne.

Becca leva les yeux au ciel : ça n'allait pas être du gâteau.

— Vous vous retrouvez pour fumer à Saratoga Woods parfois, non ? s'enquit-elle. Surtout le week-end, je parie ?

— Près du bloc erratique, en haut, ajouta Seth. Tout le monde est au courant.

— Et ?

— Et le jour de l'accident de Derric Mathieson, vous étiez là-bas, rétorqua Becca.

Sur ses gardes – autant que son état le lui permettait –, Dylan conserva le silence.

— Encore cette histoire de Mathieson, intervint un autre. On va arrêter un jour de nous saouler avec ?

Dylan sourit.

— Peut-êêêtre, répondit-il à Becca. Peut-êêêtre pas.

— Je t'ai vu, Cooper, contra Seth. Tu t'es tiré quand les flics se sont pointés, mais je t'ai vu. Comme tous ceux qui étaient présents ce jour-là.

Dylan n'avait aucun argument à lui opposer. Du moins dans son état. Becca se rendit compte qu'il cherchait à mettre de l'ordre dans ses idées. *Pfiouh... dois... la vache... purée...* rebondissaient dans son crâne. Même si ces murmures confus anéantissaient en grande partie ses espoirs de tirer quoi que ce soit de lui, elle se devait malgré tout d'essayer.

— Vous aviez rendez-vous avec Derric dans les bois ?

— Qu'est-ce que j'irais foutre avec lui ? s'emporta Dylan.

— C'est à toi de nous le dire, déclara Seth. Parce que tu as laissé une trace de pas sur Meadow Loop Trail, pile à l'endroit où il est tombé, et si tu ne veux pas que le shérif adjoint en entende parler…

— Hé hé hé !

Dylan fut debout en un clin d'œil, avec une vivacité qui contredisait son apathie précédente.

— Qu'est-ce que tu sous-entends, là, mec ? ajouta-t-il.

— Que tu étais là, que tu sais des choses et qu'il est temps de les cracher.

Dylan s'approcha de Seth. Ils étaient à peu près de la même taille, mais le premier avait des renforts – même s'ils n'étaient pas très frais.

— Et toi ? ironisa-t-il alors que ses copains se relevaient. Tu étais là, aussi. Le raté du siècle face au mec à qui tout réussit…

Une main posée sur le torse de Dylan pour le maintenir à distance, Seth répliqua :

— Dans le genre raté, tu te poses là…

Les copains de Dylan les encerclèrent en un clin d'œil.

— Viens, Seth, lui souffla Becca. S'ils savent quelque chose…

— Non, s'entêta-t-il. Dylan va parler. Et s'il ne le fait pas, je vais le cogner.

— Euh… Seth ?

Becca cherchait à attirer son attention : un des deux

types s'était muni d'une branche morte. Seth, qui l'avisait, railla :

— Il ne réussirait pas à frapper une dinde rôtie avec.

Se sentant mis au défi, celui-ci tenta de frapper Seth, qui fut plus rapide. Il lui suffit d'un geste pour désarmer son adversaire et l'envoyer au tapis. Lançant le morceau de bois au loin, il s'exclama :

— Allez, les gars, vous êtes beaucoup trop défoncés pour vous battre. On peut continuer ce petit jeu si ça vous amuse, mais même Becca ne ferait qu'une bouchée de vous. Alors, vous préférez quoi ? Me répondre ou distribuer des coups ?

Dylan avait fait son choix. Il balança son poing, mais son attaque se révéla sans force aucune. D'un direct, Seth le mit hors d'état de nuire.

— Les gars, soupira-t-il. Redescendez sur terre !

— Tocard…

— Avec ta mocheté de copine.

— Ouais, c'est ça, lâcha Seth d'un air excédé. Vous allez me dire ce qui s'est passé dans la forêt ou je vais devoir m'asseoir sur votre tronche pour obtenir une réponse ?

— Il s'est rien passé, d'accord ? s'énerva Dylan, qui s'inquiétait moins de Seth que du joint qu'il avait perdu dans la bataille. On savait même pas qu'il était là ! C'est quoi, votre problème ? On a entendu le boucan des sirènes. Rien d'autre ! Deux secondes après, les flics rappliquaient. Ça vous étonne qu'on n'ait pas eu envie de leur parler ?

Becca prêta une oreille attentive à ces paroles, mais elle ne perçut pas le moindre murmure derrière. Pas plus qu'elle ne sentit une quelconque complicité entre Dylan et ses copains indiquant qu'il mentait. Ce minable disait la vérité, apparemment. Et s'il était dans cet état-là le jour de l'accident, il n'aurait pas pu pousser quiconque, en particulier pas Derric Mathieson, qui pesait probablement vingt kilos de plus que lui et le dépassait d'au moins vingt points de QI.

— C'est bon, dit-elle à Seth.

— Tu es sûre ?

Elle opina.

— Allons-y.

Becca se triturait les méninges. Elle voulait des réponses, et elle les voulait maintenant. Elle se rappela alors ce que Diana Kinsale lui avait appris à l'issue de leur expédition jusque chez Jenn McDaniels : la difficulté était de reconnaître les réponses quand on se trouvait face à elles. Elle s'était échinée à comprendre l'attitude de Jenn et la haine qu'elle lui vouait, jusqu'à ce qu'elle réalise que l'explication était à chercher du côté de sa misère noire et du désespoir qui en découlait. A présent, Becca était devant de nouvelles énigmes et elle avait la conviction intime que la solution était sous son nez.

Elle ne prononça pas un mot avant d'avoir atteint la Coccinelle. Elle avait l'impression de n'avoir qu'une vision partielle des événements de ce jour-là : comment la préciser ? Elle avait cru que leur discussion avec Dylan jouerait ce rôle et elle s'était trompée.

Elle s'adossa contre sa portière tandis que Seth montait et se mettait à tambouriner sur le volant. Elle se représenta à nouveau Saratoga Woods, ainsi qu'elle l'avait fait à la demande de Diana. Il y avait tellement de monde sur les lieux… Combien, pourtant, avaient pu emprunter le sentier où avait eu lieu la chute ? Il était à l'écart, dissimulé aux regards. Bien sûr, il rejoignait d'autres chemins dans les hauteurs de la forêt, mais il y avait des moyens plus simples de les gagner, au départ du parking ou depuis la forêt elle-même. Pour se retrouver là-bas, il fallait donc une bonne raison, et une balade ne semblait pas suffisante. Pourquoi aller se promener sur un sentier aussi isolé ? Et aussi difficile d'accès ?

Se penchant par la vitre baissée, elle dit à Seth :

— Je crois qu'on doit tout reprendre depuis le début.

— Quoi ? Tu veux reparler à ces nazes ? Sans moi.

— Non. Je veux retourner à Saratoga Woods. La solution est sous notre nez, Seth.

— Qu'est-ce qui te fait penser ça ?

— C'est toujours le cas.

40

Ils avaient besoin de Gus. S'ils voulaient retracer les événements de Saratoga Woods pas à pas, il leur fallait leur compagnon de promenade. N'étant pas certain de l'accueil que son grand-père réserverait à sa requête, Seth déposa Becca à Bayview Corner, un ensemble de bâtiments réhabilités près de la nationale.

Sans lui laisser le temps de protester, il la conduisit à un échiquier à échelle humaine, dessiné sur une pelouse coincée entre des baraques en bois abritant des boutiques et une jardinerie. Désignant une case sur l'échiquier, il déclara :

— Cavalier en C6 pour prendre le fou. Tu m'attends là. Je reviens avec Gus.

Elle s'assit au pied d'un immense pion.

— Tu n'as pas besoin de mon aide ?

— Pas pour ça, non.

En route, il réfléchit à ce qu'il allait dire à son grand-père. Ralph, la dernière fois, lui avait annoncé son intention de parler à Hayley. Seth ne voulait pas qu'il s'imagine qu'il venait pour lui tirer les vers du nez.

En s'engageant sur la côte qui menait chez son grand-père, il vit une Mazda rouge oxydé descendre vers lui.

Il se rangea sur le côté et découvrit, à son grand dam, que Mme Prince – à qui il avait voulu faire débourser deux mille cent dollars – venait de rendre visite à son grand-père. Elle agita la main avec un sourire, et Seth joua le jeu. Il se demanda comment Ralph avait réagi en apprenant que son petit-fils n'avait pas réussi à tenir correctement la caisse du Star Store. Il entendait d'ici Mme Prince :

« Ralph, ça m'embête de te demander ça, mais ce garçon sait-il seulement compter ? »

Il trouva son grand-père debout devant le plan de travail, occupé à feuilleter un livre de recettes, à côté d'un pack de bières. Gus, couché sous la table, suivait le moindre de ses mouvements dans l'espoir qu'ils finiraient par avoir un rapport avec de la nourriture.

Le labrador poussa un jappement de joie dès qu'il aperçut Seth. Il se leva, la queue frétillante, et Ralph lui ordonna de se coucher. Gus hésita, ses yeux marron passant de l'un à l'autre.

— Couché, répéta Ralph.

Le chien retourna s'asseoir sous la table.

— Classe ! approuva Seth. Je peux lui dire bonjour ?

— Bien sûr, c'est ton chien.

Seth se glissa sous la table et posa sa joue sur la tête de Gus. Les mouvements de sa queue sur le sol s'accélérèrent encore.

Ralph referma le livre de cuisine.

— Fran Prince m'a raconté que c'était toi qui l'avais encaissée au supermarché, petit-fils préféré.

— Je l'ai croisée en arrivant, grommela-t-il. Je ne pensais pas qu'elle irait jusqu'à venir te le rapporter. Elle doit vraiment me prendre pour un idiot.

Ralph fronça les sourcils de perplexité.

— Pourquoi ?

— Je lui ai demandé deux mille cent dollars, elle ne te l'a pas dit ?

— Non.

— Quelle était la raison de sa visite, alors ?

— M'apporter ça, expliqua Ralph en inclinant la tête vers les bières. J'ai réparé sa porte de derrière hier et cette insensée a tenu à me remercier.

— Ah…

Seth songea qu'il ferait bien d'arrêter de tirer des conclusions hâtives à tout bout de champ. Sa vie serait peut-être différente.

— Enfin bref, reprit-il, je n'ai tenu la caisse que pendant vingt minutes environ. Ils ne m'assigneront jamais ce poste pour une longue durée. Je ferais couler leur affaire…

Ralph ne réagit pas tout de suite. Il rangea les bouteilles de bière au frigo, une par une, d'un air de concentration intense.

— Ça suffit maintenant, finit-il par conclure. Suis-moi, fiston.

Se demandant à quelle sauce il allait être mangé, Seth lui emboîta le pas. Ralph gagna le salon et s'approcha d'une bibliothèque dont les planches croulaient sous le poids des livres, des photos encadrées et des souvenirs. Il récupéra un cliché et un coffret en bois.

— Regarde ça, dit-il.

— Grand-père, je suis juste passé pour te demander…

— Bon sang, Seth, je sais que tu es ici pour une raison précise. Je ne suis pas né de la dernière pluie. Mais nous avons des choses à régler, toi et moi, et ça commence par là.

Seth savait très bien de quoi il s'agissait, bien sûr. La petite boîte avait été sa première tentative de menuiserie, ouvrage rudimentaire réalisé dans un atelier de travaux manuels, l'été de ses neuf ans. La photo, qui remontait, elle, à quelques années seulement, le montrait sur le balcon de la cabane, un fier sourire aux lèvres.

— Il faut d'une part savoir ce qu'on a là-dedans, déclara Ralph, un doigt pointé sur sa tête, et d'autre part être capable de s'en servir. Tu es un musicien de talent, et tu es doué de tes mains, Seth. Je ne compte pas te regarder sans réagir t'enferrer dans cette attitude défaitiste sous prétexte que tu es persuadé que le reste du monde attend autre chose de toi. Le monde se fiche de qui tu es, fiston. C'est à toi de t'en soucier.

Il replaça la photo et le coffret sur la bibliothèque, puis retourna dans la cuisine, où il s'adossa au plan de travail. Bras croisés, il considéra Seth, qui l'avait suivi.

— Alors que se passe-t-il ?

Avec un soupir, le garçon se tourna vers le salon en direction de la petite boîte.

— Je n'ai pas levé le petit doigt pour chercher un prof particulier en vue de mon diplôme de fin d'études.

— Et c'est un vrai problème, j'imagine ?

— Vu ce que j'ai promis à maman et à papa… oui, c'est un vrai problème.

— Tu as trouvé une explication ?

Seth s'appuya contre le plan de travail, comme son grand-père.

— J'aurais envie de dire que toute cette histoire de diplôme est une vaste blague. Je suis un bon guitariste. Quelle différence fera un bout de papier ?

— Ce que tu aurais envie de dire, hein ? La vérité serait-elle autre ?

Seth souffla bruyamment.

— Possible.

— Et ?

— J'ai peur de ne pas réussir. Et je n'ai aucune envie qu'un prof se rende compte de ma nullité.

— Nullité ? Pour l'amour de Dieu, Seth, souviens-toi de cette cabane !

— J'ai construit une cabane, et alors ? J'en aurais été incapable si tu n'avais pas été là pour m'indiquer où mettre les clous.

— C'est comme ça qu'on apprend, fiston. Si je te lâchais dans le bois et que je te demandais de choisir un endroit où bâtir une cabane, tu saurais te débrouiller ?

— Maintenant, oui. Bien sûr.

Seth avait beau avoir les yeux rivés sur ses chaussures, il voyait très bien où son grand-père voulait en venir : il fallait bien commencer quelque part pour atteindre un jour son but. Ce qu'il voyait moins, c'était le but : à quoi lui servirait ce fichu examen dans la vie ?

— Je ne vais pas argumenter pour savoir si ce diplôme est important ou s'il n'est qu'une perte de temps, reprit Ralph comme s'il avait lu dans ses pensées. Le véritable enjeu n'est pas là.

— Où est-il alors ?

— Dans le fait de tenir ta promesse à tes parents. Si tu ne remplis pas ta part du marché, tu vas continuer à te sentir aussi minable qu'aujourd'hui. Je te regarde te débattre au quotidien depuis des mois, Seth, et tant que tu n'auras pas respecté ton engagement, ça ne changera pas. Et toutes les Hayley de la terre…

— Ça n'a rien à voir avec elle, grand-père.

— Toutes les Hayley de la terre, insista Ralph, n'y pourront rien non plus.

Il se redressa alors et, tandis qu'il s'enfonçait les poings dans les reins, Seth réalisa que son grand-père vieillissait. Le temps passait. Pour lui comme pour les autres.

— Que tu réussisses ou que tu échoues n'a aucune espèce d'importance. Tu l'as promis à tes parents, d'accord. Mais c'est surtout quelque chose que tu te dois. A toi.

— T'as sûrement raison.

Seth posa les yeux sur Gus, sagement installé sous la table.

— Grand-père ? Je peux récupérer mon chien ?

— Bien sûr que tu peux, petit-fils préféré. Il est à toi.

Se redressant à son tour, Seth appela le labrador :

— Viens, Gus !

L'animal se leva aussitôt.

— Une dernière chose, grand-père.

— Oui, Seth ?

— Tu m'appelles toujours « petit-fils préféré », et ça me plaît. Vraiment. Il n'empêche que je suis ton seul petit-fils.

Ralph le fixa de ses yeux bleus pétillants. Il sourit, puis éclata de rire.

— C'est un détail. Un simple détail, Seth.

41

— Je ne comprends pas pourquoi on doit partir du motel.

Seth avait arrêté la Coccinelle au stop à l'extrémité de Sixth Street, en face du motel de la Falaise.

— En quoi ça va nous avancer ? ajouta-t-il. Il ne s'est rien passé là. Tout a eu lieu dans les bois.

Bordel... me hait... pure connerie... comme Sean... Seth n'avait aucune envie de voir Debbie Grieder, ce que Becca pouvait comprendre. Elle lui expliqua qu'elle avait l'impression confuse qu'il fallait rejouer tous les événements de la journée pour les voir sous un autre angle. Pendant qu'elle parlait, Gus gémit et agita la queue sur la banquette.

— Ça au moins, ça n'a pas changé, répliqua Seth. Il avait pleurniché pendant tout le trajet. Il avait envie de courir.

Il s'engagea sur le carrefour et mit son clignotant avant de tourner vers le parking du motel.

— Comment on va faire cette reconstitution sans croiser Mme Grieder ?

— Il est treize heures, elle est à sa réunion et les enfants sont à l'école. Tout ira bien.

Après s'être garé, Seth dit :

— Rassure-moi, on ne va pas devoir déterrer tous ces bulbes ?

Becca éclata de rire et ouvrit sa portière. Gus en profita pour se ruer à l'extérieur. Il avait aperçu un écureuil et aboyait comme un fou.

— Excellent début, railla Seth, qui se lançait aux trousses du labrador. Gus ! Ici !

Il avait à peine disparu au coin du bâtiment que Debbie Grieder sortait de la réception. Becca remarqua à ce moment précis ce qui lui avait échappé jusque-là : le 4 × 4 garé le long du motel. Chloe déboula sur ces entrefaites.

— C'est Gus ? s'écria-t-elle.

Elle s'élança dans la direction des aboiements, tandis que Debbie se figeait à la vue de Becca.

Amincie... comme Sean... oh, mon Dieu... crépitèrent dans l'air. Josh apparut à son tour, un peu hésitant sur ses jambes, une bouillotte fixée à sa tête par une écharpe – laquelle se détacha, laissant tomber le récipient qui lui éclaboussa les chaussons. Becca alla à sa rencontre.

— Hé, Josh, que t'est-il arrivé ?

— J'ai mal à l'oreille. Mamie pense que c'est une infection, du coup je dois rester à la maison et Chloe aussi. Pourquoi tu es partie ?

— Retourne à l'intérieur, lui ordonna Debbie d'un ton tranchant. Le froid ne va pas arranger ton oreille.

Regardant par en dessous sa grand-mère, il acquiesça.

— D'accord.

Il devait vraiment être malade pour se montrer aussi docile. Debbie détaillait Becca du regard : ... *perdu tellement de poids... ce que cela signifie.* La mère de Becca, elle, se serait réjouie d'un tel amincissement.

Debbie, pour sa part, y voyait un symptôme différent. Elle reporta son attention sur la voiture puis à l'angle du bâtiment d'où provenaient les aboiements et où apparut justement Seth, accompagné de Chloe et de Gus. Il ralentit en l'apercevant, puis se précipita jusqu'à Sammy pour y faire monter son chien. Debbie entreprit alors Becca :

— Je t'avais prévenue que ça se terminerait comme ça. Je t'avais conseillé de garder tes distances avec lui. Je t'avais dit qu'il n'en sortirait rien de bon. Qui cherches-tu à fuir ? Son dealer ?

Becca fut déconcertée par le terme de *dealer*.

— Seth m'a aidée, répliqua-t-elle.

— Je ne doute pas que c'est ce qu'il veut te faire croire. Leur discours est toujours le même. En attendant, c'est toi qui l'aides. Mais comment ? Tu veux bien répondre à cette question ?

— Ce n'est pas du tout ce que vous pensez. Sans Seth, je serais…

— Sans Seth, tu n'aurais pas quitté la chambre 444. Sans lui, tu n'aurais pas arrêté le lycée. Sans lui, je ne me serais pas rongé les sangs à imaginer le pire.

— Je suis désolée. Mon intention n'était pas de vous inquiéter.

— Pourquoi as-tu fugué dans ce cas ? Tu devais bien t'imaginer que je me ferais du souci.

Becca prit le temps de réfléchir à ce qu'elle pouvait révéler à Debbie sans se mettre en danger et sans mentir.

— Vous vous souvenez, à mon arrivée, j'avais besoin d'un endroit où dormir et je voulais m'inscrire au lycée ? Vous m'avez aidée sans me poser la moindre question. Je vous ai été si reconnaissante… Car, vous voyez, il y avait des choses que je ne pouvais pas vous dire, à vous ni à personne d'autre, comme l'endroit où se trouve ma mère, parce que je n'en sais rien. Ou la raison pour laquelle elle m'a laissée seule ici, et qui vous paraîtrait insensée. Au moins en partie… Elle m'avait envoyée trouver une de ses amies, qui est morte entre-temps. Et je n'ai pas réussi à la joindre sur son portable pour la prévenir. J'ai donc atterri devant le bâtiment des Alcooliques anonymes, où j'ai fait votre connaissance. Et lorsque la police a débarqué ici l'autre soir, j'ai dû prendre la fuite, parce que…

— Attends, attends.

Debbie gratta sa cicatrice au front avant de sortir son paquet de cigarettes.

— Quand la police est-elle venue ici ? reprit-elle.

— Le shérif adjoint vous a rendu visite alors que j'étais dehors avec Josh et Chloe. Je les avais emmenés sur la falaise voir les orques, vous vous rappelez ? Je ne pouvais pas le laisser m'arrêter, Debbie. Surtout devant eux.

— Tu veux parler de Dave Mathieson ?

Becca hocha la tête.

— Quelqu'un avait dû me dénoncer. Il était à ma recherche à cause du portable. Je me suis dit que s'il avait appris que ma mère m'avait abandonnée sur l'île…

Debbie souffla un énorme nuage de fumée avant de rétorquer :

— Tu crois que l'officier Mathieson était au motel à cause de toi ?

Une main posée sur le front, elle ajouta :

— Chloe, chérie, rentre voir si Josh va bien.

— Mais je veux jouer avec Gus et Becca !

— Je reviendrai jouer avec toi plus tard, intervint la jeune fille. Je te promets.

Chloe regagna le motel d'un pas traînant pour signifier son mécontentement. Dès qu'elle eut refermé la porte derrière elle, Debbie expliqua :

— Becca… le shérif adjoint n'était pas là pour toi. Il a… Il a des choses à faire au motel de temps à autre. Avec quelqu'un d'autre. C'est tout.

— Quelles choses ? s'étonna Becca, les sourcils froncés de perplexité.

Seth se racla ostensiblement la gorge. Debbie lui jeta un coup d'œil. *Je m'en doutais... la vie est...* Les murmures de Debbie ajoutés à leur expression commune, à Seth et à elle, ramenèrent à la mémoire de Becca un vague souvenir : Dave Mathieson entrelaçant ses doigts avec ceux de Tatiana Primavera, dans la salle commune. Le geste avait été si fugace qu'il ne signifiait rien en soi. Pourtant, il ne devait pas être interprété de façon isolée. Comme beaucoup d'autres choses sur cette île.

— Ah…

— Sa visite ne te concernait pas, Becca. Il est repassé plus tard, parce que j'avais signalé ta disparition. Mais ce soir-là, tu étais le cadet de ses soucis. Où es-tu allée alors ?

— Trouver Seth. Il m'a aidée. Comme la première fois.

— Comme la première fois ?

— C'est lui qui m'avait suggéré de vous attendre à la sortie de votre réunion sur Second Street. M'assurant que vous vous occuperiez de moi. Que vous tiriez toujours les gens d'embarras.

— Seth a dit ça ?

Debbie riva ses yeux sur lui avant d'ajouter :

— Il ne t'a fait aucun mal ? Il ne t'a pas embêtée ? Il ne t'a… rien donné ? Il ne t'a pas encouragée à… faire quelque chose ?

— Comme quoi ?

Debbie la dévisagea avant de répondre :

— Comme te droguer. Comme prendre de l'herbe. Des comprimés. Des amphétamines. N'importe quoi. Il ne t'a rien donné ?

Becca secoua la tête, puis ajouta :

— A part du matériel de camping et à manger.

— Mon Dieu… souffla Debbie. Il s'est occupé de toi, alors ? Il t'a trouvé un endroit où habiter ?

— Oui. C'est un vrai ami.

La femme parut s'affaisser sous le poids de ces révélations. *Modèle… tort… quel genre de… Sean… années de sa vie… ce qu'il est vraiment…* Ces murmures se doublaient d'autres, sans doute en provenance de Seth : *… grand temps que les gens arrêtent de penser… juger sur les apparences… Sean et pas moi…* N'y tenant plus, Becca sortit son brouilleur et s'empressa de mettre l'écouteur.

— Tu as manqué aux enfants, reprit Debbie.

— Je reviendrai les voir.

— Et le lycée ?

— J'ai plus ou moins suivi le programme. Je veux y retourner.

— Tu peux me dire quand ?

— Très vite, j'espère.

— A quoi rime tout ça, dans ce cas ? Tu veux bien m'expliquer ? L'un de vous aurait la gentillesse de m'expliquer ?

Becca consulta Seth du regard, qui leva les mains

dans un geste d'impuissance, façon de signifier que la décision lui revenait.

— Oui, je vous expliquerai, assura-t-elle. Plus tard. Dans l'immédiat, Seth et moi, nous devons aller à Saratoga Woods. Il fallait que nous nous arrêtions ici pour reconstituer les événements qui se sont passés le jour de la chute de Derric.

— Tout a commencé ce jour-là, je me trompe ?

Becca soupesa la remarque de Debbie avant de répondre. Ce n'était pas entièrement vrai.

— La plupart des choses, oui, mais pas tout. Je crois.

Lorsqu'ils se garèrent sur le parking de Saratoga Woods, il n'y avait ni voiture ni vélo accroché au panneau d'information. Ils sortirent et Seth ordonna à Gus de s'asseoir, ce que le labrador fit. Il se lécha néanmoins les babines en regardant la forêt avant de considérer son maître avec espoir.

— Il t'obéit bien, déclara Becca.

— Tant qu'il n'y a ni lapin ni écureuil dans le coin…

Seth caressa Gus sur la tête tout en attachant sa laisse. Pendant qu'ils traversaient le pré, Becca indiqua un sentier, au loin, qui s'ouvrait entre d'immenses pins d'Oregon.

— Derric était sur ce chemin, je suis sortie par là après l'avoir trouvé. Mais j'y ai accédé par l'autre extrémité.

— C'est Meadow Loop. Il croise le sentier de Coral Root Link. Tu veux passer par où ?

— Refaisons tout à l'identique. Enfin, sans lâcher Gus.

— Tu me rassures ! Je ne pourrais pas promettre qu'il reviendrait… Il n'est pas si bien dressé que ça.

Ils se dirigèrent vers le sentier principal, juste devant eux, et durent franchir quelques herbes hautes et bruissantes. Seth donna un peu de lest à Gus pour qu'il puisse renifler la trace des milliers d'autres chiens qui l'avaient précédé et ils s'enfoncèrent dans les bois.

Le silence régnait sous les arbres, ce qui rappela à Becca le vacarme qui l'avait accueillie la fois précédente. Elle avait été assaillie de toutes parts par des murmures, mais aussi des odeurs et des jappements.

Comme s'il lisait dans ses pensées, Seth indiqua :

— Je me souviens que Gus a entendu des chiens aboyer et qu'il a détalé. Je l'ai coursé sur le sentier qui grimpe, l'Indian Pipe Trail.

Ils l'empruntèrent donc et foulèrent le sol humide, humant les effluves de végétation en décomposition. A la première intersection, Seth s'arrêta pour réfléchir.

— Ça y est, je sais ! J'étais content qu'il n'ait pas pris Wintergreen. Le chemin était boueux et je n'ai repéré aucune empreinte de pattes. J'en ai déduit qu'il avait poursuivi sur Indian Pipe jusqu'à Twin Flowers Trail.

— Moi, c'est ici que je me suis perdue. Tu avais disparu et j'ai entendu les chiens. J'ai tourné à gauche quelque part… J'ai atterri sur une piste qui montait en pente raide et traversait un terrain privé. Je suis tombée sur Diana Kinsale. Gus était avec elle. Elle m'a prêté une laisse, mais il m'a quand même échappé.

— Un terrain privé ? Il doit s'agir de Coral Root Link. C'est le sentier qui relie Saratoga Woods à Putney Woods. Et à Metcalf Woods aussi. Allons-y.

Seth bifurqua à gauche, sur un chemin pentu serpentant dans la végétation dense. Le silence régnait. A quelques dizaines de mètres de là, un embranchement : l'endroit était familier à Becca et elle repéra aussitôt une pierre plate où des toiles d'araignées s'accrochaient telles des décorations de Halloween. Elle se souvint de s'être assise sur une souche, elle se souvint du tumulte des chiens qui approchaient.

— C'est ici que j'ai retrouvé Diana Kinsale et ses bêtes. Puis Gus est parti par là, et je l'ai suivi.

Seth lui montra un petit panneau sur lequel les lettres MLT avaient été gravées.

— Meadow Loop Trail, ajouta-t-il. Viens.

Becca lui emboîta le pas. Tout lui revenait à présent, les sensations surtout. Elle revécut le moment où le parfum qu'elle associait à Derric avait disparu, aussi brusquement que si elle avait été giflée en plein visage. Elle revécut cette impression de partir à la dérive dans un endroit qu'elle ne connaissait pas et ne pouvait pas comprendre. Elle revécut la solitude et le vide qui l'accompagnaient.

— Où as-tu vu cette empreinte alors ? lui lança Seth par-dessus son épaule. C'est ce qu'il faut chercher maintenant, non ?

Elle lui expliqua qu'elle se trouvait au point culminant du sentier, juste au-dessus du ravin où Derric était tombé. Ils se remirent en route et, au bout de quelques minutes de montée, ils l'atteignirent.

— Là, dit-elle en indiquant l'arbre en contrebas. C'est là que Derric a terminé sa chute. Gus était allongé à côté de lui. Comme s'il sentait qu'il était blessé.

— Et la trace de pas ?

Becca regarda autour d'elle pour voir si elle pouvait se souvenir de l'endroit précis, mais son attention fut captée par un autre sentier, qui montait sur la butte que Meadow Loop Trail contournait. Il s'agissait moins d'un sentier que de ce genre de sentes qui foisonnent dans les bois et que les gens créent et entretiennent à force de les emprunter. Ce chemin-là n'avait rien d'officiel. Il conduisait à travers les broussailles aux restes couverts de mousse d'une pruche ancestrale. Appuyés contre elle, les troncs de plusieurs sapins, abattus des années plus tôt par une tempête. L'ensemble formait un petit tipi envahi par les fougères et le lichen.

— Oh, mon Dieu, Seth ! Regarde ça !

Elle entreprit l'ascension du tertre, sans savoir très bien pourquoi, sinon qu'elle en éprouvait le besoin.

— Sois prudente ! lui cria-t-il. Il y a beaucoup de branches mortes sur le sol. Si jamais elles se dérobent sous tes pieds… Gus, tu ne bouges pas. Il ne manquerait plus que tu files là-haut, toi aussi.

Arrivée au sommet, Becca se glissa à l'intérieur du tipi, et s'assit en tailleur. Elle était presque à une dizaine de mètres au-dessus du sentier, avec une vue plongeante sur Seth et Gus, dont la queue fouettait la terre.

— Seth… Ça a l'air… articula-t-elle lentement. Je n'avais jamais vu un endroit pareil.

— C'est sans doute l'abri d'une famille de ratons laveurs, et tu dois être assise sur un tas d'excréments. Croisons les doigts pour qu'ils ne soient pas là, ils ne sont pas commodes. Tu ferais mieux de ressortir…

Becca regarda autour d'elle. La lumière du jour n'éclairait que faiblement l'intérieur du tipi. Elle ne repéra aucune crotte et n'identifia aucune odeur animale. Soudain, un objet dans le recoin le plus sombre retint son attention. Elle se mit à plat ventre pour l'atteindre, tandis que Seth l'interpellait :

— Qu'est-ce que tu fabriques ?

— J'ai trouvé quelque chose !

Il s'agissait d'un sac en plastique de supermarché, qui en contenait deux autres. Ils enveloppaient soigneusement une vieille boîte en métal Star Wars. Bien qu'un peu rouillée, elle fermait toujours.

Becca s'extirpa du tipi avant de l'ouvrir et de trouver une liasse d'enveloppes, toutes libellées de la même façon. L'écriture, formée d'abord de simples bâtons puis de lettres maladroites, gagnait en assurance. Etrangement, Becca ne fut pas surprise d'y voir toujours le même mot, répété à l'infini : *Réjouissance.*

Ces lettres, par dizaines, commençaient toutes par : « Chère Réjouissance », et se terminaient toutes par : « Ton frère qui t'aime, Derric. » Dans la tête de Becca, le mystère se dissipait peu à peu : Derric se rendait ici en douce pour cacher les messages adressés à sa sœur bien-aimée.

Entendant, vaguement, qu'on l'appelait, elle s'écria :

— C'est une personne, Seth ! Réjouissance est une personne !

— Qu'est-ce que tu…

La perplexité déformait les traits du garçon. Becca rangea rapidement les lettres dans la boîte, la protégea avec les sacs en plastique. Se levant d'un bond, elle fut prise d'un étourdissement. La dernière pièce du puzzle se mit alors en place.

— Oh, mon Dieu… Seth, il est tombé tout simplement ! Personne ne l'a poussé. Quand tu es passé sur le sentier en appelant Gus, il a dû se relever brusquement et… Il a perdu l'équilibre.

— Comment sais-tu ça ?

Elle brandit le paquet dans sa main.

— J'ai trouvé plusieurs de ses lettres. Il venait ici pour les écrire ou peut-être simplement pour les cacher, enfin ce n'est pas la question. Il a basculé au moment de se relever et il a dégringolé jusqu'en…

— Impossible. Bien vu, Becca, mais impossible.

— Pourquoi ?

Elle entama la descente, et glissa au bout de quatre pas. Comme pour illustrer l'objection de Seth, une racine arrêta sa chute. Elle reprit la sente et Seth lui offrit sa main pour l'aider à parcourir le dernier mètre.

— CQFD, fit-il. De toute façon, Derric pourrait traverser les chutes du Niagara sur un lacet de chaussure. C'est un athlète, Becca. Un excellent athlète. Impossible qu'il ait perdu l'équilibre. Et si ça avait été le cas, il aurait atterri ici, sur le sentier. Sa chute aurait été stoppée avant le ravin, par une racine, un arbuste ou autre chose. Cela dit, ton hypothèse était intéressante.

Inclinant la tête vers le sac en plastique, il ajouta :

— C'est quoi ?

— Des lettres. Adressées à une certaine Réjouissance.

— Qui porte un nom pareil ? Comment peux-tu être sûre qu'il s'agit d'une personne ?

— Parce qu'il m'en a parlé dès qu'on s'est rencontrés. Et je n'ai compris ce qu'il voulait dire qu'à l'instant.

42

Même Gus devinait qu'il s'était passé quelque chose d'important. Allongé sur la banquette arrière, il avait posé la tête sur ses pattes avant au lieu de la passer par la vitre baissée ou de l'appuyer sur l'épaule de son maître. Becca ne lâchait pas la boîte posée sur ses genoux. Elle n'avait dit qu'une seule chose depuis qu'ils étaient redescendus dans le pré, à la hâte :

— On doit aller à l'hôpital !

Son ton trahissait une telle urgence que Seth avait cru, l'espace d'une seconde, qu'elle se sentait mal. A présent qu'ils roulaient, elle se mordillait la lèvre et il se demanda si elle s'imaginait qu'il avait agressé Derric, en fin de compte. Sans raison apparente, elle déclara :

— Je sais que tu ne lui as pas fait de mal. La trace de tes sandales était sur le sentier, mais je suis prête à parier que tu en as laissé dans toute la forêt ce jour-là.

Ce n'était pas la première fois qu'elle semblait réagir à ses pensées, et il trouvait ça inquiétant.

— J'étais justement en train de me faire cette réflexion.

— Je m'en suis doutée.

— Il reste Dylan.

— Il n'aime pas Derric, c'est certain. Il s'en est pris à lui devant moi, à l'heure du déjeuner, un jour. Pour autant, tu le vois vraiment s'attaquer à Derric, seul ? C'est le genre de gars qui a besoin d'un public.

Elle ouvrit la boîte et parcourut les enveloppes. D'un coup d'œil, Seth remarqua l'évolution de l'écriture.

— Je ne comprends pas pourquoi il ne les a pas postées. A moins que cette Réjouissance ne soit une amie imaginaire ? J'en avais un, petit. Jetter.

Becca l'observa par en dessous en souriant.

— Qui porte un nom pareil ?

— C'est un nom parfait pour un ami imaginaire ! Comme lui, il n'existe pas. Réjouissance pourrait entrer dans cette catégorie.

— Tu écrivais des lettres à ton ami imaginaire ?

— Pour quoi faire ? Il m'accompagnait partout.

— Tu vois…

Seth soupesa son argument : il se tenait. Ils se turent jusqu'à l'arrivée à l'hôpital.

— Tu es sûre ? lui demanda-t-il alors qu'il garait la Coccinelle. Son père pourrait être là.

— Il ne sait pas vraiment à quoi je ressemble, fit remarquer Becca. Et puis ça n'a plus grande importance maintenant. C'est cette boîte qui compte. Derric a besoin de savoir que quelqu'un est au courant.

— Qu'est-ce que ça va changer ?

— Ce serait trop long à expliquer. Fais-moi confiance, d'accord ?

A son regard grave, Seth comprit qu'elle ne lui avait pas tout dit. Il réfléchit un instant. Il n'était pas le seul à avoir des secrets. Elle aussi. Et ceux-ci avaient un rapport avec Derric Mathieson.

Elle hocha la tête comme s'il avait pensé tout haut et il sentit un frisson lui parcourir le dos.

— Bon, allons-y, concéda-t-il. Gus, tu ne bouges pas.

Il laissa la vitre à demi baissée pour lui permettre de profiter des odeurs de la ville.

La porte de la chambre de Derric était ouverte. C'était la première fois que Seth le revoyait depuis sa chute. Il aperçut des fleurs fanées et voulut se rendre utile en allant les jeter. Il se força néanmoins à regarder le garçon alité, bardé de tuyaux, de sondes urinaires et autres. L'athlète qu'il avait un temps jalousé était aujourd'hui complètement dépendant de la médecine.

Becca s'approcha du lit. Par-dessus son épaule, elle demanda à Seth :

— Tu peux rester près de la porte ? Et si quelqu'un vient, le faire attendre ?

Seth acquiesça. Après avoir fermé la porte, il interrogea son amie sur ses intentions. Il se rappela l'histoire de la Belle au bois dormant, puis celle de Blanche-Neige. A chaque fois, le baiser du prince charmant, suivi du réveil de la belle. Il se fit la réflexion que toutes les filles devaient rêver d'un baiser de ce genre. En réalité, pourtant, on n'était jamais sauvé que par soi-même.

Becca tourna vers lui un regard empreint de compréhension et de complicité. Incapable de l'interpréter, il lui inspira néanmoins une confiance immédiate.

Elle posa la boîte en métal sur la table de chevet et choisit une lettre au hasard. Elle la déplia, la lissa, puis la posa sur le torse de Derric, avec l'écriture visible. Elle prit ensuite la photo encadrée sur la table de chevet, puis entremêla les doigts de son autre main avec ceux, flasques, de Derric. Elle se mit à lire.

Seth n'entendit que le début, « Chère Réjouissance », et quelques bribes au hasard : « l'équipe d'athlétisme, cette année », « aime me parler des Peace Corps », « à Goss Lake pour l'entraînement de vélo ». Il doutait. Quelles étaient les chances que la lecture d'une lettre produise un quelconque effet ? Il allait s'en ouvrir à Becca lorsqu'elle atteignit la phrase suivante : « Tu me manques tellement, Réjouissance », suivie de « te faire venir ici ». Et alors l'impossible eut lieu.

Le pied de Derric remua. Puis sa main libre se dirigea vers son torse et se posa sur la lettre, si bien que Becca ne put plus poursuivre. Ce qui n'avait pas d'importance ; elle avait terminé, ainsi que Seth le comprit lorsqu'elle ajouta :

— « Ton frère qui t'aime. Derric. »

A l'entendre prononcer son prénom, on aurait cru qu'elle l'appelait. En fait, c'était exactement ce qu'elle faisait. Elle l'appelait.

Seth sentit son cœur se figer dans sa poitrine.

— Becca, souffla-t-il. Becca, il se réveille !

— Oui, répondit-elle avant de s'adresser à Derric. J'ai trouvé tes lettres dans la forêt. Je suis au courant pour elle. Je comprends.

Les paupières du garçon se mirent à battre. Puis – ce qui lui coûta un terrible effort – il tourna la tête vers Becca. Il entrouvrit les lèvres pour parler d'une voix que le silence contraint avait rendue rauque. Juste avant de quitter la chambre pour aller chercher les infirmières, Seth entendit ses premiers mots, limpides à tout point de vue.

— D'où sortait cet imbécile de chien, Becca ?

Ils avaient tous été si aveugles, songea Seth.

Le grand-père de Seth adorait l'expression « c'est l'arbre qui cache la forêt », mais le garçon savait qu'en l'occurrence, pour lui et pour presque tous les autres, c'était l'inverse qui avait été vrai : la forêt leur avait caché l'arbre. L'arbre de la vérité, qui était sous leurs yeux depuis le début. Et personne ne l'avait vu, chacun trop obnubilé par ses soucis personnels.

Seth avait poursuivi Gus dans tout Saratoga Woods. Il avait gravi un sentier, puis en avait redescendu un autre. Becca avait fait de même. Le chien, évidemment, avait cru à un jeu. Plus Seth ou Becca couraient vite, plus il accélérait. Comme il était facile de l'imaginer tombant, à la sortie d'un virage, sur Derric, tout juste descendu de sa cachette. Et lui sautant dessus pour manifester sa joie, ce qui avait provoqué la chute du garçon dans le ravin. Et quelques minutes plus tard, Seth avait suivi alors que Gus avait déjà détalé. Et il n'avait rien remarqué, pour la simple et bonne raison qu'il n'y avait rien à remarquer.

Ça n'était la faute de personne. Absolument personne !

Les infirmières comprirent aussitôt de qui Seth parlait quand il leur annonça :

— Il s'est réveillé.

L'une d'elles décrocha un téléphone tandis qu'une autre se précipitait vers la chambre de Derric. Le shérif adjoint ne tarderait pas à débarquer pour voir son fils. Et il voudrait sans doute interroger Becca. Seth retourna donc à la chambre et tenta d'attirer son attention depuis le seuil.

L'infirmière s'affairait autour du lit.

— Regardez qui est réveillé ! Eh bien, mon coco, on en a fait, un sacré somme !

Elle s'adressait à lui comme s'il avait cinq ans, tout en remplissant un dossier et en vérifiant la poche reliée à l'intraveineuse.

— Ton papa et ta maman vont être aux anges dès qu'ils apprendront la nouvelle, pépiait-elle sans accorder la moindre attention à Becca.

Derric s'accrochait à sa main comme à une bouée de sauvetage. Seth s'apprêtait à lui suggérer de partir avant l'arrivée du shérif adjoint, mais elle le devança.

— Oui, il faut y aller, dit-elle en se levant. Je reviendrai, ajouta-t-elle à l'intention de Derric. Je garde tes lettres en sûreté pour le moment.

Il ne semblait pas prêt à lui lâcher la main pourtant. L'infirmière, qui désapprouvait la présence des visiteurs, s'écria avec un enjouement feint :

— Tu sais, Derric, le docteur va vouloir t'examiner, et ta petite camarade ne pourra pas rester. Elle reviendra, n'est-ce pas, ma cocotte ? Tu vois ? reprit-elle. Elle hoche la tête, ça veut dire oui. Laisse-la partir.

Derric, cependant, ne détachait pas les yeux de Becca. Elle se pencha pour lui déposer un baiser sur le front. Puis sur les lèvres, où elle s'attarda un instant. Il lui effleura la joue. Elle lui caressa la main.

— Ça suffit maintenant, insista l'infirmière d'un ton jovial. Il ne faut pas trop l'énerver, ma chérie.

— Je reviendrai, promit Becca.

Derric opina et tourna la tête pour la suivre du regard. Il découvrit Seth et le salua d'un mouvement de tête mou, trahissant sa grande faiblesse physique.

— Hé, mec ! C'est bon de te revoir.

Lorsque Derric chuchota « … prendre soin… », Seth comprit qu'il parlait de Becca.

— Bien sûr, répondit-il. Tu vas vite te remettre sur pied, d'accord ?

Derric remua à nouveau la tête et Seth sentit qu'un lien venait de se tisser entre eux. Il quitta la chambre avec Becca.

— Tu ne veux pas lui laisser les lettres ? s'étonna-t-il.

— Il préfère que je les garde, pour le moment.

— Elles ont une grande importance, non ? Pour vous deux, je veux dire.

Becca baissa les yeux sur la boîte qu'elle portait.

— Je n'avais pas vu les choses de cette façon, répondit-elle lentement. Mais tu as sans doute raison.

— C'est bizarre, quand il m'a regardé…

Il ne savait pas comment expliquer ce qu'il avait éprouvé, et il n'en eut pas besoin.

— Oui, compléta-t-elle, je l'ai senti, moi aussi.

Ils atteignirent le hall de l'hôpital au moment où le shérif adjoint s'y engouffrait. Seth pensa à se cacher. A pousser Becca derrière une plante artificielle aux grandes feuilles poussiéreuses. Mais c'était inutile. Dave Mathieson était concentré sur un seul objectif : rejoindre son fils. Comme avec l'arbre et la forêt, il ne voyait rien d'autre.

43

A sa descente du bus, dans l'après-midi frais de Coupeville, Becca sentit la caresse des embruns qui montaient de Penn Cove. Après avoir étouffé un bâillement, elle remit son sac sur son dos, alourdi par les livres et les devoirs supplémentaires pour rattraper son retard.

En matière de retard, elle avait aussi consacré beaucoup de temps à rattraper celui qui s'était accumulé au motel. Elle s'était remise à faire le ménage dans les chambres et à s'occuper des enfants après l'école. Une forme de paix régnait au sein de leur petit groupe. Josh, en particulier, était redevenu un petit garçon joyeux, maintenant qu'il avait la perspective de revoir son parrain.

Becca et Debbie avaient évoqué la question de la confiance, mais la jeune fille conservait l'impression qu'il demeurait un non-dit entre elles. *Seth... qui il est... ce que je pensais...* constituaient les seuls indices sur lesquels elle pouvait s'appuyer. Elle en déduisit que Debbie savait qu'elle s'était trompée au sujet de Seth, mais qu'elle avait du mal à s'excuser.

A la porte de l'hôpital, Becca sortit le brouilleur de son sac à dos et mit l'écouteur. Elle trouva la chambre de Derric vide : il avait été déplacé dans un autre service, lui apprit-on. Il n'avait plus besoin de soins intensifs depuis son réveil.

Becca éprouva un élan de joie : Derric avait donc retrouvé ses fonctions corporelles. Restait seulement à voir s'il en était de même pour son esprit.

A la porte de sa nouvelle chambre, elle fut arrêtée par une infirmière, qui l'informa que le patient n'était autorisé à recevoir que deux personnes à la fois et qu'il lui faudrait attendre son tour. La femme, qui ne devait pas supporter les entorses au règlement, signifia qu'elle ne ferait aucune exception. Becca songea qu'il ne servirait à rien de discuter. Elle attendrait dans le hall – elle avait assez de devoirs pour s'occuper jusqu'à la fin du semestre. Elle s'apprêtait à s'y rendre quand la porte s'ouvrit sur Rhonda Mathieson et Jenn McDaniels. Il fallait qu'elle soit là, évidemment.

Un sourire illumina le visage de Rhonda.

— Jenn ! s'écria-t-elle. Regarde qui est là ! Derric nous parlait d'elle à l'instant.

Jenn se renfrogna aussitôt, ce qui n'empêcha pas Rhonda de poursuivre :

— Je ne savais pas comment te joindre.

— Comme tout le monde, ironisa Jenn. Si on ne la surprend pas par hasard en train de rôder dans les rues de Langley à la façon d'un agent du FBI, on ne la voit tout simplement jamais.

L'ignorant, Becca répondit à Rhonda :

— Je donnerai mon numéro à Derric. Il l'avait avant, mais il l'a peut-être perdu.

Le visage de Jenn se contracta encore davantage.

— Parfait, approuva Rhonda. On te laisse avec lui, et lorsque tu auras terminé… Jenn et moi allons manger un morceau à la cafétéria. Rejoins-nous si tu peux, entendu ?

Jenn lui décocha un regard transparent : elle lui dégoterait une tartine de limaces pour l'occasion. Becca n'avait pas l'intention de lui faire ce plaisir ; elle filerait plutôt directement à Langley.

Elle entra dans la chambre. Derric avait encore la jambe dans une attelle de traction et, en le voyant ainsi ficelé, elle se rappela combien la fracture lui avait semblé vilaine lorsqu'elle l'avait découvert dans la forêt. Elle se demanda si son avenir sportif était menacé.

— Ils m'ont dit que je pourrais reprendre l'athlétisme, lui annonça-t-il quand leurs regards se rencontrèrent. Pas cette année, toutefois.

— Tu viens de lire dans mes pensées ? s'étonna-t-elle.

Il s'esclaffa.

— Si je pouvais lire dans les pensées des nanas, je saurais tellement bien m'y prendre que je sortirais avec cette actrice des films de vampires. Mais pas du tout. Tu observais ma jambe, j'en ai donc déduit que tu te posais la même question que moi quand je l'ai vue, à mon réveil.

Son visage s'éclaira sensiblement et il tapota le matelas.

— Je suis content que tu sois là.

Becca, se sentant timide tout à coup, prit place dans le fauteuil à côté du lit. Il était époustouflant. Aussi beau que le jour de leur rencontre, avec sa magnifique peau d'ébène et son sourire éblouissant. Un immense nœud se forma dans le ventre de Becca, qui l'empêchait de trouver les bons mots. Apercevant une pile de manuels scolaires sur la table de chevet, elle sauta sur l'occasion.

— On est dans la même galère, lança-t-elle.

— Oui, la poisse, hein ? répondit-il d'un air entendu.

Cet échange à demi-mot, à la fois étrange et parfaitement naturel, lui donna envie de lui prendre la main, mais elle avait la conscience aiguë de ne plus être à côté d'un garçon inconscient. Ce garçon-là l'étudiait de ses grands yeux sombres, illuminés par la perspective de l'avenir.

— Je ne me rappelle pas grand-chose. Il y avait juste… tout à coup, ce chien a surgi et m'a foncé dessus. J'ai dû perdre l'équilibre, je suppose. Je crois lui avoir fait peur. En tout cas, lui, il m'a fichu la trouille de ma vie. Puis je me suis réveillé, mon père était penché au-dessus de mon lit.

Becca comprit alors que Derric n'avait conservé aucun souvenir du moment où il avait repris connaissance en sa présence, à elle. Envahie par une tristesse qu'elle ne s'expliquait pas, elle dit tout bas :

— Derric, je crois que c'est Réjouissance qui t'a ramené à la vie.

Ses iris sombres s'assombrirent encore. Avec circonspection, il demanda :

— Quoi ?

Elle lui raconta comment elle avait trouvé les lettres et les avait apportées à l'hôpital pour lui en lire une. Elle chercha autour d'elle la photo prise en Afrique.

— Réjouissance est là, parmi les plus jeunes, je me trompe ?

Ses yeux s'humectèrent.

— Oh, non… chuchota-t-elle. Elle est morte ? C'est pour cette raison que tu as caché les lettres ?

Il secoua la tête. Non, non, non. Les larmes roulèrent sur ses joues. Il se détourna et elle le vit déglutir à plusieurs reprises : il cherchait à ravaler ses sanglots, ce qui ne faisait que redoubler ses pleurs. Elle songea alors qu'il rêvait de retourner dans cet endroit où il avait été pendant son coma, et lui serra la main.

— Dis-moi ce qui lui est arrivé. Je suis ton amie. Rien ne changera ça. Parle-moi, Derric…

Elle pensa à toutes les horreurs dont étaient victimes les peuples d'Afrique à cause des insurrections, des guerres civiles, des génocides, de la famine et de la maladie.

— Parle-moi, je t'en prie, insista-t-elle.

— Je l'ai abandonnée.

— Quoi ?

— Je n'ai jamais dit qu'elle était ma sœur.

Le visage mouillé de larmes, il soutint le regard de Becca en ajoutant :

— J'ai eu la chance d'être adopté, et je n'ai rien dit. Ils ne l'ont pas su…

— Les Mathieson ?

— Tout le monde. Elle avait trois ans, moi, huit, et je n'ai pas ouvert la bouche. Il y avait tellement d'enfants, les garçons et les filles vivaient dans des bâtiments séparés. Ma mère était venue avec sa paroisse, elle voulait m'adopter. C'était le seul moyen…

Il serra le poing.

— Alors, je n'ai rien dit, je ne lui ai pas parlé de Réjouissance. Quand elle est revenue avec mon père, ils m'ont demandé si je voulais devenir leur fils. Comme ils ne parlaient pas d'adopter une fille, j'ai continué à me taire. J'avais trop peur qu'ils changent d'avis.

Il cacha ses pleurs.

Becca se représentait parfaitement l'enchaînement d'événements. Elle comprit que l'accablement et le chagrin qu'elle avait toujours sentis chez lui étaient dus à ce secret, elle comprit pourquoi son âme s'entêtait à hurler le prénom de sa sœur. *Réjouissance*.

— Ça va s'arranger, assura-t-elle.

— Non, ça ne s'arrangera pas. Je lui ai écrit des lettres, je lui ai raconté combien j'étais heureux ici et je lui ai promis de la faire venir dès que possible… Sauf que je n'ai pas pu poster ces lettres, parce qu'ils auraient été au courant, et que, même si ça avait été possible, elle n'aurait pas pu les lire…

— Tu dois leur en parler. Ils la retrouveront. Ils l'adopteront.

— Je ne peux pas leur parler. Quel garçon aurait abandonné sa propre sœur ? Il faut être un monstre pour faire ça ! Tu aurais fait une chose pareille, toi ? Non ! Personne ! Ils me détesteront. Je me déteste…

Becca n'avait pas de réponse à lui apporter. Il avait commis une grave erreur, mais il était loin d'être un monstre. Et il se retrouvait face à une de ces situations que la grand-mère de Becca comparait à un « coup de couteau dans le ventre ». Un coup de couteau ne s'efface pas : une fois l'acte commis, on ne peut pas revenir en arrière et il faut vivre avec.

— Derric, reprit-elle, tu étais désespéré. Je ne connais personne qui ne verrait pas ça. Tu étais un enfant. Tu voulais des parents aimants, qui prendraient soin de toi. Voilà celui que tu étais, voilà pourquoi tu as fait ce que tu as fait. Celui que tu es aujourd'hui n'agirait pas ainsi. Tu en serais incapable.

— Je n'en sais rien, avoua-t-il en sanglotant.

— Moi, si.

Elle le serra dans ses bras et il s'accrocha à elle de toutes ses forces. Elle lui caressa le dos et lui posa une main sur la nuque. Par-dessus son épaule, elle vit la porte de la chambre s'ouvrir.

Jenn McDaniels se pétrifia en les découvrant ainsi enlacés. Une expression de haine pure déforma ses traits. Le mieux était de prendre congé, songea Becca. Il n'y avait rien à ajouter devant Jenn. Elle promit donc à Derric de revenir rapidement et se dirigea vers le hall.

Avisant le shérif adjoint, qui pénétrait dans l'hôpital avec une pile de magazines, Becca pensa pouvoir le croiser sans capter son regard : il ne savait toujours pas qui elle était. Elle entendit alors Rhonda Mathieson l'appeler dans son dos :

— Becca ! Ne pars pas sans dire au revoir !

Comble de malchance, elle ajouta à l'intention de son mari :

— Dave, voici la fille que tu cherchais. Je te présente la mystérieuse Becca King.

La jeune fille avait envie de disparaître sous terre, mais elle fit face au policier.

— La mystérieuse ? répéta-t-elle avec le sourire le plus naturel possible.

Dave Mathieson la détailla de la tête aux pieds avant de lâcher, sans raison apparente :

— Rondelette ?

Becca coupa son brouilleur. Ce qu'elle surprit ne l'avança guère. *Fous de considérer... ces garçons ne tournent pas rond...* Elle tentait de tirer quelque chose de ce charabia quand elle se rendit compte que l'officier s'adressait à elle. Où diable était-elle passée et se rendait-elle compte du souci qu'elle avait causé à sa tante ? Becca réalisa alors que, contrairement à ses soupçons, Debbie Grieder ne l'avait pas trahie.

— J'ai créché à droite à gauche, répondit-elle. Tante

Debbie et moi… Nous avions une divergence d'opinions sur un garçon…

— Seth Darrow ? l'interrompit-il abruptement.

— … mais nous nous sommes expliquées et je suis rentrée à la maison maintenant.

— Au motel ?

— Chambre 444, comme avant.

— Je ne savais pas que Debbie avait une nièce, intervint Rhonda Mathieson. Enfin, je suppose qu'il y a beaucoup de choses qu'on ignore sur les autres, même ceux qu'on croit connaître mieux que soi-même.

Le shérif adjoint vira au rouge pivoine.

— Tu n'étais pas au courant que je te cherchais ? demanda-t-il encore. Hayley Cartwright ne te l'a pas dit ? Et le fils Darrow ? Et Jenn McDaniels ?

— J'ai été absente du lycée un moment.

— Oui, il y a ça aussi. Qu'est-ce qui t'a pris de sécher les cours ? Et de fuguer ? Tu as une idée des conséquences que peut avoir ce genre de bêtises ?

Toutes ces questions auraient pu mettre Becca sur la défensive si des murmures furibards ne les avaient pas accompagnées. *Motel… toujours su… Tatiana… quel imbécile…*

Becca regarda successivement Dave Mathieson et sa femme. Ce n'était pas vraiment sa disparition ou son absence du lycée qui les préoccupaient en réalité.

— J'ai été bête, dit-elle, mais je suis retournée en cours et je rattrape mon retard.

— Il vaudrait mieux pour toi que je n'apprenne pas le contraire.

— Ça n'arrivera pas.

— Dave, ajouta Rhonda, elle a beaucoup aidé Derric. Je crois qu'on peut lui laisser le bénéfice du doute.

Après avoir observé la jeune fille, il finit par opiner.

— Derric m'a raconté qu'un fichu chien courait en liberté dans la forêt. Il s'en souvient. Il se souvient d'autres choses, aussi. Les copains qui lui ont fait la lecture, qui lui ont parlé, la musique. Et il dit qu'un lien particulier vous unit, tous les deux. Alors… merci d'avoir été là pour mon garçon. Pour mon fils.

Ses traits se détendirent et il lui sourit.

— J'espère que tu continueras à venir, Becca.

Elle lui assura que ce serait le cas. Il lui tendit la main et elle voulut la serrer, mais il l'attira contre lui pour une accolade maladroite. Elle sentit combien il aimait son fils et combien il avait du mal à exprimer sa reconnaissance. Elle allait franchir le seuil de l'hôpital quand il lui posa une dernière question :

— As-tu déjà entendu parler d'une certaine Laurel Armstrong, Becca ?

Sa gorge se noua. Elle tenait une occasion de rétablir le contact avec sa mère. Mais elle ne pouvait la saisir : Laurel la liait à Jeff Corrie, et donc au danger. Elle fit non de la tête, lentement.

— Je ne crois pas, mais je suis nouvelle sur l'île, il y a encore beaucoup de monde que je ne connais pas.

— Debbie m'a dit que tu étais originaire de San Luis Obispo. C'est loin de San Diego ?

Becca se représenta la région, situant San Luis Obispo dans la partie nord de la Californie, à quelques kilomètres du Pacifique et de Morro Bay. Elle y était allée une fois. Et elle avait rencontré la vraie Becca King avant sa mort, une fille pleine de joie de vivre frappée par une leucémie foudroyante, une fille qui avait livré bataille avec courage et l'avait perdue.

— Je ne sais pas trop, répondit-elle. Peut-être cinq cents kilomètres ?

Il hocha la tête et son regard s'attarda sur elle plus longtemps que nécessaire.

— Pourquoi ? finit-elle par ajouter.

— Laurel Armstrong a un lien avec le téléphone portable qui a servi à prévenir les secours, le jour de l'accident de Derric. Nous avons remonté sa trace jusqu'à une adresse à San Diego, mais nous ne parvenons toujours pas à la joindre. Nous n'avons donc aucune certitude sur l'identité de la personne qui a passé ce fameux coup de fil.

— Peut-être quelqu'un qui ne voulait pas être mêlé à tout ça ? suggéra Becca.

Après quelques secondes de réflexion, le shérif adjoint conclut :

— Et ça ne serait pas toi, si ?

44

Seth descendit de voiture. Du gymnase lui parvint un bruit caractéristique : un martèlement de pieds sur les gradins, suivi de cris. Un entraîneur qui motivait ses troupes. Il s'attarda quelques instants, songeant à la permanence des choses : l'univers lycéen était toujours le même.

Il rejoignit le bâtiment de l'administration à grandes enjambées, s'efforçant d'avoir l'air d'un type sûr de lui. A l'accueil, il remercia intérieurement le dieu, quel qu'il soit, qui s'était arrangé pour que Hayley Cartwright ne soit pas derrière le comptoir. Il s'engagea dans le couloir. Après avoir dépassé l'infirmerie, il se retrouva devant le bureau de la secrétaire.

Mme Ward le connaissait. Elle connaissait tout le monde. Le regardant par-dessus la monture de ses lunettes, elle lui dit :

— Seth ! Tu reviens en cours ? On s'ennuyait sans toi !

— Non, je ne reviens pas. Le bahut et moi, on ne fait pas bon ménage.

— Comment puis-je t'aider, alors ?

C'était la partie délicate, celle qui exigeait qu'il se

mette à nu, ce dont il n'avait aucune envie. Cependant, il en avait assez de ne pas tenir les promesses qu'il faisait à lui-même ou aux autres.

— J'aurais aimé parler à Mme Primavera. Je cherche un professeur particulier pour m'aider à préparer mon diplôme.

— Quelle excellente idée !

Elle se leva et disparut dans le bureau voisin. Quelques secondes plus tard, elle était de retour et lui annonçait que Mme Primavera le recevrait avec plaisir. Seth doutait que ce soit le cas, mais il contourna la table de travail de Mme Ward. Penchée sur un dossier, Tatiana Primavera n'avait pas l'air en forme. Le nez rougi, elle avait deux boîtes de mouchoirs devant elle.

— Euh… bonjour ! Je peux repasser plus tard, si vous préférez. Vous êtes malade ? Un rhume ?

— Allergies, répondit-elle avec un pauvre sourire.

Des allergies à cette période de l'année ? Enfin, après tout, elle était libre de choisir l'excuse qui l'arrangeait. Il lui expliqua les raisons de sa visite. Le professeur particulier en était une. Réussir le GED en était une autre.

Elle sembla sortir de sa torpeur.

— Je me réjouis pour toi. Quels sont tes projets ?

— Ils n'ont pas changé : devenir guitariste professionnel. Mais je veux m'occuper de ça avant.

— Tu continues à jouer du jazz manouche ?

— Bien sûr, avec mon trio. Il faudra cependant que je trouve un boulot à côté, au moins dans un premier temps. Je me débrouille en menuiserie, je pourrai travailler à temps partiel chez un entrepreneur.

— Et tu penses que tu vas pouvoir mener les deux de front, Seth ? lui demanda-t-elle, la mine grave.

Je me souviens que ta passion pour la musique était exclusive.

— C'est toujours le cas. Mais je dois être réaliste, il est temps.

— Seth ? Seth !

Il savait qui c'était. Il avait bien failli réussir à quitter le lycée sans croiser personne, pourtant.

— Tu as récupéré ton chien ? Super ! s'écria Hayley en venant à sa rencontre sur le parking.

Seth se sentit mal à l'aise : il ne l'avait pas revue depuis le matin où elle était venue au Star Store lui demander d'aider Becca. Il ne s'expliquait toujours pas très bien ce qui avait motivé sa requête, étant donné la façon dont leurs rencontres précédentes s'étaient déroulées.

Elle s'arrêta du côté passager. La vitre était baissée et elle laissa Gus lui lécher le visage avec son enthousiasme habituel.

— Tu es au courant pour Derric ? lâcha-t-elle.

— Ouais. Et toi, tu es au courant pour Gus ?

— Tu veux parler de son rôle dans l'accident ? Oui…

Elle perdit son regard au loin, à l'endroit où les érables se dépouillaient de leurs dernières feuilles rousses.

— Je suis désolée d'avoir cru… que tu l'avais poussé.

Passant d'un pied sur l'autre, il répondit :

— Pas grave. Ce n'est pas comme si tu m'avais dénoncé ou un truc dans le genre. Et moi aussi, je suis désolé de m'être fait des idées.

— A quel propos ?

— Derric et toi.

— Il n'a toujours été que mon ami. On s'est embrassés et je sais que ça t'a blessé, mais on n'a rien fait d'autre. Il n'y a eu que cette fois.

— J'ai compris maintenant.

Ils baissèrent tous deux la tête, les yeux rivés sur leurs chaussures et le béton humide. Au bout de quelques instants d'un silence gêné, Seth posa la main sur la poignée de la portière. C'est alors que Hayley dit :

— Le jour où tu es passé parler à ma mère de la maladie de Lyme… ?

— Oui ?

— Ce jour-là j'ai compris que tu n'avais fait aucun mal à Derric. Seth, j'ai traversé beaucoup de moments difficiles dernièrement, mais ça n'a jamais été ta faute. J'ai passé mes nerfs sur toi.

— Ton père…

Elle soutint son regard et déglutit avant d'expliquer :

— Seth, je ne peux pas sortir avec quelqu'un dans l'immédiat. On est dans une période de bouleversement à la maison. C'est trop difficile.

Elle écarta une mèche de cheveux de son visage. Un geste que Seth avait toujours affectionné. Cette fois-ci pourtant, il sentit, tout au fond de son cœur, la souffrance qu'il trahissait.

— Je pensais jusque-là que ma vie serait simple… soupira-t-elle. J'aurais fini le lycée, décroché une bourse pour la fac de Washington, puis rejoint les Peace Corps pour quelques années. Ensuite j'aurais passé un diplôme d'études supérieures… Sauf que ça ne marchera pas comme ça. Et ça fait mal, tu sais.

— Je comprends.

— Voilà pourquoi je n'ai pas la tête à sortir avec

qui que ce soit. Ce n'est pas toi. C'est moi. C'est ma vie en ce moment.

Seth considéra ce fait un instant : chacun avait ses préoccupations.

— Et un ami, Hayl ?

— Bien sûr, un ami, ça oui. Toi, par exemple.

— Ça me va. Mais je peux te poser une question ?

— Oui.

— Que faisais-tu dans les bois ? Pourquoi avais-tu planqué la camionnette ?

Elle ne répondit pas sur-le-champ : Seth comprit qu'elle décidait jusqu'où étendre ses confessions.

— Je pensais que Mme Kinsale pourrait nous aider avec mon père, finit-elle par avouer. On s'est retrouvées à Saratoga Woods pour en parler.

— Qu'est-ce qui te faisait croire ça ?

— Simplement… Une idée que j'avais. A cause de ce qu'elle est, de sa façon de se comporter. Mais je me trompais. L'aide qu'elle apporte aux gens… ça ne marche pas de la sorte. Elle me l'a expliqué.

Elle voulait sans doute parler de médecine parallèle. Toutes sortes de courants étaient représentés sur l'île : des médecines orientales jusqu'à la radiesthésie. Seth n'aurait jamais pensé que Diana Kinsale comptait parmi ces praticiens. Ces derniers temps, il avait l'impression d'en découvrir chaque jour un peu plus sur les gens qu'il connaissait.

— Je suis désolé, reprit-il. J'aurais vraiment aimé qu'elle puisse l'aider.

— Moi aussi. Sauf que personne ne peut rien.

— Comment ça ?

Des larmes lui embuèrent les yeux, sans déborder pour autant.

— Il est condamné, Seth. Il lui reste un peu de temps, mais il va mourir. On le sait tous et on ne dit rien. C'est comme ça, chez nous.

— Il paraît juste un peu plus maladroit.

— Ça commence ainsi.

Elle s'essuya rapidement les yeux, puis s'empressa d'ajouter :

— Je dois filer, je passe chercher Brooke.

Seth la regarda s'éloigner en songeant combien chaque être humain était mystérieux. Il songea aussi qu'on n'apprenait jamais rien tant qu'on se contentait de chercher dans sa propre tête ce qui pouvait bien se passer dans celle d'autrui.

45

L'armée silencieuse de pins d'Oregon se dressait sur la colline de Saratoga Woods. Becca accrocha son vélo au panneau d'information, en bordure de prairie. Le pick-up de Diana Kinsale était garé sur le parking. Ne voulant pas être surprise lors de sa mission, Becca s'empressa de traverser le pré pour accéder à Meadow Loop Trail. Par cette journée froide, mais belle, le sentier était tacheté de soleil. Difficile d'y voir le décor d'un accident aussi tragique.

Au pied de la sente de Derric, elle vérifia qu'il n'y avait personne. Elle n'entendit rien à part les geais bleus au-dessus de sa tête et entama l'ascension jusqu'au tipi.

La cachette n'avait pas changé : on y était au sec et à l'abri. Elle se mit à plat ventre pour atteindre le fond et ranger la boîte à l'endroit où elle l'avait trouvée. Elle aurait souhaité que Derric dise la vérité à ses parents. Elle savait néanmoins que cette décision lui appartenait. Elle possédait ses propres secrets, et c'était peut-être pour cette raison qu'ils s'étaient reconnus et avaient tissé un lien particulier.

Avant de redescendre, elle s'assura d'être toujours

seule, mais Derric avait bien choisi sa tanière : le Meadow Loop Trail était rarement emprunté.

Becca ne vit Diana et ses chiens qu'au moment où elle détachait son vélo. Ils émergeaient tout juste de Wood Nymph Way, un des sentiers les plus proches de Saratoga Road, qui conduisait à une tout autre partie de la forêt.

— Bonjour, jeune fille au vélo ! s'écria Diana, alors que les chiens encerclaient Becca et la bousculaient pour la saluer. Ça devient une habitude. Toi, ton vélo, les chiens, moi, le pick-up… Tu arrives ou tu repars ?

— Je repars.

— Je te dépose en ville ?

Becca accepta et tout le monde monta en voiture.

— Debbie m'a appris que tu t'étais réinstallée au motel.

Comme Becca s'en étonnait, elle ajouta :

— On a pris un café plusieurs fois, toutes les deux. Tu veux que je te laisse là-bas ? Au motel, je veux dire.

— Oui, c'est parfait.

Diana devait cependant s'arrêter au cimetière : elle voulait voir comment se portait le saule tortueux qu'elle avait planté pour abriter la tombe de Charlie et le banc qui la jouxtait. Becca n'y fit aucune objection ; elle n'avait pas rendu visite à Reese depuis longtemps. Elle en profiterait pour déblayer les feuilles mortes.

Diana libéra les chiens, puis partit de son côté. Arrivée devant la sépulture de Reese, Becca s'agenouilla. L'herbe était encore humide à cause des pluies récentes, et les feuilles mortes étaient détrempées. Elle entreprit de les ramasser. Quand elle s'attaqua à la dalle elle-même, elle eut une agréable surprise : une nouvelle photo de Reese avait remplacé l'ancienne. Prise à l'école, elle représentait la fillette avec un sourire joyeux. Une plaque de plexiglas neuve, bien hermétique, la protégeait. Au moment même où Becca se disait qu'une seule personne avait pu effectuer ces changements, elle leva la tête et l'aperçut. Debbie Grieder semblait avoir surgi de nulle part. Elle était assise près de Diana, sur le banc, comme si elles avaient prévu de se retrouver. Cette dernière avait un bras passé autour des épaules de son amie. Les deux femmes discutaient.

Puis Debbie se leva pour rejoindre Becca. Elle portait un pot de chrysanthèmes, dont les fleurs d'un jaune flamboyant tranchaient sur son polaire noir. Elle s'agenouilla à côté de la jeune fille et, ensemble, elles regardèrent le tombeau de Reese. *Maintenant... mal... te laisser partir je ne crois pas...*

— Je te suis très reconnaissante d'avoir nettoyé sa tombe, Becca.

— Elle me semblait un peu triste.

— C'était une bonne action. Et tu en as fait beaucoup d'autres. Je n'ai pas su le voir.

— Ah...

Becca avait l'impression que Debbie voulait ajouter quelque chose, et elle aurait voulu l'encourager. Mais Debbie reprit :

— Mme Ward a bien renversé Reese sur Langley Road. Cette partie-là de mon récit était véridique. Celle qui concernait sa culpabilité ne l'était pas en revanche.

Becca osait à peine respirer : il fallait que Debbie aille au terme de sa confession.

— J'étais ivre morte. Je suis tombée dans l'escalier

et je me suis ouvert la tête. D'où ma cicatrice, dit-elle en montrant le zigzag sur son front. Il y avait du sang partout. Reese allait appeler les secours, mais je l'en ai empêchée. La dernière chose que je voulais, c'était qu'on me voie dans cet état. Je hurlais « pas d'ambulance ». Elle a pris peur et elle a enfourché son vélo pour trouver Sean. Alors qu'elle pédalait comme une folle sur Langley Road, paniquée à l'idée que sa mère allait se vider de son sang, une biche a bondi sur la route. Elle a fait une embardée vers la voiture de Mme Ward. Et elle est morte.

— Oh, mon Dieu… Je suis tellement désolée !

Etre désolée ne sert… ça ne ramènera pas… le passé reste… Parallèlement à ces murmures, Becca fut assaillie par la profondeur du chagrin de Debbie.

— On ne paye jamais pour un crime pareil, reprit-elle. On vit avec, mais on ne paye pas.

Elle suivit du doigt les lettres du nom de Reese sur la tombe.

— Je ne pouvais pas venir ici, se justifia-t-elle. Je me sentais trop coupable pour regarder sa photo. Les gens me disent que sa disparition m'a permis d'arrêter de boire, et qu'il en est donc ressorti un bien. Je leur réponds que je me saoulerais à mort si ça me permettait de ramener ma petite fille.

— Je comprends, assura Becca. Les deux points de vue, je crois.

Debbie bascula sur les talons et l'observa.

— En dehors de mes réunions aux Alcooliques anonymes, je n'ai jamais raconté cette histoire. Tout le monde est sans doute au courant, mais personne n'aborde le sujet devant moi. Quel genre de fée de même pas quinze ans es-tu donc, Becca King, pour avoir réussi à me faire parler ?

— Une fille que vous avez accepté d'aider. Parce que vous êtes comme ça.

— Sans doute… On rentre ensemble au motel ?

— Avec grand plaisir.

Epilogue

Trois semaines plus tard, Hayley intercepta Becca alors qu'elle se rendait à son cours d'anglais.

— Seth joue avec son trio ce soir. Au Prima Bistro. Ça te dit de venir ?

Avec un sourire taquin, elle ajouta :

— Derric sera là. Je passe le chercher. Tu te joins à nous ?

Becca pesa le pour et le contre. Une occasion de voir Derric en dehors du lycée et des moments qu'il passait avec Josh la tentait, mais elle hésitait pour des raisons de sécurité. Elle avait beau se sentir de plus en plus à l'aise sur l'île, elle conservait dans un coin de sa tête les mises en garde de Laurel sur l'importance de faire profil bas. L'endroit mentionné par Hayley ne semblait pas représenter de véritable danger, cependant. Situé sur First Street, au-delà du Star Store, ce petit bar-restaurant accueillait des groupes locaux, le soir. A cette période de l'année, seuls les habitants de Langley s'y rendaient ; les touristes, partis depuis longtemps, ne reviendraient pas avant mai.

— Comptez sur moi, répondit-elle.

— Je viendrai te prendre à dix-neuf heures trente alors.

Becca était prête. Elle avait trouvé un jean à la friperie, et un gilet qui lui couvrait les hanches. Elle ajouta une ceinture et emprunta un foulard à Debbie. Exception faite des lunettes et des cheveux, elle était plutôt pas mal. Elle ne força pas sur le maquillage : une petite entorse au règlement ne serait pas si grave, si ?

Il pleuvait. Becca se précipita vers la camionnette de la ferme en courant. Derric était assis à côté de Hayley. Il lui adressa son sourire le plus éclatant et se déplaça sur la banquette pour qu'elle puisse monter.

— Vous allez devoir partager la ceinture, déclara Hayley.

— Aucun problème, rétorqua-t-il en passant son bras autour des épaules de Becca.

Le sourire entendu de Hayley n'échappa pas à cette dernière. Quelle entremetteuse, celle-là ! Ça lui était égal, pourtant. Elle aimait bien que Derric l'enlace. Qu'il presse sa hanche contre la sienne. Elle posa une main sur son plâtre.

— Comment va ta jambe ?

— Un peu douloureuse. Mais ça s'arrange, je crois.

Le trajet jusqu'au Prima Bistro était si court que Becca aurait pu le faire à pied. Elle le savait, Hayley et Derric aussi. Celle-ci avait des projets pour eux, à l'évidence.

Elle avait réservé une table. Au lieu d'en choisir une près de l'espace qui servait de scène aux musiciens, elle avait préféré qu'ils s'installent dans un coin reculé, au fond de la salle.

— Oh, c'est romantique ! s'écria-t-elle, en voyant la table éclairée par la lueur d'une seule bougie.

Elle s'assit de façon à leur tourner le dos pour voir

les musiciens. La manœuvre était si grossière que Becca piqua un fard.

— Parfait, s'enthousiasma Derric. Merci, Hayley.

Il rapprocha sa chaise de Becca et lui chuchota :

— C'est super, je n'étais pas encore ressorti de chez moi à part pour aller au lycée. Courtney, la nana qui dirige le groupe de lectures bibliques, me propose sans arrêt de venir à leurs réunions, mais je ne suis pas un fan des Saintes Ecritures. Je préfère être ici.

— Oui, moi non plus, dit Becca. Enfin, pour la Bible.

Elle ne sut quoi ajouter. Elle aurait voulu l'interroger sur les lettres qu'il écrivait à Réjouissance, lui demander s'il avait parlé à ses parents. Cependant elle avait l'intuition que ça gâcherait la magie de la soirée. Ses questions pouvaient bien attendre.

Seth et ses copains se mirent à jouer. Comme le jour où elle les avait entendus répéter au foyer municipal, Becca fut aussitôt captivée par leur jazz manouche. Leurs doigts sur les cordes se déplaçaient à une rapidité incroyable. Seth était génial à la guitare. Quand elle se tourna vers Derric, elle vit qu'il lui souriait.

— Classe, hein ? En septembre prochain, je t'emmènerai au festival. Il y a du jazz manouche dans toute la ville. Seth jouera sans doute.

La perspective d'un « septembre prochain » réchauffa Becca de la tête aux pieds. L'espace d'un instant, même, elle oublia sa mère, la Colombie-Britannique et la ville de Nelson, où Laurel établissait leurs nouveaux quartiers. Se projeter aux côtés de Derric, dans plusieurs mois, lui suffisait. Ils écouteraient de la musique ensemble. Epaule contre épaule, main dans la main.

C'est justement ce qu'il fit, lui prendre la main,

comme s'il partageait ses pensées. Entrelaçant leurs doigts, il se pencha vers elle et murmura :

— Merci.

— Pour quoi ?

— Tout, répondit-il avant de l'embrasser.

Il avait les lèvres les plus douces et le souffle le plus délicieux. Elle aurait voulu que ce baiser et cette soirée se prolongent éternellement.

— Tu crois que ça embêtera Mme Grieder si on t'invite à dîner pour Thanksgiving ? lui susurra-t-il, sa bouche effleurant sa joue.

Et il l'embrassa de nouveau, une fois que Becca eut affirmé qu'il n'y aurait aucun problème.

— Et pour Noël ? ajouta-t-il avec un sourire.

Grisée, Becca se promit de ne jamais oublier ce moment unique.

Seth la raccompagna, ce soir-là. C'était la solution la plus logique. Derric habitait dans la même direction que Hayley après tout. Becca et Derric s'étaient séparés sur un regard et un sourire interminables. Puis elle était montée dans la Coccinelle et avait caressé Gus, endormi sur la banquette arrière.

— Tu as été génial, affirma-t-elle à Seth.

— Vous avez écouté ? la taquina-t-il. Ce n'est pas l'impression que j'avais.

Becca se sentit rougir.

— On peut embrasser quelqu'un et écouter en même temps, tu sais.

— Hé ! Je ne demandais pas autant de détails !

Il klaxonna des gens de sa connaissance qui quittaient aussi le bar-restaurant et s'engagea sur Second Street.

— Tu l'aimes bien, hein ? dit-il à Becca.

— Je l'aime beaucoup.

— Prête à te battre avec la moitié des nanas du lycée pour lui ?

— Je crois bien.

— Y compris les pom-pom girls ?

— Même pas peur !

Seth s'esclaffa avant de tourner dans Cascade Street et de gravir la côte en surplomb de l'eau. En moins d'une minute, ils arrivèrent devant le motel. Seth s'apprêtait à entrer sur le parking, quand la vie de Becca bascula.

Un homme sortait de sa voiture, garée devant l'établissement. Il avait quelque chose de familier… dans sa carrure… la forme de son crâne. Il se retourna pour jeter un regard en direction de Sammy. Becca le vit alors distinctement.

— Seth ! s'écria-t-elle. Fais demi-tour !

— Qu'est-ce qui… commença-t-il avant d'apercevoir le type. Bordel, souffla-t-il, c'est lui ? Le…

— Oui ! Oui ! Je t'en supplie, Seth, fonce ! S'il me voit, s'il me trouve… Partons !

Il n'avait pas besoin qu'on le lui répète deux fois. Il enclencha la marche arrière – il pouvait très bien passer pour un touriste qui s'était trompé. Pied au plancher, il remonta Sixth Street en direction de la sortie de la ville.

— Emmène-moi quelque part, le supplia-t-elle. Dans un endroit où je serai en sûreté.

Seth mesura l'ampleur de sa panique.

— Tu as quelque chose contre les cabanes ?

— Rien.

— J'ai une solution, alors.

Note de l'auteur

J'ai dû prendre une liberté, principalement, avec Whidbey Island, et ses habitants sauront la reconnaître : l'hôpital de Coupeville ne dispose pas du matériel nécessaire pour traiter un patient souffrant des mêmes blessures que Derric Mathieson – il aurait dû être transporté au Harborview Medical Center sur le continent. A cette exception près, tout ce que je décris dans ce roman est fidèle à ce que j'ai connu à l'époque de sa rédaction, même s'il n'échappera pas aux plus avertis que certains noms ont été légèrement modifiés.

J'aimerais remercier Mike Hawley, qui travaille avec le shérif du comté, pour m'avoir fait visiter leurs bureaux ainsi que la prison locale, et pour les informations qu'il m'a fournies sur les enquêtes de police. Dane Heggenes, Bayley Heggenes et Trevor Heins m'ont livré des témoignages passionnants sur leur passage à South Whidbey High School et à Bayview School, tandis que Rob Prosch, proviseur à la retraite de South Whidbey High School, m'ouvrait les portes de l'établissement. Je dois une fière chandelle à Ralph Hastings, qui a accepté de figurer comme personnage dans ce roman et m'a autorisée à prendre pour décor sa merveilleuse propriété. Mon incroyable assistante personnelle, Charlene Coe, a effectué des recherches poussées sur les arbres et les fleurs sauvages tout en maintenant à flot ma maison. Quant à mon mari, Tom McCabe, il a supporté que je m'enferme dans mon bureau pour écrire deux romans en parallèle.

A New York, mon éditrice Regina Hayes a fait preuve d'une patience infinie pour me conduire jusques et à travers l'univers de la fiction pour jeunes adultes, et j'ai une énorme dette envers elle tant cet apprentissage représentait un défi pour moi. Comme toujours, je remercie mon agent littéraire, Robert Gottlieb, de tous les efforts qu'il déploie pour me soutenir et faire connaître mon travail dans le monde entier.

Composé par Nord Compo à Villeneuve-d'Ascq

Imprimé en France par CPI
en mars 2016

POCKET - 12, avenue d'Italie - 75627 Paris Cedex 13

N° d'impression : 3016869
Dépôt légal : septembre 2015
S26016/03